文成天縱

明刻古典戲曲六種（外一種）

1

《明刻古典戲曲六種（外一種）》編寫組　編

广西师范大学出版社
GUANGXI NORMAL UNIVERSITY PRESS
·桂林·

明刻古典戲曲六種（外一種）
MING KE GUDIAN XIQU LIU ZHONG（WAI YI ZHONG）

出版統籌：湯文輝
出 品 人：喬祥飛
責任編輯：陳顯英
助理編輯：姜　偉
責任技編：王增元
書籍設計：常晉一

圖書在版編目（CIP）數據

明刻古典戲曲六種 ： 外一種 ： 全 3 册 /《明刻古典戲曲六種（外一種）》編寫組編. -- 影印本. -- 桂林 ： 廣西師範大學出版社，2024. 8. -- ISBN 978-7-5598-7152-7

Ⅰ. I237

中國國家版本館 CIP 數據核字第 20248GN224 號

廣西師範大學出版社出版發行
（廣西桂林市五里店路 9 號　郵政編碼：541004
網址：http://www.bbtpress.com）
出版人：黄軒莊
全國新華書店經銷
三河弘翰印務有限公司印刷
（河北省三河市黄土莊鎮二百户村北　郵政編碼：065200）
開本：889 mm × 1 194 mm　1/16
印張：115.75　　字數：1 852 千
2024 年 8 月第 1 版　　2024 年 8 月第 1 次印刷
定價：2700.00 元（全 3 册）

出版說明

《明刻古典戲曲六種（外一種）》收録《新刻出像音註增補劉智遠白兔記》《新刊重訂出相附釋標註拜月亭記》《琵琶記》《新編林冲寶劍記》《徐文長四聲猿》《新鐫女貞觀重會玉簪記》六種明刻古典戲曲，以及《明刻坐隱先生精訂陳大聲樂府全集》。本書所收作品涵蓋傳奇、雜劇、散曲、院本、詞等藝術形式，以展現明代戲曲文化的豐富多樣和藝術魅力。

一、《新刻出像音註增補劉智遠白兔記》二卷，元永嘉書會才人撰，明金陵唐氏富春堂刻本。

《劉智遠白兔記》簡稱《白兔記》，是古典戲曲史上著名的『荆、劉、拜、殺』四大南戲之一。由無名氏《劉智遠諸宮調》《新編五代史平話》等改編而來，成化本《新編劉智遠還鄉白兔記》，謂爲『永嘉書會才人』所編。

此劇目取材於民間傳説，爲五代十國時期後漢開國之君劉智遠與妻子李三娘的悲歡故事，因劉子獵白兔遇母而得名。民間講唱有所增飾、改動，流傳版本很多，如明成化北京永順堂刻本，題名《新編劉智遠還鄉白兔記》；明嘉靖進賢堂刻本，題名《新刊摘彙奇妙戲文全家錦囊大全劉智遠》；明萬曆金陵唐氏富春堂刻本，題名《新刻出像音註增補劉智遠白兔記》；明末毛氏汲古閣刻本，題名《綉刻白兔記定本》；等等。

此次影印的富春堂本明顯帶有明代文人劇作的語言風格，係明人重修本。此本前鈐『長洲吴氏霜厓居士藏書之章』，

『長洲吴氏』即蘇州藏書家吴梅。

二、《新刊重訂出相附釋標註拜月亭記》二卷，元施惠撰，明萬曆十七年（一五八九）唐氏世德堂刻本。

《拜月亭記》又名《幽閨記》，與《白兔記》同屬四大南戲。作者尚無定説，明清有人認爲是元人施惠所作。施惠（生卒年不詳），字君美，杭州（今屬浙江）人，元代戲曲作家。

此劇目是施惠根據關漢卿的雜劇《閨怨佳人拜月亭》改編而成，以金元之際的社會動蕩爲背景，通過丰富的情節和生動的人物塑造，深刻反映了當時的社會現實和人民的生活狀態。劇中以王瑞蘭和蔣世隆的愛情婚姻爲主綫，情節跌宕起伏，通過細膩的筆觸和生動的描繪，展現了古代女子的堅貞與勇敢，充滿了人文主義色彩，具有深刻的思想内涵。

原劇本已佚，後世流傳版本有明容與堂李卓吾評本，題名《李卓吾先生批評幽閨記》；明汲古閣本，題名《幽閨記》；明世德堂刻本，題名《新刊重訂出相附釋標註拜月亭記》；等等。其中，容與堂本、世德堂本收入《古本戲曲叢刊初集》。

此次影印世德堂本，卷端鈐『長樂鄭振鐸西諦藏書』，可知此本曾爲鄭氏所有。

三、《琵琶記》三卷，元高明撰，明萬曆二十五年（一五九七）汪光華玩虎軒刻本。

《琵琶記》是一部南戲劇本，相傳爲元末戲曲家高明之作，被譽爲『南曲中興之祖』。

高明（生卒年不詳），字則誠，號菜根道人，瑞安（今屬浙江）人。

《琵琶記》取材於前人傳説，南宋戲文《趙貞女蔡二郎》。高明爲蔡伯喈設計了『三不從』的情節，即辭試不從、辭婚不從、辭官不從。這『三不從』反映了中國封建社會的科舉制度、婚姻制度、君權制度，揭示了扭曲的政治制度對個體生命的壓迫和摧殘。趙五娘是傳統道德的忠實信奉與身體力行者。

《琵琶記》廣爲流傳，有衆多版本，如明嘉靖刻本，題名《新刊巾箱蔡伯喈琵琶記》；明雲林別墅刻本，題名《元

出版説明

本大版釋義全像音釋琵琶記》；明吳興凌氏朱墨套印本，題名《琵琶記》；明虎林容與堂刊本，題名《李卓吾先生批評琵琶記》；《六十種曲》本，題名《琵琶記》；清康熙中刊本，題名《繪風亭評第七才子書琵琶記》；等等。

此次影印明萬曆二十五年（一五九七）汪光華玩虎軒刻本。此本刻印精良，保存完好。

四、《新編林沖寶劍記》二卷，明李開先撰，明嘉靖二十六年（一五四七）自刻本。

《新編林沖寶劍記》與《浣紗記》《鳴鳳記》并稱爲『嘉靖三大傳奇』，打破了明初百年『以時文爲南曲』的流弊，是明代第一部以水滸故事爲題材的戲曲作品。

李開先（一五〇二—一五六八），字伯華，號中麓，章丘（今屬山東）人。嘉靖初與王慎中、唐順之等并稱『八才子』，是當時文壇青年才俊。官至太常寺少卿，後罷官歸鄉，以詞曲自娱。著作頗豐，有詩文集《閑居集》、雜著《詞謔》傳世，代表作《寶劍記》。其收藏詞曲之書甚富，號稱『詞山曲海』。

《寶劍記》全劇二卷共五十二齣。該劇取材於小説《水滸傳》第七回至第十二回，寫林沖被逼上梁山的故事，但劇中人物、情節多所增飾。通過描繪林沖的英勇善戰和忠誠正直，展現了古代英雄的風采和民族精神。成功的舞臺表現使得此作品在戲曲舞臺上盛演不衰，成爲多個劇種舞臺上的藝術經典。

此次影印明嘉靖二十六年李開先自刻本。書中鈐『四明朱氏敝帚齋藏』『海内孤本』『仰周所寶』『曾留吳興周氏言言齋』『周越然』『吳興周氏言言齋劫後存書』等印，知此書曾經周越然存藏。

五、《徐文長四聲猿》，明徐渭撰，明袁宏道評點，明萬曆四十二年（一六一四）鍾人傑刻本。

《徐文長四聲猿》是明代才子徐渭所作四部雜劇的合稱，包括《狂鼓史漁陽三弄》《玉禪師翠鄉一夢》《雌木蘭替父從軍》《女狀元辭凰得鳳》。

徐渭（一五二一—一五九三），初字文清，後改字文長，號青藤老人、天池山人等。山陰（今屬浙江）人，明代著名文學家、書畫家、戲曲家、軍事家。他多才多藝，書善行草，寫過大量詩文，能操琴，諳音律，愛戲曲，所著《南詞叙録》爲中國第一部關於南戲的理論專著，另有雜劇《四聲猿》《歌代嘯》及文集傳世。

袁宏道（一五六八—一六一〇），字中郎，號石公，公安（今屬湖北）人。以文學著述爲事，與其兄宗道、弟中道并稱『公安三袁』，就中以宏道成就最高。著有《袁中郎全集》。

《四聲猿》所述俱爲長期流傳的民間故事，以寓言的形式諷刺了社會現實和人性弱點，具有强烈的批判精神。此書流傳版本有明萬曆間刻本、明崇禎間刻澄道人評本、《盛明雜劇》第五卷本、《酹江集》本、《暖紅室彙刻傳奇》本、《古本戲曲叢刊初集》本等。

此次影印明萬曆四十二年鍾人傑刻本，有袁宏道評點。卷首尾俱鈐鄭振鐸藏書印，知此書曾爲鄭氏所藏。

六、《新鐫女貞觀重會玉簪記》二卷，明高濂撰，明萬曆黄德時重刻本。

《玉簪記》是明代作家高濂創作的傳奇劇。

高濂（生卒年不詳），字深甫，號瑞南道人、湖上桃花漁，錢塘（今屬浙江）人。明代著名的戲曲作家、養生學家、藏書家。工詩詞和戲曲，傳世作品有詩詞《雅尚齋詩草》《芳芷樓詞》，傳奇《玉簪記》《節孝記》，散曲小令十餘支、套曲十餘套，散見於《南詞韵選》《南宫詞記》等書。此外，著有養生要作《遵生八箋》。

《玉簪記》取材於明代趙世杰編輯的婦女詩文集《古今女史》、元明間無名氏雜劇《張于湖誤宿女貞觀》、明代話本小説《張于湖宿女貞觀》等，所述爲尼姑陳妙常與書生潘必正衝破封建禮教的約束而相戀結合的故事，展現了古代女子的智慧和勇氣，揭示了任何清規戒律都阻止不了人們對愛情和幸福的追求，具有深刻的思想内涵。

《玉簪記》明清版本很多，明末毛晋汲古閣刊《六十種曲》本流傳最廣。此次影印明萬曆間黄德時重刻本。鈐孫家淮之『鄞蝸寄廬孫氏藏書』『翔熊』印及徐伯郊之『吴興徐伯郊收藏書畫金石書籍印』等。是書初在孫氏蝸寄廬，後轉於徐伯郊，一九五八年歸於鄭振鐸。書後有鄭氏手跋一篇，詳述此段故事。

本書另附有《明刻坐隱先生精訂陳大聲樂府全集》七種八卷，明陳鐸撰，明汪廷訥訂，明萬曆三十九年（一六一一）汪氏環翠堂刻本。

《明刻坐隱先生精訂陳大聲樂府全集》包括散曲、雜劇、院本及詞，内容豐富多彩，風格各异。其中散曲爲《梨雲寄傲》《秋碧軒稿》《可雪齋稿》《月香亭稿》各一卷，雜劇爲《納錦郎傳奇》一卷，院本爲《太平樂事》一卷，詞爲《草堂餘意》二卷。這些作品不僅展現了陳鐸在戲曲創作上的卓越才華，也爲我們呈現了明代戲曲文化的豐富内涵。

陳鐸（一四八八—一五二一），字大聲，號秋碧，又號七一居士，下邳（今屬江蘇）人。武宗正德年間，襲職指揮使。工詩善畫，尤善詞曲。散曲集有《秋碧樂府》《梨雲寄傲》，詞集有《草堂餘意》，另有《秋碧軒集》《香月亭集》等。清況周頤《蕙風詞話》評曰：『陳大聲詞，全明不能有二。』説他的詞風『兼《樂章》之敷腴，《清真》之沉着，《漱玉》之綿麗』。

汪廷訥（一五七三—一六一九），字昌朝，號無如，别號坐隱先生、無無居士等，休寧（今屬安徽）人。家中建有坐隱園、環翠堂，嘗集諸名士宴飲於坐隱園中。著有《環翠堂集》《人鏡陽秋》等。所作傳奇《長生記》《同升記》《獅吼記》等十餘種，總稱《環翠堂樂府》。另著有雜劇《廣陵月》《太平樂事》《青梅佳句》等。

是集爲高士里藏版、汪氏環翠堂刻本。汪廷訥不僅精心搜集整理了陳鐸的作品，還對其進行了細緻的校訂和註釋，使得這部全集内容上更加完整。

綜上所述，本書所收戲曲作品在明代戲曲史上占有重要地位，對後世戲曲創作産生了深遠影響，具有較高的藝術價值，可爲中國傳統戲曲藝術的繼承、創新提供新的助力。同時，這些作品也反映了當時社會的風貌和人們的生活狀態，可爲瞭解和研究明代歷史和文化提供珍貴的資料。

廣西師範大學出版社北京文獻出版中心

二〇二四年七月

總目録

第一册

新刻出像音註增補劉智遠白兔記二卷　〔元〕永嘉書會才人撰　明金陵唐氏富春堂刻本
新刊重訂出相附釋標註拜月亭記二卷　〔元〕施惠撰　明萬曆十七年（一五八九）唐氏世德堂刻本
琵琶記三卷　〔元〕高明撰　明萬曆二十五年（一五九七）汪光華玩虎軒刻本

第二册

新編林沖寶劍記二卷　〔明〕李開先撰　明嘉靖二十六年（一五四七）自刻本
徐文長四聲猿　〔明〕徐渭撰　〔明〕袁宏道評點　明萬曆四十二年（一六一四）鍾人傑刻本
新鐫女貞觀重會玉簪記二卷　〔明〕高濂撰　明萬曆黄德時重刻本

第三册

明刻坐隱先生精訂陳大聲樂府全集八卷　〔明〕陳鐸撰　〔明〕汪廷訥訂　明萬曆三十九年（一六一一）汪氏環翠堂刻本

第一册目録

新刻出像音註增補劉智遠白兔記

二卷

〔元〕永嘉書會才人撰

明金陵唐氏富春堂刻本

白兎記 全

嘉靖唐氏富春堂本

蘇州吳梅 字瞿安別號霜厓 188——1939 藏書

劉智遠白兔記

明（一六二一—一六四四）金陵唐氏富春堂刻本

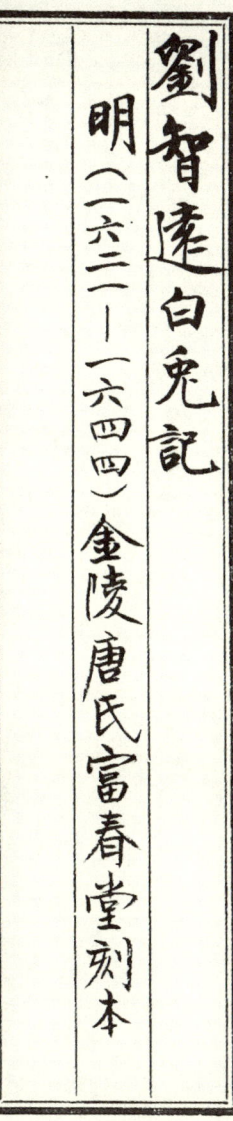

新刻出像音註增補劉智遠白兔記上卷

豫人　敬所　謝天祐　校

金陵　對溪　唐富春　梓

第一折　開場

【鷓鴣天】【末白】桃花落盡鷓鴣(音柘姑　鳥名)啼。春到隣家蝶未知。世事只如春夢杳。幾人能到白頭時。歌金縷。醉玉卮(音支)。暮天席地是男兒。等閑好着看花眼。為听新声唱竹枝。【問內】且問後房子弟。搬演誰家故事。那本傳奇。【內應】搬演李太公招贅劉智遠琉璃井上。子母相逢白兔記。【末云】元來此本傳奇。看官听吾道其終始。

【臨江仙】【白】五代沙陀劉智遠。英雄冠絕當時。皇天作

合李為妻。嫂兄因奪志。苦節不依隨。汲水遲挨磨房
中產下嬰兒。當時痛苦咬兒臍。別離十五載。幷上有
逢期。

總詩　好賭傾家劉智遠。剪髮受苦李三娘。
投軍偶遇岳元帥。汲水幸會咬臍郎。

○第二折

喜遷鶯（生）身生五代時季世。正戈戟音棘員沿途。煙塵滿地。浪裡飄蓬
空中飛絮。何時得遇寧日。長戢音緝鳳鸞双翼。悞殺驊音華騮音良馬千
里。有負五陵豪氣。未吐虹霓。

鷓鴣天（白）少年豪宕音蕩不羈時。贏得傍人道薄兒自耻

新刻出像音註增補劉智遠白兔記

未能師孔孟。豈愁無地學夷齊。懷宝劍。捲龍旂。不逢王霸怎施為。好藏雖鴞垂雲翅。留到秋風高處飛。自家姓劉名高。表字智遠。祖貫沙陀村人氏。早亡父母。終鮮兄弟。生來闕閱之家。養就鷹鸇之志。陳師鞠旅。能通八卦九宮。講武窮經。盡識六韜三畧。英雄本學萬人敵。志氣當如千丈虹。素性猖狂。專好賭博。飲酒以致家業凋零不能自立。雖則有時悔悟。終又着迷。此乃性質之偏也只見酒債尋常行處有。錢神終見到頭空。今日天氣融和。滿川花柳。竹間青帘招遊客。花底黃鸝喚醉人。正騷人竹樂之時。過客沽飲之際。不免步入酒家沽酒一醉如何（行）此間便是酒翁快來（净扮酒保上）高懸酒旆颭東風。桃杏花開醉客容。路在遠村歸不得。情人扶上五花驄。自家酒黃公是也。本錢微少難同市上酒家沽客稀踈自是村中野店。蒜葱韮薤似珍饈炒焙煎炮非豆腐招牌上寫個青香美酒。酒盃中斟來斂艷流霞。日間門外迎賓。晚下灯前笑帳。賣酒時酸的澁的淡的價錢都說一般。收銀時六成七成八成九成厘等上閑成足色買賣不分多寡。和氣䕶人世情要認。虛直痴心折本清酒賣與貴客。現錢記得不多。渾酒賒與貧人假帳要開加倍。笑臉怕喫殘一盃冷灸。破腹無灾全憑糟粕豆

逌餵猪得利畢吏部魯為酒盜相逢猶說隄防郭廣文
是個貧腳到此不須接待解貂沽飲却愁疑是偷來荷
鍤隨行又怕下連人命正是心驚胆戰求告利竈後鍋
前日夜壯又說一文錢積攢勍々落得觜頭光(生云)没
聞黃公酒肆有々取村店无人黃公呵(淨云)
特來沽酒飲(淨云)酒來(生云)你斟我酌何如
當得
奉承(生)飲酒
【黃鶯兒】(生)桃杏錦村孤。聽流鶯喚客沽。野
橋流水堤邊路。茅茨漸幽。磁盃酒裯跡。籬日轉鶯花暮。
(合)飲醍(音提)醐。無人勸醉。隨處標瓢觚(淨)大官好酒量呵(生云)不瞞黃公說(唱)
枕麯糟丘作。高陽酒醉徒行。看拍破兒童手。我看古人呵歌
節一斗。持螯幾甌。玉山未倒還呼酒。(合)自賡酬。村深店
幽。新釀賽瓊酥。(淨)殽尽摘園蔬。慢傾觴酒液浮。蹤狂醉
溼春衫袖。歌誰再醉。呼嗽未休。頹頹側弄欹々舞。(合)醉

糢糊村醪盡無白酒過墻頭（生云）黃公我已醉矣且回去恨子一鍾奉还你的酒戲改日我再来沽飲（净）如此多謝々々

詩

（生）流水溪橋畔　（净）荒村野店中
（生）酒傾三百盞　（净）沉醉倚東風

○第三折

【一剪梅】（丑）東風送煖捲珠簾。青瑣人閑。金屋人閑。芬芳花柳鬥春妍。檻外風煙。眼底風煙。（丑白）本為張家女。嫁李郎妻不会拈針指偏能說是非。自家醜奴是也。自小多般乖覺。長来分外精神。生来不短不長。李滑百伶百俐。耳美々幾句話兒真可听。光油々一双嬌眼会睃人。多情事々知。閒无病常々咳嗽。臉上白麻斑点。不搽紅粉自風流。眉边緑鬓双彎。不貼翠鈿花雅淡。雖无閉月羞花之貌。却有嵌雲衆雨之心。鼓舌搖唇。定要將无作有。論黃數黑。分明以假為真。進說言。先看㥯心去。冷語回消惡氣。多讒聽明伶俐定教顛倒是非。痴呆的片語可欺。对面机関調弄。垂活的不時不信。因人轉眼挑唆。不愁姊妹姑姒。半句便傷和氣。那怕翁姑伯叔。一言便結冤仇。真个是賽过蘇秦游説口。安排孫武鬼神机。嫁一个丈夫名喚李洪信。徒有文冠面。日全无知覺聰明。不能整頓生涯。尽会奉承房事。枕席上无般不会。眼面前惟命是從。誠然消桶飯包。果是行尸走肉。朝三暮四。我看他不似猕猴。左奉右承他。視我強如父母。正是婦人前世修。今世嫁愚夫呆漢。无人管偷閑滑自由。还有一个小姑姑。名喚三姒。生滑嬌ヒ滴ヒ。異樣聰明俏ヒ。乖ヒ十分。後消偏我不曾主意。破他奸破机関。曾靠任他拿班做勢。欺唆哥嫂。无般使性。爭奈公婆在上。无奈他何。且自含在心頭。只是你不思佐我。姑姒日也有為人媳婦。叱晴春天氣。已曾安排下酒。逕花亭之上。請公婆玩賞。不免叫我丈夫三姑姒。（叫介）三姑姒李官人。請出公婆。今日我安排同請。則个。酒与公婆上寿。則个。（凈扮李洪信上）

【一剪梅】（凈）綠楊影裡錦花鞭。人過前川。馬過前川。（旦）鶯回春夢曉粧殘。鶯燕声喧。蜂蝶声喧。（相見）（丑）今日良辰美景。請公婆花

亭上玩賞一番【旦】嫺々好賢会請爹媽出来【謁金門】【外】春色煖衰鬢因春催

換簾幙東風輕又軟忽驚双紫燕【占】門外落花千點老

去春光有限【合】願去金樽長是滿年々花下勸【外】百囀嬌鶯

早報春【占】双飛乳燕午依人【淨】暖風晴日致輕塵【丑】簾捲金鈎銷日色蒲斟玉液問花神【合】

盈堂人劝樂声平【外】你兄妹請我出来有何話說【衆】孩兒媳婦聊備菜蔬亭之上請爹媽玩賞

【外下】【貼】好々也是你一点孝心【請行】听鶯行过小溪橋楊柳迎人舞細腰莫待子規枝上喚教人羞

見錦春嬌【祝英台】淨見錦春嬌花日暖翠柳鎖晴煙金樽玉

掌雪鬢霜鬟能有幾個芳年啼鵑在枝頭急喚春歸人

在桑榆愁嘆【合】願明年还向花前酹勸【丑】前腔堪羨只見庭

午風輕花簇画欄杆香浮翠幙色照華筵々人閒莫登

四

仙。須勸。把金卮倒盡韶光。一任花飛粉片。（合前）（旦）惟願長
見那綉錦屏前。人醉杏花天。鶯調嫩舌。花吐芳心。韶光
未老誰憐。驚嘆。只愁着日暮椿庭。春去萱花色淡。（合前）
【鮑老催】（外）亭幽晝閑。（反）碧桃花外東風軟。綺羅筵上金
樽滿。見紫陌上。綠堤邊。花陰畔。斜曛乱影人争散。桃花
色上遊人面。好風吹散鶯花斷。（貼）金樽已殘。（反）風吹雪
鬓絲乱。一簾花霧朦朧。看見人歸去。玉蹄忙。霞觴慢
煖風薰得遊人倦。頹然醉把春衫換。倩人扶過花林畔。
（尾聲）今春樂事無多。見準擬明年春又還。拚取花前再醉頹。
（　）第四折

智遠廟中賭錢

（末扮馬明王上云）寶閣玲瓏上接天。香波有和散青煙。衛
前瞻拜黄金像。叩齒先祈降福田。吾乃馬明上之神是也。考察一方之
善惡。推行四季之災危。福善禍淫。報應捷如影響。救
災解難。求祈立見靈通。因此凡人恭奉祭享不絕。吾
神照見沙陀劉智遠。日后當享天位。二世却傳李氏
三娘又當母儀天下。爭奈一富二貧。人緣未合。今日
吾神降誕之日。豪傑少年。都來還願賭博。幸得智遠
為人好賭。吾神暗顯神通。叫他素手無措流落廟
中。李太公收回。將三娘你配以就夫婦。豈不美哉。止
是大抵乾坤都一般。免教人在暗中行。淨上不耕不
織不愁貧。衣食全憑木偶人。神酒福衣須得用。朝鐘
暮鼓也勞心。自家馬明王廟中廟祝是也。淨內焚香
合掌躬身三叩齒。神前作禮。低頭設拜半彎腰。末明
便起打鐘無過百八。日晚須擊鼓。定是三通。朔望
討籤。上中下三般有驗。晨昏討筶。勝陰陽兩片齊開
或時假降邪神。頭來南施舊地妄言禍福。要索祈禳
三牲福事通神。到廟便言留飯。一陌紙錢方與出門
便覺無茶。正是福事通神還有準。紙錢還頭並無功。

家ヒ賽愿都虔爲祈祝原来只乞風。今日馬明王降誕之日。各處人来還愿。懸前廊下香灯不絕，自去焚香点燭齊整。多少是好。正是人頭挨擠，无今日。廟宇森嚴在此時（下鴉介）（小生丑扮賭錢人上）

【普賢歌】（衆唱）生平賭博不輸錢，贏得人来也枉然。先須沽酒慢消閑，醉把煙花又亂纏。不顧家中過活難。

（小生丑）賭博場中要用心。眼精手快便贏人。假饒跌得渾身過。一抹須教認不真。自家張旯混李神遊是也。家無活計。賭博爲生。若贏（音羅）時銀箸牙挨手帕汗巾那数件拿来過采。倘輸去皂靴衣服網巾這幾般剥得精光。有錢在手。十字街頭張哥ヒ、李哥ヒ尋花問酒无鈔在腰。三叉（音差）路口東踮ヒ西站ヒ喪魄消魂。家中少米無柴。全然不顧。眼下豊衣足食。且自由他。正是天生一對精光棍。賭博場中。第一人。今日馬明王廟中賽愿。我兩個到此開場賭博。多少是好。（生扮劉智遠上）

【唱前腔】昨宵中聖夢難成。曉起簷頭鵲噪声。忽驚聞巧賽神灵。車馬紛々造殿庭。喜逐多人緩步行。今日是馬明王廟中慶誕。有人賭錢不免馨囊將去賭得幾貫錢來沽酒與樂豈不美哉。列位老兄帶挈小生賭一会何如。（丑小生）請々。好々。（賭介）（輸介）（生丑小生）（下）（生）罷々々。大丈夫既是輸了。何須煩惱。怎奈空手飢餓。怎生區処。

【鎖南枝】（生）也是我身無主。好賭錢。一擲千金去不還。囊篋盡消然。衣衫又難掩。似這等素手歸。誰見怜。枉教我自悲傷。苦追怨。（前腔）想着我丈夫志。美少年。勉力為人殆不能，何苦把家筵。蕩盡千千萬。都是我將此身。飢又寒也不用發悲歌。感長嘆。常言古之豪傑未遇之時。不修小節者多矣。我今日一飢难忍。不免躲在庙中影壁之後。奪取些頭福雞充口。有何不可。正是君子豈穿窬。大德不修，小德亦何妨。

臨江仙〔外裴上引〕遠涉不辭筋力倦。杖藜扶過橋西。不因神聖有靈威。豈能移老步。正好掩柴扉。老足行來步〻遲。庙門翹首見灵感。村坊善恶灾祥事。都仗神明暗護持。老拙夜来夢賜我金庵一條。不知令日来此有何奇遇。不免入去。庙祝〔净上〕相見〔科〕〔生上〕取雞介〔净〕有賊打〻〔生〕休胡說。不要動手。打〔净〕〔外〕是那个如此無狀〔生〕是小生。〔外〕你是甚広人〔生〕小生東村刘珙之子。刘智遠是也。冒瀆太公。休得見罪。〔外〕原来刘太郎。你令尊與我同輩之人。你一貌堂〻。為何幹出這事。辱沒了你令尊。〔生〕小生不幸，父母早亡。有失家教。只因好賭，家業凋零。今日將来賭盡。肚中飢餓。无来准以度活。无如柰何。只得沒此小德度日。充飢〔外〕夜夢神賜金庵。莫非應在此人身上。不免收留回去。看他如何。刘大郎將雛還庙祝（生）如此感德不浅。

詩

自慚賭博致身窮。莫怨時乖運不通。
今日得君提拔起。免教身在污泥中。

○第五折

【寶鼎兒】（貼）春歸別苑。蝶過墻頭。韶光早去。紫陌上亂飄残絮。花塢音沃外蘂飛紅雨。（旦）鶯閙落紅憔嫩緑。窓下停針無語。見燕々鶯々頻催急喚春還幾許。（西江月）昨夜灯花連爆。今朝喜鵲頻喧。兩般佳兆喜相傳。吉夢何時得見。員外去謁神明。去多時不見回还。孩兒。你我出門顒望則个（旦）冬々去久不回。不知甚事牽絆（貼）兒。你看喜鵲在簷前喧噪。有何吉（旦）冬々回来便知端的

【傍粧臺】（貼）翠煙中。花飛故苑玉樓空。明春還有花相似。

霜鬢又見改衰容。ㄟ你呵冬須憑藜杖相扶去。老足還憂路不平。〔合〕歸来路。有幾重。空教凝望画橋東。〔前腔〕〔旦〕慢傷情倚欄無奈落花風。鶯梭織斷堤邊緑。蝶衣拍損樹頭紅。綉窓幾向開金鏡。忽憶愛君在路中。〔合前〕〔外帶香遶上〕

〔二郎神〕〔外〕夢神錫與。ㄟㄟㄟㄟ果向神前有異逢。須知尚父兆飛熊。傳說中興第一功。今日得人龍想協夢中。〔喜相見介〕〔旦〕冬ㄟ。廟中回来。有何好事。說與孩兒知道。〔外〕這不你女孩兒家說的事。你且方便。〔旦〕孩兒知道了。緩步金蓮歸綉閣。且將針綉錦鴛鴦。〔下〕〔外〕老安人快着人去請三叔来。與他計較。〔內叫〕〔末扮三叔上〕

〔菊花新〕〔末〕光輝棠棣並春容。别去連朝数未晴。今日盡堂中。忽聽得傳呼有命。兄弟分居屋。情親貌却踈。𠕂来旡一日。不見似三秋。自家是李相是也。哥ヒ謁廟回来。令ノ八叫我。不免看他一会有何話説（相見介）（外）不瞞三弟説。夜夢金龍今日廟中賽愿遇見一人。衣衫藍縷。錢財賭尽。流落庙中。我收他回来。特請賢弟看ヒ此人若何（末）是甚底人（外）是東庄刘琠之子。刘大郎也（末）ヒヒ。我家正要得一人（貼）賭戲之人。有何好處。喚令去罷（末）叫来与尊嫂看ヒ（見介）（生上）不因採藥迷路。怎見桃花洞裡天（末）漢子你一貌堂ヒ為何流落（生）好酒賭戲。不才至此。（末）既如此。想你有些力量。我家廐中有紅鬃烈馬一匹。煩你控馭回来。再有話説（生）如此就去。正是不愁廐内无良馬。只恐人无馭馬才（下）（末上）哥ヒ不可輕視此人。我見他人才一表。故令他看紅鬃烈馬。試他力量。如今離乱之世。收留必有用處（外）説得是。他氣象真无比。一則人才出衆。二則故家子弟。正是休將經濟手。看作等閑人（下）（末）旦丑喜哥ヒ依吾之所見。我想此人后日必有好處。且將驚馬志經試棟梁材（下）

○第六折

（生上云）驟馬誰逢伯樂来。東風首肯向誰開。須知一旦能千里。只恐人無馭馬才。刘智遠乱方失意趣蕪多情時運不逢孤身流落多承李太公收我回來馬房中看馬分明是看我力量然後用我自幼學成文武之才當際明良之會拯馳良馬揀閱名駒智遠不知太公有何良馬在枯廄中不能制馭却教我來制伏昔聞始皇七馬追風躡影最良周穆八龍騰霧奔霄可貴不羨渥洼之所產何須大宛之生來駃騠与騊駼類形騏驥同騄驪并力名駒千六魯卿放牧衆皆知駿馬三千衛国產來人盡曉上短下長寬骨淺腦緩耳燥鬃者乃為駑馬寬頭細頸弱脊肥軀大蹄瘦膝者則是羸駒當放防主之的盧須擇通神之驥乾象曰馬經所載全憑眼力元差頭像王侯方厚更宜肥碩目為卿相光明又要修長眷做將軍之剛強肚比边城之固緻口有色朱之色果然覓到華陽鼻生正王之形定是御旁告父李太公叫我來看馬求必无意我想古人以良馬而比君子者正是今日之事而已

【駐馬听】（生唱）千里霜蹄眼掣銀蟾氣吐霓落在尋常槽櫪餵飼無時奴隸相欺秋風高處苦嗚嘶（音西）形羸（音雷）骨瘦駑（音奴）

駘（音胎）比。今日須知，馬無伯樂徒千里。（馬上介）（生）紫畜那甲，

【前腔】（唱）赤兎（呂布之馬）真奇。腹歛頭方叉鬣（音業）蹄。（走控馬介）真个好馬。耳豎（音尌）鬃（音宗）披赤鬣（音列）目

映星懸，步捷雲飛。良駒悞落在荒堤。雖能千里無人識。

今遇相知，定教從此為名騎。且喜馬服控馭，不免松在那里。

【前腔】（唱）自

愧無為，好似龍駒難展蹄。悔殺當時錯悞，好賭貪盃落

魄無依。平生氣槩有誰知。傍人門下為奴隸，何必傷悲。

丈夫豈學窮途泣。

詩曰

力撼天關氣斗牛。　暫從良馬效驊騮。

今朝權借驅馳力。　有日終逢鵰鶚秋。

○第七折

【末上】云兩岸桃花色自差。含春意惹刘郎。當時不有神仙眷。豈憚天台路渺茫。我想刘郎為人。而有紫色。眼多白睛。食禄千鍾。富何如之。前程万里。貴不可言。倦哥哥雖則帶他回來。若非以厚礼相待。决不可留。夜来尋思到有一說。待我到哥哥处与他計議。又怕我哥哥不肯。等他相見之時。再作道理。

【玉芙蓉】【末】劉郎美少年。才貌真堪羨。這等在哥哥家裡。却怎庅留得他。要羈留除是牽紅有分。他是个綠窓空有乘龍客。綉幙東風坦腹人。【合】人有願。怕天緣未凖。流水飛花兩情愁。怕武陵春。【外上】

【前腔】姻緣未可期。心口還相問。我有一女。先言之日。不是門户相对。決不肯議婚姻。念劉郎年貌家声厮称。須知蝶有憐花意。只恐花無戀蝶心。【合前】【末云】哥哥你道甚庅。【外】我不會說甚庅。【末】我听見了你不要瞞我。【外】我想刘智遠是个豪傑之人。叫他看馬如此。决不能留。必須要我方纔說的去

可留得此人。〔末〕若非這等免置，怎生輕易留他兄衷
村刘氏亦故家相对。便招贅他在家。日後有好處处
你我心中意同。但不知嫂了若何〔末〕也要等嫂〻出
末計議相同。末可〔外〕這也道得是理。生你嫂子也來了。
〔前腔〕〔貼〕昨宵夢未安。今日还思村第和兄怎向書堂私
論〻。〔末〕我與哥〻我知道了。不會說甚底。不要瞞我。〔占〕叔〔旦〕只因議結姻親事。豈可
欺瞞乳哺人。〔外〕老安人你心意如何〔占〕唱合前〔末〕好〻 嫂〻。也有此意一〻〔占〕叔〻。我看刘智遠一〻
覩堂〻。後日必有好處。叔〻將女兒招他。只恐他賭錢
好酒姪〻。丟不可就誤女兒〔末〕這人不是等閑之人。宣
可不知改過。不必愁也〔占〕只怕女兒不肯這事却進
〔末〕哥〻嫂〻。三嫂是个尋人〻。明日教刘智遠洒掃厅
堂。三嫂看見。自然有情願之意〔外〕此說甚通。叫刘智
遠過来〔叫介〕〔生〕纔向廐中施控馭。又聞堂上喚刘高
〔末〕看馬如何〔生〕好一疋紅鬃裂馬。非智遠不能控馭
〔外〕好〻。生受你。明日有客瘂煩你洒掃堂屋〔生〕謹領
〔外〕云明日堂前貴客臨。〔末〕云煩君掃去地埃塵
〔占〕云叠堂不許睁眉眼。〔生〕云僥首難辭這舌辛

劉智遠畫堂掃地

○第八折

【謁金門】【生】時乖蹇。遠離家鄉，被人輕賤。家東命我掃廳前，只得聽他指點。【生】身傍人門裡不才。衣衫藍縷自傷懷。堂前掃地人輕視。盡是輸錢換得來。○刘智遠高皇之後。漢室宗親。洵識十万之甲兵未經所試，氣喫三千之虎賁。擬待其時，前日在馬明王廟中將錢賭盡。只落得素手無聊。猶如喪家之狗。正是一呼百若盡成空。盍向人前說貧窘，何似當初莫賭錢。今朝免致身如此。感蒙李太公收我回來，昨日令我看馬。今朝教我掃地。這都是下賤之輩，奴隸所為。誰想刘智遠身軀七尺，浩氣三千。落在塵埃之中。雖免貧賤之厄，欲待奔走他鄉，另取安身之策，爭奈中原孤弱，藩鎮專權。天下分崩，煙塵滿地，不如姑此數日，另作區處，以圖長遠之計。正是蛟龍豈是池中物，会見風云上九天。來此間，果然一座好精製画堂。真个是活不盡傳可。

【江頭金桂】【生唱】我只見畫堂空砌。画堂深鎖無人到，落盡春風滿地花。庭

閑人到稀。鳥甚的塵埃堆積。想是燕墮銜泥。污却了堦前

地。欲待下箒輕揮。怕又恐紅塵飛起。做灑水介因此上先將水洒。

免得沙漠被風吹。却將人青眼蒙蔽。更不許塵埋几席。

匕匕匕匕。你看。被我刘智遠洒掃得何等潔匕净匕 匕匕。净。正是半点俗塵不到。四時風月長存。要時

間潔净庭除。光生四壁。細思知。洞開門户如吾意。自在

人家清晝遲。【下】旦上【丑】【前腔】唱往常見香塵滿地。風吹起惹

衣裡。今月人来净掃。不見半點塵飛。襯金蓮無踐跡。一時

間廈屋光輝。輕塵如洗。細看那人執箒。他的人品高奇。

想不是下流之輩。鳥甚的身無所倚。匕匕【丑】姐上。匕匕。你不知

道。這人只因喫酒 賭錢。以致如此。【旦】只因好賭傾家。慱換得此身狼狽

細思知。梅香。不要輕視此人。古云大鵬有日同風起扶搖直上九万里。（旦）他是個大鵬未展垂天翅。九萬雲程終有期。（下）（生上）（前腔）（唱）自念太公意美。那日在馬明王廟中相逢攜我歸。只道他以另眼相看。誰想他不誰青眼。把我輕賤如泥。畫堂前令掃地。既在矮簷下。怎敢不低頭。只恨我時乖運蹇未逢明主。自恨我未濟明時。權為奴隸。昔有韓信乞食於漂母。無資身之策。受辱於胯下。无兼人之勇。想當初韓侯未遇。曾受胯下凌欺。後来棄楚歸漢。蕭何三薦。臣至三齊王。那時節顯威風誰可比。正好傷今思古。不覓义氣激昂。自許我心懷壯氣。〻〻〻〻。記得書中有云。彼丈夫也。我丈夫也。有為者亦若是。異日裡若得施為。決不讓三齊獨貴。細思知。身當驅虜平胡日。掃地堂前又是誰。（丑上）刘大哥欢来不似今日。喜來不似今朝。如今老安人

將我招贅你為春老又婿〔生〕出、死奴才〔丑〕你罵我奴才你會為掃地又不是奴才〔攛滚〕丑曾刘
大哥你好痴。不解其中意。我到有你心。你到無我意。奴
似崔鶯ㄟ即似張君瑞。中間只少個紅娘。做成一本西
廂記〔生〕出。是英雄。奴婢〔丑〕你我一般同。〔生〕千年為奴婢。〔丑〕万年做長工。〔生〕攛丑
〔生〕適纔掃地。怎麼有个女子。撚花籬裏出。我掃地。想他年紀與我相等。只好配與我。刘皆遂為一対夫妻。真个斷然〔生〕〔旦〕命我掃所堂。佳人塔崖裡搽正是夫婦休指望。过去莫思量〔下〕〔丑旦上〕〔前腔〕暗地裡
偷睛窺覷。他神清貌又奇。更羨他龍行虎步。天日高姿。
氣昂ㄟ誰可比。梅香。這人。好不志氣啊。枉自有表ㄟ威儀。因何志
餒。虽则是輸錢失意。自古道男子遠志在四方。憤發當為。免得似今朝
喪氣。辜負他身為男子。ㄟㄟㄟㄟ。似這等七尺之軀。却

怎生置身無地。細思知。晏嬰人也是尋常輩。傀殺英雄撒

蓋隨。〔丑〕小姐。你從常間不曾說着半句男兒漢的事。曾開了半刻工夫。今日爲何只管說着他怎的。

〔旦〕梅香。你不知。那人精神秀爽。人物軒昂。頭角未成。先識塵中之宰相。功名到手。定爲天下之奇才。暫須落於貧窮。終不流於下賤。眼前如此。後面難期。〔唱〕〔皂羅袍〕想他不是塵埃俗子。論

當時肉眼誰知。猶如白璧掩光輝。誰人肯抱荊山泣。驊

騮欲逞。荊棘滿堤。蛟龍欲變。風雲未期。終須有到天衢

日。〔丑〕小姐。想這人也沒老婆。〔旦〕〔滴溜子〕料他未諧伉儷。〔丑〕姐ヒ。你想他呵。我對老安人說將你招了他罷。〔旦〕啐。這衷情緘口休題。除非冰下有人知。傳令

父母心生喜。高堂有意。事有可期。休輕出語。令人致疑。

孟光終有梁鴻配。〔滴溜子〕〔旦〕今日裡。ヒヒヒ。枳棘鳳棲

何時遇ヒヒヒ。梧桐鳳飛。悞植了公門桃李。似明珠投暗迷。蛟龍淺水。氣吐虹霓。山藏劍輝。【鮑老催】綠窓麗日ヒヒヒヒ。曉來玉鏡臺邊立。藍田未種双ヒ璧。怕攀不得丹鳳尾。錦鴛翼。尾生不抱橋邊水。文君自解琴中意。安能月下人傳示。【余文】鵲橋未駕銀河裡。空教織女罷仙机。盼望殺牛郎無会期。

詩曰

漫道春從天上來。一双白璧原無價。

疊堂綺翠勝蓬萊。一兩朶奇花次第開。

○第九折

【夜行船】（貼唱）畫屏孔雀開双翼。爛熳花枝。光輝金璧。（末）烏鵲橋邊。銀缸影裡。相見洞天人喜。（相見介）（末云）昨日之事。想必三姐見

了。劉智遠。你今背地問一声。看他意下如何。今日好箇占辰。就此結親極美〔貼〕理會得叫介〔旦上介〕

夜行船 〔旦唱〕寶鏡初開。金匣小。粉黛描来花鈿貼了。堂上頻呼。閨中傳報。蓮步還須移早。〔見介〕〔旦云〕不知母親喚我有何話說。〔貼云〕你爹〻與三叔在堂上議親事。教我来問你。〔旦〕事由父母。如何問我。孩兒不知是那一家。〔占〕便是那堂上歸地的劉智遠。你看見他不曾。〔旦〕女孩兒家。誰去看他〔笑下介〕〔占〕員外三叔。他冷笑去了。〔外〕既是如此。叫劉郎出来。〔叫介〕〔生上〕一掃顔教天下定。人間從此絕埃塵〔相見介〕〔末〕劉郎。家兄因見你人才一表。要把姪女招你。心下如何。〔生〕小生自因不才。蕩了家業。身雖貧賤。志氣尚存。太公不肯見留。小生就行。若把盛姉招贅。小生為義媳。實難從命。〔末〕差矣。我家兄無子。所生一女。況令尊乃東村劉奥。乃有名望。與我家門户相當。故此把姪女招你為一門佳婿。決無他意。〔生〕如此。卑人感恩非淺。〔外〕今日吉日良辰。就此成婚。你更衣来。〔生〕正是。時運不臨招不至。姻緣到處却難洚。〔占〕只是一件。孩兒又不在家。媳婦又不知事。怎生區處。

[末]你媳婦為人好粧晃子。只說央他来做賓相。他自然就歡喜[占]地說得是吽声介[丑上]

[窣地錦襠][丑上]忽驚窓外吽吁忙。笑整花容過畫堂。深々堂下拜姑嫜。為問因何喜氣揚。[相見介][外]媳婦。今日我與婆々主婚。三叔公為媒。把三姑娘招贅劉智遠為婿你可做賓相。不可推辞[丑云]既然如此。小媳婦大承了[占]媳婦吽三姑早[丑]三姑娘劉姑夫早上

[謁金門][生]人俊逸擁翠堆紅佳麗飄々金袖香風裡爭似神仙隊[旦]綠鬓巧粧嬌美紅錦護聯環珮猶有双眉揣未起留待郎添翠[丑喝]新郎新人交拜

[山花子][生]鰥生何幸詣仙眷蔦蘿松栢高扳玉屏開光生綺筵綉幃閑瑞藹門闌[合]問嬌娥如花正妍才郎貌羡還少年天生一對金鳳仙勝似双々玉種藍田[旦]嬌

癡二八無閨範守香幃豈識顛鸞弃桒枯玉臺鏡員慢

嬌羞合卺盃乾〔合〕〔旦〕洞天花燭春光滿勝瑤臺洞府神仙

喜乘龍牽紅有緣論冰清玉潤何慚〔合〕〔前〕請賓相致語送房〔丑〕公婆三叔

公休恠伏以詩首關雎茲重人倫之典礼卜鳳貞爲堅

夫婦之儀諧兩姓之姻緣始二家嗣續画屏孔雀絲鸞

冊鳳聞双飛錦帳美蓉玉蕊金花開並蒂郎似荆山之

美玉温潤無瑕女如上苑之奇花嬌香有色結婚姻於

此日成樂事於今宵翡翠衾中杰兩嬋兩鴛鴦枕上倚

玉偎香撒帳謾陳諸君雅静以為錦帳之榮華呵

〔尾声〕〔合〕四遥喧沸笙歌乱燭影揺紅捲綉簾未許黄昏

錦帳閑了〔丑〕公婆好沒乇意我丈夫不在家就把三姑招一个大油花并待他帰來再作一个區処

詩

外 一攬道春從天上來占画堂倚翠勝蓬萊

生 一双白璧原無價合兩朵鮮花次第開

〇第十折

智遠夫婦翫花

夜行船（生）花壓欄杆春正遲見遊蜂粉蝶雙飛。（旦）嫩綠嬌紅。正當此際。成就百年姻契。（生）二姐當此春光明媚景物祥妍。蝶舞隨人鶯声聒耳。千日我和你到前村沽買一壺便是。（旦）丈正是買花醞換酒。向醉杏花村。（生）前面一牧童。問他一声

金井梧桐（生）問酒誰家有好前去問牧童。那牧童原来是个啞子。他遙指杏園中。好新豐青帘（音連）風動。當此春光明媚景物鮮妍之際。正好提壺挈榼緩步扶筇。（音窮）咱兩箇醉東風也羅。（旦）劉郎是甚底子。向得好（生）三姐。上苑笙歌春富貴西郊絃管醉東風。双双共出庄問聽取西郊樂声相送。（合）百年歡笑。兩情正濃。夫妻好似鸞和鳳。（旦）劉郎我和你到溪边遊戲一番。（生）三姐。你看當此融和景節之時沙上兩箇鴛鴦交頸睡得好。（旦）劉郎。正是日暖兆夾沙上睡。啣泥紫燕遶梁飛。野外牧童牛背穩。短笛无腔信口吹。（生）果然春景堪畫處。綺陌東風正可人。

【前腔】（旦唱）沙暖鴛鴦睡。嫩泥燕子忙。楊柳拂簾櫳。刘郎前面雨来了。（生）三姐。不是雨。是桃花乱落如紅雨。（旦）花拖雨濛濛。鶯声巧弄。（旦）刘郎是甚麼子香呵。（生）古云。来處春三月。花香飄馬蹄。（旦唱）香襯輪蹄歸去。桃杏浸階紅。人如在錦屏中也囉。刘郎。那水边幾枝花開得鮮艷得好。（生云）三姐待我摘一枝與你戴。双双手撚花枝。斜插金釵鬢邊双鳳。（合唱）百年歡笑諧情正濃。恩情莫遣如春夢。（生唱）【前腔】莫學襄王夢。巫山十二峯。幸喜遇芳容。多承三姐恩愛。卑人當銘肺腑。向其中肯把語言陪奉。日前在馬明王廟中。多感令尊收我回家。得与芳卿諧偶。得伊提掇。免在污泥中。這恩德感無窮也囉。又蒙三叔丈如此扶持。一心感荷叔公。把卑人相敬厮重。（合）夫妻諧老。兩情正濃。刘郎。只一件呵。哥哥愚蠢之人。嫂嫂[illegible][illegible]

之婦怕他回來心腸更別恩情又恐如春夢。(旦唱前腔)門闌多氣氣。君家意頗濃。褥隱綉芙蓉。聖人云妻子好合如鼓瑟琴。兩情濃琴調瑟弄。好姻緣相會。女婿近乘龍。人都道喜相逢也囉。刘郎你方纔說道得我爹ㄣ妝留。伊家感我爹ㄣ。異日身榮莫忘恩寵。(合前)(生唱)

(前腔)前世曾結會。今世遇嬌容。好似蝶和蜂。兩重ㄣ麗日和風。魚水歡情誰共。三姊ㄣ人一件話說。只慮你爹娘年老難保吉和凶。我夫婦靠着誰也囉。(旦)刘郎我和你拜告天地双ㄣ共拜神明。(生)姊三願你爹娘壽年高聳。(合前)

(尾声)園林此日無邊景。轉眼韶光瞬息空。只恐人如一夢中。(丑扮張醜奴上云)天有不測之風雲。人有暫時之禍福(旦)嫂ㄣ。為甚慌ㄣ張ㄣ(丑)姑夫。三姑你不知道。公婆兩人ㄣ今日一病十分沉

動死去復生，將喚你兩人去分付。快去々々。正是青龍和白虎同行，吉凶事全然未保（丑下介）（生旦哭介）

【皂羅袍】（旦唱）不幸双親老病，料形衰豈能更生。阿爹郎親還死去在幽冥。一双夫婦身無定。（生）三姊聽說這話（旦）兄雖無語。嫂決不容。家門隱禍。終須搆成。還愁剖破樂昌鏡。（生唱）【前腔】自念孤窮有幸。遭逢着此日乘紅。情豪岳父結姻盟。義兼叔父為媒証。兩情相願。六禮告成。豈愁今日蕭墻禍（哭介）三姊，你哥々有甚閒話，我也不怨他。婦人饒舌何須聽。

詩曰

一塲樂事又成悲。生死双親未可知。

痛切只愁傷骨肉。不須多慮是和非

○第十一折

【駐馬听】【丑唱】連喪双親匕匕。哽咽無言獨自嘆。兒夫牵匕
庄索債。一自離家。不見回程。公婆默匕喪幽冥。教我女
人獨自難安。殯珠淚偷零。匕匕匕匕。倚門顒(音容)望兒夫信。
【丑云】為人不自持。常被小姑欺。今日公婆死。奴匕出
氣時。公婆在日時。常被三娘小賤人。攻發我的陰私。
屢被公婆凌辱。此恨難消。丈夫不在家。公婆主張小
賤人嫁與劉窮鬼。夫妻一對。十分氣高。如今公婆身
死。丈夫將次回來。定要千計百較。拆散他夫婦兩人。
方消心中之氣。三娘呵。正是從前作過事。豈知有今朝
【駐馬听】【净唱】索債回程。匕匕。忽聽得烏鴉叫幾声。想是
離家日久。耳旨疎遠。禍福無憑。烏鴉連叫兩三声。匕匕
他那里叫我。這里聽。叫得咱心下戰兢匕。教人怎不縈
方寸。忙轉家庭。匕匕匕匕。哭声未斷哀声近。【净云】离家三五日。勝

似兩三年。竟日思歸路。終朝夢倒顛。自從离家南庄
素債數日。日則烏鴉亂噪。夜則魂夢顛倒。想是家中
有甚玄蹺蹊事。今日且喜到家。入去便知端的。【見丑】
【驚介】娘子。你爲何披麻戴孝。【丑】從你去后。公婆因喫
做親筵席。傷食病死了。【生哭介】到誰家喫做親筵席
【丑】自家。【淨】我家又無男婚女嫁。有甚做親筵席喫。
【丑】自你去后。公公廟中賽愿。見簡流落漢子。名與劉
智遠在廟中偷雞。收録回來。三叔公爲媒。將三姑招
贅了。他奴曾苦勸他。三姑在傍挑唆公婆。把我打罵
且是又叫我做水相减了我的嘴。你如今回來。有甚
主意。【淨怒云】有這等的事。自古道。家用長子。國用大
臣。縱然有叔父在上。也該等我回來。這丫頭好無知
【剔銀燈】【淨唱】親懷意終無怨理。妹何人敢不遵禮。視親
兄不如螻蟻。自專主便諧鴛配。頓令人衝冠怒起。定教
他夫妻兩拆離。【丑唱前腔】家門事說來自恥。又恐怕良人增
愧。【淨云】有甚事。快說來。快說來。【丑唱】使劉郎堂前掃地。喚三姑窗間暗

覷。兩下裡那時有意。這醜陋外人怎知。〔淨合前〕〔淨云〕罷了。ㄟㄟ。這賤人幹出此事。玷辱門風。欺凌哥嫂。怎容得他。娘子。你如今有何高見。來。〔丑〕依我的計。你如今不要惱。只說我不該做賓相。故意打我。等那刘穷與三姑來劝時節等我叫他寫了休書。退了三姑。却不是好。此計若何。〔淨云〕好計ㄟㄟ。〔丑云〕打便打。不要打重了。教我難忍呵。〔淨〕我自有分曉。不須叮嚀了。〔打丑介〕〔丑〕打壞了人

【四邊靜】引〔旦上〕堂前喧鬧為何因。忙步前來問〔見淨介〕呀原來是兄長轉家門。為甚心懷忿。ㄟ。〔合〕哥双親棄塵寰。痛難禁。且自哭靈幃。休得多爭論。〔生上介〕〔唱前腔〕哭声未断鬧声聞。惱亂人方寸。〔生云〕此位是誰。〔旦云〕是大旧。〔生〕原来是大旧。大旧見礼。〔淨〕誰是大旧。〔生〕郎旧本是弟兄情。為甚不相認。〔合前〕

【前腔】〔淨〕當初誰敢主婚姻(音因)。擅自諧秦晉(国名)。〔旦〕那時哥ㄟ不在家。爹ㄟ母親主婚。三叔公做媒〔淨唱〕我又不在天南海北。

去了。縱我遠離門。何不通書信。[合]這場禍因。怨何人。我曉得了。

這都是你這賊人要做實相。多因是牝鷄鳴。帶唱打死方消恨。[丑唱][前腔]高堂有意結朱陳。張主無咱分。正是失火在城門。殃及池魚困。[合前][淨打丑介]好ヒ。你快吽劉穷寫下休書。退了三娘。萬事俱休。若不退呵。三娘。我直打死你。[丑]三姑娘劉姑夫沒柰何。人命關天。倘或丈夫打死我。也連累你。只望你二人暫時順他性子。寫下休書。待他退性。我將休書還你。決無他意[生笑介]三娘。你哥ヒ原来是箇痴人。故裝圈套。要拚我夫妻。這般人我看他一似小兒戲也[旦]我先與你說。如今怎麽好[生]不妨事。待我要他一要。大旧ヒ。你不要因我與三娘。致令你夫妻不和。便寫下休書。休了三娘罷[丑]你若肯寫休書呵。免得這場禍事。好了。ヒヒ代我取紙筆来[寫介]

【一封書】[生]劉智遠同里人。岳父垂憐恩愛深。將親女。招百注贅身。叔丈為媒成契姻。無端大舅心狼毒。逼寫休書勒

退親。寫休書。可含心。留與官司辨假真。休書寫下。你且收了。姑容三兩

且收拾了就去。（淨）只要寫了休書。若是兩三日間由他。〻〻去罷。（生）多〻謝大哥。（淨）妹夫還要打个手印脚模

【番卜筭】（生）愁多怨多。〻〻〻。〻〻〻〻。逼我寫休書。退了老婆。你

這般無仁義。恁摧挫。又不是私婚暗娶。却教我打箇手

印脚模。（生下）（淨云）娘子。好計〻〻。多虧你了。（丑云）若不設這箇計較。刻窮怎麼肯去。怎麼趕得他出門。只容二日。又作一處。（淨云）好計〻〻。不施萬丈深潭計。怎得驪龍項下珠

詩曰　設就天機計又奇。不愁父母不東西。

持弓挾彈施陰毒。暗拆鴛鴦兩處飛。

○第十二折

【七娘子】（末上）風高何處鷩悲鴈。念鶺（音即）鴒無時不嘆。子婿

相伙家門多難。當時悔把姻親贅。〔末白〕孤鴈悲鳴過晝樓西風一枕淚空流
更無子婿相成怨。添得心懷日日憂。當初是我不合為媒把三娘招刘郎不幸兄嫂俱亡。張醜奴不賢之婦挑唆李洪信終日炒鬧。不肯相容。我今日坐視不言。枉了當初一片好心。欲待說来。張醜奴饒舌多端又生怨恨處在兩難之地。如何是好。不免前去解勸他則箇〔行介〕〔淨丑上〕休書一紙在其中。不怕刘窮不出門。若到官司先告發。定教打斷脊梁筋。休書雖有一張。當言三日便去。如今過了多時。他兩个就似春三二月貓兒狗子一發開不得交了。怎生是好。〔丑〕不妨事。我和你把休書事訴告三叔公。决定叫刘窮去再不肯去。告到官司兩下离異何難之有。〔淨〕說得是〔末〕你與刘郎郎旧之情。二家之情終日作炒。怎忍使得〔淨〕三叔你不知道。先父在時。置下這些家業。非一朝一夕之故。今日被這窮鬼喫酒蕩棄。不由不惱。

〔桂枝香〕〔淨唱〕先君在日。資財頗積。常念你保守艱難。忍被他人蕩費。〔末〕刘郎不曾費了你甚么〔淨唱〕料貪盃好賭。々々々々。不

尋生計。家筵將棄。細思知。今番不遂劉窮去。終須無了
期。[末]丑問你。你把甚麼道理教他去。[前腔][丑唱]良人主意。劉窮親筆。情
願寫下休書。願把三姑来退。有這條道理。ㄟㄟㄟ。他
致身無地。我何須相逼。他若不肯去時節。把休書。陳告公門裡。
官司定拆離。[末]既有休書將来我看[淨]就把與三叔看千萬不可毀我的。[末]看書笑[介]這等休書。
如何使得。若告到官。你夫妻自取罪[丑]當初是三叔公為媒。今日把大話来唬我[末]婦人家。有何道理。吽
洪信過来。待我解與他聽[丑]官人快来[淨]却怎的道[丑]那休書被刘窮要了。三叔公解與你聽[末]所我道
[桂枝香][末唱]休書有意。深藏至理。他道刘智遠同里人。岳父畨憐恩愛深。
分明說是你父相招。不是他強求匹配。將親女。招贅身。叔丈為媒成契
姻。况為媒有我。ㄟㄟㄟㄟ。無端大旧心狠毒。逼寫休書勸退親。明言是你

心懷毒計。寫休書可含心。留與官司辯假真到官司。察出真情僞。你夫妻兩受虧。〔淨〕惱〔丑〕好計好計。自家招罪〔丑〕此計不成。又尋別計〔末〕李洪信。這是刘郎特故寫休書與你。你依我說。與他和睦了。免得鬧炒你兩人也不受他的虧〔淨〕領命七七。尊叔請回步〔末〕即旧須知是至親〔淨〕如兄若弟免生嗔〔丑〕只柏有恨刘郎意〔末〕兄妹難同陌路人。〔下〕〔淨〕若不是三叔將休書看出。显些兒差了事〔丑〕一不做。二不休。既是刘窮有這等肚腸饒過他不得。口中蒲越要奉承他。暗地設下歡計害他殘生。方遂心願〔淨〕怎么害得他〔丑〕我家卧龍崗上那百畆瓜園近来有一瓜精。晝夜作怪要生食人。如今心生一計。只說把瓜園分與他。明日就設一席。與他賠礼。他是好酒之人。將酒灌得醉了。將花言巧語勸着他。騙到瓜園。去看瓜。假借瓜精之手。害他有何難處〔淨云〕此計甚妙。

詩曰　休書一紙却無功。再設機関又不同。
願借害人妖怪手。劉窮定見喪冥中

〇第十三折

【双勸酒】（生上唱）萬里冲霄鴻鵠志，奈遨遊因倦凌雲翅。飛颺（音揚）歘去不回時，被扈鴛鴦兩字。好姻緣作惡姻緣，辜負天台浪苑仙。不是阮即心意好，辭家西去到天邊。自從贅入李家之后，夫唱婦隨，家和人樂。誰想兄仇其妹，嫂疾其姑，炒鬧無休。不能安靜，欲待分情（音）愛，辭去李門，爭奈夫婦之情，一時難捨，只得姑此數煎。如之奈何，正是一天煩惱無人識，万結愁腸只自知。今日且看他夫婦見我有甚么話說，道尤來了，他兩个早已來了。（淨丑上介）

【双勸酒】（淨丑）一計未成還一計，暗機謀豈能逃避。陳平六出未為奇，賽過圯橋黃石。（丑云）去在劉窮面前，只是一个小心，只說前事悞被他人唆使，以致冒犯。今日特地賠話，只要他醉，就好數他去瓜園去。（争）說得是。（争）賢妹夫，我家被外人麥使，以致郎舅不和。我思量父母將三妹招你，並沒嫁資，今日將瓜園百畝與賢妹夫。外置酒賠礼，休要見罷了。〔生〕大旧。郎旧至親。吾有此心。知褒何敢如此〔丑〕刘姑夫我夫婦有些不是。只看公婆死的分上。把閑事丟開罷。不必留杯〔生〕説開就罷。何消置酒〔净〕妹夫古人道得好。三盃和万事。一醉解千愁。將酒來〔丑〕有

〔賴畫眉〕〔生〕金波玉液（音亦）爲君開〔生〕大旧先飲此盃〔净〕妹夫你心下猜疑我就先飲了。悔殺當初自不才。噬（音示）臍何及愧心懷。望將舊恨今朝解。和氣春風滿面來。〔丑唱〕〔前腔〕良人不合悞相猜。佗恨如今恨氣乖。終朝勸諫與君諧。〔生〕感謝旧母厚意〔丑〕是前錯悞君休怪。杯酒中間一笑開。〔生唱〕〔前腔〕當初大舅未歸來。悞把姻親辜尔諧。此情雖記在心懷。金樽今日何消待。縱有閑情一洗開〔丑〕你若是這等說。方見你有容納之量。如今一家和睦。我心中十分之喜。久聞刘姑夫好酒量。好膽氣。叙家並不曾見你飲。今日盡飲幾盃。大家把前事丟開罷。〔生〕如此感德〔净〕斟酒介〔生〕醉介這等知事的[illegible]

貧会的旧冊。一家言語何惧外人手。(丑)有刘姑夫這
般好漢誰敢欺負。只因你大旧懦弱。被人相欺。(生)誰
敢欺我大旧。(丑)别没人欺。只是我家卧龍崗上瓜園
中瓜熟。有人偷瓜。看瓜人常被偷瓜人打。你大旧懦
弱。常被他欺負。兄如今瓜園又分在劉姑夫名下。若
取得這口氣。不被人笑耻。(生)何不早說。我就去看。有
誰来打。(丑)劉姑夫不可輕易偷瓜的。都是潑皮好漢
(生)劉智遠專打的是潑皮好漢。(丑)既是姑夫肯喫幾
盃酒助些威風。(生)好好。我平生一分酒一分氣力。多
拏些酒来。(淨丑勸酒介)(生)我醉了。拿棍子来。我去看
瓜(丑)劉姑夫。你去不可與三姑娘知。恐他阻你與頭
(生)君子行止。不决于婦人。怎說這話。(淨)賢妹夫。吾自
方便(淨)壯君行色酒三盃。(丑)行看瓜園莫待遲。
(生)此去只憑心自决。(淨)休教閨内婦人知。(下)

○第十四折

步步嬌 (旦唱)自與劉郎諧伉儷。音抗麗 恩愛如魚水。歎嫂機謀。

劉智遠別妻

将我夫妻拆散鴛鴦侶。默地自尋思。只落得双垂淚。（生上）

前腔（生唱）盖世英雄誰能敵。自恨時不利。大舅舅母懷心機把我夫妻恁般離異。醉酒轉家庭。與三娘說詳細。

（旦唱）前腔你在誰家喫得醉醺醺。醺醺醉。撇得你妻子在家中冷清清無依倚。冤家。你在那里閑遊戲得歡喜。枉教奴受多磨。受劳役。音域（生）說甚広受多磨。受劳役。不必多憂慮。正是醉舞酣音含歌日。酕音毛醄音陶飲宴時。相識滿天下。知心能有幾得。一日過一日。得一時。過一時。古云人生不樂待何如。都来三萬六千日。（旦云）冤家。你在那里吃得這等醉醺醺的（生云）三娘自古道公子登筵。不醉即飽。是你哥嫂請我賠礼。與我和睦了。（旦）劉郎。我只說是誰請你。原来是他。冤家。只怕你與你呂太后筵席了。(生)我劉智遠。人無七尺。量有千鍾。雖有呂太后的筵席。安能惑我。

紅納襖(旦)你好似紙蝴蝶忒煞輕。紙欄杆怎靠人。好似一風裡楊花無定準。霧暗雲迷有甚晴。為人枉志誠。枉費爹娘三叔恩。冤家鐵石心。不記得夫妻結髮情。他那里醉朦朧語言都不省。只落得頓足搥胸也。短嘆長吁千萬声。

(生唱)**前腔** 你是婦人家見識昏。我就裡機關您怎聞。(旦)冤家。你縱有机關怎出得他的圈套。(生)我假意兒與他相和順。他把家私與我均半分。三娘。你錯認了劉智遠。本是簪纓豪貴客。權做痴呆懵懂人。音摧 音孟 音董

(旦)冤家。辜負我爹娘三叔恩情。(生唱)一來不忘了岳丈岳母恩。二來不忘了三叔說合情。三來敢忘了夫妻結髮義。(旦)你既不忘了夫妻恩義

緣何寫休書休我。(生)三娘。你說我寫的是休書。是牛皮寫榜。就如你哥嫂的招鶴。(旦)寃家。你且把昨日寫的休書讀與我聽看。(生)听我道(云)劉智遠同里人。岳丈重憐恩愛深。將親女議結婚。板大為媒成契姻。無端大舅心狼毒。逼寫休書勒退親。寫休書。可寒心。留與官司辨假真。三娘。我口兒念。心兒裡想。手兒裡雖然滴溜溜寫與他。我怎奈筆尖兒不順情。(旦)寃家我的哥嫂請你喫酒。為着甚的。(生)你哥嫂請我。只為卧牛崗上石畝瓜園。常年被人侵害。托我前去看守。家私均分我一半。(旦)劉郎。這是哥嫂用毒計害你。卧牛崗上有瓜精害人。不要去。(生)三娘。站開。怕甚麼瓜精。劉智遠天生的豪傑。不說起瓜精便罷。說起瓜精。我酒醒一半。(旦)他瓜精是箇妖怪。会吃人。不要去。去去去。

【一江風】(旦唱)你為人膽似天來大。那神鬼事誰不怕。豈不聞李豹遇天神。此事無虛詐。恨恨只恨哥嫂用機謀。交奴家苦埋怨他。你今朝若到瓜園也。定教死在黃泉下。

【前腔】

【生唱】你是箇婦人家。怎說出孩童話。那神鬼事都是假【旦】劉郎真箇有瓜精。我爹爹在日年年祭賽瓜精少出来害人。爹爹死后。無人祭賽。因此上瓜精大顯威光【生】你方緊緊吻吻我的酒已醒矣論人生頂天立地在三光下。那鬼邪吾不怕昔日我高帝往芒碭山經過。前有一大蛇當道。高祖提劍在手曰吾若有福。蛇遭吾手。吾若無福。吾遭蛇口。言未畢。伏劍斬之。蛇為兩段。後来而開漢家四百年之基業。為人何怕鬼。心正不怕邪。望賢妻不必憂愁也。縱有瓜精我去拿。【旦】果是有瓜精你好心胆大。夫。你要去看瓜。莫說是別人就是你妻子聞也心驚怕。劉郎你好差。不聽妻兒話。若還去守瓜。定死在瓜園下。上告我夫君。聽取妻兒話【生唱】我心正邪難入。平生不信邪。今朝去看瓜。休得言三語四阻當咱。

咱若不看瓜。怎生禁得哥嫂罵。三娘。若念夫婦情。親自送水茶。不念夫婦情。憑在你心下。伏望我賢妻休把咱牽掛。（推旦下科）定教他死在英雄下。（旦滚唱）劉郎你好差。々々々。殘生必喪他哥嫂用計差。賺我劉郎去看瓜倘若有蹊危。怎與你干休罷。劉郎。你是我的夫。我是他的妻。父后終須靠着他。教我怎生丟得下。劉郎從早到如今。不曾吃飯。被俺哥嫂賺醉。忽叫々。不由阻當瓜園去了。不免取些水飯與他充飢。勸他回來多少是好。

下場詩

兄嫂無情輩　劉郎嗜酒徒

此行惟有我　躭盡死生憂

〇第十五折

【金錢花】〔旦上〕自從生長閨門。〻〻。豈知途路艱辛。〻〻。只因夫婦兩情真。送水飯過前村。羞與見路中人。〻〻。〔下〕〔丑上〕〔云〕三娘這小賤人。提着水飯。必是送去瓜園與劉窮[illegible]。不免赶去路上頓了他的。餓死他。可不美哉。

【清江引】〔丑唱〕劉窮酒醉應難醒。賺去瓜園徑。無奈小妖精。要救殘生命。急慌忙提回來莫待等。〔旦上〕

【金錢花】行來步疾如雲。〻〻。頓教羅襪生塵。〻〻。回頭追趕似飛奔。難移步。怎藏身。遮掩去過深林。〔旦下〕〔丑上〕

【清江引】迢〻遠望不見影。四下人悄靜。多想在前途。追過羊腸徑。走得我腳難撐心氣塞。〔丑下〕〔旦上〕

【金錢花】〔唱〕鞋弓路遠難行。〻〻。追來躲閃無門。〻〻。只將素袖掩啼痕。村僻處又無人這場鬧。有誰聞。〻〻〻。(丑赶上)三〻娘。你在那里去(旦云)我送此〻水飯。到瓜園與刘郎喫你赶来則甚。(丑云)家中佐〻的也沒飯。你藏送與劉穷喫(傾飯介)路傾水飯喂鴉鵲。人喫瓜精當点心(丑下)

【跌落金錢】(旦唱)無端嫂不情。忍將水飯傾。一心要害劉郎命。哥〻呵。回思妹與兄。同胞共乳生。因何常把讒言聽。此去劉郎若保無事呵。便罷〻若是劉郎死不明。一家怎得寧。空教我冤積如山重。奴家送此〻飯與刘郎充飢誰想被他赶至中途傾了不免回去再整此〻來與他充飢

詩曰　只因夫婦恩情美　追赶難逢半路憂
明日不辭親送與　死生惟願苦相求

○第十

【淨扮瓜精上】胎骨金精百煉成。一年磨出電光横。當時渴飲匈奴血。今日何人有不平。吾乃金劍之精。飛電之神。

是也。想當初自從強秦。吞併六國。吾神埋沒光芒。不
逢真主。幸得我主。漢高皇。收服西秦埋
伏在地。因斬妖蟒。天下知名。滅楚霸之沐侯。誅秦楚
之峽虎。中原有主，四海無家。雖為漢祖之功，能伏王吕
神之力。一自高祖遊升之后。傳過非人把我遺在卧
牛崗上。經今五百餘年。剗數已盡。文將出現。人間喜
得新主刘智遠王氣將墮貧胎已脫喜李太公相晋
贅為門婿只恐迷惑新婚候却真主。今夜来此看瓜
不免大顯神通。化作流光入地使知吾神埋伏在此
扶助真主。前到邠州耀武揚威。以成大事。豈不美哉
正是瓜園目此無神鬼
邉塞從今有血腥（下）

○第十七折

（生上白）飲若長鯨吐醉顏百盃猶覺未成歡。一声長笑
地天闊。鬼哭神號人胆寒。劉智遠一生好酒量
飲千鍾。半世賭錢。家傾萬貫。錢輸盡未曾失色。酒醉
來傍若無人。正是夜来帶得三分醉氣化虹霓萬丈
高怎奈凡夫將我做无能之輩我智遠不佐便罷要
做便佐出天大的事來昔日高皇誅秦滅楚便佐了

大漢皇帝。時運若來。何難之有。當今之世。只有岳父一人。是天下豪傑。有眼力。知人好歹。一見我不是尋常之輩。便把个閨門女子招我爲婿。此恩此德。何日可报。大舅李洪信夫妻二人。不曉事体。見岳父身死之后。就勸立〻休書。退還親事。又將酒來灌得我沉醉。使我來瓜園內看瓜。分明是假借瓜精之手。要害我的性命。（笑介）量我劉智遠。天生有福人。異日當要經綸天下。豈怕鬼神之事乎。來到此間。不免趲行幾步

【端正好】（生唱）身在黑甜鄉。步向青門裡。星天迷小徑。草露迷沾衣。三盃軟飽人增力。壯起英雄氣

【滚綉毬】氣吽（音烘）〻山斗齊。眼濛〻星漢稀。豁心胸長吞天地。四下裡人无踪跡。黑糢糊木葉凄凄。怕甚麼鬼魅魍魎（音綜 音天商）。顫（音戰）高林宿鳥飛咽寒蛩（音穷）古道悲。黑暗的誰分天地。任教胆大肌生粟。幾陣妖風對面吹。酒壯神威。

【倘秀才】（唱）暗覷着星明

露水怕聽得寒鴈南歸野曠煙昏醉眼迷。只見天昏地慘斗轉星移。教我心胆誰摧。【滚綉毬】（唱）到瓜園路徑崎。望迢ヒ有畆畦（音巴）。吸玉露蚕嚶声細。隨遊絲撲面蛾飛。見藤蘿護短籬。掛林稍枝蔓低。暗沉ヒ令人心醉。忽剌ヒ越聽風悲。更闃悄靜孤深處。只怕妖魔當路岐。魄散魂飛（内喊介）【俏秀才】平地裡妖光閃起。霎時間電掣星飛黒焰烏風乱滚催。似翻天覆地响如雷。怎辨東西。（浄上）（閙介）【白鶴子】（唱）你是何方妖鬼。輙敢黒夜張威。枉自有藍面紅鬚恠眼竒。不怕你口噴出妖光焰氣（前腔）你莫不是妖狐九尾。莫不是水恠山魈（音高）。莫不是殿上流烏地下歸。

莫不是木偶泥神為厲（前腔）我雖沒有五丁精力也不要風角先知。也不用呪水飛符天使感。也不用歃牌靈異（倘秀才）只憑着蛇矛七尺。點破你鬼使神機。撥動天關星斗回。妖形怪跡。胆落心摧。化作塵泥（淨滚下）（生云）自家打妖怪戰鬥我不勝。化作火光攛入土中去了。我想漢高祖因斬了妖蛇后来作了一朝天子。我今降了妖鬼必后也有甚好処也不見得（尾声）（生）等閑此日降妖鬼。料得他時福分齊。方顯男兒志氣時。我與妖精鬭了一夜自覺氣力不加神思勞倦。不免在此草廟之上。少睡片時等到天明。揣開一中。看是何物。多少是好（正是）未去殿前問天子。先来草上見周公。（生睡介）（旦上介）

（駐雲飛）（唱）踈淡晨星。晴日東方尚未明。霧障孤村暝。犬吠柴門靜。（嗏）茅店斷雞鳴。曉風輕。草映星明。徑小迷蹤。

濕透鞋弓。舉步難行。玉露沾衣重。村落人家夢未醒。〔这
〔前腔〕香霧空濛。星淡無光天漸明。人起荒村靜。鳥乱深
林應。〔丞〕[illegible]落曑煙輕。峭寒生。玉露美蓉。金井梧桐風送
疎鐘。雲鎖晴峯。獨向無人徑，一步行來一慘情。〔又唱〕〔前腔〕兄
嫂無情。能曉得瓜園内有瓜精害人性命。賺醉刘郎獨夜行。暗害夫身
命。拆散双鸞鳳。〔隊〕我刘郎不是被酒他如何便肯去。他帶酒是英雄。怒
咩咩。他惡氣奔騰。舉步前行。不怕瓜精。要與争強勝。生
死刘郎未可明。〔又唱〕〔前腔〕蓮步遲行。辛苦難辭路不平。刘郎
我和你夫婦情深重。水飯親交送〔隊〕兄嫂計謀成。忒無
情。趕到途中。把水飯長傾。挽我回程。假手瓜精要害刘

郎命。搵住羅衫哭咽声。步步行來近。声声願吉昌。許多藤蔓地翻作戰沙塲。一路憂心
來到瓜園。原來劉睡在地上沉沉而醉不免喚醒他吃飯【鴈過沙】【旦唱】你沉醉眼朦
朧身臥草茵中。一天風露曉寒生。如何此地能成夢。【叫介】
渾身濕透單衣重。萬喚千呼不應声。劉郎你醉了。我叫你不要來。不依我
【又唱】【前腔】諫阻不依從。想被鬼迷踪。【哭介】推來搶去不回醒。
多因自喪冥途境。劉郎為我長傾命。痛裂肝腸兩淚零。
【醒介】【前腔】【生唱】勞倦睡方醒。忽听吽呼声。回身試向問
此情。是那一箇【旦】是我【旦】原來是三娘。緣何得入瓜園境。清晨暗霧
迷芳徑。襪小鞋弓怎步行。【旦】因你昨夜不曾喫飯。特地送些水飯與你充飢。【生唱】
【前腔】不憚遠來程。水飯自賫行。夫妻到此見真情。今日送這

飯呵。勝如舉案齊眉敬。若是昨夜拿來更好些［旦］夜間已曾送來。只因嫂ヒ半路趕上傾了我的。后又回去再整來。因此來遲［生］豈知此輩真狠性。不念同胞共乳生。［旦］這事且不說他昨夜來到。因何把林檎樹木砍倒瓜藤踹碎。必有妖怪來。［生］更深到此。站足未定。見一怪物。手持電光之劍。與我戰到五更。化作火光入地。待我掘開看是何物。掘出介呀。原來是石匣一個。金劍一把。兵書一冊。石匣上有字幾行看怎么道［云］宝劍光芒。塵土埋藏五百年后。付與劉郎。兵書一冊。百戰奇謀。前程萬里。起向郊州。大漢張道陵記。三娘。張道陵是箇異人。五百年前定下今日之事。又且指我前往郊州。必有好處［旦］刘郎。既是這等。撮土為香。拜謝天地。

［出隊子］（生唱）孤窮智遠。ヒヒヒヒ。五百年前先注名。身當此日應期生。宝劍埋藏有異靈。天意最分明。雲路得通。

［前腔］（旦唱）皇天垂眷。ヒヒヒヒ。否泰今朝有变更。分明天

意勉君行。莫憚邠州萬里程。唾手取功名。夫婦顯榮。室(生)
劉如此。決非妖妄。要回家中拜別叔丈。又恐你哥嫂
破我采頭。欲待就此拜別。夫婦之情、一時難忍。無可
奈何(旦)大丈夫當順天意。劉愛辭別。勿為兒女之志
以阻功名之念。(生)遠遠看見来的好像三叔丈。就此
告別更好。(旦)正是了。(末)机謀真莫測。鬼祟最難防。只
為憂心切。行来步步忙。張醜奴不賢之婦。將劉郎賺
醉夜到瓜園。三娘亦自趕来。不知夫婦二人。性命如
何。不免前去看一看(相見介)(生)何勞三叔丈到此。恩
德難消。(末)只為憂念不能釋懷。故此来相看。(生)一事
告稟叔丈得知。我每日在家與大舅爭鬧是非。不成
道理。近聞得邠州招軍買馬。小生欲辭叔丈前去投
軍。倘得寸進。自當報答大恩。(末)求取功名是好事。不
知何日起程。(生)就此告別。(末)何不回家。取此路費(旦)
恐我哥嫂破他采頭。故此拜辭三叔。(末)如此卻好。我
隨身有些微權且奉以為前途備用。但得功名到手。
早早即便回来(生)感謝不盡謹領尊教。(末)再送幾步。
【鬧黑麻】(末)君此去從君邊鄙。忍淚辭家。歸期未擬。假若

是劍戟功成。早傳双鯉。莫戀他鄉。不思故里。(合)秋声四起。離人苦痛悲。兩眼相看。天涯咫尺。(生)感叔夫情深無已。告别登途。又辱軰礼。去日别無所托。却有三娘在家。只愁他骨肉情傷。孤身無倚。遠望垂青。報恩瓊李。(合前)(末)一鞭行色夕陽中。(生)别淚揮來樹葉紅(旦)金鐙慢敲芳草嫩。(末)玉音傳報使東風(下)(旦)劉卿奴家再送幾步。以表夫婦之情(生)不消遠送。

【尾犯序】(旦)邠州萬里途。迢遞關河。風霜朝暮。黃葉西風。總是離愁。還憂(生)三娘書劍有此靈異(旦)豈憂你功名不就。只怕你淹留日久。須記玉關信杳。早寄鴈來秋(生)孤身事遠遊。仗劍隨行河梁分手。不為蝸名。豈拆鸞儔。所剖願此去驅平胡虜。趂青草復歸境土。那時節榮歸晝錦。少慰別離憂。〔旦唱〕前腔行行不可留。心事千般臨岐難辭。三月懷娠未凝熊羆（音啟）。還憂可憐我親無父母。只為你情慳手足。君去後閱（音宣）墻有变。獨自怎支吾。〔生〕前腔心躭（音單）去後憂。骨肉相戕（音墻）情如狼虎。你哥嫂若不相容。叔丈還可作主。叔丈恩深恥向清秋夜剖。你須將懷胎自守。使異日箕裘有后。今日孤身爭割破。相對淚盈眸。〔鷓鴣天〕斜陽衰草欵清流。〔生〕碧天紅樹不勝愁。〔旦〕淒涼旅舍身常困。〔生〕寂寞深閨淚獨流。〔旦〕凝望眼。立長途。馬蹄輕動去難留。歸家獨向清秋夜。長恨長思無了休。下

○第十八折

王彥章興兵反邠州

【齊天樂】【淨上】丈夫謀覇圖王。武畧雖諳。文韜未講。號令
嚴明。旌旗整肅。鼙鼓震天上。諸藩應响。掠地攻城。納叛
招降。御几遷移。京師瓦礫。將威强。
【云】萬里山河勢已傾。【上】一朝神器大家風。也知秦鹿無
常主。是疾將軍一逐戎。自家下彥章是咱膂力十斤。英雄自倍。只為唐王懦弱。武
倫不修。小將未能見用。因此失身落為草寇。幸得我
主大梁王東除西蕩。勦滅諸藩。將欽順天之命。都號
大梁。天子封小將為都督先鋒。統領百万雄兵。洗清
天下。料想疆內之地。將寡兵微。一戰勝兵取之。不必
憂也。惟有邠州一路。四分五烈。虎踞龍盤。山河險固。
况節度使岳彥真智足多謀。兵精粮足。不先征進。異
日必為肚內之憂。自今秋高馬肥。正是用兵之際。不
免校点精兵。長驅大進。要使勢如破竹。建立奇功。多
少是好。衆
校何在。【小生丑上】云 血染征袍照日紅。將軍刀馬氣如

虹。轅門掛听將軍令。頃刻天山一箭功。有何使令。(淨)我主大梁王賜我一劍。掃淨四方。參軍參將以下。不听号令者。斬首轅門。以厥軍令。汝等諸將听使令。点起雄兵十万虎賁三千。旌旗須要鮮明。器械必當齊整。驍騎軍前發步卒後行。左右後先分成隊伍。粮草輜重。約束其中。精選鄉導一人。導引前軍。望郊州進發。軍馬依次而行。一遵軍律。無得延遲。(丑小生)得令

【金錢花】(淨)龍駒跨上如飛ㄜ。ㄜ。震天金鼓声催ㄜㄜ。威風千丈颭旌旗。誅潘國盡無餘。敲金凳。凱歌回。(下)

○第十九折

【齊天樂】(外上)生來本是儒生。悞殺緋袍。愧懸金鏡。文武才全。職居方面。果是軍門倚重。蕭天氣勇。烈膽難摧。血刃無情。方命潘臣。欺君國賊勢難容

（外云）當年把筆戴纓冠，白髮如今上鎮藩。手內強持三尺劍，叛臣無日不心寒。下官姓岳名彦真，官拜邠州節度使，講周公之書，文能伏衆；學孫吳之策，武用大兵。掌百萬之貔貅，為一方之保障。一自黃巢統兵以來，中國無人，群雄方命。中原喪亂，家國凌夷。逐使戎臣朱温，操弄兵權。京師震恐，帝王遷移。蒙聖旨宣召諸藩應救。正要驅兵前進，曾被賊將王彦章。截兵先發，當住吾軍。我邠州南連諸藩，北近契丹，乃為國家咽喉之徑。萬一有失，唐國之江山休矣。又且王彦章梟勇之人，不可輕敵。不免出下榜文，招募四方智謀勇畧之士，以勦國賊。多少是好。（末云）陣上旌旗明曉日，腰間宝劍炫秋霜。一声號令驅征馬，白日揮來將力強。將軍有何使令？（末）目今朱温造反，欲起兵討賊。你與我張掛榜文，招納智謀之士。不得違令。一同前去。（末）領鈞旨。

詩曰

叛馬長驅出漢中，滿城煙燼帝王宮。

草莱時有㝠鴻志，願借扶王一箭功。

○第二十折　智遠行路

【駐雲飛】（生）一自離家。七七。曾記三娘囑付咱。送别瓜園下。說了幾句衷腸話。嗏。途路少嗟呀。劉智遠投軍。李三娘心牽掛。何日身榮回轉家。遠喻劍閣千重路。西出秦関万里城。回首家山何処是。一行歸鴈入空鳴。自從瓜園得宝劍神書。伏煩皇天明示。前往邠州寨上。建立武功。因此辞别三娘。一路前來到此。風食水宿。夜住曉行。誰知路遠天涯。艱辛歷盡。一時間不得徑到邠州。好愁悶人也

【三犯汀兒水】（唱）空目斷邊城萬里。空身杖策行。怕雲迷古道人。恐長亭。歸鴻無定影。染盡樹頭紅。飄殘桐葉風水冷。天清。水落山空。頓教人感離愁萬種。回首見家山萬里。又恐怕行囊將罄。怎教人盻秦関不記程。（生唱）【前腔】道憶

自辭家西去。秋高客悴晴。霜林有恨衰草無情。蒼煙迷
去境。對日顧行踪。連宵夢故城。身在功名。魂在家庭。須
信道大丈夫離別輕。倘此去遭時不逢。只落得行程無
定。今日裡路途間空慮生。【前腔】自恨我身如蓬梗。親姻
爭偶成。奈泰山傾倒。晨牝高鳴。鶺鴒情未省。欲去步難
行。回思心又驚。兄妹相刑。姑嫂相陵。恐怕他摧殘出生
死情。但只願功名有成。及早得榮歸鄉井。免教他自相
戕勢不容。【前腔】昔日在瓜園酒醉。幾乎一命傾。幸得天
符天賜。宝劍爲靈。令人心自警。此去問蒼穹。期成汗馬
功。按攬談兵。按幟登城。要與他掃煙塵天下寧。只圖着

凌烟掛名。豈敢望草庐寵異。也須索覔封侯禄萬鍾。

【生云】一路思想来在此間。原来是卯州界上了。原来張掛有榜文在此。処且去看那榜文怎庅道。

【告示】卯州節度使以大義布告天下方今國賊朱温賜號全忠發心篡逆秉國家之寢弱賜狼虎之兇残荼毒生民劫遷天子劍血漂流于四野燹煙断絶于两京罪悪滔天王綱掃地正臣子不共戴天之時也末戢欽承朝命遠処邉城握番屏於一方越軍門於万里勤劳赴難難懐討賊之心腰劍術兵决定斯衛之士欲使威行於無敵顧將計出於萬全顧問之間在識草庐之傑士榜招之下豈無辛野之農夫嗟以岩穴英資章茅俊彦蘊藉智謀之志弘保經濟之才懐宝迷邦不求用也藏珠待價雖則知之同為尺土之人民皆是大君之臣子得包屍于馬革死又何惜寧降志于虞庭苟安可忍將軍怯戰定為巾幗之丈夫豪傑不從自是鬚眉之婦女願逞軍前之策發成陣上之謀壯千里之威風作三軍之勇氣專室再興於此舉果兵殄滅于無遺位列公卿一將榮達名垂竹帛千古流傳肯諳轅門收無殊札原來節度使

文在此招募智謀之士正我刘智遠得展驥足之時乃五百年前天賜宝劍神書果不相誣明日敬請他帳下則个

詩曰 斜日含山露欵生 歸鴉点〻逐人鳴
明朝倒尽懸河口 帳底風生主將驚

○第二十一折

(外上云)早竪旌旗欵出関。先鋒誰敢踏征鞍。千軍易得終須易。一將難求果是難。自從出下榜文招募四方之士。但見軍卒之才。紛紛而至。先鋒之任。兀自無人。賊將王彥章。大軍將近。不日興師交戰。我部下三軍。皆無王彥章之才。又非敵手。萬一有失。先挫吾軍銳氣。如之柰何。左右。你看有投軍的沒有(末)皆前聽號令。叩首出轅門稟上爺〻有投軍的(外)都着他来見(末)投軍的見(生上)強臨虎穴探文豹。敢問龍門釣巨鰲。此間便是。進去見他(外)那投軍的。家住那里。姓甚名誰。一〻道来。(生)听稟

(皂羅袍)(生唱)伏望高明听稟。(外)家住那里(生)念小生徐州沛縣

愚民東村劉璵父之名。劉高便是名無隱。少年失怙。家業漂零。贅居李氏。岳丈又傾。拋家棄室投明鏡（外）你有武藝否（生）重听愚人上稟。念區區武藝皆能。文師孔孟（孔子孟子）理循明。武兼頗牧（廉姓李姓）雄堪並。謀遵呂望。機勝孔明。破圍冲陣用軍最精。須教便把天山定（外）據爾之言可敬。乃唐家多幸又遇斯人。暫時注爾後槽名。出軍委爾先鋒印。彥章兇猛須當小心。用兵神速。爾休覷輕。凱歌還唱東甌令。那劉高鄉

然爾雖未見其才今收后槽看馬等待操試武藝再行補後（生）莫言誇哲無良手未見龍騎問后槽（外）為軍之道須信為先久未拔行不知各部軍將今夜改換衣裝扮作健兒模樣行按諸營休得落後（末軍）領鈞旨要知軍心動惰性盡在微行考察時

下

出像音註劉智遠白兔記上卷 終

劉智遠后槽喂馬

新刻出像音註五代劉智遠白兎記下卷

金陵 書坊 唐對溪梓

○第二十二折

（生上云）胡沙千里夜笳歌。明月滿天人自孤。塞外鴈來知有意清宵夢到故園無。誰想到此落在后槽。日則餵馬。夜則提鈴喝號。好悶人也。天色已晚。月冷風寒。不免倚闌短歌一首（哥介）寒冷〻兮風怒號。冷颼〻兮風難熬。提鈴喝號兮發浩歌。更深夜靜兮將如何（作嘆介）

（駐馬听）（生唱）薄暮雲收萬里長空一色秋。明月當空照徹遼。映關河。近射朱樓。夜深還過女墻頭。一番員缺何須數。露冷凋裘。〻〻〻家山隔斷風煙暮。（前腔）征鴈声孤寥落天邊感壯夫。隱ヒ城頭暮角。塞上鳴笳攪動離愁。佳人對月望邊郵（音尤）。一般清苦無人訴，兩處躭憂。ヒヒ。

功名不就難回首。如此長夜。不能成寢。不免把兵書看幾篇則箇。

【前腔】檢閱兵符。兵者詭道也。古人能行仁義之師者乃何人能也。尚父兵行仁義籌。說道穰苴有律。管樂成功。孫武傳謀。春秋戰國一時休。了觀秦楚無良手。獨有韓侯。ヒヒ。英雄未許能驅獸。

【前腔】今古難求。三国以來。惟有南陽諸葛孔明而已。泄露天機八陣圖。明曉三分鼎足。怒拳王師。抗魏連吳。皇天不祚国難扶。平生志氣都虛負。李靖之徒。ヒヒ。談兵豈敢爭先後。觀書不覺勞倦。待聽片時等天明放馬長坡。散悶消愁則个。正是桃書独卧邊城月。离夢不驚鴑馬肥。（生卧倒介外小衣同丑上）王兎西沉斗柄横。邉城樵鼓已三更軍中肅靜無人馬。時有悲笳三兩声。行㖍東南营中。各營軍卒各卒軍律。盡敵。忽慢來到此間知是后槽不覓斜日西沉。一天爛爛。正當初冬十月。夜分之際斗柄西横於牛女之間吳越之分。但見列宿分張。五星冲犯。古失常度天象如此雖得天下無事乎。

【后庭花】（外）我只見紫微垣氣未清。慧芒生射主星。君不是金星犯角明無定。怎這般戰馬紛々道路壅。無奈斗門中隱々徵星。々々歆明。宾繚繞着雲幾重。少不得諸蕃兵動。見積屍出本宫。傍天涸外屏空。看参旗昏不明正應着天子兵雖然如此。幸得叛逆賊星不久。

【青歌兒】呀。豈怕妖逢為厲。覷着西南數丈流紅。賊呵。你欺君上有天星應。細推詳妖難勝。逢火數丈起於西南不三年叛臣必伏誅幸着他不久遭刑。那時節定教他國安寧。[寄生草]看森羅星不盡。望祥光氣若虹。上有雲氣如此其下必有異人。忽如山岳能搖撼。又如狼虎能吞併。雖然如此有為猛將之象尤有可佳。緣何華蓋結幢旛。勝似他黃金階上起樓臺。強如他泰山雲裡翻龍鳳。你看此氣名為天子之氣。莫不是后槽有主。[驚介]后槽有此異人。待我入去。便知端的。[介]這是甚底人氏。[丑云]是新來投軍的劉智遠。[外]不要驚他。且回去。[入賺]何處覓英雄。空有三軍衆。不由人望邑暢心不戰恐。謾道是鶻鶚巢棲鸞鳳種。真箇是虎狼穴豢養飛龍。今夜之事。只有你我知之。不可漏泄。[丑]爺爺分付。小人不敢。[外]誰知道今夜奇逢。料想斯人有異能。權令立武功。有一日人歸天命。好將這鎮藩城番作了帝王宮。[下][生醒介]一夢初醒。不覺軍中更漏已盡。不免

槽頭餇馬一番多少是好。〔內〕吽操軍介〔生〕既是練兵少不得也去走一遭

詩曰
主將披星上將臺。一声鼓响陣門開。
將軍不為封侯印。豈挾桑孤奪錦來。

○第二十二折

〔外上白〕凜凜寒風動戰袍。征鞍長壓陣雲高。弓懸營壁麄頭墜。劍倚岐峒鬼魅號。賊兵犯界。刻日興師交戰。不免號令三軍。操演精熟。免得臨陣有失。多少是好。左右何在。〔淨丑〕三代漁阴再度遼。角弓在臂劍橫腰。凶奴似歇知名姓。休誇阳山更射鵰。啓軍師有何鈞旨。〔外〕你分付各營。但見新來投軍者。未得淍伍的。都着他即時旗招同上教場操練。不得有違。即時傳令。〔傳語介〕〔生上介〕負劍到邠州。凝笳渡隴頭。云黄知塞近。草白見边秋。〔跪見介〕〔外〕你是不曾補伍的。〔生〕是。〔外〕看你人才一表。可充作騎軍。〔生〕不敢奉命。〔外〕你不充旗軍你要做甚底的。〔生〕明公在上。乞借一言自從黃巢伏誅。朱温作乱。〔外〕連蒲処。內結宦官。威震四

方名傳天下。所可畏者独明公之智邠州之險矣。故差梟將王彥章先擊邠州。々々一動。其除諸路如摧枯拉朽耳。不足爲憂。此明公不可不知。小人不才。願假一旅之師。称賊兵无備之時半路先繫以挫其志然後徐々圖進。恢復神州方全之策也。區々軍卒之役。誠小人不敢聞命。(外云)看你言語誇大。意氣剛強。料能武事。但恐小知陣法。不可爲先鋒。(生)小人頗知陣法。(外)既知陣法。便賜与令旗一面。令劍一把。揮下陣来与我看々。(生)大小三軍听吾使令。王帥使吾此劍。操演陣法。各宜小心。依吾令旗。左旋右轉。旗指則進。旗招則退。旗展則開。旗卷則聚。不可違吾號令。

【一枝花】(生唱)堂々畫鼓催。整々旌旗建。旗頭先壓隊。跳盪不離鞍。奇正相連。左右安排遍。中軍護衛嚴。四下裡弓弩齊張。萬馬中刀鎗緊按。(小梁州)定天盤二十八宿。按五方五色旗旛。惟有天樞正位休移換。侯羅壓陣。紫氣臨壇。計都爲主。月孛當權。左太陽先后盤旋。右太陰趂逐循環。列宿上各正其方。五星内休相衝犯。九曜裡主客相參。鎮天罡六六。右論中藏八九都分散。列圍場形似卵。四頭八尾能更變旋。動天垣

〔尾声〕先将布陣時辰辮再接當星號令傳。相生相尅輸贏見。展軍門手段將軍脚大安又不妃嬪宮中笑習演。陣势已完。請爺〻观看（外）看（介）看此陣門而聯絡。八方繚繞。紛〻紜〻而不乱。混〻沌〻而不散。上應天星。名爲渾天仪。庶孔明之八陣李清之六韜。皆此法也。能排此陣。貞天下之奇。太目自收陣散軍。別有罷令（生）摐旗收陣（介）（外）左右。取盔一付好馬一匹来与刘将軍掛先鋒印（外）刘先鋒你与我点起一万人馬前去退賊。不得有違。

詩

万馬千軍掛鉄衣。一声砲响擂征庆。
令旗招動三軍去。賊膽先寒見将威。

○第二十四折

【金玲瓏】〔旦上〕繡幃中寂靜。夢回愁聽征鴻。試將繒纊（音曾廣）裁
成。風敢便寄邊庭。（自劉郎瓜園分別之後。不覓残冬天氣閨中冷落。歲暮相催。思想劉郎雪刃
生寒。和露飲残胡虜血。霜鞍怯冷。披星踏破馬蹄氷須然遠為功名。只恐難熬苦楚。敢造寒衣一件。寄與
劉郎。少伸夫婦之情。遠禦風霜之苦。但綿綿線線。意在君邊。暮暮朝朝。愁添心上。○北塞風声聞戰鼓。六
出滿天飛絮舞。寂寂深閨少婦愁。迢迢遠塞征人苦。）〔旦作裁剪衣介〕

【醉扶歸】〔旦唱〕迢迢遠塞征人苦。胡塵萬里戍残冬。夜隨
鞍馬露長空。無情刀劍氷霜冷。衣單無奈五更風。因此
上孟姜自把寒衣送。（寒衣越送幾千里。為情傍人寄雙鯉。豈但重重禦朔風。短長須趂刘郎。体）
【前腔】短長須称劉郎体。未裁先想去時容。試將金剪

巧栽成。令人心地添愁肖。絲絲剪斷再難同。好似拆開
一對鸞和鳳（旦）喜寒衣奴已造完。不免封固。以待便人我寄去。正是玉關此去三千里。欲寄音書那
得開（淨丑上）刘窮欲去不還鄉。且教三娘改嫁郎。若是
不從兄嫂。念先須打罵。後商量。○我想劉智遠此去投
軍。決不回來。和你到妹子繡房中。劝他改嫁。看他怎応
說（旦）見介（丑）三姑。這衣服是誰的（旦）是我做與劉郎的。
（淨）且放在那里。听我說話（旦）哥哥請道（淨）妹子呵
【梁州序】（淨）青春嬌態。粉容翠
臉。當把門楣高選。當初的事呵無端父母。錯將悞配窮酸。刘智
遠若是成家之子招贅他有何不可况取輕狂好酒賭博輸錢。日費千千
貫。把家筵都蕩盡。不知慚。妹子。仰望終身畢竟難。你是外人
我也不敢勸你親手足。盡言勸。到不如早把于飛換。免躭悞。這䓁
年。【前腔】（旦唱）百年伉儷。两情繾綣。多想赤繩牽綰。當初的事呵。劉

郎何意。因春悞入桃源。兒有嚴君作主。叔父王成。孔雀屏開選。當時擬作好姻緣。今日何辜出此言。【合】夫與婦本無怨。安能忍把恩情斷。生拆散。有何顏。【丑唱】【前腔】笑劉窮鹵莽(音拳)無端。正生成一條窮漢。且貪盃好賭。不求營幹。兀自狂言浪語。遊手幫(音邦)閑。不顧人輕賤。投軍求貴顯。料應難。流落他鄉定不還。若是外人也不勸你【合】親姑嫂盡言勸。到不如早把于飛換。免躭悞。這芳年。【旦唱】【前腔】想劉郎氣象如山。貌堂堂。多人稱羨。論才能器量。決非貧賤。爭被蒼天久困。不遇其時。有志難舒展。縱貪盃好賭豈須嫌。異日登雲料不難。【合】夫與婦。本無怨。安能忍把恩情斷。生拆散。有何難。[淨]賤人[皂角兒][淨]這妮子敢開妄言。把兄嫂任般欺慢定教他拆散鳳鸞。不容你再諧姻眷。兒吾家比陶朱有萬千。豈容你夫妻方占。[合]此身要安。千難萬難。除非改嫁。從吾心願。[前腔][旦唱]自古道婦無二天。又何須苦相逼遣。你看古之節婦呵夫死去氷霜自堅。心匪石如何可展。兄劉郎雖遠去有時還。忍教我此心更变。[合]枉爲此言。豈不自慚。任教打駡。終須留恋。[尾聲]今朝苦被相凌賤。追憶親亡空淚漣。忍氣吞声怎盡言。[淨云]打罵不肯嫁怎広好[丑]洪一官我有一計把他頭髮剪下綉鞋脫去打爲奴婢日間汲水夜間挨磨他受苦不過他自然改嫁了[淨]此計大妙只怕他不肯[丑]三姑只是一件你若不改嫁打也不打你罵也不罵你依目叫你做三姑不嫁呵剪去頭髮日挨磨夜汲水打爲

奴婢〔旦〕哥嫂任你打罵。爲奴紛〻奴嫁也嫁不成。寧可剪下頭髮。夜間挨磨。且間汲水。怎肯把名節污損呵

〔金瓏璁〕〔旦〕骨肉苦傷殘。嘆兒夫阻隔關山。空自把翠眉攢。鎮日常縈絆。兄嫂逼奴改嫁難。無計策只得剪下雲鬟。奴家被哥嫂毒害。只得剪下頭髮挨磨則个

詩

劉郎奇特世無雙。夲宲難期效孟光。
兄嫂怒嗔謀未絕。一朝拆散錦鴛鴦。

〔四朝元〕〔唱〕鴛鴦拆散。分開兩下單。嘆旅迹雲山。何時得返。夫在邠州。奴在沙陀。人分兩地。愁共一般。各相思千萬。奴倚欄望眼。〻〻〻〻〻。只見烟水茫〻。雲山淡〻。暮雨淒〻。朝烟黯〻。一目斷衡陽鴈。嗏鎮日裡悶煎〻。兄嫂狼心。頓把人輕賤

逼奴改嫁夫。不怕人倫变。【合】這場嘔氣。堆々積々。向誰分辨。無門分訴更如何。哥々听信嫂撥唆。紅顏勝人多薄命。自是人輕賤受人磨。【前腔】恩成氷炭。空將珠淚彈。此乃爹娘為主。三叔為媒。奈緣爹娘不幸。以致如此嘆爹娘亡早那更嫂々撥唆。哥々聽讒。逼奴身改嫁。【重】奴為改嫁不従因此上觸犯雷威咬碎銀牙。取了釵鬟音環剝了衣衫。脫了繡鞋。將奴打做奴婢看。自恨遭磨難去聲。嗏。運蹇與時艱音奸要絶奸謀。除非把我青絲斷。妾身白玉姿。豈受纖瑕玷【合】【前】英雄別后展經綸。兄嫂狠心太不仁。留取将心貫白日。拔將懞意剪烏云【前腔】烏雲撩亂頭髮呵。休想龍鳳盤。奴只為節義綱常。髮膚不管。古云身体髮膚受之父母。不敢毀傷。欲要剪呵。持刀心自酸。想當初梳洗。又。總角襟纓拂髦施

簪。翠繞珠圍。香薰麝蘭。眉畫春山淡。唻 早知道有今番
如到不披剃空門。誦此、經和懺（嫐去声）呵。爹娘生我男子身。免受今
朝恩。[合]這場苦楚、噥噥唧唧。空成嗟嘆。嗟來灾禍实難迯。思想夫君味
淚拋。一片真心難盡。[前腔]金刀爍（音朔）爍。教人裂碎腸。今被哥嫂
說一齊分付與金刀。逼嫁不從剪去頭髮呵。頭髮看青絲可愛。做剪介欲使刀下心疼。渾身
都是汗。奴家剪去頭髮拿過鏡粧照取向粧臺廝看。又。婦苦呵今日剪得無一絲餘剩
真箇羞人到不如打碎青銅。扯破髮幔。折斷牙梳。丟開髻攔
[懸介]推倒梳粧案。唻。哥嫂太無端。絕義施奸。與豺狼又
（去声。）何閒若要奴改嫁時。除非海枯與石爛[合]這場苦楚。唧
唧噥噥。空成嗟嘆。下

○第二十六折

[小生上]節臺幕裡供文案。劍戟門前聽使令〻。刀筆慢言無處用。蕭曹原不負平生。吾乃岳節使爺〻府中一箇堂候官便是。今日岳節使爺〻整理軍務。只得在此伺候。道尤未了。節使爺〻早上。

[菊花新][外上]棘門空把壘(音磊)營安。細柳終須號令嚴。門外將旗懸。感風半空招颭(音展)。

[外云]拜將登壇出戰餘。不知勝負事何如。登城遠望城頭馬。疑有將軍報捷書。從遣劉智遠出戰。此人負大將之才料能勝敵。不在話下。旬夜因見此人有異相。常〻記在心懷我有一女欲招爲婿。不知何如等他回來。別作商議正是好

事多迍無意得良緣端自有天成。【生扮刘知遠上】

【菊花新】【生唱】風飄旗布陣雲消。駐馬門前脫戰袍。按甲捲旌旗。只聽得凱歌声鬧。此間就是帥府。不免入去見。（相見介）【外】先鋒勝負若何。【生】托朝廷洪福。仗主帥虎威。與賊相拒。大獲全勝。賊人已逃回。東京氣已尽喪。望主喪結連藩鎮。共勦賊人則個。【外】如此却好。安排得勝筵席。與先鋒慶賀。別有話說。請往々々。【生】此是小將分內之事。不劳如此。【外】背云堂候你对刘先鋒說。我有小姐。欲招為壻。問他肯應承否。（傳語介）【生】恩蒙主帥抬舉。柰有前妻。不敢奉命。【外】既有前妻。我女願居其次。【生】只恐貴門小姐不能相容。【外】我女頗有賢淑。何須慮也。擇定今日吉日良時。叫小女出来。與你結配良緣。成就百年伉儷。以遂于歸之願。管家那有。請小姐上堂奠雁。

【菊花新】【旦貼上】雲鬟珠玉步玲瓏。金鳳釵搖綺翠叢。绛蠟照銀屏。又恐相逢如夢。（想王孫）【末】大開帥府玉堂深。雲母屏前花映人。绛罗衣繞

射香塵。到黄昏。艮灯高照綉裀中。【小生】請新郎新人交拜【二人交拜科】

【畫眉序】【生唱】玉府綺罗筵。錦綉叢中擁霞仙。正夭桃開遍玉堂春暖。側烏紗玉貌天成。映紫綬宮袍紅染。【合】此時身在瑶池宴。荣華占斷人間。

【前腔】【占】金屋貯嬋娟。强喚登筵覺羞慚。畫堂深猶勝樂宮瓊苑。玉釵橫綠鬢雲生。金珮响翠裙花綻。【合前】

【外】【前腔】晴日壓重簷。東閣初開綺窓開。喜門楣今日得逢東坦。嘆仙郎無福難消。幸淑女有緣相見。【合前】

【小旦】【前腔】金谷（石崇金谷園亦善）擅名園。寶鴨香消捲珠簾繞雲屏輕煙散入別院。舞霓裳彩袖成行。歌象板金巵双劝。【合前】

【淨唱】【滾終】天生連理枝。偶結鴛鴦伴。富貴畫堂開。

嬌ㄈ珠玉風光滿。灯花擁翠。銀缸猶燦。但願得兩情堅。
同心綰【丑】【滴溜子】今生願。ㄈㄈㄈ。夙世有緣。一双鳳鸞。
休論桃源劉阮(名晨名肇)。姻緣福祿全。巫山未遠。須水無瀾。明月
正圓。【尾声】洞房花壓羅幃軟。猶恐鴛衾翡翠寒。今日人
温到百年。

詩　天教此日結良姻。人物風流富貴春。
百歲永同諧老願。婦隨夫唱結同心。

○第二十七折。

【霜天曉角】【丑唱】牢籠圈套。設就多奇妙。汲水又還挨磨
這苦又經多少。三娘小賤人。被我小賤人被我剪下頭髮。打為奴婢。日間汲水。夜間挨磨。如今

李三娘挨磨生咬臍郎

天色已晚。不免整頓磨盤。教他出来。挨磨。正是兩片團圓石。一條鐵石心。行来無數步。日夜苦磨人三姑快来。

【唱】前腔

躭煩受惱苦向誰人告。恨殺無情兄嫂。這磨難何時了。煮豆燃豆萁。豆在釜中泣。本是同根生。相煎何太急。○奴家不從改嫁。被哥嫂剪下頭髮。教我挨磨。被他拷打。只得前去(見介)嫂々。叫奴家作甚(丑)三姑。哥々叫我監你挨磨。一不許怨哥嫂。二不許你躲懶。三不許提起劉智遠。犯了一條事。責一下。且来先打一下樣板(旦)不須如此。待我去挨。

【香羅帶】(旦唱)愁腸千萬束。嫂。這般樣重磨難挨。教奴家怎移步恨只根無情哥嫂忒狠毒。(丑)你又埋怨哥嫂。(打介)(旦唱)嫂打開我鳳友鸞交。逼奴再嫁夫(丑)你若肯嫁人。莫說挨磨。打你。罵也不罵你一声(旦唱)嫂。奴豈肯傷風敗俗。(丑)你怎的躲懶不挨(打介)(旦)呀。我和你姑嫂之情。你苦々打我則甚。這兩次看哥々面。權且讓你(丑)你這等說(旦唱)嫂。你是個蛇蝎心腸。哥。不可。我偏要打你。待怎的。

念我同胞手足。(丑)你只埋怨我哥嫂。我就怕打你。(旦)云你好沒來由。搶板打丑介(丑走介)(旦唱)
我是個堂上姑々你是個廚下嫂。自古道大還大。小還小。
奴須是李員外親生之女。怎受得無情苦楚(丑)三姑。你打我。你明日生
兒子。也要我來看顧你。(旦)云是我差矣。倘我後日生下兒子。他夫婦謀害死了。教我空受苦楚。不免陪箇小
心。暫時哄他。(跪介)嫂々。是奴家一時見差。望嫂々念姑嫂之情(丑)三姑娘請起來。不管我事。都是你哥々叫打
你。我今再不打你。你慢々在此挨。我且自睡去(下)(旦唱)這茅簷破碎。奴獨自守。只
見門外有重疊々的雲山。遮不住愁來路。且喜嫂々回去。不免將磨
強挨一會(五更轉)只得強捱數步。(重)奈力倦怎馳走。憶昔爹
娘嬌養。那曾出門戶。今日裡到做個挨磨汲水下賤奴。
可憐見形衰貌朽。香肌憔悴纖腰瘦。天。奴家受這等苦楚不如懸梁自盡罷了。

歆待要尋一箇無常路途。（哭介）到是奴家差矣。記得當初瓜園分別之時。奴說身懷有孕。他說三娘你在家小心。倘或生得是男。也接續、劉家宗祀。歆待要尋一箇無常路途。爭柰我有十箇月懷胎。我死卻惻又恐劉郎絕後。休休。憔悴了秋月春花。等閒也、辰光陰虛度。爭柰我力倦難挨。腹中飢餓。不免在磨上歆息片時

【下山虎】（唱）劉郎去後。鬢倏忽夌秋。料應張策後。飛黃馳驟。奴為你受劳碌。受凌辱。怎當他心上愁来眉上憂。只怕他是箇棄旧好椎也。莫將奴辜負。朱門貪恋人豪富。此恨怎消。枉教奴對着一盞殘燈伴影孤。

【前腔】別離數月。如隔三秋。舉目雲山遠。望斷歸舟。你莫將奴辜負。反嘆恩情如朝露。他是箇奇男子。烈丈夫。怎做得

𠥓𠥓薄倖徒。苦。蛩將鳴户牖。唧唧啾啾。自思李氏三娘。做然囚。恨悠悠。淚雨盈眸。風喧鐵馬。声鬧門户。誰念我獨守空房生意憂。天天好苦呵。不要久坐。還有一籮麥子。欲待不捱。只恐哥嫂打罵。真箇難捱。

〔駐雲飛〕（旦唱）磨重難捱。夜靜無人訴怨懷。苦。把時光捱。熬得形骸在。嗏。郎去在天涯。自疑猜。壁塞塵埃遠憶愁如海。不向東風怨未開。（做腹痛介）

〔前腔〕（旦唱）驀地疼來。原指將你十月胎。多想懷分解。自把身寧耐。嗏。爭奈瘦形骸。料難捱。痛觸心懷。生死須臾待。體魄相離眼倦開。（旦做倒科）

（末扮上地引鬼抱兒子上）〔詩〕九重天上抱金童。五色雲中駕六龍。天降紫微傳九五。祥光高照子霄宮。吾乃九天降生神是也。因爲沙陀劉智遠。日后當那大位。李三娘位正中宮。見今十月懷胎已滿。欽奉玉帝勅旨降下紫微星托生爲子。差吾神抱送李三娘解懷。三娘。所我分付你。此子異日大貴。不在多言。急急令人送到邠州。休得遠慢。（丟兒介）大抵乾坤都一照。免教人在暗中行。（下）（旦醒云）惟哉惟哉。分明有人指點。

【前腔】體困難捱。奴辛生來一小孩。幸免身災害。未斷兒臍帶。磨房中那討剪刀。怎生是好。不免將口咬下臍來罷（嗏）。血濺口難開痛傷懷（做咬介）咬下臍來。齒上腥痕在。啼破兒声苦自哀。（抱兒看介）

【前腔】（唱）一夢奇哉。彼時昏悶倒地。如有神人送此孩。生下兒堪惟。生得令人愛。天。奴受苦楚。今喜產下此子。使奴不勝之喜（嗏）不覺笑顏開。自心裁。躰貌形骸。酷似劉郎態。古云龍生龍子。鳳生鳳兒。信也正是虎父還生虎子來。神人說此子。後有大貴。教我令人送到邠州。量我一身尚難存濟。怎生得人送去。待

明月去與叔々商議又作箇區處

詩　謝得神明傳報語。從天降下紫微星。
道他異月非常貴。協夢方纔稱母情

○第二十八折

（末上云）昨夜祥光照。今朝喜氣生。我家無厚德。應兆在何人。聞說三娘。夜來生下一子。料想李洪信不能相容。不免去探望他一遭。三娘何在。且去看他看

【双勸酒】（旦上）天上麒麟誰抱送。喜吞日先懷入夢。憂喜相關心尚恐。目斷邠州遠徑。叔々。老天庇佑昨晚生下一子。（末云）誰替剪下衣帶來（旦）房中又無剪刀。只得將口咬下。（末）好苦々々。就叫名作咬臍郎罷。（旦）料我哥嫂。恁不能相容。意欲送邠州與劉郎看養。爭奈缺少盤費。無人送去。望叔々主張（末）如此却好。竇員老義奴夫妻二人。雖則小人。到

有忠義之心。我這里費盡盤纏與他，着令送去。料想他不可相辭之理。（旦）如此感謝（賈上）絕妻方遠去。狼子苦無情，骨肉相殘處。傍人抱不平。自從劉官人去后。三娘子被兄嫂這等磨難，真箇好苦呵。聽得三員外吽。不免同去詢問一聲。（相見介）（末）三娘夜來生下一子。恐怕兄嫂害他。欲着你夫妻兩人送到邠州與官人。你心下若何。（賈）既蒙員外三娘子恩深難報。員外說是邠州，便赴水火，亦不敢推辭。（末）如此却好。我有盤費在此，你收拾行李，便此起程。（賈）小人便去。（旦）多感三叔。無恩可報。且回尊步，待我寫書一封，分付他去。（末）正是路在天涯里，情通一紙書。（旦云）我在這里寫書，你夫妻去收拾便行。（賈）理會得。（旦寫書介）

【鏵鍬兒】（旦唱）三娘端肅書拜首，遠寄劉郎慕夫收。自別瓜園後，兄嫂結冤仇。日夜無休。逼奴再偶。堅志不從。反遭捶（音垂）楚。【鬧黑麻】（唱）剪去香雲蓬頭跣（音選）足，汲水難捱。挨磨受苦。磨房中幸產麒麟，剪刀無有。咬下兒臍。血痕在口。

又恐怕兒遭毒手。遠送到邠州。子父之情。恩加乳哺。
【憶多嬌】朝與暮。頻看顧。愛子雖勤。須當毋苦。莫爲何人。
休留日久。功名得就早ヒ回來莫悮（書尾）（詩介）兒生在磨房。小字咬臍郎
表我今日苦。呼名怨不忘。書已寫完了竇員義奴你來。這兒子也交付與你去（摧拍）念此子生
不遇時。出娘懷。便遭禍危。你夫妻受我一拜死生在你。ヒヒヒヒ。
途路風霜。懷抱休離。愛若親生。乳哺須宜。（合）今日裡。子
母東西。空慘戚。苦悲啼。（竇唱）（前腔）承委命。決不敢遠。途路間
自當愛息。我與此兒。ヒヒヒ。形影難離。生死相依。乳哺
劬勞。豈在憂疑（合前）【鷓鴣天】（旦）胎血未乾兒乍別。（竇）淚
痕如線毋還悲。（旦）窮途豈忍啼声苦。（竇）遠道休憂恩愛

遲下〔唱〕兒呵。今日去。幾時歸。倚門長望淚双垂。歷房此
日無天日。口血腥々只爲誰。

詩
恐兒遭毒寄邠州。兒去邠州毋釋憂。
在路不知安與否。教人長憶淚双流。

○第二十九折

〔步步嬌〕〔賣上〕力倦相扶難移步。風雨前村路。兒啼〔番〕未
休。聒碎離腸越覺途中苦。豈敢怨當初。勞碌并擔受。
〔衆〕漢子走不動了。在此權坐一会。歇息則个〔賣〕行走不得。少坐片时〔衆〕我記三姊在家。十分好生受苦〔賣〕
只爲心抱不平到此休相埋怨。只得奔程前去。真个這般时候寥落路途。怎不教人生愁悶呵。

〔征胡兵〕〔賣〕寒風吹斷梅花信。煙樹渺茫。驛使音書近。行

人道路長。到此添愁况（兒啼介）你多是啞啞為娘啼。令
人感傷。（賈義坐）（夂人介）【前腔】（義）抱兒終日難離手。趲程又忙。力
盡愁邊路。（云）孤兒故鄉。回首空凝望。（兒子把来。想是脫了毒手）只怕
他子去毋、撫憂將身殞喪（喜歡）（賈李洪信上）（天杀的）【歌兒】不思兄妹生
同氣。忍將骨肉自傷。儘教他没盡三家並難捱一磨房。
（義）這也不干李洪信事是則是張醜奴不良婦、造下了此冤人怎
防。（這兒子好苦）（賈唱）未生三日兒離毋。說與路人也斷腸。（今日這兒
子抱了去呵）恰正是趙武冤還在。程嬰志未忘。（兒子脫兩釁了何人）若
不是三員外懷仁義怎能勾得這嬰孩出禍殃【尾声】話
長难盡窮途上。晚翠孤霞帶夕陽。投宿还愁客舍荒。

曰 馬啼爭去客。渡口喚歸人。
灯火前村近。行忙極苦辛。

○第三十折

【鳳凰閣】（貼唱）紅顏薄命。界破殘粧淚落。先君一日棄弓刀。撇下女即無靠。黃沙白草。空埋斷空鞭路遥。秋胡五日辭妻去。臣女二朝抱父还。離别更遭經歷苦。此身何用在人間。自從刘將軍去後。与李充用合兵。不幸先君病喪。將軍又不見還。雖然是整頓国家。濟全忠義。奈别奴家孤身在室。一則疼父之淪亡。二則念夫之勝負。朝暮懸憂何時可了。不免叫院子过来。打探消息。院子何在。（末上）去時軍將曾遣令。承奉家門盡屬吾。奔走街頭身不暇。兩鬢深処又聞呼。夫人有何使令。（貼）將軍一去。不見音信回來。令人憂念。你在門外探听消息看事意如何。（末）理会得。（貫又上）帥府高懸百尺竿。兩行戰戟壯威嚴。從來未見將軍令。到此如何不

胆寒。途中聞得刘智遠已来受戩贅入岳节使府中
来到此間便是不免大胆入去則个（末）驚問通報介
（占云）你是甚底人敢大胆来我府中（竇）（秉）夫人在上
容小人夫婦一言禀上（占）你姓甚名誰。何处人氏。

【香柳娘】（竇唱）鄙人名竇員。匕匕匕匕。沙陀郷貫（貼云）你抱這小廝為何（竇唱）為携此子来逃難。望夫人听言。匕匕匕匕。

迺父漢宗傳。姓劉名智遠（貼云）他父在那里去了。（竇唱）為從軍在邊匕匕匕匕。經年未還。將妻拋閃（貼云）他妻子在家何事（竇唱）受凌辱萬千。匕匕匕匕匕。兄嫂逼遣。逼他改嫁不從（竇唱）繡鞋脱下香雲断。朝汲盡井泉。匕匕匕匕。夜宿磨房間。其心也無怨。幸天天見憐。匕匕匕匕。佑生此男。怕遭毒陥。（貼云）既然如此。兒子怎得送来（竇唱）賴叔父更賢。匕匕匕匕匕。情難忍見。他盤

纏賁發教離虎穴休遲緩。我一路受千難。我来。上呵。名尚難。々々々
々。負壁渡秦關登高又涉險。〔貼云〕如此〔賣〕這辛勤自
多虧了你〔旦〕
井。々々々々決非妄談有書呈看。〔旦接書看介〕原来
提李氏娘々所生
的孩兒。今着你夫婦二人。送来與將軍看養。一路上
多虧了你二人。如此快抱將過来。〔貼抱兒哭介〕
〔洞仙歌〕〔貼唱〕兒啼苦為誰。多因是離母悲。兒如今只我
到此
是親娘。何須恁哭啼。在路上多虧了我兒子吖。途中誰洗兒胎血尚
腥沾。血痕猶染衣。怎忍不垂淚。〔賣前腔〕夫人賢更稀。兒
今得所依。便加憐恤恩。強如在母時。夫人今日如此看養他呵。長大
事親幃。豈知誰是親。々一般奉母儀。敢忘今日義。〔貼云〕我兒脫離
大難。感謝皇天庇佑。得到此間就喚名作劉承祐罷。
〔賣義〕望夫人主張。〔貼〕本當就遣人到沙陀去接李夫

人到此。争奈將軍在外。兵戦未回。我這里且尋下好奶子抱养等將軍回来。又作道理

〔貼云〕千里兒来苦。〔竇云〕相逢有二天。

〔貼云〕沙陀還有毋。〔竇云〕重會在何年。

○第三十一折

〔尾犯〕〔净上〕背地自追思。無不客。一妹々有何辜。教他挨磨汲水。想當初阿心上火烟燃不起。枕邉聆聽来自迷。休説起前程往事。自覺悔時遲。男子漢無剛氣。痴心听婦人。今朝絆自誤。此志已雖忠想當初何故把我三娘。千般凌虐。只為誤听不賢之婦。百計挑唆。以致兄妹之情。以恩成怨。可惱々々。

〔玉交枝〕〔净唱〕一家骨肉。妹和兄。曾無怨尤。此情頓覺如狼虎。今日説来自醜。忍將親妹。打為奴。争如笑破傍人

口。暗教咱傷情淚流。〔前腔〕不賢之婦。與三娘薰（音由）猶不投。暗中空使牢籠手。如簧巧語搬鬥。今朝方悟此根由。當將手足情如舊。又須防杯中鴆（音沈）謀。〔前腔〕休因自悟想劉郎魁梧丈夫。向日有人在邠州來。側聞身上青雲路。兵權遠鎮胡虜。留得三娘在劉智遠那時節回來還好說話。若是沒了三娘呵求妻不見怎干休。一時怒發滅門戶。怎教人心中不愁。如今要如何處置。〔前腔〕愁眉轉變。細思量終無妙籌。〔再思介〕想起來時。只是挨磨汲水這些事。暗令人替他辛苦。裝成外面如故。如此処置可。須知兄妹不相仇。又令潑婦心無咎。這其間方後憂。雖然這等說。只恐不賢之婦。知道。怎生是好。罷罷。手足之情。無如柰何。便是惡婦知之只得陪箇小心便了。正是自家骨肉休生怨兄妹雖同陌路人〔下〕

劉智遠提點衆軍卒

○第三十二折

【念奴嬌】【生上】兵多戰勝是男兒。殿后猶懶策馬。雲合閙
尤除國賊。誰念赤符自掛。百死一生。苦無惡戰。功業成
虛話。何時鹿死。此志大家千罷。【白】士徒双手。云台百戰
空。賊亡君未立。事業已
成空。自從李克用一齊起兵征討。援巠撓魏嗣内皆
滿。出百死於一生。以圖恢復。豈知克用已亡。其子存
勗不遵父命。屡自僭稱。吾有百戰之功。虛劳无益。此
心实不甘。況存勗无人君之良。又非唐室宗親。禍
乱之原。終不可止。我与存勗同事之人。失今不去。久
后必无乗身之地。尋思同郷石敬瑭恢弘大度。人君
之雄也。与存勗虽有婚姻之好。而知不相年。欲往投
之。恨無合義。近聞契丹入寇中原。乗此之机。提兵遠
去。一則往說石敬瑭。二則回郊州拜岳父墳墓。三則
便道回家。訪前妻李氏消息。实大便也。左右。你与我
鳴金招部下三軍。即日該奉尽起招軍。往拒契丹。休
得有悞。【衆】領鈞旨。【生】牽馬奏。

【金錢花】唱 垓前吹散軍兵。匕匕。渡口豈知鷄鳴。匕匕。貌揄遠引馬前行。提宝劍。遠捘明。还須擬建功名。

詩曰 叩首欽承君命。 爵賞人人歡慶。
朝中天子三宣 閫外将軍一令。

○第三十三折

【謁金門】貼上 人去遠。時序幾經寒燠。撚指星霜催歲晚。無柰相思怨。十五年來人面。鏡裡朱顏偷換。望斷長安。人不見。天外鳴双鴈。

【長相思】 暁風吹。晚風吹。猶恐風吹戰馬蹄。塞外人未歸。長相思。短相思。減却青年兩鬢絲。不思去年時。自從

將軍去後。一十五載。不見回来。前日有报。不見統兵
回来。今日早起喜鵲頻呼。想必回来。令人憂喜交集。
方知分曉。不勝懸望之至。【生扮劉智遠領兵上】
【武陵春】故國江山依舊在。風景不如前。畫戟朱門別幾
年。人去雀声喧。馬蹄歸來誰再問。勝負亦徒然。抵事劉
即意。相抛不得此情堅。係馬在庭堦綠鞭未離手。佳人慰問時別去平安否。且喜来到
家中。不免入去則个【生旦相見哭介】【玉樓春】【生唱】自從別後音信
杳。辜負春風人易老。若識泰山別去時顛倒。何不當初
歸日早。【貼】眼枯淚盡痛先君。誰憐望斷長安道。愁心一
片苦難言。悲喜相看淚猶落。自從將軍去后一十五載不幸先君已死。日夜懸〻
不知何故。久無音信【生】將在軍中。不得私反。家事是以久失音信【貼】如今軍事寧〻否【生】幸朱温未滅。存昜

備稱。故以契丹為名。統兵回來。往按石敬唐。思歆便道還鄉。探問前妻李氏消息。不知我去一十五年。家中曾有書來否。[占]有書來。[生]把書來看。[占]遞書與生[生]看書介。[占]原來我妻在家中受苦。還送孩兒咬臍郎在何處。[占]咬臍名字。奴家隱下。替他改過名喚劉承佑。免得他常思親母。見在學館中習讀兵書戰策。閑暇引軍出郊打圍未回。[小生]風動角弓鳴將軍獵渭城。草枯鷹眼疾。雪淨馬蹄輕。開我父親回來。不免入去則個。[占]這是你父親急須下拜。[小生]父親在上。容孩兒百拜。[生]從你生長一十五載。未得見面。如今成人長大。所習何事詩書。[小生]春秋戰策。孫吳兵法。孩兒頗能通曉。[生]你便說來我聽。[小生]父親在上容兒說來

[耍孩兒][小生]自古兵為兇器非常用。係國存亡衆死生。華夷無奈相吞併。一時間怎得清寧。師陳涿（音作）鹿非誇武。滅竄三苗豈算兵。討平有扈王師定。因此上三皇五帝。百戰千贏。[生云]用兵制勝何者為先。[小生][六煞]要威行須算奇。未興師。先正

名。匕其爲賊敵人恐。興言可檄英雄怒。奮臂能呼豪傑從。須教氣壯三軍勇。豈不見齊桓假力。楚覇無功。（生）爲將之道何者爲先【小生五煞】智如神。識見明。信相期。號令行。休輕殘害生靈命。澠池隊裡將軍戰細柳營中天子驚。能將五字分毫省。曾教你兵行有紀。計出無窮。（生云）行兵之道何如【小生四煞前腔】未行軍粮草隨。要揚威器械精。旌旗先後嚴軍令。遠經險阻防腰擊。已過平夷怕后攻。遊哨探馬頻須警。休犯了以飢遇飽。又主相迎。（生云）安營布陣之法何如【小生前腔三煞】觀陣法明奇正。論安營相地形。憑高據險期先勝。陣參天地觀師尚。營按東西嘆臥龍。勢如山岳難搖動。又須要水粮不絶首尾相通（生云）出戰之道何如（小生）前腔二煞量衆寡。明強弱。料吾軍觀敵鋒。虛張声勢疑軍衆。安知詐欺無埋伏。豈有驕兵苦戰征。中軍出馬奇兵應。須記得勢如破竹疾看追風（生云）何為攻守之法（小生）三煞明問論。誰攻守。失人心。令不行。軍情向背知謀中。動搖陣脚忙驅戰斷絶軍粮急破城守無怠惰攻須猛。那怕你旌旗百里。鐵壘千重。（尾声）兵家不可欺。權謀須預明。此其大畧言難罄。幾時間得覽兵權當自逞（生云）吾覌不讀父書知兼你可先帶人馬三千人前往中原沙陀村外開元寺中駐扎我同母親隨後赶手不得違悞（小生）遵命

詩曰　初出行程好用心　沿途不可擾黎民。
　　　開元寺含尤屯念　引領軍前待二親。

李三娘井邊遇子

○第三十四折

（小生扮小將軍上）手執七星寶劍。腳踏兎爪烏龍。射了隻折腳鴈。打破了錦屏風。自家非別。乃小將軍劉咬臍是也。領了父親嚴命。着我領兵回去探我生母。屯合開元寺中。今日同衆軍遊山打獵。不免操練一番。小校何在。（淨）（丑）（上）去時魚遊春水。回來綠暗紅稀。驚起賓鴻中彈。打着正㧜双飛。伏將軍有何使令。（小生）衆軍士。你每整理軍馬遊山打獵往沙陀走一遭。（衆云）得令

【點絳唇】（小生）帳下三軍。（又）英雄猛似虎披掛似天神。撲咚咚催車鼓响。咭琤琤趲上金玲。活喇喇咆響振天驚。手下人人都要弓一張。帶着狼牙箭幾根。你緊着眼用着心。見兎放鷹。白馬閃閃隊隊。帶着紅纓。獵犬兒吠汪汪。一似飛雲。白馬兒經過幾鄉村。獐麅鹿兎都不見影。

鴉喜鵲盡藏形。〔淨丑〕稟小將軍。西北下有一陣鴈来了。〔前腔〕〔小生〕只見天邊鴻鴈轉西城。〔衆軍校〕人人都要緊着眼。個々都要用心勤。〔手下的〕你急々與我放着海青。你疾忙與我解着絨繩那海青。々々。尾兒上帶着金鈴。那海青。々々。脚似鋼丫。嘴似鐵釘。那海青。々々。骨碌々抓住天鵞的眼睛。只見那天鵞頭上碎紛々。血淋漓滚落在地埃塵。〔衆軍校吶喊介〕〔前腔〕衆軍來。休得要吶喊声頻。我這里又不許人来馬轉輕。歇鄆（音由）處。〔手下的〕我欲待要尋箇秦樓楚館。沽飲芳樽。〔衆軍校〕你向前去問牧童。〔丑〕稟將軍。這牧童是啞子。〔小生〕只見那牧童遥指杏花村。〔丑淨〕我和你為衆軍。大家去攪擾良民。〔小衆軍校〕你休得要擾害良民。我爹〻前有軍令。你違吾者把軍令施行。路上有花并有酒。一程分作兩程行。

詩 今朝歇馬暫停眠。 来日鷄鳴早看天。
正是鴈飛不到處。 果然人被利名牽。

○第三十五折

【胡搗練】旦挑楄上 風凜〻。雪霏〻。芦花絮薄。寒侵躰。跣足一有風雪裡。能將情苦訴伊誰。

【菩薩蠻】茫〻千里迷村徑。路破行踪双足冷。來到井欄边。单衣汲井泉。雪風當面割。肩重泥途滑。盤餅步難移。还愁歸去遲。○向日豪俺哥〻令人替俺汲水嫂〻知道炒閙一塲。今日這等大雪逼令我来汲水。真箇好苦也呵。雪中跣足難禁冷。割如刀。井上凝冰。怎柰寒侵到骨。正是一肩挑盡人間雪。兩足熬過天下寒。古道千山鳥飛絕。孤舟簑笠獨垂竿。不免去汲則箇

【鶯集御林春】【唱】似這等天日無光。撒梨花墜雪。斜稱風威。當面烈。把蒼山壓倒千疊。平白地郊原占了。家家閉戶人蹤滅。昏慘慘凍屋無煙。愁雲遍野。畧洒漫空猶未歇。這雪呵

【前腔】謾說道雪裡貧人。怎如我苦切。雪凍肩寒身又怯。怎當得兩耳刀裂。亂紛紛尋頭撲面。衝風閉口難開。舌熬不過。凍足如冰。單衣似鐵。顫音戰倒風中遭滑跌。跌介　起介

【前腔】可憐見帶雪沾泥。更渾身透徹。到骨僵音姜寒筋力怯。哭啼啼淚冷腮頰。今日裡身無所主。雪中凍死誰

憐說。好教瘦骨難支。寒威未輟。忍把微軀弃氣絕。風雪越大

我不免闌闠前到井边去則箇〔古水仙子〕雪。々々。舞長空霏又斜。風々

々。冰梅裂片風吹謝。慘々々。慘寒煙野徑天低。啞々々。

顫枯樹飢烏声咽单。々々。身子单。衣袂劣。行々々。雪風

狂。舞袖難（音古。）遮寒々々。昼橋水斷寒氷結。凛々々。茅簷雪

凍銀簪折苦々々。苦將淚眼枉流血〔尾声〕一天苦雪千

山潔。這等天氣。怎庅有一簇人馬官道上来尢有行人尋路轍。只管汲水回去。休要

看他早汲寒泉歸去也。〔暫下〕

〔小生引衆卒上〕掃雪尋行徑。戲、氷渡馬蹄。鉄衣侵骨

冷。似有雪風吹。〔衆〕稟軍門風雪々大。不能前去。且就驛

舍中權歇片時。〔衆進〕〔小生〕驛卒何在。〔丑上〕雪冷紅

毡裹耳邊、風狂披甲摘鈴穿。夜來不飛虎旗爲被遮得

頭來脚露天。〔見介〕〔小生〕怎麽不來迎接〔丑〕前面沒有
郭來。小人不知。望乞赦罪〔小生〕我問你。這般天氣怎
麽有箇婦人在井邊汲水。〔丑〕婦人的冤苦。一言難盡
望將軍呼來自問。便知端的〔小生〕叫那婦人過來問
他〔衆〕〔傳介〕〔旦〕〔見介〕〔小生〕這婦人地凍天寒。不消下礼
〔旦〕受苦之人。礼數不週望將軍恕罪。

【不是路】〔小生〕舉目相看。看這婦人你不似人家奴婢顏。雪風
天。為甚衝寒汲井泉。濕衣單。蓬頭跣足真可憐。這其間
令人疑惑還驚嘆。呀婦人試說其冤。〻〻〻〻

【風入松】〔旦〕恭承明問自羞慚。這苦情啓齒難言。〔小〕但說不妨〔旦唱〕薄情夫
婿相抛閃。致此身受苦千般〔小云〕因何受這苦楚〔旦唱〕只因骨肉家
門難。將軍垂聽訴吾冤〔小云〕甚冤枉。你從頭說來。〔旦唱〕幼蒙父母最矜
憐。雀屏開為選良緣。〔小生〕你招贅丈夫叫甚麽名字。〔旦唱〕虧心短行劉智

遠（小）天下多有同名。原来你丈夫與我父親同名。以後何如（旦唱）不久間親喪黃泉。嫂兄驟起蕭墻變。我丈夫見哥嫂日夜炒閙一朝心忿離家園（小生）你丈夫離家到那里去做甚広勾當（旦唱）卭州妄意去求官。旹他去後致令我手足傷殘我那歌嫂呵忍心害理相逼遣。逼我改嫁不從脫繡鞋剪下雲鬟日間汲水愁無限。夜間蔟磨不容眠。幸得皇天怜念嬰兒產下磨房間。又怕哥嫂毒害送卭州遠去天邊（小）兒子去了幾年。（旦唱）一十五載時光換。（小生）你兒子與我同庚去後也有信来否（旦唱）杳無箇音信回還（小）旣你兒子在卭州。我是卭州生長的可替你挨問你的兒子叫甚名字（旦唱）當時磨房中產下兒子。没有剪刀。只得咬下臍来就以此為名咬臍名字終身恁。這場寃苦盡来難（小生）我爹々領卭州節度使。統領大兵。不日由此經過。䖏最衙兒子丈夫都在卭州想必只在我爹々帳下。尚可爲下家書一封。等我爹爹大軍到日。我替你軍中挨問何如。(旦)如此感謝不盡。(小)左右。取我隨行紙筆與他。(旦)云有累將軍。(小)容奴家寫来。(挑雪入覘)

【香羅帶】(旦)松君帶雪研。寒侵指尖。霜毫未染呵。凍筆。花箋慢叠寫寒暄也。當日輕離別有何難。今朝懸望淚空彈。(寫介)別時容易見時難。望断關河烟水寒。似這等阻隔關河也。屈指從今十六年。(寫介)十六年来人面改。八千里外客心安。千難萬難。人間苦楚都歷遍。

【前腔】遂他去未還。(哦呵)我在家(劉郎你不回来呵)此身便死有誰憐也。(自古道婦為夫死)雖則是生無怨。死含寃。劉郎耳自忍心戕。(寫介)伯仁為我空憐死。孝女含寃枉拜官。假若是久不回還也。斷絕今生夫婦緣。(寫介)鴻鴈不傳君不至。井欄流淚待君看。裁成詩半篇。愁煩轉添

頓然疑處偷望眼。我看這小將軍呵声音笑貌與容顏也。好似劉郎態一般ㄟ。方才說他父親與我劉智遠丈夫同名姓。說起他的名又與我孩兒共年庚。父同名姓兒共年。似這等年貌無差也。暗地令人心自歡。(小云)婦人。你書寫完。怎麽這等歡喜【尾声】喜逢今日鱗鴻便。伏寄艱危書半緘。子母夫妻擬再圓(遞書介)(旦)待小妾拜謝(小云)不消下礼。左右收了書。婦人另日開元寺回話(旦)如此多感

詩曰　驛舍逢君至。梅花折一枝。
　　　隴頭人見面。寄與莫遲ㄟ。

〇第三十六折

【西地錦】(小衆上)豺獺皆知報本。閑看草木聯芳。物類尚

咬臍郎打獵回家見父

然如此爲人怎不思親。
（小云）子母多年天一方。忽然書信到衡陽。眼前跋涉
劳無怨。見母今猶可壽昌。自家爲因乳母之言。遊獵
探親消息。偶於义井見一
婦人。姓名籍貫皆同。但不敢相認。人家有這般哥嫂
不仁不義。下得很毒心腸。他汲水挨磨。衆軍卒先
回。留下三五人跟我
步行回府（衆）領軍旨

【點絳唇】（小）汗濕衣襟。衆軍士你與我輕搖紈扇。（衆）稟小將軍天時炎
熱可往涼亭
避暑一会

（小唱）避炎蒸直奔京亭瞬息。只見楊柳青青
爽道陰。緩緩行。使人心下添愁悶。饑飡渴飲多劳頓。（衆）
下
你與我問酒家沽取兩三巡。我思想起來。人爲万物之靈最爲同類相親。看
起這等婦人。撞遇這般
狼毒哥嫂真个可憐。（衆）打馬走科

【混江龍】小生論人生禀陰陽之氣。天地之靈。受胞胎方得成人。既爲官須要五倫全。三綱正。上有君來下有親。君親臣子職須當兩盡。爲人似那婦人。夫妻子母兩參商。可不與外人評論。爲人似我爹爹。夫妻子母兩週全。可不得外人欽敬。仰不愧於天。俯不怍於人。説起他夫來。與我爹爹同名姓。説起他兒來。到與我咬臍共年庚。他既不是我娘來。緣何與我一家大小同名姓。既若是我娘來。我邠州堂上有萱親。好教我展轉傷情。我思想那婦人呵。拜我礼。我本是個降龍伏虎小郎君。到當不得那裙釵拜敬。那婦人呵邊言邊語邊淚零。可憐見命在逡巡。手下的你与我

（孛過馬科）我揚鞭躍馬轉家庭。將此書報與爹々來歷分明。假若不是我娘來。當與那節婦仲寬恨。假若是我娘來。願學取趙氏孤兒殺倭臣。那時節方称吾心。（行說話間不覓到了）

卯州前日沙陀遇那婦人。說起好舌。我替他帶得書到爹々帳下查問此人。与此婦仲寬當日婦々約我在開元寺中回話同去訪母。再作理会便了。

詩曰　打獵回程仔細思。沉吟轉覺淚双垂。大鵬飛上梧桐樹。自有傍人說是非。

○第三十七折

【慶宣和】（净扮僧上）命犯孤辰慶。作僧說法談空。無奈夜來。被窩中腳冷。々々　魁地尋思覓俊英。怕弄姦情施主拿去。

送公庭。ヒヒヒ。净扮和尚上接生介

【净云】本来如夢幻泡影。路遍西方色亦空。尽説菩提生貝葉。誰知片ヒ落西風。吾乃開元寺中一個和尚是也。剪髮披替坐禪垜。對三尊佛。誦經諷（音諷）呪作梵ヒ鋪耳餘音。却愁慾火難禁。更長漏永無奈。塵緣未斷消盡杯乾（章）。西方豈有聖人。中国亦無長者。参禪礼佛。大家都是念弥陀。説法傳紅。無地不曾談兒語。正是西方路上生茅塞（音色）。何處有人行得開。連日風雪。被經過官軍寺中嚷鬧。又説甚広節使来了。今日只得寺門外立地。迎他則箇。遠ヒ望見人馬。想必是来到了。

【憶秦娥】（生上）滿天風雪初收霽。馬蹄凍履堅冰碎。匕匕

匕銀缸遍地瓊瑤。千里（淨）跪（生）和尚接科（云）迴避匕匕【憶秦娥后】（占）重匕

深護毡輿敝貂裘無奈寒風起匕匕匕。玉纖擁袖。金蓮

圍綺。（小生上云）日淡天無色。雪晴氷更堅。凌寒來塞上。

拱手立親前。父母途路中多受了辛苦（生貼）這般天氣。怎免風霜承祐路上不曾打撓

百姓。云（小生）孩兒豈敢。（生云）你去在那里回。有甚広異聞（小上）爹父母在上。容孩兒說來。

【駐馬听】（小生）上告嚴親。因打兎兒沒處尋。只見蒼髩須皓

首。駕霧騰雲。行至庄村。見一箇婦人井邉汲水淚盈匕。

逢頭跣足容顏損。問說原因。李家員外是他爹名姓。（生）你

可曾問他丈夫叫甚広名字（小唱）【前腔】匹配夫君。嫁與劉智遠辜恩負

義人。只因歌嫂狠毒。分散瓜園前去投軍。歌嫂逼他再
重婚。身懷有娠難從順。因此堅心。ㄑㄑ怎敢違却夫君
命。（又唱）懷娠將朞。逐出荷花池畔居。喜得劉家有后產
下嬰孩。名喚咬臍。哥嫂直恁太無知。將兒意欲來謀死
賣老夫妻。ㄑㄑㄑㄑ。將兒送往邠州地（又唱）（生貼）語話蹺蹊
他是何人你是誰。天下有同名同姓。凡事三思。然後而
為。心中展轉自猜疑。其中難辨真和偽。兩淚交垂。兩淚
交垂。井邊稍帶一封家書寄（生云）書在那里。拿來我看（小生云）書在此遞書介（又生）
讀書介）別時容易見時難。望断関河烟水寒。十六年来唸名
一人面改。八千里外客心安。伯仁為我空伶死。齊女含

冤枉拜官。鴻鴈不傳君不至。井邊流淚待君看。三妹。好苦

【一江風】（生）見鸞牋寫出心中怨。清淚流難斷。在窮途阻隔關山音信難傳。致使遭磨難。非干去不還。豈因心忍殘。今朝悞作虧心漢。（痛哭介）（小生背問介）嚴父覌書信。如何兩淚垂。其中情切事。試說与兒知。（占云）雪中親見母。對面不相知。為說當年事。吾兒即咬臍。（小生）娘呵。你生承祐。這般長大。怎說這話。（占）吾兒非是我生。你母李氏。當時磨房生你。沒有剪刀。將口咬斷臍帶。因此上叫做咬臍郎。又思你叩叩害你。令人送你到邠州。我撫養你。因慮你因名思義。長念親娘。是我改名承祐。前日雪中遇的。分明是你親娘。故此你爹爹痛苦。（小生）好苦好苦。承祐違天之罪。兀的不痛殺我也。（哭倒介）（生）子母相見。何須痛苦。

【前腔】（小生）母含冤有子難相見。空使肝腸斷。痛若空桑誰復矜憐見我親娘面。（怒起介）左右拿刀來。頓覺怒衝冠一時愁

更難爹々容孩兒鹹斬冤家漢。（生云）因要害你親娘報伲故此一將不打開節令人不知。是我回來。今夜我自微行到磨房中。親兒你母。看事意若何。你將大于圍了沙陀村之地。不可走漏李洪信。拿住明正其罪（小生）奉嚴命

（生云）忿殺無情漢。（小生）要斬不義人。

（占云）仇冤今日盡。（衆云）快樂一家春。

○第三十八折

【掛真兒】（旦上）離恨窮愁何日了。空目斷水遠山遥。雪霽雲歸。天清月照。無奈風寒靜悄。

（旦云）薄夜不來良夜靜。凍雪能消殘漏永。清虛照地雪光行。潔白涵空色更冷。兩輪磨石近寒人。百結鶉（音淳）

劉智遠磨房相會

衣夜作衾。瑶堦倒瀉銀蟾（音占）影。入我空房照素心。前日井邊見那小將軍。年貌與吾兒相似。又是邠州来的。父親亦名劉智遠。世間有此異事。懷疑在心。今夜磨房孤冷。令人愈生感嘆。正是雲捲雪初霽月寒。人更孤。磨房多寂寞。懊恨我兒夫。

【四朝元】（旦唱）雲收霧捲。雪晴月正圓。見一天霽色。四壁光寒。坐來人自慘。更磨房冷淡。冷淡冷淡。雪映窮簷。冰涵碧漢。對月無言。因風有感。驀（音默）自生愁嘆。（嗏）萬里共長天。刘郎你在地北天南。兩情難遣。移步問嬋娟。征人何日還。愁眉淚眼。月（呵）夫夫婦婦。有無相見。

【前腔】（生）天高月淡。相涵霽雪寒。正更闌籟靜。萬頃茫然。乘舟人與返。来到這里便是磨房。不免入去。（作打門介）見磨房空掩。（重）不免叫一聲（介）（旦云）誰是（生云）是我（旦云）漢子。

你錯認了我。聽我說與你。（詩）十六年来別藁砧。閫墻無地可容身。甘心忍死形如朽。不比星前月下人。○你快出去。快出去。不要在此遲延。（生）三娘。我乃是前度劉郎。歸來路遠。（旦）既是劉郎。為何声息不同。（生唱）間別多年。声音難辨。（旦作疑介）既是我的劉郎。當初在鄉里分別。有甚麼事迹（生唱）當日遭家難。（嗏）你歌嫂把我灌醉騙到瓜園中去幸免喪黃泉。天賜留題。神書室劍。夫婦在瓜園別離容易間。我去一十六載。知你在家受苦。風〻雨〻。特來相見。（旦）原來真是劉郎（哭恨介）（前腔）（旦）名虧竹短。中心豈不慚。自瓜園別去。何處留連。不思歸故苑。望衡陽鴈斷。斷〻〻〻。骨肉相戕。雲鬟被剪。歷盡艱難。敢生嗟怨。此恨何時遣。嗏。捱過苦多年。熬定形骸。甘為下賤。夫婿枉徒然。苦甘空自憐。何勞遠念生〻死七七豈須相見【前腔】(生)關河路遠。羈身未得還。(旦)書也寄不得一封回来(生唱)更四方兵華萬里塵煙。音書難寄轉。從邠州總兵討賊淹留軍中一十五年。總得回到邠州。近時見上林有鴈。七七七。知在家中。苦遭磨貶。日夜兼程。不辭涉險。今與兒同返。吩咐(旦)你今做這官。(生)拜將掌兵權。威鎮潘城職居方面。富貴異當年。榮華歸故園。一家歡忭。悲七喜七。啓門相見(旦)如此也不枉了我受苦恁般開門羅。了(見介)【天下樂】(旦)別淚流乾苦自傷。相逢如夢卻羞郎。(生)楚天吳月遥相共。關塞千重路渺茫。(旦)間別多年。且喜榮耀(生)有累受苦。負罪多矣。(旦)竇員夫妻送兒與你。見在何處(生)竇員夫妻送兒子到邠州不幸不服水土。夫婦病亡。兒子今已長成。那日雪中與你相見(旦)那小將軍是我兒子。可喜七七。當時見他顏貌。說你姓名。我心中十分疑惑。如何我說咬臍名字。他還不曉得〔生〕當時兒子到邠州。我因提兵遠出。是岳氏安名劉承祐。故此不知咬臍名字。〔旦〕岳氏是甚麼人。他怎麼改我兒子名字。〔生〕我到邠州投岳節使麾下。因為破賊有功。蒙將親女招吾為婿。故有岳氏。〔旦〕云原来你在邠州有如此之快樂。如何肯回来顧我〔哭介〕

〔刮鼓令〕〔旦唱〕聞言不敢嗔。痛傷情淚滿襟。豈知今日無恩信。辜負當年結契姻。那日兩離分。杳然不見通音問。疑作天涯寥落人。誰知別後變初心。〔生〕初心原不如此。爭勢到頭。無如柰何

〔前腔〕〔旦〕辜恩不可聞。為何人受苦辛。你看我肩痕尚在愁難盡。磨石無情苦到今。遂着斷香雲。明知兄嫂狼心輩。不念夫妻結髮情。忍將舊愛待新人。〔生〕三娘。只說你受苦。但不知你丈夫在邊塞苦不可言。

〔前腔〕〔生唱〕從軍事遠征。歷風霜苦怎禁。爭柰

劉智遠命運不濟。岳節使招軍已完。只拔得一名馬拔頭日間打草夜間巡更那日間打草多
勞倦。杰間夜提鈴喝號夢難成。若說起岳氏有恩於尓我若不是岳帥
親生女。怎得皇家寵愛深。終不然去到邠州就做官不成只虧十月懷
躭苦。三娘你送得兒子到邠州深虧岳氏撫養縂得成人終不然你兒子自己會大多虧岳氏
三年乳哺恩。三娘你莫將賢婦當仇人〔前腔〕〔生〕新人出官
門〔旦〕美嬌娥掌上珍。他嬌姿貌美。日近日親妾色淡容衰日遠日疎三千色淡
容顏醜。十六年來寵愛深。〔生〕三娘當初把你招贅之時容貌本等標致。今被哥嫂磨
減容顏不此性前〔旦〕不似磨房人。料君之心。正念羞花之貌。那顧我憔悴之容。不如殺身以
送君可也〔唱〕難將衰貌移君寵。耳向黃泉作怨魂〔生〕夫婿遠回當共歡
娛。你如此嗟〔旦〕妾若在。愛必分。怨。亦不可取〔云〕妾若死。耳休罷愛將新愛舊人分。〔前腔〕〔旦〕唱

新婚與舊婚。辨人情識假真。須知貴賤無双美。只恐妍(音言)媸(音痴)有二心。(生)我非負義之人。(旦)閒話休題。閨閫(生)婦人(云)何以妍媸之論。(旦云)之事休定尊卑。(云)家好不大量。尊卑自有先後。豈可变易綱常。為丈夫的身居兩難之地。將他為大你為小。你又先歸劉氏之門。將你為大他為小。他又是千金之軀。以此兩情難向。三娘。你是賢會的人。憑你說將那個為大(旦)依我說是。我為小他為大便了。(生)人心則同。我一路尋思。也是如此(旦怒介)生真是小人。我當初會說波。家有前妻。不可重婚再娶他說我女顏賢顏居其次(旦)你也會講過了。(夫)我讓他為大。打甚玄紧。只是礼上去不得。尔當自詳。免致后悔

小大礼為尊。恩情莫論新和舊。名分休因疎間親。既然名正而言順自然。一家怡樂值千金。和氣以安寧

詩曰

闊別年來久。誰知再得逢。
明朝寃恨雪。此夜磨房空。

刘遠夫妻團圓

○第三十九折

【虞美人】（旦上）牵情一夜渾無寐。料此日人相會。尤如花檻裡美蓉为藥含情。故遣開双蒂。（夫君夜来去探李氏姐〻如今已明想是回来。不免在此等候則箇）【前腔】（生上）（旦）相逢此日人如醉。更雀躍身無地。（旦）孤愁今日已。樂昌鏡合。双〻不羨汀南美。（生）久聞姐〻賢德无双。有失問候。（旦）感謝夫人恭子之恩。无德可报（生）夜来分付兒子劉住沙陀村想必拿李洪信夫妻来見即奈死。（末）厉揩原自婦人生豈識亡身禍亦成歎向貴人来免脫。却愁不記舊人情。（末）張醜奴不賢之婦。造此寃家。誰知刘智遠身掌兵權。殺人如蚁。今日回来报冤。張醜奴死不足惜。只是李洪信這愚夫慢遭此禍。老夫曾与刘智遠有恩。欲待去相求免。又不知他意下如何。来到開元寺屯大胆入去。相見介（云）恭喜刘大人榮耀回来。賀喜〻〻。（生）惶恐〻〻。昔蒙岳丈贅納在下。感謝不尽。承蒙厚行之礼。送予之恩此德尤難報答左右。取黃金千兩。名馬十疋。送到三員外府中去。（末）礼物分毫不敢領受。一言告禀。不知大人肯容納否。（生）乘在至親。叔丈有話但說。何須囉騷。（末云）如此。老夫方纔說知。

【大聖樂】（末唱）亡兄昔日相逢。喜爲君開孔雀屏。預知今日光門戶。誰想兄嫂亡後。愚子媳惧相凌。李洪信張醜奴。夫妻萬萬難饒死。刘大人呵。憲度汪汪料有容。老夫拜揖。別无所求。但乞原情赦免。若不看老夫之面。須念我兄嫂前情。

【前腔】（生）聞言唯唯當從。難免胸中氣不平。無知洪信真狼子。听悍婦妹難容。叔丈饒眼請看。（猜旦介）逢頭跣足何堪苦。婢膝奴顏實可矜。叔丈一言之劝。刘智遠不敢不違。只恐吾兒切齒。終不免刀劍無情。（末吐舌介恩）乞岳氏夫人一言相劝。（占唱）婦人言語須聽。敢望君家曲听從。愚夫愚婦無

知識（音制）罹罪罟（音古）固當刑。依（旦）奴家婦人之見。姑全陰德功非小。留與
兒孫貴不窮。非敢因言告免。只恐怕踐生靈。（生云）他既不念手足
之情我又顧甚底阻（末）劉大人如此見挑望三
德。夫人不必相劝（云）外一言告免千万則个（前腔）（旦）
千愁萬苦無窮。兄嫂冤仇殺稱情。我爹爹若是再有個兒子。將他殺死以雪了恨
仇堪憐父母無人祀。豈忍家門一旦空。我爹爹當初招贅相公。只
為光輝門戶看覷后人如今把我哥哥殺了不念双親初意。今日裡反絕其
宗。（旦）饒命（生）夫人請起。既是你這般說。且饒他殘生。痛決四十以雪此恨（末）多謝不殺之恩。李門宗祀有幸（生）
門外懷鬧。只是兒子拿這李洪信醜頭來也（小生上）目烈睜眸。怒嗔此仇不共戴天。深生吞得婦。无情肉剮
視仇人不二心（旦）此是你生母（小生）見旦拜哭科（縷縷金）（小生）生不識母慈顏。
關山千萬里見來難。（旦）有子無懷抱。別來長嘆。（衆）喜皇

天眷恋假良缘。双〻揾泪眼。（小生）兒生來未滿三月，拜遠母親一十五載，多累母親受苦，有失奉养。望恕孩兒不孝之罪。（旦）母子再相逢，万千之喜。（小生）此是何人？（生）是恩人李太公。（小生）太公在上，容承佑拜謝。（拜介）子母若非太公，決無今日。此恩此德，山海深重，死生不敢相忘。（老云）老夫須然薄情。何劳賢姪罣念。（生）快犯拿來了孩。（小生）孩兒夜來圖住他家，拿了這賊男婦二人，俱枷杻在寺門前，听父親自己發落。（生云）叫衆卒押過他來。（卒扮淨丑上）誰知作悪終有報，到此難逃劍下殃。一陌紙錢燒福地，但求轉禍降吉祥。（衆云）禀老爺，拿得犯人二名在此。（生云）你就是李洪信、張氏二人玄。

【鎖南枝】（生）賊夫婦，忒不仁。兄妹天倫骨肉親，何故把狼心苦逼情何忍。你這賊如不想今日何到此時，喪魄魂。賊（音則）礫肉餧（音畏）飢猫，未免心頭恨。（淨丑）只求速死。（小生）怒唱難容忍。惡怒嗔，父母冤仇萬丈深。（拔劍介）拔劍斬仇人。豈是心殘忍。寶劍光濺血痕。剮下賊頭來。此恨尤難盡。(怒欲砍旦扯住介)(旦云)你外翁只是舅舅一人。今番殺了。滅了李氏宗枝。且饒他。(小生)母親尊命。今日饒此賊。只是饒你不得了。(旦)哥哥請起。(淨起謝介)云拾得頭來安頭項與回魂魄出棺材(驚喜介)(小生)砍了這賊婦羅衆勸免(介)(小生)殺此蠢物。污了刀劍。終須無益吾兒可將鞭背三百。逐回父母家。永禁。以報母親一十六年之苦。另選名族。與大舅再婚再娶(丑云)荷蒙不殺逐回母家實所不忍。敢求姑容一言。願求自盡。(賦曰)自惜少年作李妻。三姑無柰亦相欺。贅郎不久公婆死。正是前仇報釁時。威福作來心未悟。釀成今日禍來隨。死生到此不由我。追悔當年亦已遲。寄語人間誣薄見。埃中豪傑少人知。一等閑着眼休相笑。風送扁舟自有期。忍死終須心自愧。有何面目在生時。皆前血濺痕尤在。留與人間作

話題〔觸階死介〕〔生〕張罵奴死有餘辜。不足憐惜。自喜我夫妻卽舅兄妹。一家具在。可為家慶万金之喜〔拜介〕

〔金錢花〕〔衆唱〕一家怡樂如春。ヒヒ。榮華價值千金。ヒヒ。從前離合夢中尋。憂苦事。杳無聞。今日裡。慶生辰。ヒヒ。

〔前腔〕〔衆唱〕英雄自古窮身。ヒヒ。有時奮奪青雲。ヒヒ。今朝寄語與時人。窮典策。燠（音欲）寒心。空物色。枉相親。

〔總〕
義士真妻世所難　不良愚婦死尤慚
瓜園古跡形何在　汲水泉欄淚尚斑

〔詩〕
姑嫂不容情甚毒　妹兄冰炭少相關
英雄自有擎天手　橋梓榮歸雪舊冤

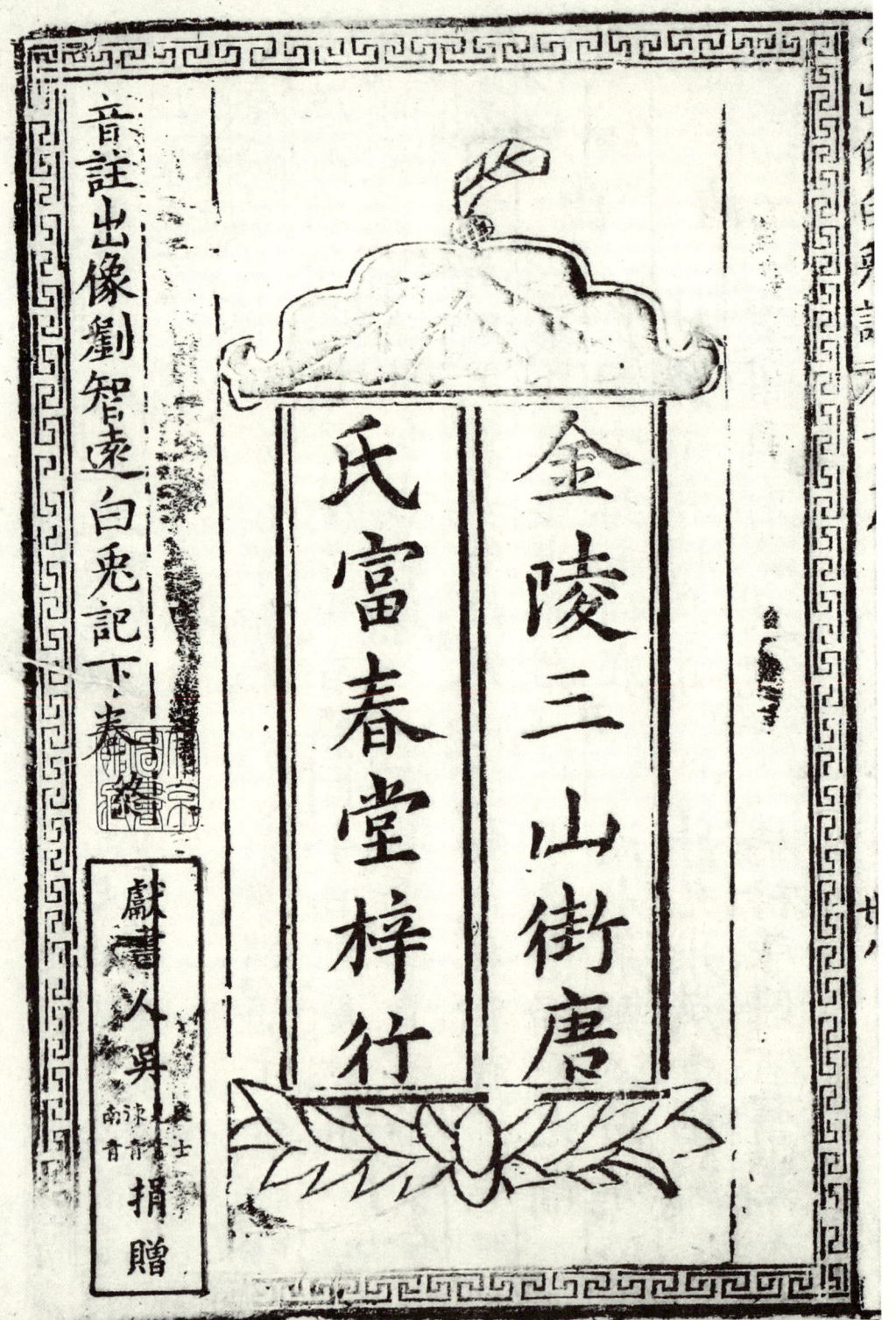

金陵三山街唐
氏富春堂梓行

音註出像劉智遠白兎記下卷

新刊重訂出相附釋標註拜月亭記

二卷

〔元〕施惠撰

明萬曆十七年（一五八九）唐氏世德堂刻本

鍥重訂出像註

萬曆己丑夏月世德堂梓

釋拜月亭題評

新刊重訂出相附釋標註月亭記目録

卷之一

卷之二

第四十二折夫妻相會　第四十三折成親團圓

新刊重訂出相附釋標註月亭記卷之一

星源游氏興賢堂重訂
繡谷唐氏世德堂校梓
海陽程氏敦倫堂參録

第一折　末上開場

【滿江紅】（末）上　自古錢塘物華盛地。靈人傑。昔日化魚龍
之所。勢分两浙。十萬人家富豪奢。處士風流文章穴占
大魚
鰲頭甫榜。蘊心胸。題風月。〇詩書具閑披閱風化事堪

編集彙珠璣。錦繡傳成奇說。雖然瑣碎不堪觀。新詞頓殊絕。比之他記是何如。全然別。○今日未知搬演那家奇傳。〔丙應云〕幽閨怨拜月亭。〔西江月〕末 金主遷都汴地。大軍北犯邊庭。英雄緝探虎狼軍。子毋妹兄逐散。曠野凰求鳳侶。招商拆散恩情。一朝文武並名成。夫婦重圓歡慶。

王尚書緝探虎狼軍　蔣秀才拆散鳳鸞群

文武舉雙第黃金榜　幽閨怨佳人拜月亭

映雪孫康家貧映雪讀書
囊螢車胤家貧以紗囊盛螢照讀
繼晷韓愈苦志讀書夜則焚膏繼晷
龍門禹貢至於龍門西河山在馮翊夏陽縣
重裀而坐列鼎而食家語

第二折　世隆自叙

【真珠簾】（生）十年映雪囊螢苦學干祿。○目獲州庠鄉學（學夕）。○繼晷（音鬼日影）與焚膏志謹習詩書。○嗌手珠璣才燦錦。○養浩然春闈必取。○一躍過龍門。○當此青雲得路。○【鷓鴣天】錦繡胸中氣若虹、文章才學足三冬、循循善道宣尼訓、濟濟儒風播海中、題鴈塔、步鰲宮、鵬程萬里志扳龍、那時衣錦還鄉日、五百名中將

（世隆）【月上海棠】君子儒文章學業馳名譽。○但一心憂道豈為憂貧居。○十年捱冷飯黃虀終身享鼎食重裀（音因）前賢語。○果謂書中自有黃金屋。○且待時。○皇天肯把男兒負候風

世隆自叙

桑日出處

番得迅音信。穩步雲梯赴選場。指日成名擢高科。換白更綠鵬程遠。榮歸鄉里顯赫門閭音虛。

琢磨成器赴春闈　萬里前程唾手期

十年窗下無人問　一舉成名天下知

第三折

番王起兵

普賢歌（淨扮番王上）番家又是番音鮲錦乾坤。渺漠平沙滿路奔。北方雄嶽鎮。豈有伊自尊。眼日睜睜音爭躲態溫。（回回彈丑扮番兵）東里東來東里東。東邊諸水盡朝宗。扶桑日出海波

崦嵫日入處

閈関南蠻語声

紅。東夷歸化仰皇風仰皇風。萬國同聖人德化先海東先海東。（生）扮番兵上 西里西来西里西。西邉山水有高低崦音焉嵫茲山倒景日落路凄迷。西戎歸化畏天威畏天威。萬里馳聖人德化通海西通海西。（小生）扮兵 南里南来南里南。南邉風俗語閈関。鷲毛御臘天炎七。南蠻歸化荷皇覃音譚○大恩也荷皇覃。樂且耽。聖人德化周海南周海南。（末）扮番兵 北里北来北里北。北邉風景真殊別。陰山六月雪漫漫。北狄歸化朝天闕。朝天闕。群夷悦。聖人德化沾海北沾海北。衆見介 吋耐南朝、好生無礼、欺負咱、每往時三年一度、小進貢、五年一度、大進貢、如今不来進貢、是何道理、(末)臣啓我主得知、大速点起番兵、打過南朝、奪取江山、却不好也、(淨)依卿所奏、即時点起軍馬、不得有違、

點起番家百萬兵。紛紛人馬似飛塵

渾烟黒霧乾坤怒　亂亂春風不太平

第四折　金主設朝

(旦貼)扮金瓜武士、大金天子登龍位、文武公卿列两边、閶闔門開宮殿廣、拜朝金闕（東方曰蒼明）九重天、(末)扮黄門上

(北點絳唇)漸闢東方。星殘月淡蒼明。猶顯平閃清光。點滴滴簷鈴振。(混江龍)珠簾纔（音才）捲。禁令出丹墀。每日侍

漢殿前多故云

山呼漢武帝登嵩山群臣從者聞若山呼萬歲者三

龍顏。反覆間朝廷傳命。畢竟邦畿順令。遂縫楓宸。金鐘
繞罷。（音画）華鼓初鳴。擺列着鄉班齊品位。准備着朝衣將相
展山呼。山呼萬歲。有道國王忠孝顯。太平齊賀各安寧。
吾乃金國一个小黃門是也。往來金闕。侍奉宸宮。傳領
百官之奏章。欽承一人之命令。正是國有明君。治道益
家無逆子。孝心生。而今天色昧爽之際。東方漸白。正當
早朝時分。恐有官員奏事。只得在此等候。怎見得早朝
但見月落參橫。星移斗轉。金炉香靄氤氳。宝殿灯光燦
爛銅壺漏滴千聲盡。樵鼓頻敲五点終。近聞鷄声喔喔進
觀星影沉昏。寒鴉擁樹鳴。初起旭日。升空影下。明千門
外車馬駢闐。九宮裡管絃声亮。丹墀間擺列金瓜武士
鑾宸裡拱立羽扇宮人。百官專听淨鞭三下響。文武扮
低首拜丹墀。兀的君王登龍位。奏事官員早進。（外）軍

下書下戰書下戰書。（末）呀，番使雖下戰書，不得入朝。（淨）扮右丞相。聖帝須納諫，忠臣樂進前。早朝天闕道，朝惹御炉烟。吾乃右丞相便是。聞知番兵犯介，不免奏與官裡知道。

（北）端正好（莫不）

是語有虛真，臣直章奏。畢竟是那一個說，佞臣透引北番犯界。何忍。當朝須戒警，俺這里一封奏達九重霄，見祥雲蔽掩龍顏，極目的他邦遠，臨微臣奏，揚塵舞蹈金階下。（奏介）誠惶誠恐，頓首頓首。臣有短章，冒奏天顏。近日所聞大朝軍馬，犯侵本國边界，軍馬已到榆関上，离俺中都只有三百二十里地。況他那里人強馬壯，俺這里将老兵衰，难為抵敵，願我王迁都汴梁，上保国家无危，下免生灵塗炭。夫汴梁者，東有泰関堅固，西有鉄臨难攻，南有潼関，北有巨海，地廣土厚，可以遷都。两

龍河上翁家貧、績蕭而食。其子沒川得千金之珠。翁曰此珠在驪龍頷下、子遭其睡也、使其寤子當為虀粉

古者左輔右弼前丞後疑

應介官里到来、惟臣所奏、可與衆文武商議、即便遷都汴梁、免使兩国相爭、（淨）謝皇恩、不施萬丈深潭計、怎浮驪龍頷下珠　下

（外）扮海牙丞相（破陣子）（外）出王庭班居列品、畏甚番兵臨境城。迅漂賊卒遠他方。與立朝綱當輔弼音畢。執掌山河循循至也萬春。兩朶金花按日月、一雙袍袖捧乾坤、天下雖皇王管、半由天子半由臣、自家不是別人、乃是大金国左丞相陀滿海牙便是、功同休戚、累世忠良、身居左丞之職、有事不可不諫、近聞大朝軍馬侵患本国边介、軍馬已到榆關止、離俺中都三百二十里田地、今被佞臣弄權、妄奏天子遷都汴梁、此事不諫、是不忠也、只得冒死進諫、奏介臣海牙、誠惶誠惶、頓首頓首、臣有短章冒奏天顏、君乃臣之主、臣乃君之僕、君無臣諫不成其國、臣无君言不成其令、君君臣臣、父父子子、君臣所以相同、乃為萬世之基、今聞大臣軍馬犯吾

六韜太公望所著文武龍虎犬豹六韜也三畧黄石公所遺

兒戲文帝曰向者霸上棘門只兒戲

边介我主听信谗、後欲待遷都汴梁、頭我主納臣之諫、休淂遷都可遣将兵、與他拒敵、若勝免淂遷都、如不勝那時遷都未遲內應介左丞所奏有理柰緣朝中(外)鈌少良将、难與抵敵、卿可舉薦何人、統領三軍前去臣舉一人乃臣之子、陀滿與福、此子六韜三畧件件皆能、有萬夫不當之勇、手下又有三千忠孝軍人、人勇猛个日英雄、可退大朝軍馬我(淨)怒介那一个敢(外)是俺主休要遷都汴梁、納臣之諫(淨)奏不要遷都、(外)奏

點絳唇(淨)大國欺凌幼弱當畏遷都地不知是一個文那武公卿敢止上扶危困舉領三軍保家邦社稷(外)若論俺英雄無比能施立國安邦之志(淨)丞相那大朝軍馬勇猛真好怕人呵(外)說臣奇妻俺覷那大朝軍馬只是如兒戲(淨)怒介丞相他那里有百萬

虎狼、只怕誰為抵敵呵、（外）做打淨介、佞臣縱他有百萬雄兵難抵、俺這裡有三千忠孝軍可以相迎敵（淨）打得好、你如今逆阻鸞駕不得遷都卞梁、倚着你孩兒陀滿興福勇猛因而起歹造反之心、待俺奏與我主得知、奏介誠惶誠惶、頓首頓首、臣奏我主今有陀滿海牙、阻住鸞駕、恃他孩兒興福胸藏六韜三畧、又有萬夫不當之勇、故意苦諫、实有反叛之心、望我主參詳歹事內應介官里道来、既陀滿海牙有反叛之心、无效忠之意、就令金瓜武士、即時打死、勿得再奏做打死外介（淨）臣奏我主、既將陀滿海牙逆賊打死、他有孩兒興福、見掌三千忠孝軍、恐削草不除根、萌芽依旧發、內應介聖旨到来、就着五百名羽林軍、將陀滿興福三百家口、尽行誅戮、老幼不畱、再著聶古列前去監斬、不得容情、（淨）謝皇恩、萬ヒ歲、

狘貅猛獸杜詩江頭花発醉貔貅則惜言兵也

早朝奏准退金階　盔戟層層列將臺

不使天上無窮計　難免今朝目下灾

第五折　　興福操兵

紅衲襖引　外小生扮興福　將門庭非小輕掌貔音皮休貅百萬兵威權勇猛千般計勢顯英雄一泒徵官宦族名譽稱姓名豪傑徹帝京。氣胆曾經百戰場指揮勇猛走群羊胸中豪氣通天地訓練三軍悉智強自家覆姓陀滿興福是也爹爹海牙丞相今日早朝未回不免點起部下三軍操練一番手下那里丑扮軍士

綿地錦

丑總兵今日命傳揚整備戎衣手脚忙軍營疊取整刀

鎗須防他國起禍殃

軍士叩頭、(外)手下点起部下三軍操一會、丑應介、末報介、不好、不好、(外)咄、為何說出不利之語、(末)告将軍得知、即今北番起軍兵馬犯闕、君王意欲遷都汴梁、老相公諫奏不可遷都、反被佞臣丟古列丞相、奏害老相公不合諫阻鸞駕、奔保親子、透引番兵謀反、合當死罪、天子听信讒言、将老相公金瓜打死丹墀、就差丟古列為監斬将将軍三百家口、一門良賤尽皆誅戮、軍兵已到門首、快走快走、正是雙手擗開生死路、番身跳出是非門、下(外)哭介怎生是好、中了讒賊之計、與福無計奈何、只得殺開一條血路、那時節又作計較、(淨)軍士每好好把守、不得放一人走了、(外)讒臣無故害我一家、叫你一个来一个死、两个来湊成雙、走介(淨)與福走了、衆軍都要赶上、任你走上焰摩天、脚下騰雲須赶上、并下

外 得脫今朝這禍危 任憑兩脚走如飛

踏破鉄鞋須赶上　教伊粉骨碎如泥

第六折　軍捕興福

（皂皮鞋）（净）我是巡警官日夜差使千萬般俸錢些少甚曾寬怎得三年官債滿（西江月）卑職官充巡警上司差使當忙捕拏違限最堪傷日々无些所望日裡迎官接送夜間巡警隄防雖然鵞酒得些賞事發遣官吃棒左右那里（末）法正公庭靜官清民自安心如秋夜月胸似五湖寬相公有何差遣（末）叫介（丑）扮坊正上（大斋郎）（丑）我是張秀才性兒乖身充坊正是官差三隅兩巷民受災要無違碍好生只把月錢來身充坊正壓鄉閭錢物鷄鵞豈得無刮取小民窮骨髓削

礙○同

斋子

史记傷人及盗者抵罪謂至其罪也

剥百姓苦皮膚當權正好行方便莫使兒孫作馬駛見介（淨）坊正今奉大金天子勅旨為番兵犯闕朝廷擬定遷都汴梁有陀滿海牙丞相不合阻住鑾駕以致朝廷將海牙一家良賤三百餘口盡皆誅戮只走兒子它滿興福聖旨道有人拿住者高官任取駿馬任騎着俺排門粉壁不許窩藏你領弓兵前去緝捕用心着意斗保朝廷急事不可有違

【柳絮飛】一家人盡誅戮盡誅戮走了陀滿興福興福遍張文榜行諸處多用心跟（音根）捉逃徒（合）隣佑與窩（窩藏）主停藏抵罪同誅（末）聖旨非比（上声）尋俗尋俗明立官賞條具條具反叛朝廷非小事市曹中形圖形圖（合）前

（丑）排門粉壁明書明書擾擾攘攘中都中都坊正干係

鸞輿車有鈴行止則鈴音節奏故云

九族高祖至玄孫又曰父黨母黨妻黨各三族而九

天來大承君命不比差夫（合前）

粉壁排門已具　用心捕捉逃徒

任是人心似鉄　須知官法如爐

第七折　興福遇隆

【金瓏璁】（外）鸞輿遷汴梁（地名）聽信姦讒、殺害忠良。忠孝軍（軍名忠孝）盡誅亡。慌慌逃命走，安身前往何方。天可表我衷腸。（水調歌頭）

陀滿興福大金人氏，本為忠孝將，又作商旅人，犯边軍馬廷都，阻駕蒙塵，迢遞金堦苦諫，聖怒一時賜死，六今且逃身，如上天應无路，入地又無門。（又走介）

（北）混江龍　興福家九族遭誅六

親俱喪斷冤枉好交我三百口無罪身亡却交我平地裡灾從天降想着大金主上听奸讒佞語殺害忠良把我忠孝義軍都殺盡交我一身逃難離了家鄉朝庭忙傳聖旨差使命前往他方把興福畫形圖影將文榜遍地裡開張拏住的請功受賞但人家不許窩藏却交我走一步步〻回頭望望介望不見爹和娘走得我筋舒力乏諕得俺魄散心慌內喊介只見幾個巡捕弓兵如虎狼趕得我慌上慌哭介這塲灾禍無處抵藏只見那

項羽立為楚伯王

厮手裡拏着都是鎗和棒。諕得我戰兢〻。小䴁兒在心頭撞。這壁廂無處隱藏。呀、元来這里有一口古井、興福不免投井身亡、差矣我若是投井死了、三百口冤枉、誰人與我根、罡〻罡、曾記得兵書上、有个金蟬脫殼之計將俺這錦戰袍脫放在枯椿上。呀間好高粉墻、怎餂勾跳得过去、自古道河狹水緊、人急計生、不免跳將过去多少是好、呀、差了、跳過去、那边若是旱地便好、若是魚池可不淬死了、不免把一石丢將過去、呀、元来是旱地、左手扳住杏花梢、將身跳過矮圍墻今日跳過矮圍墻。俺便是失路英雄楚霸王。唗俺慌也不慌。今日来到花影傍。只見一個太湖石將身隱藏。興福挿土為香。禱告上蒼。天只願得俺興福脫了天羅地網（丑）扮土地坐介（外）呀，此処有土地公匕，在此，土地公匕，興福是个究枉之人，今日逃难到此，不免將台座借我一坐，后頭軍馬赶得来了，万望尊神庇祐，脫离了灾危，我把庙堂重整過，神像使金裝。（推土地下坐介）（末净丑扮弓兵上）

【六么令】官司遍榜捕捉陀滿興福惡黨，正身拏住受千賞，一路尋踪跡，問形壯。見了休想輕輕放，輕輕放。

【好孩兒】（净）恨不得掘地番天（音坱）乚樹邊一人端然，是個土地公，公塑在花園，我許下金錢，望指去鞭。（合）反人却是那裡，見那裡見。（丑）他尋不見連忙向前，搜索尽院邊，墻邊（分明見走在這里来）莫不是隱身法

衎是神仙我走如烟眼尋穿合前末捉拿了三千六千

做公人五年六年拜土地介馬翰司公且休言你見錢最爲

先合前

手眼快且饒巡院　心机巧枉說周宣

有指氐壁開地面　挿翅翼飛上青天

金焦葉外吊場謝天謝地幸脫離了天羅地網走介生上攔

介是何人園内暗隱外跪介告少息雷霆怒嗔生漢子隨我

到亭子上問你則个童甚梆生情既㳄言又窮我斟酌非奸即盗

父直金本號

戎（外）小人不是賊、（生）既然不是賊呵、無故入人家有甚因。（外）小人雖然進你園中、不曾偷你甚底東西、（生）漢子你還強口、小廝拿鉄鍊子過来、漢子休得逞（音騁）花唇稍虛詞告有司推訊。（外）跪介 寃枉陳說。来不忍聞。念興福生来女直（直音真）人。身充忠孝軍。（生）你是忠孝軍、如何不隨朝来、吠何幹、（外）直諫迂都被佞臣（小兒未晩藍）齬齕。不留存。誅戮盡。只留我苟活迍邅。（醉娘）

（兒生）且听言。與情實為可憫。漢子擡起頭我看、（外）小人有罪、不敢擡頭、（生）起你罪、擡頭不妨、（外）起頭介（生）扶起介 汝貌英雄出葷群、你不嫌秀士貧。兄弟相識認。他時須記取今危困。（外）小人該死之徒、豈敢與君

子結拜、(生)漢子、我到不棄嬿你你到棄嬿我、(外)不敢(生)你今年紀多少(外)今年二十八歲(生)
我長你二歲你認我為兄便了、(外)請上受一礼、死重生怎敢忘大恩。(生)兄拜
(外)既為兄休謙遜。百拜受穩便做千拜何勞頓。仁兄誰
似仁兄把我負屈啣寃悶。厲過南樓。(生)兄弟此間難容
汝身但人知彼此遭迍。兄弟你如今還有幾多盤費(外)不敢瞞着仁兄此今囊已
空矣(生)既然沒有小厮你去取過白銀十兩兩傘帽子来無物贈君此少鋑銀休
嬿少望晋休哂。莫辭辛苦。朝行暮隱更名姓。向外州他
郡。(外)拜別。方欲離門。呀猛回身又還思忖。(生)兄弟你去了如何又

昔芹宋田父暴日曰負日之暄以献君其妻曰昔有美芹藍萍子若對鄉豪称之鄉豪嘗之螫于口惨于腹擠叔復曰野人有快炙背美芹子者献之至尊雖有區區之意亦

回来(外)特有少禀欲言又忍。(生)有甚事、但說不妨、(外)哥哥姓和名。

小人敢問(生)呀這漢子好歹你問我名姓、前面有人拿着你你要扳扯我、(外)哥々見錯矣只

福逃灾避難、来到這里多蒙君子結拜為兄弟、又賜白金十兩這恩德山高海深誓死以報、不問哥々名姓、久

后必福若得片雲盖頂之日、必思德報與何人(生)原来如此、我家住中都路蔣家庄姓蔣名世隆、家有妹子

瑞蓮至親者止有二人、(外)兄弟牢々記在心　無他效芹畧得進身犬馬之

報。不做半米兒生分。[生扯介]兄弟且慢去听我分付(山麻家)你渡関津。

怕人盤問。又沒個官司文。憑却引。必身何處能安頓。陌

地裡有便人。稍帶一封平安書信。(外)兄長言極明論。遍

卩疎矣

笄簪也礼女人二十而笄
斗帳其制如斗

行軍攔立賞明文。世浚男兒有誰挨奔。一片心后土皇天表我忠直不陥吉人【尾聲】埋名避禍捱時運只望取皇家赦恩。罪大滔天。其時許自新。

自古積善逢善　常言知恩報恩
此去頓逢吉地　從今莫撞凶門

第八折　瑞蘭自叙

【七娘子】【旦】生居画閣蘭裡正青春。方及笄家世簪纓儀容嬌媚。那堪身處歡娛地　南鄉子暁日壓重簷斗帳春寒起去掀天氣困人梳洗懶

瑞蘭自敘

眉尖淡蹙春山不喜添奴家乃是兒任兵部王尚書之
女小名瑞蘭今日幸遇閑暇来此庭院遊玩一時多少
是好【錦纏道】髻（音吉）雲堆珠翠簇蘭姿蕙質香肌稱羅綺（音倚）黛（音代）眉
長盈盈照泓秋水鞋直上冠兒至底諸餘沒半毫兒不
美針指暫閑時花朝月夕了（女奴）環侍婢（音背）隨好景須歡會四
時不負佳致【朱奴兒】春名苑奇葩（音巴）異草夏水館浮瓜沉
李秋玩蟾宮折桂枝逢冬景賞雪觀梅呼呼喚喚愁是
甚的總不解愁滋味
巧容魚沉鴈落　美貌月閑花羞

肌骨天然自好　不搽紅粉風流

第九折　興福遇強

（外上）走上俺興福事出无奈、一家老少、尽行誅夷、況朝廷出榜捕捉甚忙、不免改名更姓、前往他州外难、工是六親本是同林鳥、大限来時各自飛（皂羅袍）滿目青山只得趲行几步、多少是好、（行介）

如畫。嘆家邦不覺心緒如麻、傷情珠淚亂交加。途中難訴衷腸話。那時一朝通泰、聖主恩加。宥回故里林木再花。寬仇必報。方纔罷、方纔罷（金錢花）（丑）（淨）扮強人上　前途有個經商。經商流星趕上。何妨何妨。猶如狼虎捕豬羊拿看的莫商量刼掠尽。叫他命殂亡。

（外）朋友、你二人要往那里去得這等緊、（丑淨）你道我是朋友、你說我是甚么人、（外）我却不曉得你、（丑淨）我是虎頭寨上有名打刼的太王、来與你討買路錢才放你過去、（外）你這狗骨頭、好無礼、敢来開大口、說大話自家正為詭賊無故害我三百家口、惟我逃命在此怨氣冲天、我不騙你也好、你到来騙我、你若說得好、放你回去、說得不好、一刀两断性命难逃、（丑淨）我二人也不是怕你的、（外）口說無憑抵敵便見敵介（丑淨）將軍饒命、（外）我且饒你、且問你山寨上還有何人、（丑淨）不瞞將軍山寨上還有五百名嘍囉、（外）何人本事高強、（丑淨）惟我二人第一、（外）那個為寨主、（丑淨）正少一個寨主、若是將軍肯為寨主、我每情愿听從指揮、（外）你肯頁、我么、（丑淨）情願伏事將軍、（外）你二人起来、背云若還同他作寨主、為万代罵名、若還不同他去、眼下又無安身之處、權且得一日、過一日、得一年、過一年、苛待皇恩大赦、那時又做个主張、你山寨在那里同你（丑淨）山寨就在前前去、面将軍請行、

權居山寨作生涯　喜得将軍肯上来
嵬嶺崔峯堪隱豹　野花芳草待時開

第十折　奉命和番

（末）三十年前學六韜、英名常得遇時髦、曾経国难披金甲、不為家貧貨宝刀、臂硬常嫌弓力軟、眼明尤識陣雲高、庭前昨夜西風起、羞見蟠花旧戰袍、自家伏事王尚書的院子、便是我公相次出来、不免在此伺候則个、

丞相賢（外）扮王尚書上　彎弓馳騎射雙鵰、武勇超群膽氣高、

双鵰後魏秦王幹從太宗出遊一箭下双鵰號射鵰都尉

紫袍金帯非同小。見隨朝。兵部尚書官養老。馬掛征鞍將掛袍、袖

楕門外月兒高、男兒未帯封候郎、堦下猶磨帯血刀、老夫姓王、女直人也、官至兵部尚書、家眷三十餘口、至親者三人而已、小女瑞蘭、年方及笄、未曾許聘他人、如今自家閑居、怕有朝廷官員、来往不當穩便、不免吁左右過来（末）伏、相公有何分付、（外）吾乃私家閑居於此、但有朝廷官員到此、必須通報、不得止謁（末）理會得

（丑）扮使臣上（梨花兒）（丑）使臣走馬傳勅旨鋪陳香案疾忙接萬歲山呼傳禮畢（合）欽依宣諭躬身立。聖旨已到、跪听宣讀、朕掌邦國獲衛边疆、近日逢危士庶逃生、為因番兵犯介、以致百姓倉惶、念汝宿旧老臣、力練良將、前往边鄙緝探虛実、軍情急切、不許遲悞、叩頭謝恩（外）萬歲萬歲萬々歲相見介（番鼓兒）（丑）王大人為塞

左傳行李之往來

北興兵臨邊鄙臨邊鄙臨邊鄙州城關隘拶怎當抵待欲遷都
迴避不許稽遲上京去緝探事實合火速便馳驛等回
音星飛電急（外下）使臣念老拙年已七十歲七十歲奉朝
廷宣行敕旨事屬安危恨不得助生雙翅敢挨日只行
三里五里（合前）（末）緊使人疾忙催騶音子騎音亦音技催騶騎便疾忙
安排鞍轡整頓行李這回須交仔細先解韁繩怕騎了
沒頭馬兒（合前）（侁倖令）（丑）兀剌音勿辣赤門外等多時（末）縱轡
加鞭心急馬遲（外）伴宿女孩兒羊酒要關支都齎取完

日添長冬至日長一線

鸚鵡盃乾眾宴婉使規肇師峯勸鸚鵡盃徐君房歎不盡肇師曰海螯蜿蜒尾通皆怅非以為

【㑩衆】休悞了軍期。双勸酒【丑】王大人軍情緊急國家擿委不得有違滯。【末】常言道養兵千日今朝用人之際【丑】下官拜別回朝大人可即前去正是眼望旌節起耳听好消息［下介］【外】身食君祿豈可不奉君命車馬俱在門首不免請出夫人及女孩兒瑞蘭出来分付家事多少是好左右請出夫人小姐【東風第一枝】【貼】扮夫人上宮日添長壺氷結滿仲冬天氣嚴寒。【旦】綉工閑却金針，紅炉煖閣人閑。【貼】金爐香梟音鳥麗曲趂舞袖弓弯。【旦】錦帳中褥音入隱芙蓉應交鸚鵡盃乾音干［相見介］【臨江仙】【占】忽听朝廷須勅旨傳宣未審有何因【外】使臣走馬到私門敎急离龍鳳闕緝探虎狼軍【旦】朝中多少文共武緣何獨選我

十七

玩亦以為罰今日不得辞○海丞刻鸜鵒形

與居猶起居

家尊（末）奉行君命豈私身、（合）正是家貧顯孝子國乱見忠臣、（旦）爹爹不去也不妨、（外）孩兒說那里話、朝廷之命、豈敢有違（催拍）受君恩身居從班食君祿怎敢避誰共行非同小看緝探上京虛實便往边関（旦）漠漠平沙路遠天寒（合）一別後涉水登山今日去甚時還（貼）相公氣力衰行履尚難怎馳驅揮鞭跨鞍（旦）爹爹愁只愁路裡誰襟冒雨蒙霜共身勞憚誰奉與居暮宿朝飡（合前）（外）夫人宣限委休作等閒报國家中心似册（旦）稍遲延半晌尋思止得共面取尊顏子父隔路阻雲攔（合前）（旦）把酒介

去誰番愁鸞鳳盞愛情深重掩淚眼（外）孩兒休憂慮放懷

堂上母親叮嚀小心相看（貼）娘女家中怎免愁煩（合前）

一撮揮（外）今日去便馳駰離去声鄉關（末）相公朝廷命疾登途

怕遲晚（貼）兵難進興戈甲取江山（旦）遭離亂家無主怎

逃難（合）士馬侵邊寨一旬中便回還專心望佳音報平

安。

軍情怎敢暫留停　郎便馳驅往上京

正是相逢不下馬　從今各自奔前程

鷓鴣出南越自呼鉤輈格磔當南飛不北

韞匵子貢曰有美玉於斯韞匵而藏諸求善價而沽諸子曰沽之哉沽之哉

第十一折　兄妹自叙

【緱山月】(生)守正處寒窓勤苦誦詩書盼春闈(當作闈)身進踐荣途双親服制前程未感偃(音掩)仰天呼(貼)樂(音洛)道安貧大儒嗟態是何如但孜孜(音玆)有志效鷓鴣可藏珍韞匵(音閣讀)韜(音滔)光陰善價待時沽(貼)哥ヒ萬福(生)妹子到来(貼)小妹往常見哥ヒ眉開眼笑今日見哥ヒ眉頭不展臉待憂容有何煩惱(生)賢妹你不知我心下有三件事煩惱(貼)哥ヒ為着那三件事来、(生)一件事父母灵席未除、(貼)第二件(生)二件事、兄不曾娶、妹不曾嫁、(貼)第三件(生)三件奈何功名未遂以此三件事煩惱、(貼)【玉楼春】功名姻縁俱有分、安居温習何嗟嘆、退藏山水作漁樵、進則皇家為顯宦、

五車　恵子共書五車

月中有桂樹高數百丈仙人吳剛有过謫此砍樹其樹隨砍隨合

饘粥　顏子曰回有郭外之田数頃足以供饘粥

（生）賢妹迅速光陰如轉眼少年不為功名顯（貼）哥哥蒼天未必負儒冠儒冠豈負男兒漢【玉芙蓉】（生）胸中書富五車笔音姿〇筆同下句高千古鎮朝經暮史寐晚興夙擬蟾宮折桂雲梯步待求官柰何服制拘交人怨也怨不沾寸祿（合）望當今天子詔吳書（貼）功名事本在天何必恁心過慮且從他得失任取荣辱為人只怕身無藝暫時間未從心所欲金埋土也須會离土（合前）【刷子序】（貼）書齋數椽良田儘可隨分饘粥音沾世態紛紛怎如靜守閑居屋（生）勤劬事業學成文武事皇朝方展天都（合）

但有個抱藝懷才。那得蒼海遺珠。(生)誰伏晚進兒童。奪
朱紫。袍肥馬。輕裘磊落。男兒慚覩蠢尔之徒。(貼)听語萬
事皆由天命。餘盡是者也之乎。(合前)(末)扮报軍情(介)啟稟官人、灾来怎
躲、禍至難逃、簇〻軍馬從此至、密〻刀鎗望南来、勢不可敵、鋒不可當、奪関隘争履平川、攻城寨競登坦地、黎
民逃難、沿途中似乱〻奔兎、官宦随廷、滿路里如慌〻走鹿、百司解散、万姓倉皇、明張榜示全朝駕到汴梁城
曉諭通知近処人稼中都地、一来士馬臨城、二是朝廷法令、螻蚁尚且貪生、為人豈不惜命(末下)(貼)哥〻
既是如此、怎生是好、(薄遍衣)(生)听人报。軍馬近城。天子遷都汴梁。
今晓庶民不許一人落後在京輦。(貼)生長昇平身。誰曾

遭離亂。苦怎言。胆戰心驚。如何可免。（生）街方巷口雖听得鬧炒々哀聲遍。（貼）哥哥急打叠金共寶隨身將帶做盤纏。（生）妹子田業家資不能守。不能恋。兩淚漣漣生死安危只得靠天。（內喊介）胆戰心驚。如何可免。

父母家鄉甚日歸　慌慌逃竄各東西
避禍一心忙似箭　逃生兩脚走如飛

第十二折　興福刼掠

（賀聖朝）（外）斬龍誅虎威風。拿人捉將英雄。錦征袍相稱

盜跖秦大盜莊子以為榔下季弟者附會之言也

音涵

茜巾紅。鎮山北山東。陀滿與福來到此間、所謂慌不擇路、飢不擇食、只得結集亡命、哨聚山林、集高崗為營壘、依澗壑作城濠、風高放火、无非刼掠農工、月黑殺人、尽是傷残性命、来往行人、听說魂飛鬼散、家居富者、聞知胆碎心驚、除非黄榜可招安、余外官軍奴不得、小嘍囉只在寨中閑坐、不免叫出来分付則个、嘍囉那里、（末）山中將士、俱無救苦之心、寨裡強人、尽有害人之意、不思昔日肖何律、且放當年盜跖脏、大王有何爷令、（外）前日嘍囉近山伏路、至今還未見回音、（末）復太王得知、嘍囉今已回到寨了、（丑）（淨）宋江三十六、回来十八双、若還少一个、定是不還鄉、大王喏、（外）小嘍囉、如今都要舞習軍器、（包）

（子令）聞說中都吹戰塵。吹戰塵。庶民逃難亂紛紛。紛亂紛紛。怕有推車挑擔客。刼了財宝共金銀。合用心巡。登山越嶺用心巡（末）休避些兒辛與勤辛與勤持刀執斧聚成群聚成群士農工商銭奪下回来山寨醉醺ゝ（合前）（淨）劫掠金銀不要分不要分豬羊醪（音勞）酒莫沾唇莫沾唇但願得個多嬌女將来押寨做夫人（合前）（丑）我是慈悲極善人極善人隨他入夥害良民害良民捉住一箇遊街棍把来生吃衆人分（合前）

逢人買路要金珠　他日回来不可無

身後欲求生富貴　眼前須下死工夫

狼狽狽屬狼類
无前足附狼以
行失狼則不能
動

第十三折　瑞蘭逃軍

破陣子(夫)况是君臣分散那堪子母臨危(旦)尊父東行何日見天子南遷甚日回嘆家邦無所倚。望江南(夫)身狼狽荒急便奔馳、家內金珠端的有、隨身衣服着些兒、子母急相隨、(旦)離帝京、前途去、接誰風雨拂人辭、故園回首翠山迷、(夫)何日是歸期漁家傲不念去國愁人助淒慘零々(音鈴)的雨若盆(音圖)風如箭急(旦)侍妾從人皆星散各逃生計(夫)身居處華屋高堂但尋常珠遶翠圍(合)那曾經地覆與天翻受苦剔銀灯迢(音挑)迢路不知那裡前程去安身何處(旦)天那

一點雨間一行悽惶淚一陣風對一聲々愁氣合雲低
天色傍晚子母命存亡兀自未知（擲破地錦花）旦娘嬌
鞋兒分不得掷和底一步步提迫忙里腿兒脚兒夫我
兒冐雨傷風帶水拖泥合步難移全沒些氣力（麻婆子）
夫路途路途行不慣心驚膽戰攞（旦）地冷地冷行不上
人慌亂語攞夫跌倒介年高力弱怎支持旦扶毋介泥滑跌倒在
凍田地款款扶将起合只為心急步行遲
最苦尊君去遠　怎當軍馬臨城

正是福無雙至　果然禍不单行

第十四折　兄妹迯軍

（薄倖引）（生）凛冽（寒氣）寒風霖漓（音离）冷雨送君臣南北（傷心語）父子東西

（貼）心傷痛不幸見兵刀冗冗（生）望故國雲漢遠濛濛（音蒙）

（生）边疆一旦動征鼙（貼）馬到邊巡侵隘陰（生）絶没忠臣朝伐朽摧枯不可遲（貼）軍臨談笑克城池（生）北死尽隨天子望南馳（貼）文武三千軍十萬更無一个是男兒（生）妹子前面雨来了待我把雨傘撑起（寨）观音

（生）雨兒催風兒送一旦家邦畫是空（貼）想富貴榮華如春夢（合）更咽傷心氣填胸（貼）意兒慌脚兒痛顫（音戰）篤速如

兄妹逃軍

痴似懵。（生）舌揑着郎忙行動。合 郊野者〻晚雲籠【人月員】（生）途路裡奔走流民擁膽喪魂飛心驚恐。（貼）風吹雨湿衣襟重。止不住雙〻淚珠湧。合 行不上惟聞戰鼓聲振蒼穹。（貼）軍馬来時四下裡如鉄桶。眼見得京師城内空。（生）那們趕着無輕縱。如虎般英雄馬似龍。合 若是遭驅擄親骨肉甚年何日再得重逢。

急前去汴梁路杳　慢停待中都城擾

烏鴉共喜鵲同枝　吉凶事全然未保

第十五折　番兵北返

（五）扮鄉民 天有不測風雲人有旦夕禍福如今天子北都汴梁人人离了中都番兵来犯边强个个皆兇性命江是相逢不下馬各自奔前程呀前面軍馬星飛而来怎生是好不免在此石橋下躲一躲看他是那里軍馬

（竹馬兒）（淨）喊聲漫山野招颭。皂旗萬點寒鴉。千户萬户們領征兵圍遶中都城下。見接敵無人披掛。都遷徙離京華。

（末）扮回回上 驅奮武征伐。盡攬轡音沛扨鞍加鞭催駿音俊馬。倚逊舟除是翅。雙插直追到海角天涯。日落斜曛宝灯葵花

（淨）生在阴山北沙漠是吾鄉雕弓常架箭馬上過時光左右吋耐南朝不来進貢俺國軍馬已到中都彼國

軍民尽廷楚汴梁去了只得催起人馬赶上便了、【提丑】呀前面石橋下有人在那里拿過来問他消息〔介〕（凈）你是甚人、（丑）小的是本處鄉民、（凈）怎奈你南朝無理該一年小進貢三年大進貢而今五次不来進貢我們起兵前来、奪取江山你知道麼、（丑）小的已知道但本国前日已差兵部王尚書裝載金宝從小路前来講和去了、（凈）已差王尚書到俺国裡講和去了、（丑）是是（凈）呀俺們空走一遭那老兒起去罷、

加鞭骨馬走如龍　海角天涯要立功

假饒一國長空去　盡在皇都掌握中

第十六折　蘭母驚散

【惧佳期】（夫）淚染胸襟濺。音錢（旦）家尊去程遠。默想何時見。萬

苦千辛念（夫）去声曾記分離祝付去時言（旦）天畨地覆黎民
遭賤自離家鄉千般受劳倦天何時再團圓脫離灾危
問窮蒼肯方便（旦）兩眼流珠淚窮途受煩惱（夫）宿音俗水飡
風味峻嶺高峰路（旦）外這時高嶺慢匕行（内）喊介夫驚介船被風波屋
漏更遭雨（旦）娘遥聞鬧攘交人驚惧内又喊介旦驚投井便向清
泉落得芳名萬古夫救旦介孩兒休得要這寺天何時脫災危祝告窮
蒼但願前途好平音言步净丑追介天先下旦躱介（蛮牌令）（净丑）不顯干鼓声
戈患恁得路途沿便把金城如席捲早還邦退畨兵嫠

踧踖鄉黨足踧踖如有徇

詩憂心如醉

鼕鼓打駝鑾引路迢迢匆匆的歡會鞴鞓款款踧踖平步高蹀（丑）呀分明見兩個婦人在哭行走如今（浄）息却都不見了罡〻〻紛〻人馬离京城（浄）午戈又太（丑）得放手時（浄）得饒処且饒人〔旦〕出尋母介平、須放手、妳那里去了，快来妳〔哭介〕

（東甌令）我心如醉淚交流去遠家尊絕信义。平声妳中途子母生離別這苦如何受一重愁分作兩重愁子母命合休。正是子母東西去来朝頤再逢。下

第十七折　兄妹失散

（滿江紅）（生）身遭兵火兄妹逃生受奔波（貼）怎禁風雨催

殘身遭坎坷。(生)妹子泥滑路上行未多軍馬追急怎奈何。

合 交我彈淚顆音科冒雨冲風沿山轉坡番兵末净丑戲介生驚散介旦躲介

漿水令(末)過深山林鳥囀。音步平沙滾滾泥塵(淨)抽番

兵依然罷征。且回去免交受驚(丑)頗學烏龜頸縮伸。令

番可喜且息其嗔。合 民樂業官已寧靜。金國帝王免恐

驚寬可恕且回程。早傳示諸邦關隘通貢禮免此戰争。

(淨)方才分明見一个漢子在此就不見了、罷々々干戈休息莫相争、(丑)点起三軍返故營、(末)休把

萬民驚擾害、(合)大家齊做太平人、下占尋兄介(清江引)大喊一聲過謊得我

獐狂鼡竄那裡去也哥哥怎生撇下了我丗身無處安存無處可躲下

第十八折 夫人尋蘭

望梅花(夫)瑞蘭瑞蘭叫得我不絕口只被喊声沉民乱走荒急使尋各分剖不知瑞蘭何處否多想他在前頭叫介

太師引望路坡前後瑞蘭我的兒往来尋心不自由更也無丗蹤跡我兒真箇叫破咽喉我年老力乏身倦便死有誰搭救瑞蘭我兒叫我停怎生欲去怎走我兒好交我去住

雜劇 卷下

第十九折　隆遇瑞蘭

（金蓮子）（旦）古今愁誰似我目下這般憂。听馬驟人鬧語急向深林中避。只怕有人搜。（生）百忙里散失差了路頭。瑞蘭尋妹不見。怎措手。（瑞）匕匕（旦）應（生）謝天謝地望神天庇祐。聽荅應端的是有若見親骨肉。尋路向前走。菊花新（旦）你是何人。我是誰（生）瑞蓮（旦）應了還應見又非。（旦）緣何將咱小名提。（生）前去問他端的。呀。你不是我的親。如何叫我小名。（生）

你不是我的妹〻、如何應我兩三声〻應是你驚疑不定、（古輪臺）（旦）自驚疑相呼厮喚兩三回。瑞蘭和先輩不曾相識。敢問瑞蓮是你誰、（生）瑞蓮名兒本是卑人親妹。敢問娘子每因甚到此、（旦）妾因兵火急離鄉故。（生）娘子如何独自（旦）子母隨迁往南避。中途相失。不知令妹因甚事相別、（生）那時節喊音显殺声各各逃生。電奔星飛。（旦）在那里相別、（生）中途差遲。因尋至雁聲偶逢伊。（旦）他尋妹子、我尋母親、兩人相遇俱錯意。一般煩惱兩心知（生）我妹子喚瑞蓮他喚瑞蘭〻蓮二字、所争不遠、只爲名兒厮類听錯自先回（旦）君子往那裡去（生）即便往跟尋。豈容遲滯。（旦）

窈窕　詩窈窕淑女君子好求

毛詩毛萇所注故云如礼曰戴禮也　好述逑配也

姑帶奴家同去、（生）自己妹子尋不見、怎麼帶得你去、事到如今怎生惜得羞耻、念孤憐寡救。奴殘喘。帶奴離此免災危。不忘恩义。（生）曠野裡獨自一個佳人。生得千嬌百媚。妳子曾嫁人否、（旦）搖頭介（生）要知窈窕心中意、盡在搖頭不語中、喜得他無夫無婿。這妳子極是乖巧、與他講了這一會不會看得他仔細待我哄他一哄、妳子才說不見了令堂前面一个婆子來、想是你令堂、（旦）看介那裡在（生）娘子在這里眼兒落便宜。平声合如何是天色昏慘暮雲迷。（旦）君子帶奴同去（生）娘子差矣、自家妹子不認、如何帶得你去、（撲灯蛾）自親不見影他。人怎生相遇處。（旦）君子讀書不曾（生）秀才家、何書不讀、那書不覽、（丑）你敢是讀論語孟子不曾讀毛詩（生）毛詩如何道（旦）窈窕淑女君子好求（生）娘子言及至此豈是卑人不知柰于戈擾攘实难從命（旦）既然讀詩書惻（音策）隱怎生周濟（生）娘子我是孤兒你是寡婦廝趕着教人猜疑（旦）亂軍中誰来問你。（生）緩急問語言須是要支持（旦）路中不攔當哥憐作兄妹（生）做兄妹到好只柰而貌不同有人盤問着交咱甚言抵對（旦）有箇道理（生）有甚道理（旦）怕問時權說做夫（生）娘子說話好輕薄小生是黌門中秀才怎的去叫我做夫（旦）不是做夫夫字下面的（生）夫字下面的不是夫子是夫人（旦）究家他明明知道故意詐騙奴家怕問時權說做夫妻（生）夫妻便是夫妻那有權說的道理怎的是方纔是巳(合)便同行訪踪尋跡去尋覓(生)娘子天色漸晚趲行几步(旦)君子請先奴身隨後皂羅袍(生)漸漸紅輪西下見林梢數點昏鴉前村灯火有人家江山晚景堪描畫大我蔣世隆在家之時呵錦堂富貴玉帳榮華誰知今日遭逢兵火勞碌波渣小生雖受跋涉、幸遇佳人、古人云、不入虎穴、焉得虎子、正是危叢致取千金價娘子天晚了不行又坐是怎的(旦)暗想溪山跋涉不由人珠淚如絲(生)快行(旦)鞋弓襪小步難移(生)怎的這等行不動(旦)我嬌花不慣風搖拽(生)待卑人相扶行几步到好(旦)不勞如此天將曛暝欲進趑趄音咨柤天那故園

何在極目慘悽。我王端蘭是千金之体，因遭兵火，流落在此，固知男女不可同行也，只是出乎無奈
危途權做資身計。（尾聲）得君今日提掇起，免使一身在汚泥。久後當思憂苦日。

生　半路兄尋妹　旦　中途毋弃兒
生　情知不是伴　旦　事急且相隨

第二十折　蓮遇夫人

（普天樂）（貼）哥哥　吽得我氣全無，哭得我聲難語。只交我兩頭来往，到有千百步。兄安在，妾是何如。真所謂困旅窮

途有誰人来念我念我爹媽身故乃是一蒂一派兒和
女怎割得妹兒腸肚哥ヒ將奴閃下在這裡進無門退又
無依倚(小桃紅)大道上難前去小路裡難揣步遥望窩
梁三兩間茅簷屋轉彎還野逕休辭苦暫安身少避些ヽ
風和雨多管是村野民居(生查子)(夫)行尋行又行瑞蘭我兒
占應介(夫)遠遠聞人應(貼)去声呀是甚人叫听喚瑞連名听了宜重称去声
省(水仙子)(夫)眼又昏天將瞋上声瑞蘭(貼)應(夫)是甚么我兒(貼)介人應我趂聲
兒向前見介孩兒渾身上雨水淋漓盡皆泥論生来這苦何

曾是恁（貼）眼見是錯十分定事無可奈只得陪些些下情

（外）你是年高人怎生行得這山徑瑞蓮欵欵扶著娘慢

行（夫）認占介 觀模樣听語聲是何誰便應承交我一回假

暗自驚枉了這多時苦相尋（貼）非詐應瑞蓮聽得名兒

廝類怕叫奴尋覓是家兒偶逢娘行如再生（刮地風）夫認

介外小子看你舉止與我孩兒也不甚爭廝跟去你心肯（貼）

拜夫介 情愿做女為婢身（夫）既然肯同去我把你做孩兒一般看承（貼）今幸

怎敢指望兒称（夫）我兒 干戈靜共往南京（貼）拜夫介 拜謝深

恩感謝深恩。救取奴一命。【尾聲】天昏地黑。迷去程。就在此處權停。

毋爲尋兒錯認真　不因親者強相親
愁人莫向愁人說　說起愁人愁殺人

二十一折　隆蘭遇強

【高陽臺】【生】凜凜嚴寒。漫漫（音曼）肅氣。依稀（驚。誤。）曉色將開。宿水飡風去客塵埃【旦】思今念往心自駭。受這苦誰想誰猜。合望家鄉水遠山遙。霧雲埋。【生】乱乱隨逐客。紛紛避禍民【旦】家山何処是甚日見

隆蘭遇強

蒙塵見左傳不
欲直言播迁

双親（合）甯為太平犬（生）奴子路途遥遠
莫作离乱人（生）不免趲行几步（山坡羊）（生）翠巍
音侵
巍雲山一帯碧澄澄寒波幾派深密密烟林數簇亂颩
颩黄葉都零敗一兩陣風三五聲過鴈哀（旦）傷心對景
哀苦
愁無奈回首西風也回首西風淚滿腮（合）情懷急煎煎
悶似海形骸骨挨挨瘦似柴（水紅花）（旦）憶昔歌舞宴樓
臺揷金釵歡娛難再（生）思之詩酒看書斎多灾風光何
在（旦）毋親知他何處家尊阻隔天涯不能勾千里故人
来也囉（梧桐樹）（生）徙黎民遷臣宰天子蒙塵盡遠埋離

瓦解見漢書天下之勢患在土崩不在瓦解

獰音寧

蘭玉砌今何在。旦想画閣蘭堂那安排。变作草舍茅庐

這境界合怎交我還得凄惶債。【水紅花】旦路滑霜重步

雖撻跌介生扶介小小弓鞋。其實難捱。生家亡國破更時乖。

這場災。冰消瓦解。否極何時生泰。苦盡甚日甘来。除是

枯木再花開。也生旦躲介嘍內喊介【金錢花】淨丑聽得數聲鑼篩。

鑼篩。好漢林前齊擺音排。齊擺。個個獰惡似狼豺。討買路與

錢財。不與我便殺壞。便殺壞。捉生旦跪介【淨丑】你這漢子好好送買路錢

來萬事皆休。若无買路錢【念佛子】生旦窮秀才。夫和婦。

我交你二人一刀兩断

為士馬逃避登途望相怜壯士畧放一路（淨丑）枉自說閑言語買路錢畱下金珠（漢子）稍遲延便交你身死須臾（生旦）將軍區區山行路宿粥飯無覓處有盤纏肯相推阻（寔情寔境）（淨丑打介）這廝每窮酸餓儒模樣須尋俗應隨行所有疾早交付（音例）（平声）（又打介）（生）將軍委實沒有苦不苦從頭至足衣衫更襤褸難同他往来客旅（淨丑）你若沒有買路錢只把你殺了畱這个婦人到我山寨中去（拏刀介）你不與示威伏勇論動刀鎗激得人忿心發怒（生旦哭介）告饒恕魂飛胆顫催神散心驚苦沿身恁甚無

屈死真實何辜。(淨)(丑)且休纏膏押前去山寨裡。听從區處。声。縛介(生)(旦)尾聲到這裡吉和凶未保。生死同途。

秀才身畔沒行囊　因避刀鎗遇不良

且聽雷霆宣號令　休言星斗煥文章

二十二折　興福釋隆

(正宮粉蝶兒)(外)山寨鳴囉。白鶴半天展翅。(淨)靠高山寨作因由、損害良民乂不週、客旅經商從此過几多驚恐几多憂伏大王喏(外)嘍啰回了、奪得多少財宝、(淨)告大王得知這遭空去、全沒些兒、(外)委实沒有(淨)真沒有、(外)[怒介]既是沒有把這嘍啰殺了(淨)[諕介]有有有（外）有甚的（净）拿得一个漢子、（外）要那漢子作何用、（净）同一个花嬌女、（外）咲你既有花嬌女、賞你黃金五十兩、叫他進来（净）把那漢子和婦人押上山寨来（音灰）（生旦）見擒復過客夫。

離天羅入地網。逃生無計。到魔下盡實抵對。（丑）告大王拿淂這漢子與婦人在這里、生旦跪

（尾犯序）（外）山徑路幽僻。尋常丗間来往。人稀。男女相隨。豈良人行止。（生）况時遭士馬流民散失。避干戈君臣遠徙。（外）這个婦人、是你甚人、（生）夫和婦。為天摧地湧。逃難路途迷。（去声）（外）呀、你明知山有虎、偏向虎山行、好〻丟下財宝、饒你性命、（生）听啟荒亂〻。行来數日。苦滴〻。實沒半厘。（净丑）不知机。常言道

窮途阮籍率意獨駕不由徑路車跡所窮輒痛哭而返 一
論語駟不及舌 一

打漁獵射去声怎肯空回(外)怒介手下他沒有推轉過何必說甚的便把他斬首更莫遲疑(淨丑)扯生旦介將他扯起倒拽橫拖把軍令遵依(生)抱旦哭魂飛逆旅客舍窮途遭遇早背井離鄉做鬼聽哀告望雷霆暫息畧罷虎狼威(外)從你令怎移但一言既出駟馬難追枉自辱禮卑詞便休想饒你(生)今日來到這里、死不敢辭、但寬片時以尽夫婦之別(外)嘍囉且鬆這漢子一時、(生)奴子我一心要同你回去、豈知今日死在虎頭寨上、悶地介傷悲王瑞蘭遭刑枉死(生)苦蔣世隆啣寃負屈蔣家祖宗、今日蔣世隆不幸死在虎頭寨上望你收留魂魄回去、叩拜天地介

会舉人為鄉進士

天和地。有誰人可怜。燒陌紙錢灰(外)听見回身介手下拿下去斬了、净丑拿下(外)听得這漢子、道出蔣世隆的名字、蔣世隆是我介一个息人、怎広别処也有·个蔣世隆、不免喚轉来問他一个明白(梁州亭)(外)唛啰且與番人將回來問取詳細。漢子家居那裡。是工商農種學文藝。(生)通詩書鄉進士。州庠屢魁。中都路離城三里閑居止。因兵弃家無所依。(外)听説仔細。扶起生介急降階釋縛忙扶起。嘍啰揭起中軍宝帳請大哥尊坐拜生介是興福兄息負义。大哥丗位小娘子是誰、生就是你嫂〻、(外)尊嫂受禮。誰知丗處。今完備。(旦)愁為喜。深謝得賢叔盜跖。(外)哥〻行

雲陽市古者刑人于市與衆棄之

那些尊卑權休罪適間冒瀆少拜識（生）恐君錯矣（外）娄罗
這个是我的恩人快去宰殺猪羊擺佈筵席（鮑老催）（外）朝廷當時警捕急迯
災避難躲在園墻裡若非恩人救難危險些赴法雲陽地名
市（生）兄弟相逢欲路難迴避這言語古來提（外）嘍囉連忙
准備排筵席歡来不似今日（淨丑）酒在咲、（外）哥ヒ酒到酒浮嫩
壓驚解乏酒休要推嫂ヒ酒到（旦）叔ヒ奴家不会飲酒免劳下礼（外）嫂嫂寒
色告些飲半盞嫂ヒ不飲莫非是詐也、非詐偽量浅窄音則休劳及（外）
娄罗過来舞唱要勸嫂嫂一盞酒淨丑舞介高歌唱飲展放眉開懷醉了還

重醉。(生)兄弟嫂々委实不飲(外)哥々酒待人無惡意。(旦背語)生介你儒業祖傳。文章幼攻習。我低低問。暗暗想。心猜忌。官人他叔伯遠方結義的。(生)不是(淨丑)背介听(旦)姑表兩姨一派帶。(生)也不是(旦)這不是那不是。山寨中怎有這般賊兄弟。(淨丑)報介大王那婦人罵你說這不是那不是。山寨中結交一個賊兄弟。(生)兄弟嫂不是這般說道這也是那也是。危途中有這好兄弟。兄弟我告辭急去。(外)哥哥姑嫂待等寧靜歸。(旦)叔叔龍潭虎窟難住地。(外)既然如此。小弟不敢強留。嘍囉取過百兩金子來。(淨)金子在此(外)

易曰雲從龍風從虎故曰風雲際

哥哥 金百兩望収納爲盤費。合 惱恨人生東又西。難逢最苦别離易。嘆此行何時會。生 兄弟 勸君疾把兵戈息。共約在行朝訪踪跡。尾聲 男兒志待時指望風雲際。怎肯終身作布衣。

生 相促相催行步急 旦 難離難捨去心誠

外 他日剪誅無義漢 净 今朝金贈有恩人

二十三折 夫運同行

天下樂 夫 行盡長亭又短亭。旁途路甚曾經。貼 飄零此

胡笳胡人器以芦為之吹之李陵與蘇武書曰涼秋九月塞外艸衰夜不能寐側耳遠听胡笳互動牧馬悲鳴々坐听之不覺淚下

五十平狀

身如萍梗，合 笑何日臨汴京城 愰秦娥【夫】抛家業人离財散，如何說，如何說這般愁心忖這般昨日，【占】不幸為人遭此劫，一回近思情慘切情慘切心兒里悒快，眼兒流血，【夫】兒不免慢々走行几歩

【排歌】【夫】驟々雲迷。寒天暮景。區々水涉山登。【貼】蕭々黃葉舞風輕。這様愁煩不慣曾經。【夫】不忍聽。不美聽。々得胡笳野外兩三聲。合 風力勁。天氣冷。一程分作兩程行。【貼】數上声點昏鴉投林亂鳴。宿霧晚烟冥々。【夫】遙上声遙古岸水澄々。野渡無人舟自横。【貼】不忍听。不美听。听得孤鴻天外兩三聲。合 前【夫】前路便行怎生那更天將暝憂心

秋砧搗衣石也鳥山頂上有玉女搗帛石云秋人聞杵声

戰兢々。傷情淚盈盈。【貼】外 那些ヽ兒悽慘。那些ヽ兒寂寞清風明月最關情。【夫】我兒 無人來往冷清々。叫地不聞天不應。【貼】不忍听。不美听。听得疎鐘山外兩三聲。【合前】【貼】忽地明一點灯。遥望茅簷認不真。意兒着休得慢騰々。【夫】孩兒 休辭迢遞望明前去。遠臨此地叩柴扃。明扃 【貼】外 今宵村舍暫稍停。臥山城長短更。【夫】不忍听。不美听。听得秋砧月下兩三聲。【尾聲】何時遇得安寧。幸一夕安眠到天明。免使狼藉音帥疾在路程。

竹葉酒名杜詩竹葉於今無我分

解貂阮孚解金貂換酒

弟簷灯火照黄昏　但願前途遇好人
曾經路苦方為苦　慢說家貧未是貧

二十四折　黄公賣酒

【臨江仙】（淨）果為宿水多加米，釀（上声）成上等香醪（音勞）。篘边風旆（音沛），似相招。三盃傾竹葉，兩臉暈（音運）紅桃。不飲傍人應（平声）笑，百錢斗酒非交。莫言村店客難邀。曾教神仙留玉佩，卿相解金貂（音凋）。這里不裝門面看，須知一醉解千愁。

二十五折　世隆成親

世隆成親

珍珠李詩小槽酒滴珍珠紅
帘酒旗

【駐馬听】（生）一路奔馳音池多少艱辛，到這裡且喜路途蕭靜。漸次平安，稍不寧息。（旦）恨悠悠千里旅情悲苦。懨懨平声一片鄉心碎。去声【合】感嘆咨音茲嗟，感嘆咨嗟，傷情滿眼關山淚。（生）娘子來此，乃是廣王鎮招商店。聞有好酒，沽一壺消愁則个。（旦）憑君子便是。（生）酒保那裡。（淨）草舍茅簷音陪，門面不裝，酒味美。真箇盃浮醁⿰酉義音录蟻，醅滴珍珠。帘酒旗潑新醅音陪，草刷兒斜插小窗西，布帘兒招掛疎籬外。【合】共飲三盃，共飲三盃。今朝有酒今朝醉。（生）酒保，你酒只是一樣的麼？（淨）有三等：上等狀元紅，中等葡萄綠，下等竹葉清。（生）娘子沽那一樣酒好？（旦）君子乃讀書之人，沽狀元紅好，

（淨）隔壁三家醉，開坛十里香。一壺新篘好酒在此。（駐雲飛）（生）村釀新篘音鄒。妳子，酒能遣興，又消愁，一醉無過萬事休。要解愁腸須殢音帯酒。壺內馨香透。盞內清光溜上聲。嗏，何必恁音任多羞。（旦）不是怕羞，真箇不會飲酒。（生）但畧沾口。免意休推。放展雙眉皺音驟。一醉能消心上愁。妳子，自古道逢花插兩朶，遇酒飲三盃。（旦）奴家一盃也吃不下，如何又叫我吃得兩盃。（旦）盞落歸臺。（生）酒保，你看我娘子委实不會飲酒，纔飲一盃，臉就紅了。（淨）面赤非干酒，桃花色自紅。（生）却似兩朶桃花上臉来。（旦）一路来此，多蒙提携，謝敬君子一盃。深感君相待。（生）多謝心相愛。（旦）嗏，擎樽奉多才。（生）卑人也不會飲酒。（旦）你量如滄海。滿飲一盃暫把

斝亦酒器受六升

黄公壚王戎為尚書令過黄公壚曰吾昔與嵇叔夜阮嗣宗酣

情寛解。勸君且寧忍、好事終須在、(生)酒保奶子說得好、莫說一盃酒就十盃我也吃、說得

我樂意忘憂須放懷。酒保我娘子行路辛苦、央你勸他一盃、我重重謝你、(淨)瀲音臉灩艷

流霞。我這里不比尋常賣酒家。村店多瀟洒。坐起極幽雅。

(生)酒保此酒還是論壺賣、是論盃賣、(淨)嗏何必論杯斝。音賈秀才神仙晋王佩、鄉相鮮金貂、

試嘗酎音寸價。愛飲神仙玉佩曾晋下。(旦)酒保、公公有茶借一盃、(淨)媽媽

討茶來、(生)酒保你賣酒不要把茶與人吃、彼如人吃了茶便不買酒、(淨)承教今後逢人吃

甚茶。(生)奶子我吃几盃酒自覺昏倦、不免卓上睡一回、(旦)悶可消除。庐當作垆敢問公公高姓、(淨)

我姓黄、時人稱我只為黄公酒店、(旦)恐怕醉倒黄公舊酒壚官人起來趕路天晚

…記卷之一　四十

陽山坡自秘阮亡便為時所羈紲今視此雖近貌若山河

催人去。（生）好酒晋人住。㖸香醪豈尋俗。未若提壺傾向江湖點滴落在波深處。酒保我娘子在店中不肯飲酒你討一隻小舡、好酒打上兩壺、把他哄上舡、聽他吃醉了緩櫓音努提船捉醉魚。（旦）君子你对酒保說奴家在此、不肯飲酒把我哄上船去、聽醉了奴家、只怕你快櫓提船捉不得醉魚。（生）奵子這个有鮮、昔日唐明皇與楊貴妃釆石江頭遊宴、楊貴妃醉了、嘔下御食在江中、衆魚拾食、把魚都醉了、有詩為証、詩云點點滴滴落江湖、緩櫓搖船捉醉魚、捉得醉魚街頭賣、滿街醉倒沒人扶酒保我問你今日往汴梁城、敢到得庅（淨）秀才此一水之便、去得到（生）酒保設若我娘子問你只說不得到（旦）敢問公公今日赶汴梁城去可得到庅、（淨）会飛不能得到也、（生）酒保你打掃一間房、鋪着一張床、一个枕頭二尺長（旦）公公

待說難道語不
了可愛

你打掃兩間房開了兩鋪(生)依我(旦)公〻依(淨)我不依
床兩个枕頭放兩床、說我說妳子說
也不依秀才說打掃一間房開着兩鋪曲尺床兩箇枕
頭放兩傍典你自商量秀才看書卷妳子拈針線黃公
進裡面兩个(旦)君子点灯提(生)妳子說得好点灯做飯
自方便下(旦)亮各自分明(生)瞞到天明就是明日中
狀元也不看書、且(旦)是(生)是蔣(旦)君子半夜三更不(生)
去睡罷、妳子開門誰世隆去尋宿處叫怎的青
妳子才說点灯做(旦)君子听錯了、我說点灯提亮、(生)竹
飯和我睡到天明各自分明、奴家睡了不開門
蛇兒口黃蜂尾上針兩
般猶未毒最毒婦人心

(絳都春)䠶煩受惱豈容易。共伊得見今朝有分憂愁。無緣恩愛何時了。(旦)他那長吁短嘆。我心自曉(生)正要娘子曉得(旦)有甚真情深奧理法所制人

非土木待說難道(生)當日尋踪訪跡在林中、(旦)多謝扶危出禍叢、(生)有緣千里来相會無緣對面不相逢(旦)這兩句如何觧(生)夘子在香閨繡閣卑人在中途曠野偶逢娘子這不是有緣千里能相會(旦)後一句(生)一路来人人說道一對好夫妻誰知和你半点無交、却不是無緣對面不相逢(旦)也罷、送奴家回去、对爹ヒ說討金子謝你(生)書中自有黄金屋、要金子何用(旦)不要金子、對爹ヒ討十疋駿馬送你(生)書中車馬多如簇、要他何用(旦)既不要駿馬討几个丫環謝你(生)丫鬟是甚庅子(旦)是婦人家(生)既是婦人家我現鐘不打、又去鍊銅(旦)既不要丫鬟苦ヒ恋着奴家、也是閑(生)千羊之皮、难比一狐之腋(旦)也罢、送奴家回去、對爹ヒ討个官你做、(生)討官我做也好、只是一件倘出入人問、那个是甚等樣的官員便說是老婆送的官(旦)啞、誰是你老婆、還早(生)夘子半夜正是時、我且問門楣：門上橫梁。楊妃傳：男不封侯女作妃，君看女卻作門楣。

姊子開口便說討官我做，不知令尊是甚等樣人。（旦）我爹爹作了兵部尚書，上馬管軍，下馬管民，今去緝探虎狼穴，和番未回。（生）就是上馬管軍，下馬管民，管我蔣世隆不着。（旦）天下官管得天下百姓，（生）令堂（旦）是太老夫人。（生）粧前（旦）千金小姐（生）你既是千金小姐，何不在潭潭相府，香閨繡户，如何跟着穷秀才走。（旦）秀才差矣。天子尚離龍椅，百姓豈无逃难之時，我跟隨你，还是个秀才，不知令妹跟着那音肯。个野漢子走了。（生）君子不認話，話反招非，你倚令尊官勢，欺壓卑人。

（降）黄龍 官勢門楣，寒士尋常，望若雲霄。（旦）秀才縱雲霄也趕我爹爹不上。柰時移事遷，爲地覆天翻，君去民逃。本要撇下小娘子而去，多嬌（旦）我多嬌與君子何干。（生）呹時相見，料想姻緣非小。（旦）不曉姻緣是甚庅子。（生）做夫妻相呼

啣環楊寶救一被鴟雀放之後雀化一黃衣年少卿白玉環一雙報之

結草魏顆爽之孫也爽有嬖妾無子爽疾份顆必嫁是爽革曰必以為殉及卒顆乃嫁之宣十五年秦𣏌與趙戰於輔氏獲杜回

厮喚怎生恁俏（旦）何勞（生）今夜要勞娘子一勞（旦）妾譽過多昔日榮華眼前窮暴那時節身無所倚幸然遇着君家危途相保英豪（生）多蒙娘子褒奬了、（旦）念孤恤寡再生之恩容报（生）既要報恩為何眼前做出這般嘴臉（旦）惟有感恩并積恨、千年万載不生塵、义日後啣環結草敢忘分毫（生）聽告身到行朝父母團圓再同歡笑妳子你那時在潭々相府畢人在門外紐過不敢擡頭仰視、你在深沉院宇要見伊除非魂夢來到（旦）秀才也罷、送奴回去、對俺爹々說高結綵樓、招你為婿却不好也、（生）扳高選擇佳婿俺蔣世隆豈敢當此福分命蹇終是難招這虛名人言

[illegible]之有力人也初野見老人結州以亢杜回間踊而顛故獲之夜夢老人曰余而所嫁婦人父也爾用先人之治命故以是報趙賞顆以狄臣千里
瓜田不納履二句見載礼

自說聽着偏好。(旦)都焦。(生)奴子你若都焦小所前言詞生心内似火燒了。
侍枕之私。敢惜微耻。怕仁人累德。娶而不告。朋友相嘲。
(生)從交整冠李下。瓜田不納李、李下不整冠、和娘子一般々(旦)君子開口就說着奴家、
(生)娘子有解卑人往李樹下經過擡手整冠隔遠人望我說盜他李吃卑人從瓜田經過低頭納履隔遠人望見說我盜他瓜吃正是納履整冠、和娘子一般、此嫌疑其實難逃(旦)也罷送奴同去憑个媒人說合強如店中苟合夫妻(生)我且問你前日在虎頭寨上他若要成親你也去尋个媒人來說合、(旦)他是強盜你也是強盜(生)強盜不強盜、人心摠一般亂軍中遭驅被虜。怎守鄭標。(旦)荒々迯难离京畿。此情惟有老天知半路偶逢着問妹々中途一路得提携指望送奴歸故里誰知

過我做夫妻你是讀書君子（生）此等言語（生）不記當初
行正道休惹傍人說是非誰向說相會時同
行親許我佳期今日佯羞（旦）我沒有（生）窈窕淑女君子
推不肯不記曠野念毛詩（旦）說甚麼（生）好求不是你說
（旦）彼時當（生）你當耍（丑）事不聲衣毛何須夜嘈皂羅袍
耍說的我當真匕官人娘子因甚囉唣
婆匕听生訢與因遭兵火出外兩分離親生妹子各東
西娘行半路相逢會只為名兒厮類若浼（音毎）相隨小生不
乞親許佳期誰知今日忘恩义（丑）小娘子秀才說（旦）耍
你忘恩負义匕
非是奴忘恩負義蒙君家一路提携我衷腸事裡有誰
知非媒不娶從來語送奴行朝而去禀告爹知把綵樓

天時地利人和見孟子

毛詩與子諧老

凌雲志漢武帝讀相如子虛賦更有凌雲之志龍門大鯉過龍門変成龍

高結招他為壻強如路上成婚配（丑）官人娘子聽啟你兩箇都是寡女孤兒途中鎮日兩相隨其中難辨真和偽天時地利人和最美我今說合明婚正娶你夫妻一對如魚戲（生）深謝婆婆厚意說合我二人諧（言偕）老夫妻有朝一日步雲梯黃金榜上標名姓千金不惜重酬謝你有朝榮貴夫人是你讀書人自有凌雲志（丑）姊子你听我說合再不要推調天上人間方便第一下（生）姊子多謝王婆說合我和娘子去晒躧（滾遍）（旦）官人你詩書萬卷通龍門高一跳到此遇紅樓佳人慢自推

年少。(生)看你行来步步嬌。口中說話微微笑。妳子你在路途曾許親你今推調夫妻既不諧從今各分手。娘子往東行。卑人往西走。(旦)且暫停嚞各三省休得要焦燥。(生)娘子不肯負情薄。(旦)隨順交人咲。空使我沉吟沒亂羞難道。(生)喜時模樣。愁時容貌。灯兒下。越看着越俊俏。(旦)才郎意堅牢。賤妾難推調肯時容易間。只恐心事休忘了。(生)娘子我和你天發下誓来當海盟山誓神天須表辨志誠啚久遠。做夫妻同偕到老。(尾聲)歡娛怎似閑花草。往常間

怕更長寂寞今夜裡只怨天易晚

野外黃花遍地開　村中連理共枝栽

百年夫婦今宵合　這段姻緣天上來

月亭記一卷終

長樂鄭振鐸藏書

尚書稱尔戈比尔干戈戟干楯

新刊重訂出相附釋標註月亭記卷之二下

二十六折　和番回朝

【出隊子】（外）干戈息矣喜慶咸寧人事興兩民樂業整家庭（末扮六兒）今日裡還鄉程遠近轉眼回朝行步侵（外六兒）左右那里（丑見介）（外）喜得干戈寧靜即便収拾行李回朝便了（末）収拾已完即便起程

【三棒鼓】（外）一鞭行色望南京如今兩國通和無戰征邊彊罷兵邊封罷鷩不暫停不暫停今日裡海宴河清也重逢太平（末）遠聞軍馬犯京城爭奈奉旨登途離鄉背井這場

禹会塗山执玉帛者万国

戰爭這場恐驚誰慣曾誰慣曾今日海晏河清也重逢太平（丑）玉帛納彩喜休兵天幸萬里黎民俱得再生南北已寧客旅久行歸騎整歸騎整今日裡海晏河清也重逢太平（外）君臣遷徙去如星只怕土產凋零人不見影一程兩程長亭短亭不住行不住行今日裡海宴河清也重逢太平

南北脩和四海寧　家無王事國無征
太平俱是將軍致　也許將軍見太平

二十七折　興福離寨

【稱人心】（外）宵行昼伏。脫離虎口鯨（大魚）牙。不得已截（音接）道打家。却忘生集舍死。山間林下。逆天無道。又荣華。成甚生涯。

木蘭花　陀滿興福。父母妻兒俱殺戮。逃命潛奔走聚山林。暫隱身心。悶意欢天幸逢明主。放赦改過從新作个昇平無事人。今遇皇恩赦宥。不免弃了山寨。回到京師。以應武舉。多少是好。

【排歌】（外）干戈甲罷征。區宇宣王化。惠及生靈。恩臨遐迩。如今日之際。海之涇（音京　水名）。普天之下。再生重見太平。四海歡聲。

仰謝天恩放赦帰　此回重覩太平時

興福離寨

盡銷軍器為農器　不掛征旗掛酒旗

二十八折　隆蘭拆散

賣宮花(淨)客店濟楚往来的商賈居此間極穩便是通衢不妨子父家小居事ㄝ俱備皆濟楚廣王鎮上招商店南北官員真方便四方經商客旅日日来千去萬近日一个秀才蔣世隆失妻兩口在俺店中居住那秀才身染一病至今未痊不免與他小外商量尋个醫人討些藥吃多少是好(三)登樂(生)(旦)世亂人荒幸脱離天羅地網不隄防病染這塲事不寧身藏隱天灾降殃音烏淹畱旅邸音底望河南怎往(淨)秀才今日身体若何(生)今日竟来愈加沉重

盧医即爲扁鵲得其人術能見人腸胃但託以診脉爲名故後世之言診脉者皆祖扁鵲也

（淨）秀才家你夫妻兩口在我店中居住不擬秀才身沾疾病、都要請个医人來看一看、討些藥吃方好（旦）正要如此、托煩公公與我主張則个、（淨）我這里有一个李医士家世名医待我與你請來（旦）如此多謝（淨）叫介李先生在家不在家、（丑）我做郎中是慣、一街医了一半、說盧医從來不曉、講扁鵲只是胡乱、我的藥方相傳一年医死千万東边一个方纔合棺西边一个又將氣斷南边一个買棺材北边一个不曾吃飯不知何人叫我這个、又是死漢、（淨）先生有請（丑）是你老人家、我看你沒有甚病請我怎的、（淨）不是我是我店中有一位秀才相請（丑）如此就去、（淨）小妳子、郎中来了、（旦）請進来看（丑）見介（旦）我家官人身体不快、央先生一看、（丑）診脉介（旦）先生脉性何如（生）伏介

（蛮葫芦）（丑）看他多因是產後風寒（旦）不是、（丑）敢只、是患崩血不、痊。（旦）介（盧）也不是

【丑】我曉得了想是胎墮孕攻心【旦】這郎中如何這等胡說呵【丑】他只是姙娠月數未真【淨】你做个郎中看甚庅脉一个男了云病症如何只管說在女人身上去【丑】来不是女人待我仔細看来復看介我今知道了秀才你只因花前酒後胃傷着那些個風寒染此病端的是定【旦】既是如此煩先生討些好藥来吃【丑】有藥好的只要開箱發市錢【旦】就將這一股釵子與你開箱【丑】不敢接受這釵了【旦】只要我官人安樂你只管收下【丑】如此多謝送藥介【生】吃藥吐介【旦】先生如何吃了就吐【丑】不妨事待我加減些復合藥介小娘子我知今另合藥在此吃了就好只是一件分付他休勞力休勞神早晚須交飲食勻正是藥医不死病【淨】須知伏化有緣人同下

北後庭花【生】病淹畱豈敢焦誰知

安危不稱容。(旦)夫直乃苦痛恓惶淚。動傷着滿懷。百萬
悲。不由人。不由人。(生)若近家鄉。家鄉境界。莫做個他鄉
臨病身。合得平安得吉泰得再整。(末)介上行(旦)官人那廊下一个行
動的相似我家六兒一般(末)甚人叫我六兒〻〻濶在
模樣、叫介六兒六兒一(末)你家來見介呀姐〻元來
是你你如(旦)自爹〻別後軍馬离乱逃避兵火來(末)爹
何在這里(旦)到此間我且問你、如今爹〻在那里(末)〻
就在后面你與(旦)與這個秀(末)害了〻〻爹〻不在家
那一个來在此(旦)才同來、(末)你到自嫁一個姐夫做
出這等醜事(外)孩兒瑞蘭你(旦)爹〻別來久矣。自離朝尊
爹〻快來、(外)如何在這里(旦)〻
体無恙合骨重再覩喜非常。(外)屈指數月。折倒盡昔時

模樣。(合)思鄉里、念家鄉。多少鬢邊霜。鷓鴣天、(旦)日漸行
雲杳信音、沿途窘
跡意(外)親情再見誠無約、(末)言往昔、話如今、店(旦)正是
沉吟父子重逢豈有心中權且問佳音、有意
栽花々不發無(外)孩兒你把迁都的
心揷栁々成陰事情說與我听、(園林好)(旦)縂說起
遷都汴梁。鬧炒炒聲哀四方。不忍訴淒涼情況。(外)家中
產業
奔声
(旦)盡撇樣。(外)家中
奴婢(旦)盡逃亡。(嘉慶子)(外)你一雙子母無
所傍(旦)更雨㵾音淚風寒。怎當心急行程不上。(合)人亂々。世
荒々。愁戚々。泪汪々。(外)孩兒那時軍馬擾乱、
你子母倚仗何人(東甌令)(旦)
爹々那時有誰倚仗。其實有家難向。(外)母親今
在那里(旦)他東我

李陵書足下想陵豈偷生苟免之人哉

孟子不用父母之命媒妁之言鑽穴隙相窺踰墻相從則父母國人皆賤之矣

論語在陋巷

黃卷古者書用黃紙有誤則以雌黃塗之故云

西地界天番事。怎防。(外)你與母親在那里分散、(旦)【華品令】

民在官道驛程傍。天色漸晚。陰雲黯窮蒼。匆匆正

聲如雷响。各各奔走。樹林中藏偷生苟免死。解星飛子

離了娘。(旦)辨黃(外)悲介你一身眼下現在誰行音杭(旦)指生介随

着這秀才棲藏。(外)怒介呀他是你甚人(旦)他是奴家長上声(外)怒介誰

為媒妁音勺甚人主張。(旦)人在亂離時節。怎選高門厮對相

當。三月海棠(外)怒生介你自詳。甚年發平声跡窮形狀。(生)起介公相怎

把凡人逆相。海水難將升斗量(旦)匕參非奨陋巷十年黃

禹門即龍門

卷那時禹門三月桃花浪。官人你一躍龍門便把名揚看取

名姓掛金榜。(外)孩兒快上奔了這人，那時隨我回去(五韻美)(旦)拖主介官人意

兒想眼兒望望。奴你東君艷陽與花木增芳。(外)六兒扯去朱介

(生)全無這可傷。妻威凜如雪如霜。(末)父扯旦行介沒些和氣

一味奔銅鐵心腸。打開鳳凰(二犯公令)(外)你這妮子你是娘

生父養。為何逆親言。心向情郎。(生)公相小姐雖然是你的女兒我向

地獄相救。到這天堂。(旦)怎下得將他撇在沒人店房。上爹

若是兩分張。交着他殘生命亡。(外)他就死與我何干(旦)官人你再對爹

岳丈謂妻父曰岳丈

鴛鴦匹鳥不相離人取其一則悲鳴以死

七說一說(生)告你慈悲岳丈(外)呸那个是你岳丈(生)跪可憐我伏枕

在床。(外)你伏枕在末都怎的(生)前薰著粥無人管。待等三五日時

光。(外)他是我千金女子到與你煎藥煮粥(生)全無好言匹面搶音鵠惡狠音郎狠怒

發三千丈。妻你父親呵他只倚着官高勢強。(外)快去我要起程了(江

兒水)(旦)爹々眼見得今朝去直恁音任忙。相隨百步尚且情悒

怏(生)公相何況我夫妻月餘上。怎下得霎音洒時間如天樣。(外)

你這漢子若要成雙休指望。(合)一對鴛鴦。生被拆天風浪。(外)

六兒扯開去(川撥棹)(生)扯旦介妻你心相誑。更不將恩義想。(旦)

參商杜詩人生不相見動如參與商按高辛氏二子閼伯實沈不相能也日相征討後帝迁閼伯於商丘主辰遷实沈于大夏主參也
婦寡曰孀

夫無奈事有參商。父逼女夫苦妻傷。合 苦別離。愁斷腸。愁斷腸。丑 扯開生介 旦悲介 夫 男兒贖音述藥把衣典當償。夫 我不能勾覷得身体康生。妻 我和你再得相逢。怕身死一灵兒到你行。合 苦別離。愁斷腸。愁斷腸。末 扯旦介 旦 夫 你休為我相思損頗。夫 當縈攻詩書赴選場。生 妻 我不道再娶重婚。你怎肯終身守孀。音双 合前 末 扯介旦與生扯介 哭相思怎割捨交人生離別。憂愁萬縷音屢愁千結。末 扯旦介下 外 推倒生介 正是尋思渾似一場夢。你是何人。我是誰。下 淨 扶生介這個小外子好殺心他就去了秀才你且起來不要煩惱

郵亭邑也

（金梧桐）（生）這廝忒倚官這廝忒挾勢。（妻）便死後如何欺負俺窮儒輩。我這裡病又深（妻）你那裡愁無際。旅店郵亭兩下裡人應憔悴。（妻）怎教我忍得住恓惶淚。（淨）秀才休要惱且進裡面保养自已身子多少是好

天涯海角有窮時　人豈終無相見期
只願病痊無個事　免劳心下再憂疑

二十九折　驛中相會

（上馬嬌）（夫）干戈動地來。車駕遷都汴梁。兒夫離上京路

易屯爻曰迍如邅如不進之貌也

遥人又遠（貼）軍馬臨城無計将身免。這苦怎言。禍不单行。中都路兒不見。（月兒高）（貼）喊殺連天。骨肉怎相恋。常言道人離家鄉賤。（夫）我得到今朝平安幸非浅。則是身狼狽音貝。眼前受屯邅音占（貼）母親、天色又将晚矣、我和你着速再行上几步、尋个歇宿处所纔好、

（蛮牌令）（夫）煩惱多歷盡憂愁怎經遍（貼）眼兒哭得破脚兒。又行得倦。（夫）五里十里。一日過如年（貼）但願前途去。早早逢親眷（寄生草）（貼）勁風寒。四合暮烟昏慘慘。彤音同雲篩。脫天变（夫）只愁長空雪舞絮綿。去心中如箭。（貼）旅舍

孟津禹貢又東至於孟津孟地名津渡處也黃河水出燉煌塞外崑崙山發源一云水出積石

全無何處安宿停眠，天色已晚，(夫)前面有个館驛只(貼)如何是好(夫)得進去借宿一宵如此都好(夫)叫介(淨)扮驛丞上孟津驛舍在這黃河岸邊。行船坐馬十分便。(淨)介見(夫)(貼)子毋忙向前。可憐窮迫。暫假安泊望周全。(淨)月晚天寒過客死，遠陪驛舍意何如。(夫)(貼)此情不對英豪說，更有何人念旅途。(淨)婆上

娘子二人何方人氏因甚到此

【羅帶兒】(夫)妾身本宦族。京城久居。為侵邊犯闕軍奮武。君臣遷徙。離中都地。(貼)散亂人逃避奔程途。慘呵地千生受萬辛苦。合 今宵借得一宿。可憐見子毋們天番地覆。(淨)兵戈起，路程人不顧經。婆上 早尋個

旅邸休待䓁。(夫)望足下借宿一宵(淨)婆々、我這里乃是館驛之中、上司往来之処、怎肯容行客寓郵亭(音尤)。(夫)驛官心下貪行路望南京、不覺日暮雲平遠涉々、地不知處人又生。合今宵得少停留。可憐見子母們天寒地冷。(貼)母親不容在此間、千羞萬慚開口告人難上難。傷情無語淚珠彈。(淨)背唱這般恓惶事。和我恁愁煩々。(婆)不忍見你受摧殘。情々的留一夜来早行。合今宵得此身安。可憐見子母們。天昏地晚。(夫)娘和女甚感激蒙恩愛德。(貼)幸然遇好人相愛惜。免風霜寒冷。受

彤雲詩上天同雲言將雪也

旁後夫我畀向他廊下正堂側借得此鷹杭席净凍凝ヒ
地。畧坐與此飲食。合今朝得暫安跡。可怜見子母每。大
寬地窄。净正所上不敢相晋向那回廊下暫宿一宵夫貼如此多謝外旦末上净
接介驛丞迎接老爹外起去霸陵橋外馬兒行又轉急頭間一里
復十里迤去河南只隔這水孟津驛。今夜權停止。嗏知
他這輾車兒任行遲。末馬兒行較簇ヒ。上輾車兒直恁
地。簪ヒ滯。正是心急步行遲。晚相催天淡。彤雲密。嗏送
得到孟津驛。旦這若向誰說。索性死離各自也着逐際。

逆旅客舍

鳳雄凰雌

猿斷腸桓温下蜀從者得一猿於舟中其母沿岸流啼數十里比跳至舟中則已斃矣舟人剖其腸寸〻皆斷温聞之貶其人

生把我鴛鴦分開兩下裡。一步〻〻交我傷情意。嗏衫襟上。泪珠淹濕。(外)驲丞我連途中辛苦不曾得好安歡今日來你驲中不許人(音容)等閙炒(淨)老爹驲丞不敢

【新水令】(夫)凄涼。逆旅八千里(貼)這縈牽怎生得寐。(夫)交我萬苦横心裡。(貼)聽不著。是愁都在枕前淚。(夫)夫阻關山隔遠鄉只因兵乱在他邦(貼)自巳不知凶與吉家兄離問死存亡(旦)千愁當日兒離母方善今朝鳳失凰(合)枕边不敢高声哭只怕猿聞也断腸

【銷金帳】(夫)黃昏悄〻助冷風兒起。想今朝思向日。曾對這般時節。這般天氣羊羔美酒。美酒銷金帳裡。兵亂人荒遠〻離鄉里。如今怎生怎

□□消銷金帳
□枚李士得党
太尉姬取雪水
煎茶曰党家應
不識此姬曰彼
粗人但能於銷
金帳下飲羊羔
兒酒耶陶慚之

狼狽已見

生増頭上驪（旦）初更起了初更鼓打哽咽譙角吹滿懷愁分付與誰。遭這般磨折。這般離別。鉄心腸打開打開鸞孤鳳隻。我這裡悽惶。他那裡難存濟。反復怎生怎生獨自個睡。（貼）如今是二更了鼕鼕二鼓敗葉敲窓紙响。撲簌音遠聒明耳。誰楚這般消索。這般岑寂。骨肉到此。到此伊東我西去又無門。住又無依。傷心怎生怎生増頭上驪（旦）夜闌人靜月微明眼轉孤眠驪不成心上只因關系伴万愁千恨嘆離人這又是三更時候了三更漏轉寒鳫聲嘹嚦。半明滅灯火帰昧。尋思他這般沉疾。這般狼狽

相逢今朝。匕匕吉凶未知。冷落空房。飲食推調理。床兒

怎生怎生獨自個睡。（夫）譙樓打四更了樓頭四鼓。風捲簷鈴動。

畧朦朧都是夢。娘女這般相逢。這般重會。夢覺來。匕

匕孩兒那裡。多少傷情。多少縈係。交人怎生。怎生揩頭

上聽。（貼）譙鼓已五更矣五更又催。野外鐘聲急。筭通宵幾嘆息。

那似這般煩惱。這般孤恓。一身苟活。苟活成也甚地。（旦）

這廂煩那壁長吁氣。听得怎生怎生獨自個睡。（內介）鷄鳴

（外）六兒、那騆子過來。（末）騆子匕匕相公喚你。（淨）告老爹有何分付。（外）我昨夜分付你不許閒人

在外嘮叨你全然慢我不知你容甚麽人在（外）帶在本縣問罪
這里哭了一夜左右拏下打他二十（打介）
（淨）告老爹得知那婦人不是以下人昨晚沒去宿處他說是官宦之家以此小驛丞不敢慢他留在廊下歇宿一宵望老爹饒罪（外）既是官宦人家婦女你去叫他出來待我小姐問他下落（淨）叫介我好意留你宿一夜只留哭到天曉今有上司大人說宦人啼哭把我打了二十你快出來與他小姐相見好好分訴便了
（夫旦）相認介
【思園春】（旦）別久阻尊顏相念勤（夫）孩兒喜逢將謂是夢和魂（旦）外這個是誰（貼）小姐呵奴是不因親者的今日強來親（外）合子母夫妻若散雲無心中完聚怎由人（好）性兒（夫）相公匆匆地離皇朝你心下忍弃家私老小去得

一句遞簡

安穩。(外)夫人說那里話我只知國難用忠臣。不隄防千馬萬軍。
(末)犯京城君去民逃。常言道龍閗魚損。(外)孩兒你為因甚別了母親
福。馬郎(旦)爹爹那時風寒雨又緊。正行時喊聲如雷震。無
處穩。(貼)急向林鄉中躲。道路上奔。(旦)彼時亂紛紛。身難
保。命難存。(紅芍藥)(外)兵擾攘阻隔関津。思量着夜体劳
魂。(末)母親眼見得家中受危困。望吾鄉有家難奔。(夫)孩兒歷
尽苦共辛。我逢人見人尋蹤。只是舉目無親。子母每何
處廝認。我瑞蘭兒你一向在那里(耍孩兒)(旦)外我一言說未盡。況日

在招商店（外）孩兒不要說那招商的事（旦）偶然地遇尊親（旦）淚介（夫）為甚
的另淚我兒（旦）我尋思昔日時人遠天涯近（夫）我兒為甚的來
那壁千般恨（外）夫人你只曾叨叨問 背消 【會河陽】（夫）有甚爭差
且息嗔閑言語總休論（貼）小姐賤妾不惧途中鎮日相隨
何期得免今朝忿（旦）你怎的知道 甚時除得我心間悶甚時
除得我心間恨【縷縷金】（外）六兒交准備芳樽得團圓都喜
慶尽歡欣（夫）館驛中雜人来往其実不便起行罷（外）到南京得見聖明君
那時好會佳賓【趓恁好】（外末）辦集船隻指日達帝京（貼）

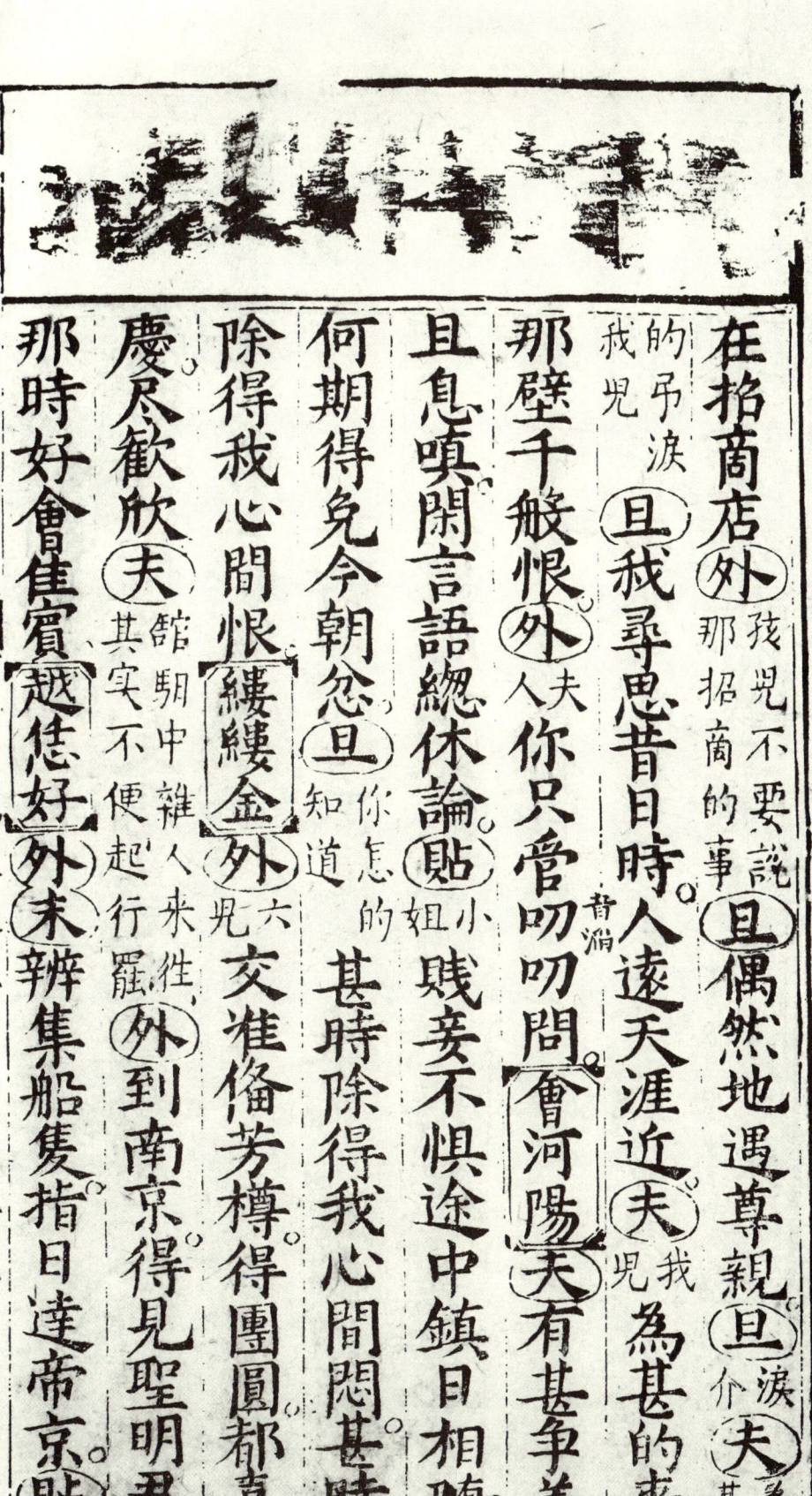

好漸行漸遠我親兄長是死生和存(旦)愁人見說愁更深(貼)小姐如何欲言又忍(旦)心兒裡痛煞〻如剜刀眼兒裡淚滴〻如珠浸(外)駙子討舡来(淨)舡已現在(外)請夫人小姐一齊登舟

士馬紛紛路不通　娘兒兄妹各西東

今朝勝把銀缸照　尤恐相逢是夢中

第三十折　世隆憶妻

【步蟾宮】(生)龍潭虎窟愁難數更染病軀疾羈旅分別夫妻兩東西誰念我無窮淒楚招商独自病淹留憶別鸞凰意怎休心懷四海三江

叩頭道不得一聲将息遠想令人情殤

悶殺带乾坤大地愁

一樣錦

姻緣将謂五百年眷屬十生九死得歡聚經艱歷險幸然無危也指望否極生泰禍消福授那知尚有如是苦急被狂風吹拆為病体疾纏豈肯放容他些兒個叮嚀囑付将他倒拽横拖奔去途回頭道不得一聲将息幾曾有這般悪父惱得氣絶再復死絶再甦急回價上心来一回價痛哭

不忍尋思苦别離　傷心流泪落沾衣

夫妻本是同林鳥　大限来時各自飛

論語君子矜而不爭群而不黨

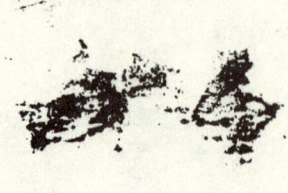

三十一折　興福尋隆

【孤飛雁】(外)聖恩詔旨從天降遍遐迩萬民欽仰宥極刑身有重生望散群輩而不黨回凶就吉轉禍為祥臨帝輦絕却親黨回首家鄉無了父娘感傷尋思着兩淚千行興福奉旨無親進退無門閼知結義恩人在廣王鎮上旅舘安身不免去尋他同往求取功名來此便是指商店內酒保那里(淨)誰人叫(外)主人拜揖(淨)官人那里來的(鎮名)【惜黃花】(外)中都路是本鄉車駕南征遷往一程ㄟ到廣王特來相訪(淨)小可敢復尊丈有何事厮問當買物貨請商量要安下却

無妨（外）不是我只要尋問一个人（淨）若是尋問人道如何模樣（外）此

處是招商（淨）正是匕匕（外）特問芳尊〔上声〕長（淨）有事便說（外）有個秀才

郎身姓蔣三十其上（淨）住此一月將〔上声〕半（外）如今在那里（淨）在

正東下轉〔音才〕那廂（外）是第几問房子（淨）從外數第三間房只是一件官人

他患時病纔無恙（外）如今那門鎖上他在那裡去了呵（淨）贖〔音述〕藥出外往

（外）藥店遠近何如（淨）便只在前巷（外）行介（淨）官人不要去了秀才回來了（惜

奴嬌）（生）禍不單〔上去〕行先自遭兵火那堪重匕坎坷〔音柯〕（外）見介丈

阻尊顏甚曾忘了些兒個（合）彼此縱然有音書難托（外）

哥〻因甚浮此病症（本序生）兄弟自與相别風寒勞役受尽奔波那

更憂愁思慮在旅邸頓染沉痾音柯（外）哥〻遠和天相吉人痊音全

可却望飲食節休勞情怎忘却了闊别來尊嫂貴体安

樂（生）提着心中慘悽不由人忍不住泪流珠顆但有死

别生離他煩惱天來大大叶音垛（外）哥〻緣何他弃舊怜新從何别

個（生）不是（外）莫因是疾病亡遭非禍（生）不是（外）你道是為甚

的倚勢挾權將夫妻苦拆破〔題真序〕（生）摧挫這艱共險

愁和悶要懸怎懸到今日尚有平地風波（外）驚愕音惡觳音色騰

不肯說明体貼人情的當処

天和莊子知北遊篇正汝形一汝視天和将至

騰心上火哥ヒ是誰人道與我（生）兄弟道與你如何愛富嫌貧岳丈倚強凌弱（外）斟酌尊和卑親和戚順他受他等些時究轉求人圓啫（生）參差其中話更多都只恨我命薄（外）事多磨放心将息休得自損天和哥ヒ如今兄弟蒙朝廷聖恩大赦詔取天下文武進士尽付行朝應選正是奮志之秋兄弟聞知哥ヒ在此敬来尋取同立行朝一來應奉求官二来亦可打听尊嫂消息不知意下何如（生）我亦有此意只是孤身不能前去今日幸然兄弟到此即使同行待我辭了主人而去（生）辭介

雖合悲歡豈自由　繫郄人心甚日休

左傳天威不違顏咫尺。[illegible]六十四作　金屋漢武帝為太子時言若得阿嬌作婦當以金屋貯之

曾是當初不相識　亦無煩惱亦無愁

三十二折　汴城聚會

（傳言玉女）（外）（夫）得覲天顏真為主憂臣辱皇恩深沐千鐘重祿（旦）（貼）（末）上　如今幸得止再整銀屏金屋　合　皇朝重見太平重覩（外）盡日笙歌遶地遊（夫）忽聞軍馬犯皇州（旦）（貼）應知曾取非常樂（丑）須是隄防不測憂（玉漏遲序）（夫）得寵念辱相公想其時駕迁民移前去父母妻兒散離值此天時幾多少吃辛受苦是多少無家失所　合　今幸得又在画堂深處（旦）爹上　那如

汴城聚會

雷戰鼓喊殺聲散亡人尽奔逐。外那時若不遇蔣秀才呵無地可怜
救我在危途。知何處作婢作奴。知何地為驅遣擄。合今
幸得又在画堂深處。貼兄南妹北。亂軍中怎知生死湏
臾骨肉分別。此身去住無所。外感謝恤寡念孤。合今幸
得又在画堂深處。外夫人驛程去遠奈何被上馬攔截歸
路。那時為國忘家。怎知今日完聚。末外那知幾遍霄行
晝伏。知幾遍風飡霜宿。合今幸得又在画堂深處。夫六兒
將酒過來把酒介
撲灯蛾外夫人到行朝汴梁。看山河帝居。四時

長開花木。論繁華不減中都。(天)相公象恩深處便為家。合
来古語休懷故土。合 對良辰美景。宴樂歡娛。(末)依舊珠
圍翠遶。依舊雕欄玉砌。(旦)列侍妾丫頭數送金盃高歌
歡舞。(貼)因災致福。愛惜雙親生兒女。合 對良辰美景宴
樂歡娛。(尾聲)從今休把光陰負。但暢飲高歌休阻。共醉
樂神仙洞府。

莫辭今日醉顏酡　百歲人生能幾何
遇飲酒時須飲酒　得高歌處且高歌

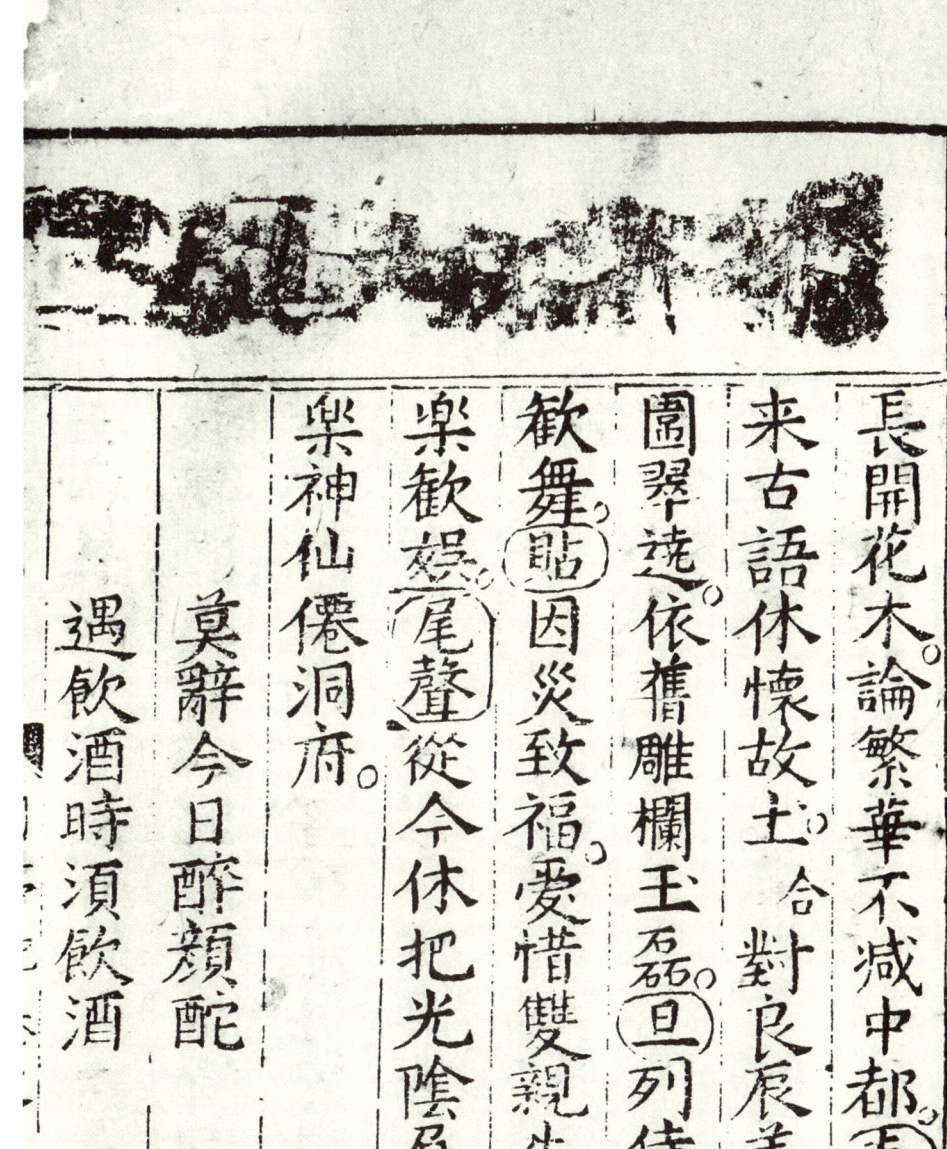

古詞試問海棠花昨夜開多少葵向日以旋其根曹植表葵藿之傾葉太陽雖不回光然向之者誠也

三十三折　蘭蓮自敘

落作胞 旦 六曲欄杆和悶倚。不覺文娟景芳菲。貼 微雨

昨宵。新晴今日。合 知是海棠開未。蝶恋花 旦 春光分外

傷懷抱倒处喃ヒ忍

開鶯燕 貼 三月春光無限好 旦 忽聞庭宇歌声巧 貼 心發

鳥 野花岸柳都開了 旦 歡聲花下金樽倒 貼 心

有意向陽開忍 旦 妹子常與春光明媚同去後園中 貼

交章負韶光老 遊賞一時以解愁悶多少是好

姐ヒ請行 奴

家當得陪侍 本序 旦 春思懨ヒ此愁誰訴。此情誰知心

撩亂慵覩粧臺梳洗 貼 芳時不煖不寒。春来院宇。堪遊

堪賞。合 空對鶯花燕柳。特悄地暗皺雙眉。貼 因誰索惹

寒食冬至後百四日五日六日有疾風暴雨為寒食○介子推三月初一為火所焚人哀之為炎煙

東君春三月皆東皇主事

惹芳心。媚容香。褪杏臉桃腮。○合看看恁寬盡金縷羅衣。

（貼）姐姐只為傷春。知他怎生年年如是。○合休對晴天煖日

輕可地過了寒食。（貼）姐姐向那園林內去行一行（旦）妹子甚心情閑步

小園西。（貼）為甚不去（旦）因一個身倦神疲。青皮（貼）姐姐值春風桃李

花開日。誰不待去尋芳拾翠。○合九十光陰撚指將歸去。

（貼）那春光應也笑。咱伊。（旦）笑我怎的（貼）笑你恁消減香肌。（旦）

東君不管我這人憔悴。惟聞綠窗紅稀。○合香閨掩珠簾

鎮垂。不肯放燕雙飛。【尾聲】裹心先自不如意。縱然閒肯

同隨喜也做了興盡空回

傷心情緒倦追遊　好景如梭不肯畱
来朝更有新柳在　惱亂春風卒未休

三十四折　隆福途行

【望遠行】（生）春風紫陌又是天涯行客（外）野草閑花掩映水光山色（末）杏花朶ㄴ柳線縧ㄴ弄碧（合）沙岸歡蓮池初溢（生）擔書挾策赴大邦（外）那更風光值艷陽（末）路上野花如錦繡（合）店中有酒透瓶香（末）天色将晚請行便了

【望吾鄉】（生）降詔期折桂日學業成文武

鵬翼　莊子北溟有魚其名為鯤々之大不知其幾千里也化而為鳥其名為鵬々之背不知其幾千里也怒而飛其翼若垂天之雲
杜詩　讀書破萬卷下筆如有神
蜀魄　杜鵑也杜鵑為蜀望帝所化

遠投安身策。(外)正是男兒峥嵘日。豈辭劳役。(末)一朝裡身顯跡。受賞加官職。(外)萬里鵬翼。功名唾手得。英雄果有千人敵。(生)我星斗文章誰能及。下筆如神力。

【誠亭秋】(末)短亭長亭程々去。知幾驛。送旅過寒食。(生)見點々殘紅飛絮白。夕陽影啼蜀魄。(外)家鄉遠心謾憶。回首雲烟隔。(末)香醪音老待飲何處覓。牧童處問端的。(生)遥望前村疎篱側。招颭水紊而風酒簾林梢刺。

【紅綉鞋】(合)小徑香車狹窄。野水潺湲湍激。飲數盃解愁懷。那里堪觀賞。可閑遊。只愁他天晚逼【尾声】酒家眠。權保息。韞匱藏諸隱。塵跡萬里前程在咫尺。

過郤長亭又短亭　看看將近汴梁城
路上有花并有酒　一程分作兩程行

三十五折　瑞蘭拜月

【齊天樂】（旦）懨懨捱過殘春也。尤是瘦人時節。（貼）景色供愁天氣倦人。針線何曾拈刺音次。（旦）閑亭靜瑣窗消灑。小池澄徹。合疊青錢泛水圓。嫩綠荷葉。【浣溪沙】（占）堦前萱草葉將黃、徑外榴花盈

對鏡鸞　罽賓國王得一鸞三年不鳴其夫人曰聞見類則鳴乃懸鏡照鸞見之悲鳴中宵一奮而死

錦囊青和天氣日初長丶 旦 懶去梳粧對鏡鸞慵拈針線向紗窗 貼 曉来閑步出蘭房月照紗窗意可傷

青納襖

旦 幾時得煩惱絶幾時得離恨徹妹子和你到百花亭閑行一會 貼 姐ヒ請先行妹當隨後 旦 行又退介 貼 姐ヒ為何又不去怎的 旦 妹子非我不去本待散悶閑時到臺榭我見他花紅柳綠粉蝶双ヒ傷情對景教我腸寸結 貼 姐ヒ 悶懷兒待撇下怎忍撇待割捨難割捨沉吟倚遍欄杆也萬感情切音折姐ヒ因个甚的呵都分付與長嘆嗟 貼 姐ヒ 你綉裙兒寬褪褶為傷春憔悴些近日龐兒瘦成劳怯這些ヾ時又不是傷夏月 旦 妹子只有傷春那有傷夏 貼 姊妹每非

饒舌呂洞賓唱
和仙姑饒舌

兒邪則量着非為別（旦）你知我為甚的（貼）你將姐夫来尋思也別無閑話說（旦）走你把這濫名兒將咱引惹直恁的情性乖心意劣古人云言發如箭不可乱發言入人耳有力难拔了頭女孩兒多口共饒舌爹娘行快活要他則甚迭了頭好大胆吃得是美味穿得是綾罗少你那一件你要粧衣滿篋要飡珍味設了頭跪下（貼）我就跪下怎的（旦）打占介（貼）叫娘介（旦）背云我不曾牽手就叫起外来設若打他几下他哭到我母親跟前我母親道公家或有三兄四弟你只是一个妹子孝順无親疎那時我將何言抵对我與你寬打陪過折。我不打你了待我禀過爹外發落你這了頭父親行音杭先去說（貼）跪扯介一跪下說我甚的

（旦）是說道你小鬼頭春心動也（貼）我特地當要說姐ヒ你是个大奴是个小打也打得罵也罵得望高擡手饒過些ヒ一句言語傷着姐姐（旦）令後再敢如此（貼）再如此瑞蓮甘痛决（旦）既如此起来（貼）起介姐ヒ你在此閑耍歇恕妹子不得相陪小妹每先去也（旦）妹子你怎的就要去（貼）適纔姐ヒ呌得忙小妹子来得跳繡房中忘收了針線帖（旦）你去是還来還不来（貼）韵應介去時我不来了背云推此緣故歸家早花陰深处遮藏了熱心閑管是非多冷眼看人煩惱少處下（旦）這了頭去了天色漸晚新月斜掛柳梢待我安排香桌对月燒炷夜香祷告上蒼保祐着他多少是好○謾把桌兒擡輕揭香炉盖一炷心香訴怨懷且自对月深ヒ拜

三郎神 旦 拜新月寶鼎中明香滿爇。拜介 貼 上背听介 旦 見影

轉身看介 貼 朵介 旦 恰才奴家拜倒自覓有人影相照正是心疑生暗鬼眼乱見虛空這一炷香呵 只

願得拋閃下男兒疾效些。再得覩同歡同悅。貼 扯旦介 悄

悄輕將衣袂拽。旦 驚介 貼 姐〻耶衫袖燗起是甚么子下要燒壞了衣服拿出來看

取 旦 妹子是个香炉 貼 姐〻你拿這香炉怎的、旦 妹子當些星明月朗在些燒炷夜香保祐爹妳

眉壽康徤 貼 姐〻你燒香保祐爹妳小妹子不曾與你一同上香恕妹子不孝之罪姐〻你放下香炉請坐

下、妹子有句話說、旦 待我放下、貼 姐〻請坐你在前說个甚么男兒、旦 妹子我講男兒時你在這

里如些你來多久了、貼 多久不多久我的足也跕疼了、姐〻男兒二字怎么解、旦 妹子、你男兒二字也

卓文君新寡司馬相如以琴心挑之文君夜奔相如
栁下惠有婦慕

不曉得爹々是男，我【貼】又听見你講【旦】保祐爹媽双全
和你兩个不是兒、【貼】甚同歡同悅【旦】却不是同歡同
悅【貼】姐々男兒二字到講得去，同歡同悅講不
明白我和你同到爹々跟前說个明白、手捧香
爐先去說【旦】扯介妹子你去說我甚的【貼】我說你甚的你先前說我春心動我如今到爹々母
親跟前、只道你小鬼頭春心動也。【旦】那嬌怯無言可說俛
首低聲紅滿腮頰。音夾【貼】姐妹之情有甚羞辱，明白說來無妨【旦】妹子且坐着，听我道来詩
父承皇命跨征鞍，子母隨迁往南避，調兵戈甲起漫々，倉皇失路再尋蹤【貼】姐々中途失路，怎得逃身【旦】
覔路偶逢一君子，朝々暮々為伴侶【貼】姐々男女為伴，豈不交小子動卓文君栁下惠之疑乎、【旦】妹開說
我身非比卓文君，那生何異栁下惠【貼】姐々日間同行，倘若人問怎生回他【旦】兄妹相呼、【貼】曉間歇臥

夜托宿寒甚惠恐凍死抱懷終夜不乱

朝雲暮雨楚王遊于高唐怠而晝寢夢一婦人曰妾巫山神女于高唐為客聞君遊于高唐願薦枕席王因幸之既而辭去曰妾朝為行雲暮為行雨朝ヒ暮暮陽臺之下

怎的（旦）晚間借宿他在一間我在一間（貼）姐ヒ倘止有一間房子怎的、（旦）他與店主公睡我與店主婆睡（貼）設若有店主公沒有店主婆是怎的（旦）他與店主公睡我一人睡（貼）設若有店主婆沒有店主公是怎的（旦）我與店主婆他就一人睡（貼）假若店主公店主婆皆不讓你睡怎的、（旦）既然如此與他同睡無妨（貼）姐ヒ我看你花残應是遭蜂蝶、梅開想必曾経雪莫道是與女共寢不相調、姊妹同床也摩摂、（旦）妹子休是胡說我與他朝飱暮食、經了數月夙與夜寐並無他說、（貼）姐ヒ既不與他朝雲暮雨兩ヒ和諧才說甚厷與他同歡悅

【鶯集遇林春】

（貼）恰纔道亂掩胡遮事到如今漏泄。姊妹心腸休見別夫妻每（許們）莫不是有些ヒ週抗。（旦）教我难推难阻。一惺ヒ對伊從頭說。（貼）他姓甚厷（旦）他姓蔣。

貼 他名甚的 旦 世隆名 貼 家住那里 旦 中都路是他家鄉 貼 他是你誰 旦 是我兒夫受儒業 貼 听說羅姓名家鄉敎我情苦意切悶海愁山心上撇不由人淚珠流血 旦 妹子 我恓惶是正理 貼 丗愁休向愁人說 旦 妹子呵 你啼哭為何由 妹子我知道了 莫非我的男兒你是他舊妻妾 貼 姐七且住口 旦 他須是瑞蓮親兄 旦 為甚和你相別 貼 為軍馬犯闕 旦 在那里分別 貼 散失忙尋相應者（夫声） 旦 人有个名字怎厷胡應不成 貼 姐七那時節你名瑞蘭我名瑞蓮 只爭個蓮蘭二字相差迭 旦 好了 比着他先前又親目今越更加

虺蛇蠍蠆皆毒

車如流水

疼熱。妹子你到爹外跟前呵 你休隨我跟脚。父日後但做我兒夫那枝葉。（貼）我須是妹々姑々。你又是尊嫂姐姐。未審家兄因甚和你別。兩分離是何時節（旦）那時寒冬冷月。只恨我爹々把奴折散在招商舍。（貼）姐々你還思量他麽 思量他痛苦心酸。他染病躭疾。是我男兒怎生割捨。

【四犯黃鶯兒】

（貼）他直恁太無情。你十分忒音特軟怯。眼睜々怎忍相抛別。

（旦）你枉自怨嗟。我無可計策。當不過搶來推去望前扯。他意似虺音灰蛇。性如蠍音歇蠆。教我一言如何訴說。（旦）流水似

新如龍鏡破徐德言尚叔宝妹樂昌公主陳政衰謂妻曰國破必入權豪家尚兾相見乃破鏡人分其半陳亡妻果為楊越公所得為詩云鏡與人俱去鏡歸人不歸樂昌得詩悲泣不已越公愴然乃德言還之玉簪折白樂天詩井底引銀瓶欲上絲繩絶石上磨玉簪欲成中央折棘闈唐礼部閱

馬和車。頃刻間路途賖。他窮途困旅誰擡帖。（貼）囊篋又竭。藥食又缺。他那裡悶懨懨。難捱如年夜。（合）宝鏡分破。玉簪兮折。未知何日重會再接。（尾声）自從別後信音絶。莫不是煩惱憂愁。將他送去也。

往常煩惱一人悲　今日凄涼兩下知

世上萬般哀苦事　無非死別共生離

三十六折　試官考選

（探春令）（淨）扮試官　棘闈開試奉目招選賢良。就中選兵机。

試官考選

試之日設守備鷹棘圍之以防奸詐曰棘圍

兼文武設試院。呈試驗。槐秋已及，正當時，舉子紛紛赴試期，志氣顯揚，從此里，折枝扳
桂步雲梯下官奉命朝廷委命来此考試如今大比之年賓興之日，務要嚴嚴，各官不得通透，左右在那里、
末 所上一呼堦下百諾凡介 淨 把貢院門打開，但有求官舉子放他進来、末 開門介 貢院門一開舉子
呈進 窄地錦襠 丑 文章肚裡撹擾擾。想、是書精要離包筭。
来別人都不濟。惟有咱每第一高。末 不要胡說、来此何幹、丑 特来求官
末 禀介 丑 見介 淨 秀才何名 丑 李生名喚、老羊公 淨 那裡有一个這等名姓 丑 大人有所
不知、今日家有人生日、親戚將羊酒去賀、那人家不受、牽来牽去、世人見李生下科不中、走来走去、以此叫李
生做个老羊公、淨 胡說東廊下伺候、生 十年勤苦向鷄窗。今日館懷入

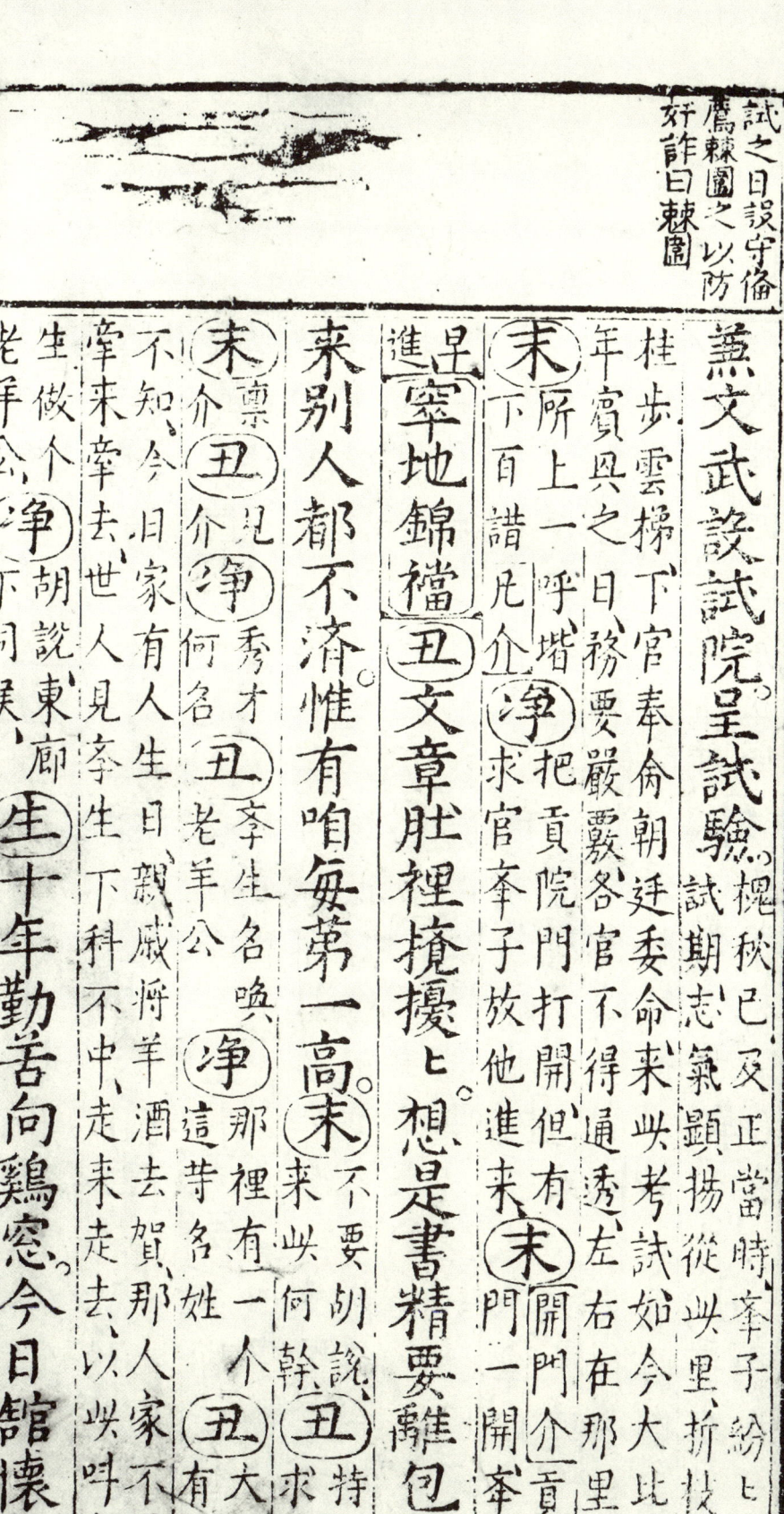

試場。黃金榜上姓名揚。須知才哲志氣昂。(外)英雄猛勇。勢標揚。須信宏才胆智強。胸襟六韜陣畫藏。同臨鏖戰試演場。(生外)進見介(淨)秀才各報鄉貫花名(生外)報介(淨)西廊下伺候、只是先来先考后来后考、但今年考試不比往年、如今文字要吟得詩作得对破得題三場俱好纔中、武畧要藏得布得陣、識得計智勇兼全方取、若是無才無能、打出貢院門、(丑)李生先来請賜題、(淨)三女成姦二女皆因頭女起、(丑)両口為呂上口不如下口寛、(淨)胡説蔣世隆对来、(生)五人共傘、四人全仗大人遮、(淨)好秀才、它滿與福過来、(外)有(淨)將軍出陣、金章紫綬照麒麟、(外)御史行臺台簡皂冠明獬豸、(淨)再出一对與你对、八陣四圖分五隊、(外)六韜三畧变千机、(淨)好武奪、(丑)李生請詩題(淨)

詩如琢如磨

就把天上(丑)日出東山上照見西边壁、(净)胡說全然不
日為題 六月去耘田晒人的背脊、通左右打鬧
貢院去、(净)蔣世隆(生)五色祥雲開宇宙、一輪佳曉定乾
丑下 吟詩来(生)坤朝辰滚〻扶桑起、晚幕沉〻細
㧾昏、升降周律流九道循環通達遍群(净)好才〻〻、它
㕘、大明顯耀无私照垂影清波甕錦文滿與福講兵
机、(外)胸中豪氣定遷都、寨上軍謀定萬夫、(净)好兵机戟
萬馬不嘶听號令、全营禁令一声咲策来朝奏
上朝廷奉保你二(生)多感
人文武才能第一、(外)奉薦、
(石榴花)(生)喜幸書中得立
身顯名姓表以諸邦遍處雲梯步程。月中扳桂。高扳第
扳攀同
一正枝。准備滿家喜慶。正心樂事脩成琢磨。争羨合如
琢音卓 磨平声。
今當此之際。福惠無邊。(外)體貌英標。國法兼謹。忠义宏

才伎倆營生汴圖計深傳令真豪健顯揚富貴領鎮遠
方肅靜縱然德量功勲得逢薦典（合前）
来日封書奏九天　劳煩恩澤掃雲烟
琢磨已得方成器　不悞辛勤到帝边

三十七折　蘭蓮思憶
（秋蕋香）（旦）半載縈（音荣）牽方寸何曾不泪滴眉顰（貼）欲語難
言信難問（合）即漸漸衰憔憔瘦損（玉楼春）（旦）深沉院宇死人問縱然有信又
难傳（貼）姐姐這边愁似那边愁（旦）心下忽然思其木（貼）
信、伊的恨如奴的恨、口中任有平和俞

昔時欲向夢中訴
夢又不成灯又燼（二犯孝順歌）（旦）從別後渡孟津思君晝日欲見君鳳北鸞南交奴鏡剖釵分鎮日千思萬想要見無門（合）放不落心上人撇不下心上人（貼）一回家暗自忖非親怎知却是親（哥）你東咱西荒〻地路途人亂奔自一別半載悄然無聞（合）放不落親上人撇不下親上人（旦）思和憂苦共辛衷腸告天天怎聞妾後夫前虔〻地甚曾忘半分有三言兩言寄也無因（合）放不落心上人撇不下心上人（貼）姐〻當時苦值亂軍離鄉背井

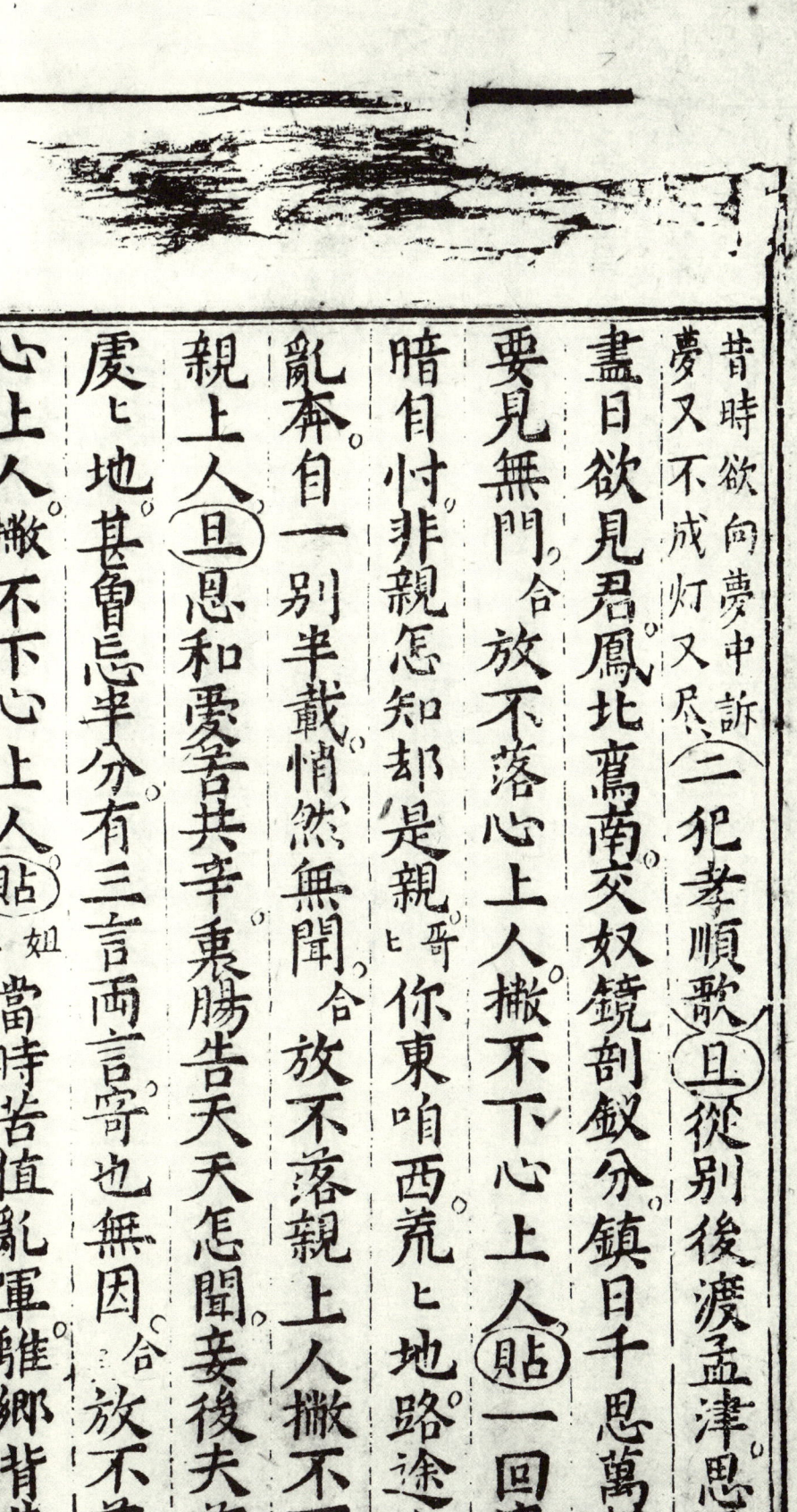

鵬路鵬之徙於南溟也水擊者三千里博扶搖而上者九萬里
媒氏周礼有媒氏凡嫁娶必以吉

兄妹分。小伏低看々地。過冬還過春。捱十生九死。牽目
無親。合放不落親上人。撇不下親上人。
目斷關山萬里雲　思兄不見夢消魂
從今許下千々拜　望月瞻星夜々聞

三十八折　王府選壻

花心動（外）君寵良臣。許文科武。選狀元招賢鵬路。俊才
虎將英雄。還是唱名。乃是（夫）是則若春成婚禮接鞭事
須憑媒氏。合旦夕裡門闌真謂頭生多喜。（外）使臣傳宣出建章徽

杜詩門闌多喜色女壻近乘龍

册墀尚書省以丹朱漆地曰丹墀赤墀
贅招壻曰贅言本非所有亦若

臣深愧(夫)可怜年老身无兒子(外)便是君為臣立后、文
謝恩先特旨嵬科擇壻郎果然父業子傳揚(夫)選
擎天碧玉柱武、夫人今蒙聖旨怜我年老无子、令今
取跨海紫金梁、(外)科文武頭名許招為壻将唱名須用
官媒、正是須堂後官伏公相夫人、令奉聖旨
前去、(夫)要官媒(外)那里、(末)有何分付、(外)将俺两個
小姐要招文武状元為壻、今日東華門外将須台旨
次唱名你去喚過官媒前来、将這綵鞭送去、(末)吽介
(丑)我做媒婆各别忤逆婚姻說得若是男家慢我說个
鬼婆與他同歇若是他来敬我尋个姮娥與他歡悦
只是說媒的十家九貧、也因他弄(末)王尚書老爹喚你
口賣舌、(見介)是你官人吽我說合他的小姐親
事、既是如此待我進(衆)衆令(夫)媒開選場科闈試畢。
(丑)去相公夫人萬福婆
又看ㄟ唱名丹墀。状元文武招贅（音墜）為壻。媒婆欽奉帝王宣

泥聲然

楚辭製芰荷以為衣兮

成姻契。你媒氏講接鞭盛禮。(外)媒婆我與國家多出力。為我則無継業男兒二女長大十分嬌媚。(媒婆)欽奉帝王宣成姻契。你媒氏講接鞭盛禮。

(沉醉東風)(丑)做媒人屈指是幾ヒ媳婦逞能誇。會都解貴顯錢花紅利市。筭来世事般ヒ皆會。相公夫人車馬徃来馳。市井士民窺都看狀元接鞭盛禮。(末)向招颭黃旗影裡。逞文星武宿為魁。天香惹荷衣。遊街三日。男兒漢。此時得志。(媒婆)車馬徃来馳。市井士民窺都看狀元接鞭盛禮。

憑媒擬引遇絲鞭　招贅文科武狀元
時人莫訝登科早　祇爲姮娥愛少年

三十九折　官媒送鞭

（出隊子）（丑）東華門外狀元來人看多。（净）媒人是你和着我手把絲鞭送與他。（丑）都道是兩個婆娘說話有下落。

（净）我和你領了王尚書嚴命將絲鞭去招新科文武狀元為壻不免西華門外伺候便了、（丑）張媽你一生真說得好親（净）李大嫂莫說我老奴誇口真是多、（丑）你且說來、（净）我做媒婆一世、試說城外城里、第一、往來脚勤第二言語精細多少朝士官員無限高門子弟我今從頭至尾且說冨家貴戚張侍郎李尚書

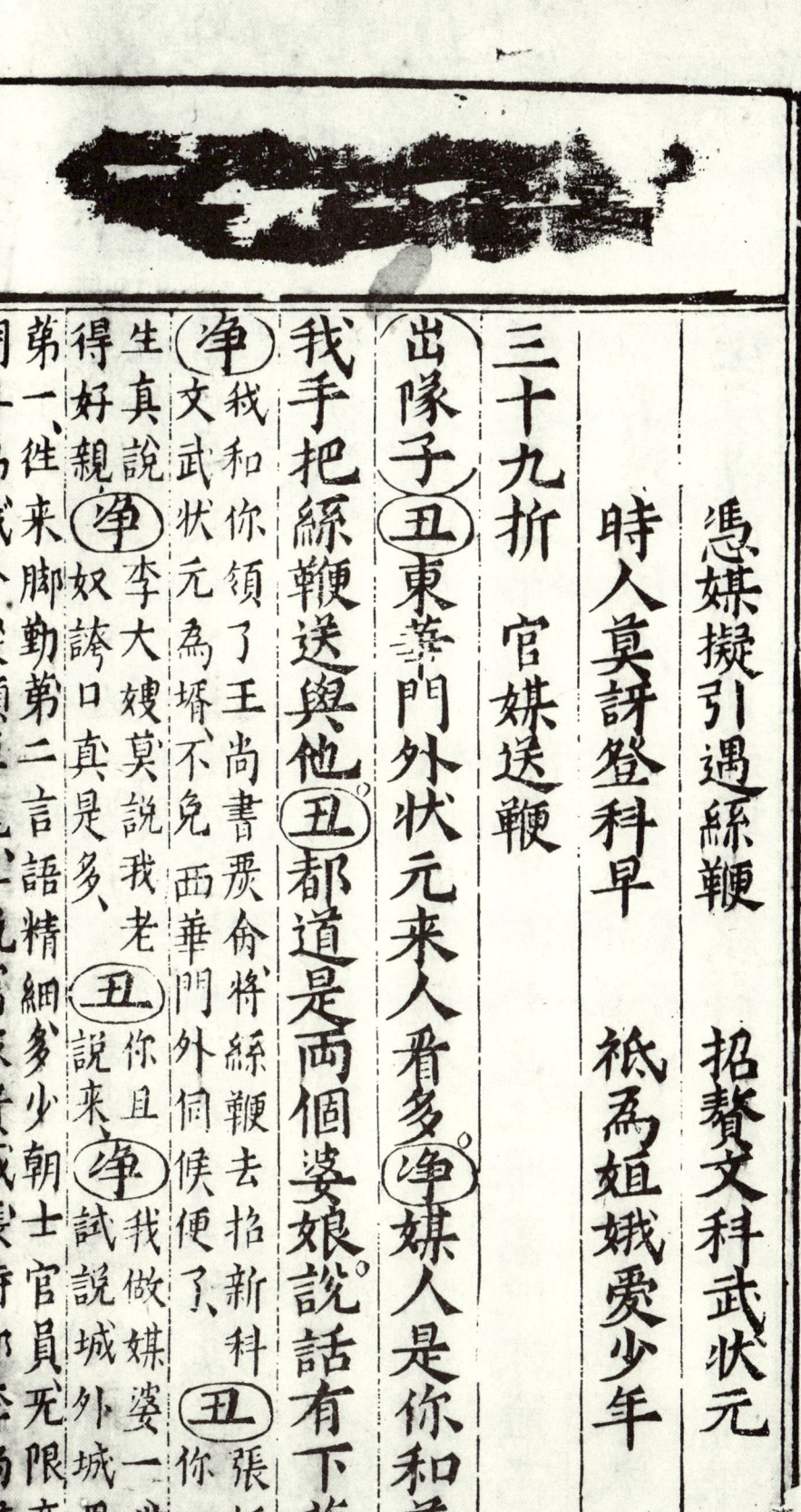

大官小姐一說便成一对刚刚過了三朝一旦命帰泉世李員外令郎說張夫人女兒未七日死常来至張夫人令郎說李官人女兒方滿月棄魂离体李相公招張總畨舍人筵席散便買冥器如今狀元接了絲鞭明日怎的媒錢打發稍遲交他死无葬身之地（丑）休得閑說狀元將次来到早去伺候

【鳳凰閣】（生）藍袍初試整整金鞍駿馬宮花低揷帽簷壓（外）届此崇文尚武巍科高甲（合）攸困鳥蟄龍奮日（末）狀元来到後擁前遮（淨）（丑）御筵繞羅离東華十里紅樓畫把珠簾高掛（合）看選擇風流壻家 從人少住請文武狀元接受絲鞭（淨）與生介

【啄木兒】（生）承媒氏禮甚嘉始進身登科方顯達未曾得補報微

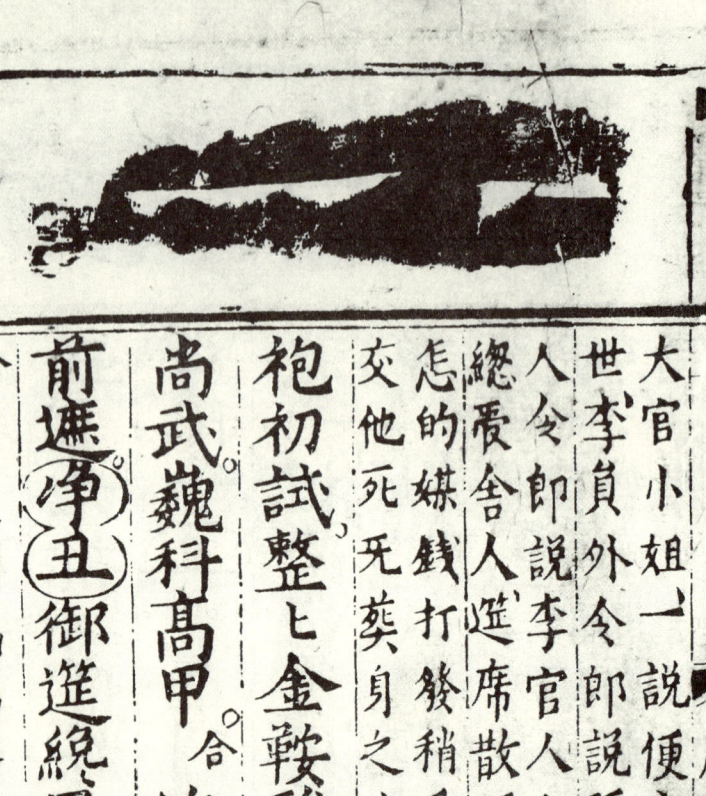

官媒送鞭

分豈可安享榮華。(丑)武狀元受了羅(外)議親未審是誰姻。婭音亞絲

鞭怎敢容輕納。合 問女貌郎才相称应。(净)(丑)容咨啓听

禀答。不比尋常百姓家。(生)是甚应净外人家(丑)是勳臣領戎兵

權。姓王名顯京華。(末)將門相府多迎迓。狀元 那堪二女

嬌姹。合 招武舉文科相称应。(三)叚子(生)我自詳自察他。

那裡知咱怨咱。絲鞭还净介(净)狀元你不接音毎呵我怎應答。忍下得辜音姑

他負他。(生)沉吟介(末)媒婆 他攧鞍俛首無回話。沉吟着有些

牵掛。合 俺筭後思前因甚应。(净)狀元 是真是假。向馬前立

村沙势沙方言倚強恢势也

禁闥汲黯頭出入禁闥拾遺補過宮中小門曰闥

殺弃殺。(丑)咱做究做家。他恁広村沙势沙。(外)呀 你做媒

豈不知高下。先從外觀須不雅。合 恁故阻佯推因甚広。

(双勸酒)(淨)(丑)不須恁。不須恁。見差料此事無甚推得承

朝命。承朝命判合。允不允回奏禁闥音塔(末)故違敕旨非作

耍綵鞭早匕収晉下。合 便意心回成就広。(生)兄弟朝廷旨

朝廷旨愛咱。感皇恩郎當領納。(外)這姻眷。這姻眷寵加

愧此心無能上荅。(淨)(丑)狀元 請接絲鞭。把展開夷人真容

画。開畫看介 事後易先難成就広。(尾聲)嬌容才俊両堪誇不

枉了姻緣配合。早赴佳期。仙郎等甚麼。【淨丑】尚書相公乃是兵權之官大的小姐招贅武狀小的小姐招贅文狀元請即便早赴華筵以成佳偶【生外】媒婆既是朝廷寵加宣命不敢有違強從來意你可先回通報

文科武舉都招贅　真乃一門朱紫貴

馬前喝道狀元來　這回好個風流婿

第四十折　姊妹聞信

【喜遷鶯】【旦】紗窗晴曉。睡覺起。傷情。有恨無言恨。眼惺惺愁眉難展。又度日如年。【貼】他那裡相思無限。我這裡惱

亂無邊。是怎生夢兒中欲見無由得見。姐〻万福（旦）妹子到来、（西江月）

（旦）沒信鵲兒乱噪、死憑灯𤇆連宵、（貼）万恨千愁不能消傷損害先来報、（丑）歡来不似今日、喜来勝此明朝（旦）有甚事喜（丑）二位小姐快去穿着衣服迎接姐夫来了（旦）〔怒介〕這妮子全不穩重、沒些体面禀與爹〻得知、定不饒過你這个賎人（丑）不干梅香事相公夫人在堂上道文武狀元接了絲鞭定赴佳期安排筵席、梅香方来報與小姐知道、（旦）（貼）梅香是真是假說、（丑）是真（旦）妹子這事怎生是好、（貼）姐〻你自已却要立个張主、

（鴈過沙）（旦）悤聽得些言語。交我悶添愁。不由腸断淚滿腮汪洋悶海無邊岸。從别來憂心似醉。（合）自相别發怒怨積。未審何日再識。未審何日再識

(貼)思想我家兒功名事怎的說來話兒難忖度長江後浪催前浪天涯海角家萬里(合)自相別發怒怨積未審何日再識(重)(丑)小姐听咨啓不須憂煩惱那相公與夫人道(旦)道甚的來道把文科武舉狀元招(旦)妹子爹娘主意不就理(合)也須是我命薄故有今日坎坷有今日坎坷(貼)姐々不免和你同到爹々處訴告一番看是如何(旦)正是如此、

禀過爹々老相公　盡將心事訴伊胸

歲寒偏見梅開秀　不惹閑非入耳中

四十一折 姊妹辭贅

金蕉葉 外 尽忠事君感皇王相怜俯佑。夫 把百歲光陰

互㗭。合 這風光終須還我。外 夫人来日招贅文武狀元、不免叫過女孩出来分付

他則个、夫 正是如此、吽介 花臺月影 旦貼 欲将心事從頭訴。又听

得尊親属命報。爹妳萬福 外 夫 孩兒到来 旦貼 孩兒不知爹妳喚出有甚分付 外

孩兒青春易去、佳景难逢、又且男大須婚、女長須嫁、此

人倫之大事、今蒙聖上有旨、怜老臣無継業男兒、命我

将你姐妹二人招贅新科文武狀元

為壻、已遣官媒去了、擇取明日完親 旦 容奴拜禀 跪介 爹妳在上

乃紫閣名公、孩兒是香閨艷質、只因兵火离乱、父往边

城、子父不能相顧、孩女分散西東、躲避山林、逃生曠野、

幸過秀才蔣世隆存仁惻隱救奴首端脫此災危不被強人拿住陰死山寨幸得是他故人山寨若死他救未知生死何方及後孩兒同到招商店内共結誓盟拜為鸞鳳不期爹々来至將奴拆散鴛鴦今承爺再選夫壻豈敢有違但爹身居相位坐理朝綱曾观書史止有守貞守節之道却死重夫重嫁之條世隆乃讀書君子有日禹門三汲浪一舉占鰲頭未可料也今蒙訓誨孩兒甘守節操重招夫壻实难從命道是腐乱干戈喊殺声母兒驚散各山林危途不遇賢君子貴府何曾有妾身負把故人恩損郤目前親者不為親世隆有日風雲會依舊團圓到底真○懊恨姻緣太無情抛别之時病染身不知存亡猶可在争誇名利假何真或相阻滞悶死心幾番染疾暗消魂早晚焚香多祝愿再交夫婦得團圓（外）孩兒説那里話這是君王主意誰敢有違聖旨（貼）小女瑞蓮亦敢少稟爹々得知自從妾遭兵火喊声驚兒妹各奔逃生所撇奴身在曠野之中藏形

隱跡幸蒙夫人叫喚奴名我慌忙應荅及蒙夫人提起妾身為伴同行脫離災危不想爹〻回朝館驛相逢又收留相府恩育妾如嫡女食衣豊足因同姐〻燒夜香各表寸心祝告上天方知姐〻与妾兄蔣世隆偶結姻緣夫婦之情其实难忘今蒙爹〻訓念特將姐〻并妾配與文武狀元不得不從伏望爹〻高擡明鏡仔細推詳瑞蓮甘當守節姐〻实意难從倘若天從人愿妾兄一旦風雲際会未可量也那時姐〻重整姻緣小女兄妹相逢酬謝爹〻养育之恩留取團圓到老道是九烈三貞自古今從新弃旧枉為人如今縱有風流婿休想佳人肯（旦）稟過爹〻囑良媒說把姻緣便可諧待苛打就親（旦）听真消息是此姻緣到底来守貞節无怨埋芳心愁恋掛情懷若是姐妹重新嫁只恐相逢夢裡来（外）怒介（双）鷄鶒（外）听伊說着怒起這小妮好沒道理奉聖旨怜取無男繼續招贅（音速）狀元

為壻。那秀才知他是存亡壽夭。那姻緣就兒休憶。(生)胞肚(旦)千愁萬恨。把鴛鴦折散。兩處如今又別選佳壻。一弓一箭誓無他志。(合)思量到此。枉交人不珠淚流。正是不是冤家不到頭(貼)教人煩惱。想家兒知他在那裡終。不然把他撇了沒下落。鴈斷衡陽氐(音底)(合前)(夫)孩兒休淚你爹爹心性兇暴。待我款款少稟姻緣暫停又作區處(合前)(外)(沉吟介)孩兒不須煩惱。我却纔聞得文狀元姓蔣中都人也。武狀元姓陀滿京城人也。只恐天下同名姓者。爹爹千萬仔細。莫要將錯就錯。那時若多未審端的。(旦)不是故人姻緣。莫說孩兒辱了爹爹府門亭可一𠎤表泉（外）夫人孩兒且退（夫）正是舡兒緊（旦）世実难從𠎤也、簾後自有主張、攬休輕放、莫與狂風（貼）江中自有（合）須待稍人着（外）左右（末）伏相吹別離、攔江石、眼看并下、那里公有何鈞旨、（外）你与我喚過張千户来、（末）領鈞旨叫介（丑）甚人相叫立地通報（末）是小人（丑）如此且等我来（丑）扮跛脚千户上引

臨登蹭蹬要人扶免得乒兵上陣圖脚兒又害風鎮日床上輪那個相呼休要哄

（末）是兵部王相公請大人說話、（丑）如此通報（末）禀介（丑）不知大人喚千户有何鈞旨、（外）今科文武狀元闘知是你仙鄉（丑）告禀大人得知、文科狀元姓蔣名世隆中都人、正是千户隣佑、又是表弟、（外）那武奉狀元是誰、（丑）那武奉狀元千户與他面生、不知大人、問其名姓有何緣故、（外）吾因往边緝探未回不覔家中兵火

夫人女兒驚散深林、那時夫人遇一女子、一路相隨、今晋相府爲女、道他兒姓名蔣世隆、如今狀元也名蔣世隆、是你鄉人、只恐天下同名姓者、故此動問、

(丑)千户离鄉久矣、世人新人替旧人、未審向后来歷、雯時狀元就到寒舍相望、千户備盃淡茶、請夫人小姐在紗窗裡面窺看、便見真否、

(外)如此却好、今日便見明白、

(丑)疾忙安排籌馬、千户先去分付家小、迎接夫人小姐、

(外)多蒙厚意、

(丑)无此說、正是荷花水面亭亭立、

(外)未審根原、何處集、

(丑)掘起地中藕試看、

(末)那時方見真端的、下

(外)夫人孩兒出来、听我分付

(夫旦貼)休把楊花作雪飛、

(外)夫人且依張千户說、你和孩兒到千户家走一遭、打採虛实、又做道理、

外 **菱花照水在須臾**　夫 **你是何人我是誰**

旦 **混濁不分連共理**　占 **水清方見兩般魚**

孟母卜隣故曰孟隣

酒為天祿

四十二折　夫妻相會

（淨）扮千戶夫人 傳言王女，隣里和同真個勝如親眷。且在吾門迎伺候。我相公分付老妾迎接王夫人和小姐，怎的還不來。（夫）孩兒往孟隣特來前進。（旦）（貼）天教從頭故人重相會。（夫）昔年兵火鬧匆匆，争奈家邦一旦空。（旦）他日雲兼烟黯黯，其時天值雨濛濛。（貼）隨流野徑兒共母，奔竄林窩妹与兄。（合）方覩復蘇閭里治，方民歡樂太平府。（淨）秋蘭將酒過來。（丑）琉璃盞內清光現，玳瑁筵中美味香。〔把盞介〕

（清江引）（淨）天之美祿滋味雅。舉盞遍歡意。香醪醑（音胥）流霞瓮溢。銀餅瀉。滿金樽捧將來相勸也。（合）新醅（音培）酒醬香味美滿。

雁杳魚沉莊子毛嬙西姬人之所美也魚見之而深入鳥見之而高飛麋鹿見之而色驟四者孰知天下之正色哉

飲醺ㄑ醉。歡樂太平風未。可空歸去。老夫人小娘子酒

奈巳（夫）心中有些閑氣蛊（音古）你且從人意誰不愛風流自

有肝腸繫。訪佳音與孩兒来造府。（合前）（旦）初晴滿園花

醺眼雨洗青山見灵鵲噪簷前美語聲相近老天公顯

清明方便也（合前）（貼）山川根源何處起。早ㄑ回頭顧人

不到天涯杳魚沉渚（音楮）。轉西風傳信音。家萬里（合前）（末）内唱

道介（夫）状元来至（旦）（貼）將眼詳細（淨）夫人小姐合各請迴避（夫）（旦）丶并下（似娘兒）（生）（外）

訪友造門庭。敬拜探千里相親（丑）多年別久重相見風

擁篲 史記太公見高帝來爲擁篲先驅却篲躬下謙敬如擁篲

衡門 横木爲門小人之家詩衡門之下可以棲進

流佳會可當擁篲（音遂）。合歡喜欣忻。（生外）尊兄拜揖（丑）二位狀元拜揖、此位閣下、（生）是小弟契交、（外）它滿興福便是在下、（丑）久聞盛名无由獲見（外）便道參聞返倒展、（生）久別尊兄請受小弟一礼（丑）蒙承下顧、免勞施礼常切懷戀之想、今日得沐照臨光映衡門不勝感激、（生）阻隔文席、方今得見干潭府、（丑）二位清風明月、未嘗不思半度也、（生外）感蒙恩洽、獲申久別之懐（丑）窮居可以拾薪煮茗、少具淡酒論文、以延清話、（生）反勞厚款、何以當此（丑）如此說、左右將酒來、（末）能使懦夫成壯胆、解交狂客展愁眉、酒在此、（丑）酙上酒（旦貼）背看介（丑）把盞介（泣）

〔顏回〕千里故人來。喜遇英賢相訪。高堂坐列歡娛（音子）喜樂（音洛）。嘉會高才。貴顯占魁名。市井遊街遍（生外）感良友粹語

史記相如倦游
過我
詩有大離披

佳意一樹好花開艷（末）三盃酒罷盡落帰臺下（旦）背吟詩云干戈離亂
竟忙然子母相隨曠野邊忽听喊聲來趕（音争）散偶聆呼喚
暫相連招商店內鴛鴦別旅館馹前鸞鳳慳鴻雁遠傳疑
暗想兒蟾光皎暫窺簷（生）沉吟介動問尊兄后堂吟詩妙音是誰人、（丑）鄰居
小了頭作耍（生）沉吟忽下淚介（泣顔回）尋思詩裡意双關其中多有
來由情話鴛鴦折散招商店中分剖相思就裡（外）想吾
兒有所因失淚（合）倦遊覺感傷懷怨畢竟有些差池（貼）
背吟操唱往年兵火恁離披兒妹逃生實可悲（旦）憶昔怨嗟

陽臺巫山已見朝雲暮雨
劉郎桃源渓明帝時劉晨阮肇入山採藥食尽見桃食之身輕

拋子毋至今懷恨別夫妻。(貼)風吹柳絮何方泊。露濕
芝彼處依。(旦)今日世隆榮貴顯。瑞蘭傷意有誰知。(生)側耳
沉吟(丑)不知狀元有(生)不瞞尊兄說適来听堂后兩个
淚介(丑)何煩惱下淚(生)吟詩婦人、一个相似我的妻子、
一个相似我的妹子、声氣无差、且詩(丑)狀元好蹊蹺那
中有意双関、夾煩尊兄請出相見、(丑)是鄰居王尚書
小姐、我夫人請他来(生)既是不敢起動、待(丑)攔住介兄
吃酒怎敢起動他、小弟看覷端的、弟、你怎么
這芋八家各有内外、你怎擅進
看人家、子女怎么這般沒分曉【清江引】(生)這其間有些
差池。也枉把人調戲。平声人不到陽臺便往巫山地。(旦貼)出接
介 把劉郎引歸桃源裡。與生相悶倒 見介(旦)介 (生貼)扶起 旦介 【五更】

見一杯流出胡
麻飯眉溪边二
女子咲曰刘阮
二郎来矣便迎
帰成夫婦礼

（轉旦）只爲伊離別苦懊恨。兩情痛感傷。默思近想凭欄
望黽音歆勉修粧頻来相訪。（貼）撇了奴在陌路無由見（合）如
今謝得蒼天。怜念着把我浮生一世週遍。（丑）元来如此、這事理當
稟過王大人、（合）正是如此、（丑）天上人間方便第一下。音披下（生）事到頭不由己。逃難
各自飛。（外）吉人自有神天保庇。欲使我英雄。名標金榜。
（旦）不可忘店内的盟山誓。（合前）（丑）上介 扮媒婆（四边静）今朝
豈比尋常日。華遊。動清引仙子轉桃源。佳期共歡〻〻不
須徒遲。既轉〻〻。轉都縧鞭夫妻兩随。相公傳台旨請狀元即便赴宴

莫慌良辰（外）告禀哥々得知兄妹之輩何可相娶（生）契交无妨你且随待我去自有主張（丑）親上加親

有何不可罷取團圓到底團員々々

昔日鴛鴦失　今朝重會集

大家葫芦提　耳听好消息

四十三折　成親團圓

【西地錦破子】（外）年老家無子嗣（音似）荷吾皇念怜（音零）孤朝廷試

選魁文武今朝贅（音墜）顯門閭（夫）備禮憑媒成婚娶爲絲鞭

萬事和（合）華筵大展佳期空傳榮耀滿皇都（外）罗幃綉幕佈春

成親團圓

孔雀屏竇毅知其女不凡不欲輕許人乃畫二孔雀于屏約求婚者射中其目乃與唐高祖最後往射中二目卒與之是為竇太后也
流蘇帳即百子帳

風（夫）吉日良時（外）郁々門闌（夫）双々女壻（外）左右（末）堦
聘礼通（外）多喜色（夫）近乘龍（外）那里（末）下
笙歌徹堂前咲語声正是（外）今日招詩文武狀元（末）領
洞房花燭夜金榜掛名時（外）為壻筵席須交齊整（末）台
上筵席安排已了看那綵楼高結孔雀屏開帳簇流蘇
簾垂翡翠宝鴨中烟焚瑞腦瓊卮内光溢香醪菓列時
新食烹珍味綺罗朱翠列両行紅粉新粧鼓樂簫韶奏
一派清声雅韻遍地毡裀鋪蜀錦當筵歌扳按宫商正
是歡娛酔樂神仙府快樂朝中（杏花天）曲江賜罷瓊
宰相家貞徒末了狀元已来
林宴称藍袍宫花帽偏 換小生扮興福 玉鞭裊々如龍騎 去声 合 簇
擁傳呼狀元（旦）蘭堂咲語競喧福至庭歡臨玳 音代 筵（外）瑞
蓮
孩兒怎（丑）拜介相公説（丑）告相公他（外）怎的（丑）想着小
的不来（丑）你怎的不来（丑）説不来（外）不来（丑）姐嬿這

姝美女也
閬苑在崑崙山西王母所居閬風之苑
嬋娟美人
蓬萊三山之一在海中

（武）争狀元生得英雄猛（外）說起武官前程万里功名綿勇賊頭一般以此不来（外）遠雖是契交兄妹進我府来又是一家風這个也无妨又（貼）爹々若要奴家許嫁（夫）不是同宗共族有何不可（貼）人身待三年可說親孩兒你是宰相府里一个小姐怎的不遵父毋之命恁的饒舌推調只管絮叨々的有悮良時不必固辭急早期赴佳（貼）嬌羞粉面遮花扇 合 天府姝仙離閬音浪苑（丑）喝拜科

（畫眉序）（生）高誼列華堂到此相逢渾家親共嬋音禪娟涓千里會集團圓那日鸞侶鶯飛我也非顯達何方可望 合 盞已進蓬萊苑猶如遇仙臨降（小桃紅外）（夫）與嬋娟滿酌金樽勸也（生）厚意殷勤到此身近何異遇神仙（貼）輕輕

虎符兵符

地袖兒揎露春纖盞兒拈低嬌而也（合）真個似柳如花
人議論須再三說交事体還元（丑）小姐已許允了（小生）好隨機
應变（外）看待我十分輕鮮見虎符金牌向窓上懸（合）沒
一箇因由告人勸勉【滴溜子】（小生）朝廷命朝廷命召來
試標今日裡今日裡又蒙此套画堂笙歌盈耳奏清聲
韻引調恩光貴府恩德相承款愛命邀【神仗兒】（旦）招商
旅店招商旅店可怜恩情分剖奈風雷閃電（外）（夫）且莫
從頭分辨當初事不須再說即日欣喜（合）躭快樂展風

扳龙付鳳耿純曰天下士大夫捐親戚棄土壤從大王矢石之間者其計固望攀龙鱗付鳳翼以成其志耳

流展風流（大）聖鼓（貼）含羞臨玳筵不由人意付與絲鞭未審宿緣隔近遠降姮娥今自向人前玩賞人間就裡意堅（外）（夫）親承朝命恩賜吾家招贅累代流年謝恩怜念從人願合　正是滿目双全倫武文俊顯風流就裡意堅（尾声）扳龍付鳳人堪羨各辦着心堅意堅夫貴婦榮教人作話傳（末）君為賢臣无子繼狀元文武郎招贅遣授王命賜高官回朝奏对生歡喜聖旨已到跪听宣讀皇帝詔曰朕以洪基昊良輔弼臣胥显我維順遵依大臣王某存心报国之功鋭志安邦之烈念汝年高貴爵致仕自由凛凛高風下情欽仰招贅乘龙女婿嗣續縈縈又科狀元才智兼全賜開封府尹武

秦晋二國世有婚姻

封郡唐宋拜女人皆封郡主

新婚見毛

奉狀元神用良崙賜敕前都指揮其婦各賜五花官誥隨夫显榮。女貌郎才奏帝前天顏大悅降恩宣勅賜以絲余百兩助與伊家作喜筵各叩頭謝恩山呼万歲〻〻万〻歲音池

〔團圓旋〕(外夫)謝皇恩念小臣陋室變貴門(生)親至尊殿墀試文武狀元及第驟受開封府尹小生惟憑英勇講武朝君見紫宸中大魁虎符掌軍。合 奉旨成親招贅將為秦晋(旦貼)五花誥駟馬高車享榮華夫人封郡(末)拜官頒賞聖德吾王敬旌勲(丑)尺意欣羡滿夫妻厮称来往媒劳頓合 且如今都轉意俱心順令酧謝任交無語(外)燕尔新婚值令辰

酉合姜眷姻生旦記那時店中受窘鳳拆鸞分怎相朝之分小生落奸雄別家鄉受苦辛遇赦恩幸得進身

（貼）地乱天番散失逃亡誰問經離合事ㄟ休論玳筵開喜得識認合才子佳人成對兩ㄟ筵前捧壽樽瀉玉傾金休吝少年青春萬里来縮同心雙ㄟ共喜欣

尾声亭前拜月佳人恨醞釀就全新戲文書府番謄燕都舊本

生 常言好事有多磨　旦 天與人遠怎奈何

占 拜月亭前情分浅　夫丑 招商店内恨應多

（小生）樂極生悲應是有（外）離而復合未能過
（末）千古戲文新正傳（合）太平人唱太平歌

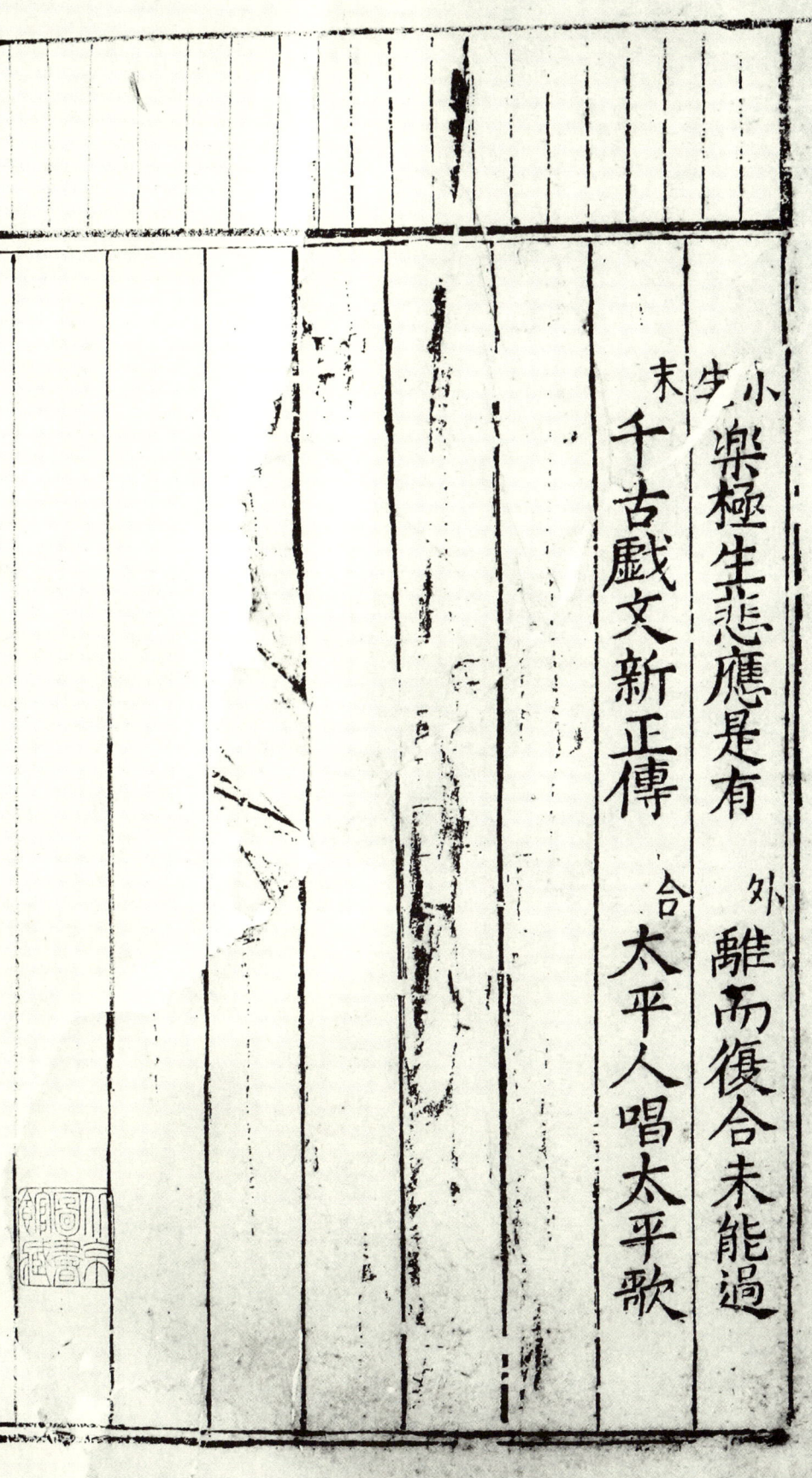

長樂鄭振鐸藏書

琵琶記

三卷

〔元〕高明撰

明萬曆二十五年（一五九七）汪光華玩虎軒刻本

琵琶記序

不佞偶讀皖城胡伯玉先生高書義序自謂生平為文得西廂記微趣耳犂然于不佞有同嗜焉時業已探討漢口實甫暨諸名家之詞而傳諸棗木矣論者猶、曰自三百篇

之變而為律為絕為歌為行為詞
曲詞曲之于金元尤稱長技哉大抵
其立意在聽者不厭言者無罪故
巧為靡曼雄其滑稽離去古益遠
要亦一代之精神也若東嘉高氏
南曲之琵琶記之王關二氏北曲之

西廂即如虞音為轂手可拊唐詩有李有杜宜庚並舉詎謂不可缺一不可有二已、乎不佞既聞而嘻曰論亦休矣遂捺紙筒中藏弆之按節想像而付之剞劂庶俾覽者見子孝妻賢則思勵見私暱暗約則

思懲而卧着鮮矣於大道未必無
少助云大

丁酉蜡日玩虎軒主人叙并書

新校琵琶記始末凡例

一考大圜索隱云高則誠字東嘉與王四相友善王四亦當時知名士後以顯達離操遂易其妻周氏而坦腹于時相不花氏家東嘉欲挽捄不可得乃作此竒以諷之而託姓蔡者以王四少賤常爲人傭菜也趙五娘者以姓傳自趙至周而恰五也牛丞相者以不花家居牛渚也記以琵琶名以其中有四王字也所謂張太公者盖東嘉以大公自寓耳竒出都人士咸快誦之東嘉繇此益知名當代發解胡元也

一推蓬剩語東嘉因見唐蔡節度墓銘而作此竒初蔡

未達時得從相國牛僧孺之子遊後復同登進士第牛欲以女弟字蔡蔡已有婦趙矣力辭不解后牛能將順于趙趙亦無妨于牛爲一時美談焉二說未果孰是

一有眞細錄云

高皇帝定鼎金陵偶見琵琶記而異之後廉知其爲王四遂執王四而付諸法曹

一考本竒諸家刻本凡七十餘種固是否萬殊而首編間題東嘉作此初以蔡中郎爲不忠不孝無何梦接蔡中郎而謂之曰子能塡我于善行當有美報可乎

東嘉覺而竒之遂易爲全忠全孝後東嘉果爾發解
但此語罕見記載姑備録之
一校梓以元本爲主而元本亦不免差訛數字故參酌
諸本以掩其瑕如窮秀才一秀才之類是也
一點板點浙依崐審經名校
一題評聊見讐校大意唯俟博識去存

元本出相點板琵琶記目錄

夫曰曲自難於更端每以一調爲終始記中間有出調至於韻脚及閒句結煞字亦多不拘平仄似不與局趣者同故首云不尋宮數調也不以辞害意此記得之

琵琶記卷上

第一齣 副末開場

【水調歌頭】秋燈明翠幕。夜案覽芸編。今來古往。其間故事幾多般。少甚佳人才子。也有神僊幽怪。瑣碎不堪觀。正是不關風化體。縱好也徒然。○論傳奇。樂人易。動人難。知音君子。這般另作眼兒看。休論插科打諢。也不尋宮數調。只看子孝共妻賢。正是驊騮方獨步。萬馬敢爭先。【問內科】且問後房子弟。今日敷演誰家故事。那本傳奇。【內應科】三不從琵琶記。【末云】原來是這本傳奇。待小子略道幾句家門便見戲文大意。

【沁園春】趙女姿容。蔡邕文業。兩月夫妻。奈朝廷黃榜。遍招

再婚一作賜婚

竟不歸一作不得歸

麻今尽作羅大謬

賢士。高堂嚴命。強赴春闈。一舉鰲頭。再婚牛氏。利綰名牽竟不歸。饑荒歲。雙親俱喪。此際實堪悲。○堪悲趙女支持。剪下香雲送舅姑。把麻裙包土。築成墳墓。琵琶寫怨。逕往京畿。孝矣伯喈。賢哉牛氏。書館相逢最慘悽。重廬墓。一夫二婦。旌表門閭。

極富極貴牛丞相　施仁施義張廣才

有貞有烈趙眞女　全忠全孝蔡伯喈

第二齣　高堂稱慶

正宮引子【瑞鶴仙】生唱 十載親燈火。論高才絕學。休誇班馬。風雲太平日。正驊騮欲騁。魚龍將化。沉吟一和。怎離卻雙親膝

沉吟句一本不唱但做沉吟之

詠不唯瑤
臺仙鋏何
而梨園醜
態自繁实
由此類作
俑也
什一作賦
非

嘱今尽作
分大抵坊
本曲且舛
乱白妄可
知雅依元
本改正不
有大謬不
復瑣屑别
贅也後倣
此

下[旦]盡心甘肯[旦]功名富貴付之天也[鷓鴣天]宋玉多才未足稱。子雲識字浪得名。奎光已透三十丈。風力行看九萬程。○經世手。濟時英。玉堂金馬豈難登。要將萊綵歡親意。且戴儒冠盡子情。○蔡邕。沉酣六籍。貫串百家。自禮樂名物。以及詩賦詞章。皆能窮其妙。由陰陽星曆。以至聲音書數。靡不得其精。抱經濟之奇才。當文明之盛世。幼而學。壯而行。雖望青雲之萬里。入則孝。出則弟。怎離白髮之雙親。到不如盡菽水之歡。甘虀鹽之分。正是行孝于已。責報于天。自家。新娶妻房。纔方兩月。却是陳留郡人。趙氏五娘。儀容俊雅。也休誇桃李之姿。德性幽閒。儘可寄蘋蘩之託。正是夫妻和順。父母康寧。詩中有云。爲此春酒。以介眉壽。今喜雙親既壽而康。對此春光。就花下酌杯酒與雙親稱壽。多少是好。作已囑付五娘子安排。不免催促則箇。娘子。酒完了。請爹媽出來。[旦]

[內應科][外]扮蔡公。[丑]扮蔡婆上

雙調引子[寶鼎現][外]唱 小門深巷春到芳草人閒清晝[淨]唱 人老去星星非故。春又來年年依舊。[旦]扮趙氏上 最喜今朝春酒熟滿

此白似當發明蔡公蔡婆姓名方見原委

不作險恠語而自悠悠成調唯許西廂記并称焉

目花開如繡合願歲歲年年人在花下常斟春酒(外云)孩兒你請我兩箇出來做甚麽(生跪科)告爹媽得知人生百歲光陰幾何幸喜爹媽年滿八旬孩兒一則以喜一則以懼當此青春光景閒居無事聊具一杯蔬酒與爹媽稱慶則箇(淨笑云)阿老也得喫(外云)阿婆道是子孝雙親樂家和萬事成(生進酒科)

雙調過曲(錦堂月)(生唱)簾幙風柔庭幃晝永朝來峭寒輕透親在高堂一喜又還一憂惟願取百歲椿萱長似他三春花柳合酌春酒看取花下高歌共祝眉壽

(旦唱)輻輳獲配鸞儔深慚燕爾持杯自覺嬌羞怕難主蘋蘩不堪侍奉箕箒惟願取偕老夫妻長侍奉暮年姑舅合前

(外唱)還愁白髮蒙頭紅英滿眼心驚去年時候只恐時光催

元本芳年先埋伏下早字今本一作芳妍自称对荣秀為工則本奇未嘗聞以工勝者也

元本有此外白与卑陋何何苛叫應

劝令尽作願便与下當字不合了

人去也難留孩兒 惟願取黃卷青燈及早換金章紫綬合前
淨唱 還憂松竹門幽桑榆暮景明年知他健否安否嘆蘭玉
蕭條一朵桂花堪茂媳婦 惟願取連理芳年得早遂孫枝
榮秀合前
醉翁子生唱 回首嘆瞬息烏飛兔走喜爹媽雙全謝天相佑
旦唱 不謬更清淡安閒樂事如今誰更有合 相慶處但酌酒
高歌共祝眉壽外云孩兒你今日為我兩箇慶壽這便是你們孝心人生須要忠孝兩全方是箇丈夫我纔想將起來今年是大比之年昨日郡中有吏來辟召你可上京取應倘得脫白掛綠濟世安民這纔是忠孝兩全生云爹媽高年在堂無人侍奉孩兒豈敢遠離寔難從命
外唱 卑陋論做人要光前耀後勸我兒青雲萬里早當馳驟

眞樂或作樂守不如

今本改坐对送青排闥青來好看將綠水護田疇綠水流不唯刻画元詞其如荆公佳句何

淨唱 聽剖眞樂在田園何必區區公與侯 合前

僥僥令 生旦 春花明綵袖春酒泛金甌但願歲歲年年人長在父母共夫妻相勸酬

外淨 夫妻好廝守父母願長久坐對兩山排闥青來好看將一水護田疇綠遶流

十二時 山青水綠還依舊嘆人生青春難又惟有快活是良謀

外 逢時對景且高歌 淨 須信人生能幾何

生 萬兩黃金未爲貴 旦 一家安樂值錢多

第三齣 牛氏規奴

天今尽作
山非

末扮老院子上。風送爐香歸別院。日移花影上閒庭。晝
長人靜無他事。惟有鶯啼三兩聲。○小子。不是別人。却
是牛太師府裏一箇院子。若論俺太師的富貴。眞箇只
有天在上。更無山與齊。舉頭紅日近。囬首白雲低。怎見
得富貴。他勢壓中朝。資傾上苑。白日映沙堤。靑霜凝畫
戟。門外車輪流水。城中甲第連天。瓊樓酹月十二層。錦
障藏春五十里。香散綺羅。寫不盡園林景致。影搖珠翠。
描不就庭院風光。好耍子的油碧車輕金犢肥。沒尋處
的流蘇帳煖春雞報。畫堂內。特觴勸酒。走動的是紫綬
金貂。繡屏前品竹彈絲。擺列的是朱唇粉面。玳瑁筵前
爇寶香。眞箇是朝朝寒食。琉璃影裏燒銀燭。果然是夜
夜元宵。這般樣福地洞天。可知有仙妹玉女。休誇富貴
的牛太師。且說賢德的小娘子。眞箇好一位小娘子呵。
看他儀容嬌媚。一箇沒包彈的俊臉。似一片美玉無瑕。
體態幽閒。半點難勾引的芳心。如幾層清水徹底。珠翠
叢中長大。倒堪雅淡梳粧。綺羅隊裏生來。却厭繁華氣
象。惟聽笙歌聒韻。惟貪鍼指工夫。愛景淸幽。鎮白日何
曾離繡閣。笑人游冶。傍靑春那肯出香閨。開遍海棠花。
也不問夜來多少。飛殘楊柳絮。竟不道春去如何。要知
他半點貞心。惟有穿瑣窗的皓月。能囬他一雙嬌眼。除

一和諸本作一家便如嚼蠟了

非翻翠幌的清風○只非慕司馬的文君肯學選伯鸞的德耀○更羨他知書知禮○是一箇不趨蹌的秀才○若論他有德有行好一位戴冠兒的君子○多應是相門相種○可惜不做厮兒○○甚麽王子王孫○爭要求爲佳配○呀○理會得麽○他是玉皇殿○前掌書仙○一點塵心謫九天○莫惟蘭香熏透骨○霞衣會○怎御爐煙○呀○好惟麽只見府堂中老姥姥和惜春如兩箇笑哈哈舞將出來我且躲在一邊看他來此做甚麽〔淨扮老姥姥丑扮惜春上〕

〔仙呂入雙調〕〔鴈兒落〕淨唱 庭院重重怎不怨苦要尋箇男兒又無門路 丑唱 甚年能彀和一丈夫一處裏雙雙鴈兒舞〔相見科〕〔末云〕來我且問你兩箇○往常間不曾恁的快活○今日如何這般快活〔丑云〕院公○你那得知○我吃小姐苦哩○竝不許半步胡踹○又不要我說男兒那邊廂去○咳○苦也○你不要男兒我須要哩○他也道我和他相似○笑也不許我笑一笑○今日天可憐見○吃我千方百計○去說動他○只限我半箇時辰○去後花園閒耍一遭○你道我如何不快活〔淨云〕院公便是我也千不合○萬不合○前生不曾種得福田○爹娘把我送在府堂中做箇丫頭○到今年紀老了○不曾得一日

眉頭舒展。今日天可憐見。老相公入朝。我纔得偷身來此間耍一遭。你道我如何不快活。[末云]元來恁的。可知道你二人快活也。[淨云]院公。你伏侍老相公。却是公的。又撞着公的。我與惜春伏侍小姐。却是雌的。又撞雌的。[末云]呀。老姥姥。你怎的說這話。惜春年紀小。也惟他傷春不得。你年紀這般老大。也說這般傷春的話。成甚麼樣子。[淨云]嘖嘖。老畜生。倒吃你識破了。却不道秋茄晚結。菊花晚發。我雖然老便老。似京棗外面皺。裏頭好。你不聞東村有箇李太婆。年紀七八十歲。頭光撻撻的。也只要嫁人。人問道婆婆。你這般老了。又要去嫁人怎的。那婆婆做四句詩應得好。[末云]如何說。[淨云]道是人生七十古來稀。不去嫁人待何時。下了頭髻牀上睡。桃頭上架兩箇大搯捷。[末云]你有些欠尊重。[丑云]休閒說。今日能彀得來此花園遊嬉。也不容易。又撞着院公在此。咱每三箇何不做箇耍子。[末云]也說得是。還是做甚麼耍子好。[淨云]院公。你踢氣毬耍子。[末云]不好。[淨云]怎的不好。[西江月][末云]自打從來逞藝。官塲自小馳名。如今年老脚跛蹤。圓社無心馳騁。空使繡襦汗濕。漫教羅襪生塵。元的是少年子弟俏門庭。老姥姥不是你寶粧行徑。[丑云]院公踢氣毬不好。便和你鬬百草耍子。[末

二詞並不露一本色字。坊本或改柳眼爲草色。即使不犯亦不及花柳絕对

〔云〕也不好〔丑云〕怎的不好〔末云〕香徑裏攀殘柳眼。雕闌畔折損花容。又無巧藝動王公。枉費工夫何用驚起嬌鶯語燕。打開浪蝶狂蜂。若還尋得箇並頭紅。惜春姐早把你芳心引動〔淨丑云〕院公。你道兩様都不好。如今打鞦韆耍子好麼〔末云〕這箇却好。你聽我說。○玉體輕流香汗。繡裙蕩漾明霞。段纖纖玉手綵繩拏。眞箇堪描堪畫。○本是北方戎虜移來上苑豪家。女娘撩亂隔墻花。好似半仙戲耍〔淨丑云〕恁地便打鞦韆。只是沒有架子〔末云〕這花園中那裏得他。一來老相公不喜。二來小娘子不好縱有也倒壞了〔丑云〕院公。沒奈何。我每三箇在這裏廝輪做箇鞦韆架。一人打。兩人擡〔末云〕如此也好。誰人先打〔淨丑云〕我兩人擡。院公先打〔做架科末云〕你兩人不要跌了我〔淨丑云〕院公。你放心。只管上去打〔末打科〕

〔窣地錦襠〕〔末唱〕花紅柳綠草芊芊。正値春光艷陽天。我和你不來此處打鞦韆。爲人一生也徒然〔放跌科末云〕你兩箇跌得我好。如今輪該老姥姥打〔淨云〕你兩人也不要跌了我〔末云〕老姥姥放心。不妨事。只管打〔淨打科〕

〔淨唱〕春光明媚景色鮮遊遍花塢聽杜鵑那更上苑柳如線
我和你不打鞦韆枉少年〔放跌科〕〔淨云〕你兩箇騙得我好如今輪該惜春打〔丑云〕你兩人
也不要跌了我〔淨云〕惜春放心。也只管打便罷〔丑打科〕
〔丑唱〕奴是人間快活仙喫了飽飯愛去眠莫教小姐來撞見
那時高高吊起打三千〔放跌科〕〔貼扮牛氏上云〕莫信直中直須防仁不仁。是要得好呵天淨
〔走下丑做不知云〕你兩箇騙得我好。如今我打了。又該院公打〔貼扯丑耳科〕賤人。恁的為人不尊重。只要閑嬉
弄閑哄〔丑驚科〕小姐。教人怎不去閑哄。你看那鞦韆架尚兀自走動哩〔貼云〕賤人。我只教你在此閑翫片時。誰
許你如此〔丑云〕小姐。奴家心裏憂悶。只得在此消遣則箇〔貼云〕賤人。你心中憂悶怎的〔丑云〕小姐。奴家名喚做
惜春。見這春去了。夜自傷春起來。教人如何不悶〔貼云〕賤人有甚傷春處〔丑云〕小姐。我早晨裏。只聽疎辣辣寒
風吹散了一簾柳絮。晌午間。只見淅零零細雨打壞了滿樹梨花。一霎時囀幾對黃鸝。猛可地叫數聲杜宇。奴

家見此春去。如何不悶。〔貼云〕春光自去有甚麼悶來。我和你去習學女工便了。〔丑云〕咳、苦也。這般天氣誰不去閒嬉。小姐却欲惜春去習女工。几的不是悶殺惜春麼。〔貼云〕婦人家。誰許你閒嬉不習女工。有甚勾當你却不學那不出閨門的。〔丑云〕小姐。你有盈箱羅綺。滿頭珠翠。少甚麼子。却這般自苦。〔貼云〕賤人。好恠麼。做女工是你本分的事。問有、和沒、有做甚麼。〔丑云〕恁地惜春拜辭小姐去也。〔貼云〕你拜辭我那裏去。〔丑云〕小姐。我去伏侍別人。與他傳消遞息。隨趂也得些快活。〔貼云〕咳、賤人。你伏侍我。我有甚虧了你。〔丑云〕小姐。我伏侍着你時節。見男兒也不許我擡頭看一看。前日艷陽天氣。花紅柳綠。猫兒也動心。你也不動一動。如今暮春時候。鳥啼花落。狗兒也傷情。你也不傷一傷。惜春其實難和小姐過活。〔貼云〕呀。這賤人。你是顛是狂。說這般話。我就去對老相公說。好生施行你。〔丑跪科〕小姐。可憐見惜春心裏悶。因此這般說。〔貼云〕賤人。我饒你這遭。你看麼。

越調引子〔祝英臺近〕〔貼唱〕綠成陰。紅似雨。春事已無有。〔丑唱〕聞說西郊。車馬尚馳驟。〔貼唱〕怎如柳絮簾櫳。梨花庭院。〔合〕好天氣清明時候〔玉樓春〕〔丑云〕清明時節單衣試、爭奈晝長人靜重門閉〔貼云〕我芳心不解亂縈牽。盡睹游絲與飛絮〔丑云〕小姐。我在繡窗欲待拈針指。忽聽鶯燕雙雙語〔貼云〕賤人無情何事管多情、任取春光自來去〔丑云〕小姐。你有甚麼法兒。教惜春休悶哩〔貼云〕你且聽我說、

越調過曲〔祝英臺序〕〔貼唱〕把幾分春三月景、分付與東流、〔丑云〕小姐。如今鳥啼花落、你須煩惱些麼〔貼唱〕啼老杜鵑、飛盡紅英、端不為春閒愁、〔丑云〕你不閒愁。也還去賞翫麼〔貼唱〕休休、婦人家不出閨門、怎去尋花穿柳、〔丑云〕小姐。你不去賞翫。只怕消瘦了你〔貼唱〕我花貌誰肯因春消瘦、

〔丑唱〕春晝、只見燕成雙、蝶引隊、鶯語似求友、〔貼云〕呀。賤人。你是人。卻說那蟲蟻做甚麼〔丑唱〕那更柳外、畫輪花底、雕鞍都是少年閒遊、〔貼云〕這賤人。你是婦人家。說那男兒的事做甚麼〔丑唱〕難守、繡房中清冷、無人我待尋、

一箇佳偶。〔貼云〕呀，你倒思量丈夫起來。〔丑唱〕這般說我終身休配鸞儔。

〔貼唱〕惜春知否我為何不捲珠簾獨坐愛清幽。〔丑云〕清幽清幽，爭奈人愁。

〔貼唱〕縱有千斛悶懷百種春愁難上我的眉頭。〔丑云〕小姐。只怕你不常恁的。

〔貼唱〕休憂任他春色年年我的芳心依舊。〔丑云〕只怕風流年少的哄動你。

〔貼唱〕這文君可不擔閣了相如琴奏。

〔丑唱〕今後方信你徹底澄清我好沒來由。〔貼云〕惜春。你怎的不收斂了心。〔丑唱〕想像暮雲分付東風情到不堪回首。〔貼云〕你怎的不學着我。〔丑唱〕姐姐聽剖你是藥宮瓊苑神仙不比塵凡相誘。〔貼云〕恁地自隨我習女工便了。

〔丑唱〕我謹隨侍娘行拈鍼挑繡。〔丑云〕姐姐。你聽那子規却是啼得好哩。

〔貼〕休聽枝上子規啼　〔五〕悶在停鍼不語時

一作期逼春闈難捨親闈心戀親闈難赴春闈似當許可不免操戈

春坊本作親非

（貼）窗外日光彈指過　（丑）庭前花影坐間移

第四齣　蔡公逼試

【南呂引子】【一剪梅】（生唱）浪暖桃香欲化魚。期逼春闈。詔赴春闈。郡中空有辟賢書。心戀親闈。難捨親闈。世間好物不堅牢。彩雲易散琉璃脆。○蔡邕本欲甘守清貧。力行孝道。誰知朝廷黃榜招賢。郡中把我名字。保申上司去了。一壁廂已有吏來辟召。自家力以親老為辭。這吏人雖則去。只怕明日又來。我只得力辭便了。正是人爵不如天爵貴。功名爭似孝名高。

【南呂過曲】【宜春令】（生唱）雖然讀萬卷書。論功名非吾意兒。只愁親老。夢魂不到春闈裏。便教我做到九棘三槐。怎撇得萱花椿樹。（天那）我這衷腸。一點孝心對誰語。（末扮張太公上）

（末唱）相隣並相依倚。往常間有事來相報知。（生云）來的却是張太公呵（相見

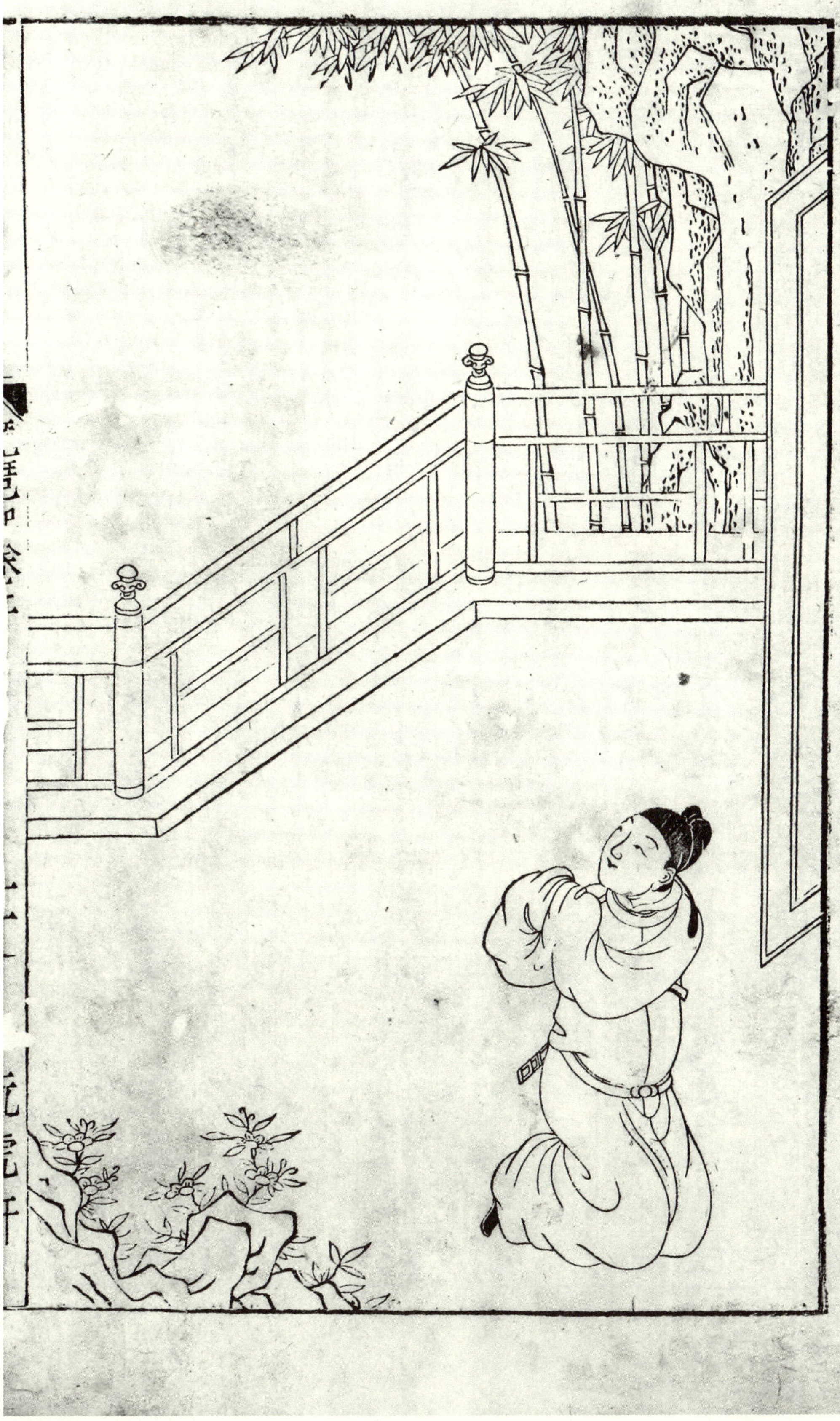

求一作去亦通

宜春令一作吳小四。吳小四屬商，不應在呂

〔科末云〕秀才秀才試期逼矣。早辦行裝前途去。〔生云〕公公。我雙親年老。不敢去。〔末云〕呀。秀才。子雖念親老孤單。親須望孩兒榮貴。你趁此青春。不去更待何日。〔生云〕公公言極有理。爭奈父母無人奉侍。如何去得。〔末云〕你既不肯去呵。且看老員外和老安人出來。如何說我想起來。也只是教你去的分曉。道猶未了。老員外來也。

〔外唱〕時光短。雪鬢催。守清貧不圖甚的。有兒聰慧。但得他為官。吾心足矣。〔外末作相見科〕〔外云〕孩兒。天子詔招取賢良。秀才每都求科試。你快赴春闈。急急整着行李。〔末云〕呀。老安人也出來了。

〔淨唱〕娘年老。八十餘。眼兒昏又聾着。兩耳又沒箇七男八壻。只有一箇孩兒要他供甘旨。方纔得六十日夫妻。老賊強逼他爭名奪利。天那。細思之。怎不教老娘嘔氣。〔相見科〕〔淨云〕孩兒。我

正當今或作正是正在均過五綵一領对恰好今作戲采殊非

不合娶箇媳婦與你，方纔得兩箇月，你渾身便瘦了一半。若再過三年，怕不成一箇枯髏。〔末云〕呀，老安人，你要他夫妻不諧呵。〔外云〕孩兒，如今黃榜招賢，試期已逼，郡中既然辟召你，你的學問可知，如何不去赴選。〔生云〕告爹爹得知，孩兒非不要去，爭奈爹媽年老，家中無人侍奉。〔末云〕老員外和老安人不可不作成秀才去走一遭。〔淨云〕咳，太公，你豈不知道我家中又沒有七子八壻，只有一箇孩兒，如何去得。〔外云〕呀，你怎說這話，如今去赴選的，家中都有七子八壻麼。〔淨云〕老賊，你如今眼又昏，耳又聾，又走動不得，你教他去後，倘有些差池，教兀誰來看顧你，眞箇沒飯吃，便餓死你，沒衣穿，便凍死你。你知道麼。〔外云〕你婦人家理會得甚麼，孩兒若做得官時，也改換我門閭，如何不教他去。〔生云〕爹爹說得自是，只是孩兒難去。

〔繡帶兒〕〔生唱〕親年老，光陰有幾，行孝正當今日。〔末云〕秀才，此去必定脫白掛綠。〔生唱〕太公，終不然為着一領藍袍，却落後了五綵斑衣。思之，此行榮貴雖可擬，怕親老等不得榮貴。〔外唱〕孩兒，春闈裏紛紛的都是大儒誰道是沒爹娘的方去求試(末唱)秀才你休疑畱兒漢凌雲志氣何必苦恁淹滯秀才。你此回不去呵可不干費了十載青燈枉捱過半世黃虀須知此行是親志你休固拒秀才那些箇養親之志(淨唱)我百年事只有此兒老賊難道是庭前森森丹桂

太師引(外唱)他意兒我也難提起這其間就裏我自知(末云)老員外知他爲着甚麼(外唱)他戀着被窩中恩愛捨不得離海角天涯(生云)孩兒豈有此心(外云)你是箇讀書之人我說一箇比方與你聽塗山四日離大禹你今畢姻已會兩月直恁的捨不得分離(末笑科)呀。秀才你敢是如此麼(生云)太公。畢人怎敢(末唱)秀才你貪鴛侶守着鳳幃只怕誤了你鵬程鶚薦消

被一作臂亦可

純今作行非

蔡邕今尽作孩兒自不似尖天語

息

〔淨唱〕太公 他意兒只要供甘旨又何曾貪歡戀妻自古道曾參純孝何曾去應舉及第功名富貴天付與天若與不求而至

〔生唱〕娘言是望爹行聽取〔外云〕呀。娘言的是。父言的非呵。你敢是戀新婚。逆親言麼。

〔生跪天科〕天那。蔡邕若是戀着新婚不肯去呵 天須鑒蔡邕不孝的情罪〔外怒云〕畜生。我教你去赴選。也只是要改換門閭。光顯祖宗。你却七推八阻。有許多說話〔生云〕爹爹。孩兒豈敢推阻。爭奈爹媽年老。無人侍奉。萬一有些差池。一來人道孩兒不孝。撇了爹娘去取功名。二來人道爹爹所見不達。止有一子。教他遠離。孩兒以此不敢從命〔外云〕不從我命也由你。你且說如何喚做孝〔淨云〕老賊。你年紀八十餘歲也不識做孝。拄麻帯索。便喚做孝〔外云〕咦。你曉得甚麼〔生云〕告爹爹。只爲人子者。冬溫夏凊。昏定晨省。問其燠寒。搔其痾癢。出入則扶持之。問所欲則敬進之。所以父母在。不遠遊。出不易方。復不過時。古人的孝。也只是如

此〔外云〕孩兒你說的。都是小節。不曾說着十六孝〔淨云〕老
賊你又不曾亞八。只管教他做大孝。越出去赴選不得〔末
云〕噯。這話有些二不詳〔外云〕孩兒你聽我說。廾六孝始于事
親。中于事君。終于立身。身體髮膚。受之父母。不敢毀傷。
孝之始也。立身行道。揚名後世。以顯父母。孝之終也。是
以家貧親老。不爲祿仕。所以爲不孝。你若是做得官時
節也。顯得父母。好處。凡的不是大孝是甚麼〔生云〕爹爹
說得極是。但孩兒此去。知道做得官否。若還不中時節。
既不能彀事親。又不能彀事君。却不兩下擔閣了〔末云〕
秀才所見差矣。老漢嘗聞古人云。幼而學。壯而行。懷寶
迷邦。謂之不仁。孔席不暇暖。墨突不待黔。伊尹負鼎俎
于湯。百里奚五羊皮自鬻。也只要順時行道。濟世安民
自古道。學成文武藝。貨與帝王家。秀才。你這般才學。如
何不去做官〔淨云〕太公。你都有好言勸我孩兒去赴選。
我有箇故事。說與你聽〔末云〕老漢願聞〔淨云〕在先東村
李員外。有箇孩兒。也讀兩行書。他爹爹每日鬧炒。只是
教孩兒去求官。孩兒吃不過爹爹鬧炒。去到長安。那裏
無人擡舉他。遂流落去街上乞食。見箇平章宰相。他疾
忙在地上拜着。叫聲擡舉他。那宰相道。我與你做箇養
濟院大使。去管你爹娘。道孩兒自思道。做箇養濟院大

使如何管得自巳的父母。比及他回家。不想他父母無人供養。流落在養濟院裏居住。他父母見孩兒回來。說道我教孩兒去得是。今日我孩兒做箇頭目。衆人也不敢欺負我。你如今勸我孩兒去赴選。千萬叫他做箇養濟院頭目回來。衆人也不敢欺負我。末笑科老安人。你說這乞丐事。儘教我听了半日。外云孩兒。你趂早收拾行李起程。生云爹爹。孩兒去則不妨。只是爹媽年老。教誰看管。末云秀才不必憂慮。自古道千錢買鄰。八百買舍。老漢既忝在鄰居。你但放心前去。若是宅上有些小欠缺。老漢自當應承。生云如此多謝公公。凡事仗託周濟。此行若獲寸進。决不忘恩。早

人沒奈何只得收拾行李便去。

三學士 生唱 謝得公公意甚美。凡事仗託扶持。假饒一舉登科日。難道是雙親未老時。只恐錦衣歸故里。怕雙親不見兒。

外唱 萱室椿庭衰老矣。指望你改換門閭。孩兒。你所道是無人供養我。若是你做

自今尽作
專不妥

得官來
時節阿三牲五鼎供朝夕須勝似啜菽并飲水你若錦
衣歸故里我便
死阿一靈兒終是喜
末
唱托在鄰家相依倚自當效些區區秀才你為甚十年窗
下無人問只圖箇一舉成名天下知你若不錦衣歸故里
誰知你讀萬卷書
淨
唱一旦分離掌上珠我這老景憑誰苦怨將父母饑寒死
博得孩兒名利歸你縱然錦衣歸故里補不得你名行虧
外急辦行裝赴試闈生父親嚴命怎生違
淨一舉首登龍虎榜末十年身到鳳凰池

第五齣 南浦囑別

成一作輕亦是一作重則非雖今閒作豈不通

古本狀元下無白今本多有云云詞固俚俗亦不會意段今作半不通

鬧炒く一作意蒸く亦雅飾

雙調引子【謁金門】旦唱春夢斷臨鏡綠雲撩亂聞道才郎遊上苑又添離別嘆生唱苦被爹行逼遣脉脉此情何限合骨肉一朝成拆散可憐難捨拚【旦云】官人。雲情雨意。雖可拋兩月之夫妻。雪鬢霜鬟。竟不念八旬之父母。功名之念一起。甘旨之心頓忘。是何道理【生云】娘子。膝下遠離。豈無眷戀之意。奈堂上力勉。不聽分剖之辭。咳。教卑人如何是好【旦云】官人。我猜着你了。

仙呂入雙調【忒忒令】旦唱你讀書思量做狀元我只怕你學疎不淺【生云】娘子那見我學疎才淺【旦唱】官人只是孝經曲禮你早忘了一段【生云】咳。我幾曾忘了【旦唱】却不道夏凊與冬溫昏須定晨須省親在遊怎遠

生唱我哭哀哀推辭了萬千【旦云】那張太公如何說【生唱】他鬧炒炒抵死

又今尽作只不是
悲今作埋便与下白相反
掛一作意
要一作敢似是
出一作一亦好

來相勸〔旦云〕官人你不去時也須由你〔生唱〕將我深罪不由人分辯〔旦云〕罪你甚的〔生唱〕他道我戀新婚逆親言貪妻愛不肯去赴選

【沉醉東風】〔旦唱〕你爹行見得好偏只一子不留在身畔官人公婆如今在那裏〔生云〕在堂上〔旦云〕既在堂上我和你去說〔生云〕娘子你怎的又不去了〔旦云〕罷罷罷罷我和你去說時節呵他又道我不賢要將伊迷戀苦這其間教人怎不悲怨〔合〕為爹淚漣為娘淚漣何曾為着夫妻上掛牽〔生唱〕做孩兒節孝怎全做爹行不從幾諫〔旦云〕官人你為人子的不當恁地埋冤他〔生唱〕非是我要埋冤只愁他影隻形單我出去有誰來看管〔合前〕〔生云〕呀爹媽來了娘子你且揾了眼淚

仙呂過曲【臘梅花】〔外淨唱〕孩兒出去在今日中爹爹媽媽來相送

但願魚化龍青雲得路桂枝高折步蟾宮［外云］孩兒你行李收拾了未［生云］行李收拾已了［外云］收拾既了如何不去［淨云］老賊他若出去了家中別無第二人止有一箇媳婦如何不分付幾句［生云］孩兒沒別事只待張太公來把爹媽拜託與他教他早晚應承孩兒庶可放心前去［丑云］呀張太公早來［末云］仗劍對樽酒恥爲游子顏所志在功名離別何足歎［生云］太公卑人如今出去家中並無親人爹媽年老只有一箇媳婦却是女流凡事全賴公公相與扶持家中倘有些小欠缺亦望公公周濟昨日已蒙親許今日特此拜懇卑人倘有寸進自當效結草銜環之報決不敢忘恩［末云］秀才受人之託必當終人之事况一言既出駟馬難追昨日已許秀才去後決不相誤［生云］如此多謝公公［外云］孩兒既蒙張太公金諾必不食言你可放心早去［生云］孩兒就此拜辭爹媽便去

仙呂入雙調［園林好］生唱兒今去爹媽休得要意懸兒今去今年便還但願得雙親康健［合］須有日拜堂前須有日拜堂前

貴顯一作微官亦可

於今本多作遍与定字有礙了

六十日句一本作淨唱亦似近理但旦私道衷腸不應換唱此見斤本之爲有滲漏也

〔外唱〕我孩兒不須掛牽。只望孩兒貴顯。若得你名登高選。
〔合〕須早把信音傳。須早把信音傳。
江兒水〔淨唱〕膝下嬌兒去。堂前老母單。臨行密密縫針線。眼
巴巴望着關山遠。冷清清倚定門兒盼。〔生云〕母親且自寬懷消遣。〔淨唱〕教
我如何消遣。〔合〕要解愁煩須是頻寄音書回轉。
〔旦唱〕妾的衷腸事有萬千。〔生云〕娘子。你有甚麼事。當說與我知道。〔旦唱〕說來又恐
添縈絆。〔生云〕娘子。有甚縈牽。〔旦唱〕六十日夫妻恩情斷。八十歲父母教
誰看管。〔生云〕娘子。你這般說。莫不怨着我麼。〔旦唱〕教我如何不怨。〔合前〕
五供養〔末唱〕貧窮老漢。託在鄰家事體相關。秀才此行雖勉
強。不必恁留連。〔生云〕卑人去後。只慮父母獨自在堂。難度歲月。〔末云〕秀才放心。你爹娘早

吾當今本作我專來大看

還一作倘更妥

曉間吾當陪伴（生悲科）（末唱）丈夫非無淚不灑別離間合骨

肉分離寸腸割斷（生跪告科）

（生唱）公公可憐俺爹娘望你周全（末扶起科）（生唱）此身還貴顯

自當效銜環（旦挽生背唱）有孩兒也枉然你爹娘到教別人看

管此際情何限偷把淚珠彈合前

玉交枝（外唱）別離休嘆我心中非不痛酸孩兒非爹苦要輕

折散也只是圖你榮顯（淨唱）孩兒蟾宮桂枝須早攀北堂萱

草時光短合又未知何日再圓又未知何日再圓

（生唱）雙親衰倦娘子你扶持看他老年飢時勸他加餐飯寒

時頻與衣穿（旦唱）古人我做媳婦事舅姑不待你言你做孩

兒離父母何日返〔合前〕

川撥棹〔外唱〕孩兒歸你免莫教人凝望眼〔生唱〕但有日回到家園怕回來雙親老年〔合〕怎教人心放寬不由人不珠淚漣

〔旦唱〕官人我的埋冤怎盡言〔生云〕你埋冤我如何〔旦唱〕我的一身難上難

〔生唱〕娘子你寧可將我來埋冤莫將我爹娘冷眼看〔合前〕

餘文〔合〕生離遠別何足嘆但願得你名登高選衣錦還鄉教人作話傳

生　此行勉强赴春闈　外　專望明年衣錦歸

合　世上萬般哀苦事　淨　無過遠別共生離

〔外淨末下〕〔旦云〕官人你如何割捨得便去了〔生云〕咳卑人如何捨得

〔中呂〕犯尾引〔旦唱〕懊恨別離輕悲豈斷絃愁非分鏡只慮高堂

一本無須字乃通

琵琶西廂用字实相倣坊本改另爲零則西廂多有孤另亦可盡改也

水諸本作路便着色相

且爲我一作暫爲我亦同一作只替我不是

風燭不定（生唱）腸已斷，欲離未忍，淚難收，無言自零。（合）空留戀天涯海角，只在須臾頃。

犯尾序（旦唱）無限別離情，兩月夫妻，一旦孤另。官人，你此去經年，望迢迢玉京思省。（生云）娘子，莫不是慮着山遙水遠麽？（旦唱）奴不慮山遙水遠。（生云）莫不是慮着衾寒枕冷麽？（旦唱）奴不慮衾寒枕冷，奴只慮公婆沒主，一旦冷清清。

（生唱）我何曾想着那功名。（旦云）官人，你不想着功名，如今又去怎的？（生唱）欲盡子情，難拒親命。娘子，年老爹娘望伊家看承，畢竟你休怨朝雲暮雨，且爲我冬溫夏凊。思量起，如何教我割捨得眼睜睜。

（旦唱）（旦云）官人，你儒衣纔換青，快着歸鞭，早辦回程，十里紅樓休

頻一作親非

他坊本以爲當作伊若則爲茶爲著不独一任育長也

久一作敢甚佳且与後敢字相照應

戀着娉婷叮嚀不念我芙蓉帳冷也思親桑榆暮景咳我

頻囑付知他記不記自語惺惺

〔生〕娘子〔旦唱〕你寬心須待等我肯戀花柳甘爲萍梗只怕萬里

關山那更音信難憑須聽我沒奈何分情破愛誰下得虧

心短行從今後相思兩處一樣淚盈盈〔旦云〕官人此去千萬早早回程〔生云〕卑人有父母在堂。豈敢久戀他鄉〔旦云〕須是早寄箇音信回來〔生云〕音信不防。只怕關山阻隔〔拜別科〕

〔鷓鴣天〕〔生唱〕萬里關山萬里愁〔旦唱〕一般心事一般憂〔生唱〕桑榆

暮景應難保客館風光怎久留〔生下〕〔旦唱〕他那裏謾凝眸正是

馬行十步九回頭歸家只恐傷親意閣淚汪汪不敢流

纔斟別酒淚先流　郎上孤舟妾倚樓

片帆漸遠皆回首　一種相思兩處愁

第六齣　丞相教女

〔末扮院子上云〕珠幌斜連雲母帳。玉鉤半捲水晶簾。輕烟裊裊歸香閣。月影騰騰轉畫簷。小子不是別人。却是牛太師府中一箇院子。這幾日老相公進朝。不知有甚勾當。久留省中。未曾回府。府裏幾箇使女每鎮日在後花園閒耍。今日知道老相公回來。都不見了。小子不免灑掃書館。伺候老相公回來。呀。好怪麼。只見一箇婆子走入來做甚麼〔淨扮媒婆上〕

〔仙呂入雙調〕〔字字雙〕〔淨唱〕我做媒婆甚妖嬈、談笑、說開說合口如刀、波俏、合婚問卜若都好、有鈔、只怕假做庚帖被人告、喫棒、〔末云〕婆子。你來這裏做甚麼。〔淨云〕老媳婦特來與張尚書的舍人做媒。〔末云〕咳。我這小娘子的媒。怕難做。〔淨云〕如何難做。〔末云〕老相公不肯輕許。〔淨云〕院公。我這頭親事。你老相公必然許我。〔末云〕呀。且慢着。又有一箇婆子

來了〔丑扮媒婆上〕

丑唱 我做媒婆甚艱辛尋趁有箇新郎要求親甚緊。喒每只得便忙奔討信〔淨云〕你這老乞婆。來這裏怎的〔丑唱〕真箇是路上更有早行人心悶〔末云〕你這婆子。也來這裏做甚麼〔丑云〕告勾管哥得知。老媳婦特來與樞密的舍人求親〔末云〕我方纔正對那婆子說了。這媒怕難做〔丑云〕如何難做〔末云〕我老相公要揀擇得仔細〔丑云〕院公你休管。我說這椿親事必定成也〔淨云〕呀。我是張媒婆幾年在府前住。今日這媒。倒要你老乞婆做去了〔丑云〕呀。老乞婆偏你會做媒。但是門當戶對的便好了。終不然你在府前住。定要你做媒。你與乞兒做媒。也嫁了他〔末云〕你休鬧老相公回來了。你每且躲開一邊立地〔外扮牛太師上〕

一本無來字不是

正宮引子〔齊天樂〕〔外唱〕鳳凰池上歸來環珮裊袖御香猶在棨戟門前平沙堤上何事車塡馬隘星霜鬢改怕玉鉉無功赤

烏非材回首庭前淒涼丹桂好傷懷下官這幾日久留省府不曾回家左右方
纔甚麼人在我聽前諠鬧[末云]有事不敢不報無事不敢亂傳適間有兩箇婆子來老相公處求親[外云]着他進來你這兩箇婆子做甚麼[淨云]奴家是張尚書府裏差來求親[丑云]奴家是李樞密府裏差來做媒[外云]不揀甚麼人家但是有才學得做天下狀元的方可嫁他若是其餘不問親[淨云]告相公得知我的新郎術人筭他命道他今年得做狀元[丑云]告相公得知他的新郎命不好只有奴家這箇新郎人筭他命今科必定得中狀元[淨丑相打科][外云]呀這兩箇婆子到我根前無禮左右不揀有甚麼庚帖都與我扯破把那兩箇弔起各打十八[末扯打科][外云]急把媒婆打離廳[末云]除非狀元方可問姻親[淨云]甘喫打十七八下黃荊杖[丑云]那些箇成與不成喫百瓶[末淨丑下][外云]光陰似箭催人老日月如梭趲少年自家沒了夫人只有一箇女兒如今不覺長成未曾問親只一件我的女孩兒性格溫柔是事寔會若將他嫁箇膏粱子弟怕壞了他只將他嫁箇讀書君子成就他做箇賢婦多少是好我這幾日不在家適聽得那便喚的每日都在後花園中閒耍這是

我的女孩兒不拘束他。古人云欲治其國先齊其家。不免喚出女孩兒。和老姥姥惜春過來。好生訓誨他一番。

【貼扮牛氏帶淨丑上】

雙調引子【花心動】【貼唱】幽閣深沉問佳人為何懶添眉黛繡線日長圖史春閒誰解屢傍粧臺絳羅深護奇葩小不許蠶迷蝶猜【淨丑唱】笑鎖窗多少玉人無賴【外云】孩兒。婦人之德。不出閨門。你如今長成了。方纔有媒婆來與你議親。今日是我的孩兒。異日做他人的媳婦。我這幾日不在家。你却放老姥姥惜春每都在後花園中閒耍。不習女工。是何道理。我想起來。都是你不拘束他。倘或做出歹事來。可不把你名兒污了。【貼云】謝得爹爹教道。孩兒從今自拘束他。【外怒科】老姥姥。你年紀大矣。你做管家婆。到共着女使每閒耍。是何所為。【淨云】不干老身事。都是惜春小丫頭。【丑云】不干惜春事。都是老姥姥。【外云】這兩箇賤人。尚自相推。都拏下打。【貼跪稟科】爹爹息怒。【外云】你且起來。

雙調引子【惜奴嬌】（外唱）孩兒你杏臉桃腮，當有松筠節操，蕙蘭襟懷。閨中言語不出閨閫之外。（老姥）不教我孩兒伊之罪。（惜春）這風情今休再。（合）記再來，但把不出閨門的語言相戒。

（貼唱）堪哀。萱室先摧，嘆婦儀姆教未曾諳解，蒙爹嚴訓，從今怎敢不改。（老姥）早晚望伊家將奴誨。（惜春）改前非，休違背。（合前）

仙呂入雙調【黑麻序】（淨唱）看待父母心，婚姻事須要早諧，勸相公早畢兒女之債。（外唱）休呆，如何女子前胡將口亂開。（合）記今來，但把不出閨門的語言相戒。

丑唱 輕浼我受寂寞擔煩惱教我怎捱細思之怎不教人珠淚盈腮 貼唱 寧耐溫衣弃美食何須苦掛懷 合前

外 婦人不可出閨門 貼 多謝嚴君教育恩
淨 休道成人不自在 丑 須知自在不成人

第七齣 才俊登程 生末淨丑扮秀才上

中呂引子 滿庭芳 生唱 飛絮沾衣殘花隨馬輕寒輕暖芳辰江山風物偏動別離人回首高堂漸遠嘆當時恩愛輕分傷情處數聲杜宇客淚滿衣襟 末唱 萋萋芳草色故園入望目斷王孫謾憔悴郵亭誰與溫存 淨丑唱 聞道洛陽近也還又隔幾座城闉 合 澆愁悶解鞍

一本此白中用易書春秋礼記爲題各唱一曲而詩又殘缺亦元本所無元斥不錄

沽酒同醉杏花村

浣溪沙【生云】千里鶯啼綠映紅【丑云】水村山郭酒旗風【淨云】行人如在畫圖中【末云】不暖不寒天氣好。或來或往旅人逢【合】此時誰不嘆西東【相見科】【淨云】動問老兄尊姓【生云】小子姓蔡【淨云】貴表【生云】伯喈【丑云】動問老兄尊姓【末云】小子姓李【丑云】貴表【末云】羣玉【生云】動問老兄高姓【淨云】小子姓落【生云】貴表【淨云】得嬉【末云】動問老兄尊姓【丑云】小子姓常【末云】貴表【丑云】白將【淨云】久聞列位高名。今日幸會。都是往長安赴選【笑科】年兄年弟。休得拋撇。既然如此。且在此歇息片時講此學識。說此志氣。何如【衆云】正合愚意【丑云】敢問蔡兄學識如何【生云】小子坐則讀。行則吟。窮年屹屹苦搜尋。文章驚世無敵手。盡是當年惜寸陰【丑云】有意思。有意思【淨云】敢問李兄學識如何【末云】小子不將窮達付前緣。常把勤勞契上天。人事盡時天理見。才高豈得困林泉【淨云】自然自然【生云】敢問落兄學識如何【淨云】小子讀書費力。每在螢窗講習。常念青春不再。那更白日可惜。熟讀孝經曲禮。博覽詩書周易。春秋諸子百家。篇篇義理紬繹。前日行到學中。夫子潛自叫屈【末云】呀。聖人如何叫屈【淨云】道是可惜這箇秀才。眼中一字不識【末云】你却說一場春夢【生云】敢問

爭如句出後漢姜肱不肯應辟作詩以諭其友夫句云云一本改作舊柴門者不知其本此耳貧今一作頻諺曰不可苟味末句自爾惘然

常兄學識如何。〔丑云〕小子言不妄發，寫字極有方法。先將好墨磨濃，次把純毫蘸着，推開淨几明窗，展開錦箋繡扎。不問真草篆隸，寫出都是法帖。大字麄如庭柱，小字細似頭髮。王羲之拜我為師，歐陽詢見我謊殺。〔笑科〕早間寫箇八字，忘了一撇一捺。〔末云〕又道是一筆走龍蛇。〔淨云〕閒話休講，如今天色將晚，不免起程趲行幾步。

仙呂過曲〔八聲甘州歌〕〔生唱〕衷腸悶損，嘆路途千里，日日思親。青梅如豆，難寄隴頭音信。高堂已添雙鬢雪，客路空瞻一片雲。〔合〕途中味，客裏身，爭如流水繞柴門。休回首，欲斷魂。數聲啼鳥不堪聞。

〔末唱〕風光正暮春，便縱然勞役，何必愁悶。綠陰紅雨，征袍上染惹芳塵。雲梯月殿圖貴顯，水宿風餐莫厭貧。〔合〕乘桃浪躍錦鱗，一聲雷動過龍門。榮歸去，綠綬新，休教妻嫂笑蘇

泰

杳或作遠

淨唱 誰家近水濱見畫橋烟柳朱門隱隱鞦韆影裏墻頭上露出紅粉他無情笑語聲漸杳却不道惱殺多情牆外人

合 思鄉遠愁路貧肯如十度謁侯門行看取朝紫宸鳳池鼇禁聽絲綸

丑唱 逢瞻霧靄紛想洛陽宮闕行行將近程途勞倦欲待共飲芳樽垂楊瘦馬莫暫停只見古樹昏鴉棲漸盡 合 天將暝日已曛一聲殘角斷樵門尋宿處行步緊前村燈火已黃昏

漸一作欲

餘文 合 向人家忙投奔解鞍沽酒共論文今夜雨打梨花

元本無此白乃後人所創但先發引白本尚往往如此故附錄以俟

深閉門

生 江山風物自傷情 淨 南北東西爲利名

丑 路上有花并有酒 末 一程分作兩程行

第八齣 文塲選士

(末云)禮闈新榜動長安。九陌人人走馬看。一日聲名遍天下。滿城桃李屬春官。○自家不是別人。卻是禮部一箇祗候的便是。今歲乃大比之年。朝廷委命試官。已在貢院之內。各省中式舉人。俱列棘闈之前。如今試官將次升堂。小人只得在此聽候。正是一封纔下興賢詔。四海都無遺棄才。道猶未了。試官大人早到。淨扮試官上

南呂過曲【生查子】(淨唱)承恩拜試官。聲價重丘山。左右。那來科舉的只問有文材何必拘鄉貫。(末云)那有文材的。如何發落他(淨唱)取他居上第做箇清要官。(末云)那沒文材的。如何發落他(淨唱)縱有父兄勢也教空手還。(末云)好公

極是方正傳奇而此折与杏園折類多戲美東嘉東嘉謔特乎玩世乎

道老爺〔淨云〕左右。今年郤是大比之年。我爲國薦賢。
但是各省府縣赴試的秀才。都喚入來〔末云〕領鈞旨
黃鍾過曲〔賞宮花〕生唱 槐花正黃赴科塲舉子忙太學拉朋友一
齊整行裝合 五百英雄都在此不知誰做狀元郎
丑唱 天地玄黃畧記得三兩行才學無此子只是賭命强〔合〕前
〔末丑開門科〕〔生云〕貢院門已開列位尊兄依次而進〔淨
云〕左右。這些秀才。每人給與卷子一本。蠟燭一條。各分
東西廊下伺候題目〔末云〕領鈞旨〔相見科〕〔淨云〕你每衆
秀才聽着。朝廷制度開科取士。雖有定期立意命題。任
從時好。下官是箇風流試官。不比往年的試官。往年第
一塲考文。第二塲考論第三塲考策我今年第一塲撤
對。第二塲猜謎。第三塲唱曲。若是做得對好。猜得謎着。
唱得曲好。就取他頭名狀元。揷金花飲御酒。遊街兒耍
子。若是對得不好。猜得不着。唱得不好。就將他黑墨搽
臉。亂棒打出去〔生丑云〕學生領命〔淨云〕東廊下秀才蔡
邕過來領題〔生云〕有〔淨云〕我出天文門一箇對與你對
〔生云〕願聞〔淨云〕星飛天放彈〔生云〕日出海拋毬〔淨云〕妙

貴今作家昇
[?]今作奉　便頭巾氣

哉妙哉且站一邊西廊下秀才落得嬉過來領題（丑云）快此（淨云）毛詩三百首（丑云）還有十一篇（淨云）不好不好且站一邊蔡邕過來我出天下八箇省名的謎兒與你猜（生云）願聞（淨云）一聲霹靂震天關兩箇肩頭不得閒去買紙來作褾褙欠人錢債未曾還（生云）第一句是京東京西第二句是江東江西第三句是湖東湖西第四句是浙東浙西（淨云）妙哉妙哉且站一邊落得嬉過來我出山上四樣樹名的謎兒與你猜（丑云）快此（淨云）雨中粧點望中黃獨立深山分外長廊廟之材應見取家家織就綺羅裳（丑云）第一句是柏樹第二句是槐樹第三句是楓樹第四句是柳樹（淨云）不是不是且站一邊蔡邕過來我唱一隻曲兒你末後湊一句要押得韻着（生云）願聞高音

仙呂入雙調【北江兒水】（淨唱）長安富貴真罕有食味皆山獸熊掌紫駝峰四座馨香透你押下韻（生唱）把與試官來下酒（淨笑科云）妙哉妙哉三場都好這是箇真秀才且在東廊下伺候（淨云）落得嬉過來我再唱一隻曲兒你末後也湊一句要押得韻

着[丑云]快唱。

[净唱]看你腹中何所有一袋醃臢臭若還放出來見者都奔走你押下韻[丑唱]把與試官來下酒[净云]不齊不齊將他黑墨搽臉亂棒打出去[丑云]不須打。

正是薄命劉生終下第厚顏季子且還家[净云]蔡秀才。今科中式舉人雖多。只有你才學高邁文字老成俺就復奏聖上將你取爲第一甲頭名狀元冠帶遊街赴宴。左右取冠帶過來[末]取上云正是袍笏賜進士鉄鉞贈將軍[净云]蔡狀元。換了冠帶。一就隨我入朝謝恩[換冠帶科]

南呂過曲[懶畫眉][生唱]君恩喜見上頭時今日方顯男兒志布袍脫下換羅衣腰間横繫黃金帶駿馬雕鞍眞是美

[净唱]狀元你讀書萬卷非容易喜得登科擢上第功名分定豈誤期那更三千禮樂無敵手五百英雄盡讓伊

末唱人生當用顯門閭。廕子封妻榮自己。馬前喝道狀元歸。鴈塔揮毫題姓字。一舉成名天下知。

淨　一舉鼇頭獨占魁　生　誰知平地一聲雷

末　明朝跨馬春風裏　合　盡是皇都得意回

第九齣　臨粧感嘆

正宮引子【破齊陣引】旦唱翠減祥鸞羅幌。香銷寶鴨金爐。楚館雲閒。秦樓月冷。動是離人愁思。目斷天涯雲山遠。親在高堂雪鬢疏。緣何書也無。【古風】明明匣中鏡。盈盈曉來粧。憶昔事君子。鷄鳴下君牀。臨鏡理笄總。隨君問高堂。一旦遠別離。鏡匣掩清光。流塵暗綺疏。青苔生洞房。零落金釵鈿。慘淡羅衣裳。傷哉憔悴容。無復蕙蘭芳。有懷悽以楚。有路阻且長。妾身豈嘆此。所憂在姑嫜。念彼猶遠。眷此桑榆光。願言盡婦道。遊子不可忘。

勿彈綠綺琴。絃絕令人傷。勿聽白頭吟。哀音斷人腸。人事多錯迕。羞破雙鴛鴦。○奴家自嫁與蔡伯喈。纔方兩月。指望與他同事雙親。偕老百年。誰知公公嚴命。強他赴選。自從去後。竟無消息。把公婆拋撇在家。教奴家獨自應承。奴家一來要成丈夫之名。二來要盡為婦之道。盡心竭力。朝夕奉養。正是天涯海角有窮時。只有此情無盡處。

仙呂入雙調〔風雲會四朝元〕春闈催赴、同心帶綰初、嘆陽關聲斷、送別南浦、早已成間阻、謾羅襟淚漬、謾羅襟淚漬、和那寶瑟塵埋、錦被羞鋪、寂寞瓊窗、蕭條朱戶、空把流年度、嗏瞑子裏自尋思、妾意君情、一旦如朝露、君行萬里途、妾心萬般苦、君還念妾、迢迢遠遠也須回顧

心坊本作身作身此時正未負之二義無當

朱顏非故、綠雲懶去梳、奈畫眉人遠、傳粉郎去、鏡鸞羞自

舞把歸期暗數、把歸期暗數、只見鴈杳魚沉、鳳隻鸞孤、綠遍汀洲、又生芳杜、空自思前事、嗏　日近帝王都、芳草斜陽教我望斷長安路、君身豈蕩子、妾非蕩子婦、其間就裏千千萬萬有誰堪訴、

堪一作控

輕移蓮步、堂前問舅姑、怕食缺須進、衣綻須補、要行時須與扶、奈西山景暮、奈西山景暮、教我倩着誰人、傳語我的兒夫、你身上青雲、只怕親歸黃土、我臨別也曾多囑付、嗏　那些箇意孜孜、只怕十里紅樓、貪戀着他人豪富、丈夫　你雖然是忘了奴、也須念父母、若　無人說與、這凄凄冷冷怎生辜負、

文場選士紛紛都是才俊徒少甚麼鏡分鸞鳳都要榜登龍虎偏是他將奴悞也不索氣蠱也不索氣蠱既受託了蘋蘩有甚推辭索性做箇孝婦賢妻也落得名標青史今日呵不枉受了些閒僂楚嗏俺這裏自支吾休得污了他的名兒左右與他相回護丈夫你便做腰金衣紫須記得釵荆與裙布苦一場愁緒堆堆積積宋玉難賦

回首高堂日已斜　遊人何事在天涯

紅顏勝人多薄命　莫怨春風當自嗟

第十齣 春宴杏園

（末扮首領官上云）朝為田舍郎暮登天子堂將相本無種男兒當自強○自家不是別人都是河南府一箇首

領官。往年狀元及第、赴宴遊街、但是鞍馬酒席供設祗
應等件。都是府尹提調。今年蔡伯喈做狀元。循例赴宴。
府尹卻委着當職提調。昨日已分付太僕寺掌鞍馬的
令史。并洛陽縣管排設的驛丞。專聽俺這裏鳴鼓三聲。
都要到此聚會聽點。[擂鼓科][丑扮令
史上]有問即對。無問不荅。相公有何鈞旨。[末云]鞍馬俻
辦了。未曾[丑云]告相公得知。俺這裏在先有一萬匹好
馬。[末云]怎見得好馬。[丑云]但見耳批雙竹。鬃散五花。展
開鳳臆。龍鬐聳、昂起豹頭、虎頷。響篤篤。翠蹄削玉。點滴滴
赤汗流珠。點目青熒。夾鏡懸。肉騣碨磥。連錢動。一躍時
尾捎雲漢。椯驀過玄圃崆峒。一霎時走遍神州。直赶上
流星。掣電。九方皋。管教他稱賞。千金價。不枉了追求。[末
云]有甚顏色的。[丑云]布汗論。聖虎剌合里烏。赭哩兒。爺
屈良。蘇盧。棗騮。栗色。燕色。兎黃。真白。玉面。銀鬃。秀騁。青
花。正是五花散作雲滿身。萬里方看汗流血。[末云]有甚
麼好名兒。[丑云]飛龍。赤兎。騕褭。驊騮。紫燕。驌驦。嚙膝。踰
暉。騏驎。山子。白羲。絕塵。浮雲。赤電。絕羣。逸驃。騄驪。龍子。
驎駒。騰霜驄。皎雪驄。凝露驄。照影驄。懸光驄。決波騟。飛
霞驃。發電赤。流金騧。翔麟紫。奔紅赤。照夜白。一丈烏。九
花虬。望雲騅。忽雷駁。卷毛騧。獅子花。玉逍遙。紅叱撥。紫

叱撥金叱撥正是青海月氏生下。大宛越睒將來（末云）有甚麼好廐（丑云）飛龍祥麟吉良。龍媒。騊駼駃騠。鵷鸞。出羣天花鳳苑。奔星。內駒左飛右飛。左坊。右坊。東南內。西南內正是盡印三花飛鳳字。中藏萬匹好龍媒（末云）却怎的打扮（丑云）錦韉燦爛披雲。銀鐙熒煌耀日。杳羅帕深覆金鞍紫游韁牽動玉勒瑪瑙粧就轡頭珊瑚做成鞍子。正是紅纓紫鞚珊瑚鞭。玉鞍錦籠黃金勒（末云）如今選多少在這裏（丑云）告相公。如今無了（末云）如何無了（丑云）元有一萬匹馬。却有一千三百箇漏蹄。二千七百箇抹靨。三千八百箇熟瘤。二千二百箇慈眼。那更鞍橋又破損。坐褥又傾欹。攔轡盡是麻繩。鞭子無非荊枝。餓老鴟全然拉搭。鴈翅板一發彫零。鞍轡既不周全。牽鞚何曾完備。此般物件。其實是不中（末云）休胡說。若還不完備時節。我稟過府尹大人。好生打你（丑云）相公。可憐見。容小人一壁廂自理會（末云）鞍馬若完備時節。可牽在午門外廂。等候狀元謝恩出來乘坐（丑云）理會得。只教他春風得意馬蹄疾。一日看遍長安花（丑下）（末云）管排設的在那裏（淨扮驛丞上）上廳上一呼。階下百諾相公有何鈞旨（末云）排設完備了未曾（淨云）告相公。俺揀上等排設。俟候點視（末云）怎見得上等排設（淨云）但見珠簾高捲，繡幕低垂。珊瑚席鉀躧得精神，玳瑁筵安排得奇巧。金爐內慢騰騰燒瑞腦，玉瓶中滴滴插奇花。四圍環繞畫屏山。滿座重鋪錦褥子。金盤犀筯光錯落，掩映龍鳳珍羞。銀海瓊舟影蕩搖。翻動葡萄玉液灑掃得乾乾淨淨。並無半點塵埃。鋪陳得整整齊齊。另是一般氣象。正是移將金谷繁華景，妝點瓊林錦繡仙。（末云）安排既齊整，你每且退去。待等狀元遊街了赴宴。（淨云）領鈞旨。正是瓊林勝處風光好，別是人間一洞天。（淨下）（衆云）遠遠望見一簇人馬鬧炒。想是狀元來了。（末下）（生淨丑騎馬上）

仙呂入雙調【窣地錦襠】同唱

嫦娥剪就綠雲衣，折得蟾宮第一枝，宮花斜插帽簷低，一舉成名天下知。

【哭岐婆】洛陽富貴，花如錦綺，紅樓數里，無非嬌媚，春風得意馬蹄疾，天街賞遍方歸去。（生淨先下）（丑墜馬叫）救命救命。爹爹妳妳伯伯叔叔哥哥嫂嫂孩兒媳婦都來救我。（末騎馬上）

越調過曲【水底魚兒】（末唱）朝省尚書，昨日蒙聖旨，道狀元及第，教咱去陪宴席。（丑叫踏壞了人了）（末唱）越着鞭，越退遣，人心下疑。（丑云救命救命）（末唱）轉頭回望，叫我的還是誰。（末云漢子，你是誰）（丑云我是墜馬的狀元）（末扶科）快起來。（丑云尊官是誰）（末云我是中書省陪宴官，不知足下為甚墜馬。）

正宮【北叨叨令】（丑唱）鬧炒炒街市上遊人亂。（末云你馬驚了阿）（丑唱）惡頭口抵死要回身轉。（末云怎的不牽過一邊）（丑唱）我戰兢兢只怕轡繩斷。（末云為甚不打他）（丑唱）怯書生早已神魂散。（末云你不害事麼）（丑呻吟科）險些跌折了腿也麼哥，險些舂破了頭也麼哥。我好似小秦王三跳澗。（末云這馬如今那裏去了。）（丑云知他那裏去。傷人乎，不問馬。）（末云咳，你兀自文驟驟的，我且就這裏人家借一箇馬與你騎。）（丑云你整辦。若借馬與我騎，便索死。）（末云呀，怎的便死。）（丑云你不聞孔夫子說道，有馬

者借人乘之今亡已夫〔末云〕一户胡柴呀遠遠望見一簇人馬來有馬就借一匹與你騎〔丑云〕不須得不須得〔生淨騎馬上〕

窣地錦襠〔同唱〕荷衣新惹御香歸引領羣仙下翠微杏園惟有後題詩此是男兒得志時〔丑云〕狀元你每列位騎馬遊街且是好只不要似我騎馬舂破了頭跌折了腳〔生云〕足下原來墜馬呵〔丑云〕可知哩〔末云〕不是下官搭救時節險些送了一條性命〔淨云〕如此更賴足下之力〔生云〕請整頭同行〔丑云〕你每三位自去赴宴我到太平坊下李郎中家去便來〔衆云〕你去做甚麼〔丑云〕我去醫攧撲傷損瘡〔衆云〕休要推故我去借一箇馬與你騎了同去〔丑云〕小子告退你三位自去〔末云〕朝廷事例如何不去赴宴〔丑云〕赴宴也好只是騎馬不得這等你三位騎馬前走我隨後提着胡床來〔末云〕成甚麼模樣〔丑云〕這箇不妨却有兩說路上人問你便說道是使喚的伴當若是筵席之中却說是打伴儅的人〔末云〕好窮對副。

哭岐婆〔衆唱〕玉鞭裊裊如龍驕，騎黃旗影裏笙歌鬧，沸如今端的是男兒行，看錦衣歸故里。〔末云〕這裏便是杏園，請列位駐馬。〔丑云〕左右，馬都牽到僻處去，倘或人道四位官員，如何有三箇馬，不象模樣。〔末云〕好高見識，如今請列位照依年例，留下佳作。〔淨云〕蔡兄先請。〔生云〕五百名中第一仙，花如羅綺柳如烟。綠袍乍着君恩重，黃榜初開御墨鮮。禮樂三千傳紫禁，風雲九萬上青天。時人謾說登科早，未許嫦娥愛少年。〔淨云〕妙妙紫金闕無極無上聖。〔末云〕這裏不是玉皇閣，休得誦他的寶號。如今却輪當足下。〔淨云〕我也有四句。遲日江山麗，春風花草香。〔末云〕且住，便不得這是古詩。〔淨云〕呀。我前日三場也都是別人的文章，尚且中了。如何一首別人的詩，到使不得起來。〔末云〕休道是七步成章。〔淨云〕咳，你道我眞箇不會作詩呵。我且將就做一首與列位看看。○赴選何曾入棘闈，此身未擬着荷衣。三場盡是倩人做。一字全然能我爲。自笑持盃饕戀酒，却愁把筆怎題詩。有人問我求佳作。〔衆云〕如何荅他。〔淨云〕問我先生便得知。〔末云〕又道是當仁不讓于師。〔丑云〕倉官不識串字。中中。〔末云〕且休誇口。如今又輪當足下。〔丑云有有。列位做律詩。都把那赴試的事爲題。恐是熟套。
小子如今另立一題。（末云）你把甚麼爲題。（丑云）便把小
子方纔墜馬爲題。胡做古風一篇。以紀其事。如何。（衆云）
尤妙尤妙。（丑云）君不見。去年騎馬張狀元。跌了左腿不
相聯。又不見。前年跨馬李試官。跌了窟臀沒半邊。世上
三般拚命事。行船走馬打鞦韆。小子今年大拚命。也來
隨趂跨金鞍。跨金鞍。災怎躱。時耐畜生侮弄我。大叫三
聲不肯行。連摧兩攛不是耍。便把轡繩緊緊拏。縱有長
鞭怎敢打。須臾之間掉下來。一以狂風吹片瓦。昨日行
過樞密院。三箇軍人來喝喏。小子荒忙走將歸。（末云）却
如何。（丑云）怕他請我教戰馬。（末云）又說夢話。諸公請依
位而坐。左右看酒。（扮承直上）色動玉壺。然表裏光搖金
盞有精神。告相公。
酒在此。（衆把酒科）

仙呂入雙調【五供養】（末唱）文章過晁董。對丹墀已膺天寵。（合）赴瓊
林新宴。顫宮花。緩引黃金鞚。
（淨丑唱）九重天上。聲名重。紫泥封已傳丹鳳。（合）便催歸玉簡。

侍宸旒他日歸來金蓮送

【中呂】山花子〔末唱〕玳筵開處遊人擁爭看五百名英雄〔生唱〕喜鼇頭一戰有功荷君恩奏捷詞鋒〔合〕太平時車馬已同干戈盡戢文教崇人間此時魚化龍留取瓊林勝景無窮

〔淨唱〕三千禮樂如泉湧一筆埽萬丈長虹〔丑唱〕看奎光飛躔紫宮光耀萬玉班中〔合前〕

〔生唱〕青雲路通一舉能高中三千水擊飛冲〔淨唱〕又何必扶桑掛弓也强如劍倚崆峒〔合前〕

〔丑唱〕恩深九重絲綸八珎送無非翠釜駝峰〔末唱〕看吾皇待賢恁隆不枉了十年窗下把書來攻〔合前〕

大和佛（生唱）寶篆沉烟香噴濃（衆唱）濃，熏綺羅叢，瓊舟銀海翻動酒鱗紅，一飲盃敎空（生悲唱）持盃自覺心先痛，縱有香醪欲飲難下，我喉嚨他寂寞高堂，菽水誰供奉，俺這裏傳盃諠閧（衆云）狀元你休得要對此歡娛意忡忡

舞霓裳（合唱）願取羣賢盡貞忠　貞忠管取雲臺畫形容　形容時清莫報君恩重，惟有一封書上，勸東封更撰箇河清德頌，乾坤正看玉柱擎天又何用

紅繡鞋（合唱）猛拚沉醉東風，東風，東風倩人扶上玉驄，玉驄歸去路望畫橋東，花影亂，日朦朧，沸笙歌引紗籠

意不盡（合唱）今宵添上繁華夢，明早逞聽清禁鐘，皇恩謝了

陪侍從一作相陪從亦可

鵷行豹尾陪侍從

生 名傳金榜換藍袍 淨 酒醉瓊林志氣豪

丑 世上萬般皆下品 末 思量惟有讀書高

第十一齣 蔡母嗟兒

際今作濟非

商調引子【憶秦娥先】旦唱 長吁氣自憐薄命相遭際相遭際暮年姑舅薄情夫婿

【清平樂】夫妻纔兩月。一旦成分別。沒主公婆甘旨缺。幾度思量悲咽。○家貧先自艱那堪不遇豐年。恁的千辛萬苦。蒼天也不相憐。奴家

自從兒夫去後。遭此飢荒。況兼公婆年老。朝不保夕。教奴家獨自如何應奉。婆婆日夜埋怨着公公。當初不合教孩兒出去。公公又不伏氣。只管和婆婆鬧爭。外人不理會得。只道媳婦不會看承。以致公婆日夜鬧炒。且待公婆出來。再三勸解則箇。

【憶秦娥後】外唱 孩兒一去無消息。雙雙老景難存濟。淨扯外耳科唱

難存濟不思前日强教孩兒出去（旦勸科）（淨云）老賊你抵死教孩兒出去赴選今日沒飯喫他便做得狀元濟你甚事若是孩兒在家也會區處終不到得恁的狼狽如今柬得你好餓得你好老賊你死了休（外云）老乞婆你埋怨我則甚我是神仙知道今日恁的飢荒苦這般時年誰家不忍飢受餓誰似你這般埋怨我你休休我死我死今日飢荒也是死被你埋怨不過也索死（欲死旦扯住科）（淨云）老賊你便死也消不得我這場嘔氣（旦云）公公婆婆且息怒聽奴家一言分剖當初公公教孩兒出去時節不道今日恁的飢荒婆婆難埋怨公公今日婆婆見這般飢荒孩兒又不在眼前心下焦躁公公也休恠婆婆埋怨請自寬心奴家如今把些釵梳首飾之類典些糧米以充公婆一時口食寧可餓死奴家決不將公婆落後（淨云）媳婦你說得好我只是恨這老賊

南呂過曲【金索掛梧桐】（淨唱）區區一箇兒兩口相依倚沒事為着功名不要他供甘旨你教他做官要改換門閭只怕他做

得官時你做鬼、老賊 你圖他三牲五鼎供朝夕、今日裏要一口粥湯却教誰與你相連累、我孩兒因你做不得好名儒、合 空争着閑是閑非、空争着閑是閑非、只落得雙垂淚、外唱 養子教讀書、指望他身榮貴、青梗招賢誰不去求科試、老乞婆、我說箇比方與你聽。 譬如范杞良差去築城池、他的娘親埋怨誰、淨云 老賊、你到好比方。他是奉官差哩、外唱 合生合死皆由命、少甚麼孫子森森也忍饑、淨云 老賊、你固自口硬、再過幾時餓得你口嗅屎哩、外唱 休聒噪、畢竟是咱每兩口受孤恓、合前

旦唱 婆婆 孩兒雖暫離、須有日回家裏、淨云 媳婦、我豈不知孩兒自有一日回家 只是眼下受餓難過、旦云 婆婆 奴有些釵梳解當充糧米、淨云 老賊我若沒有這般

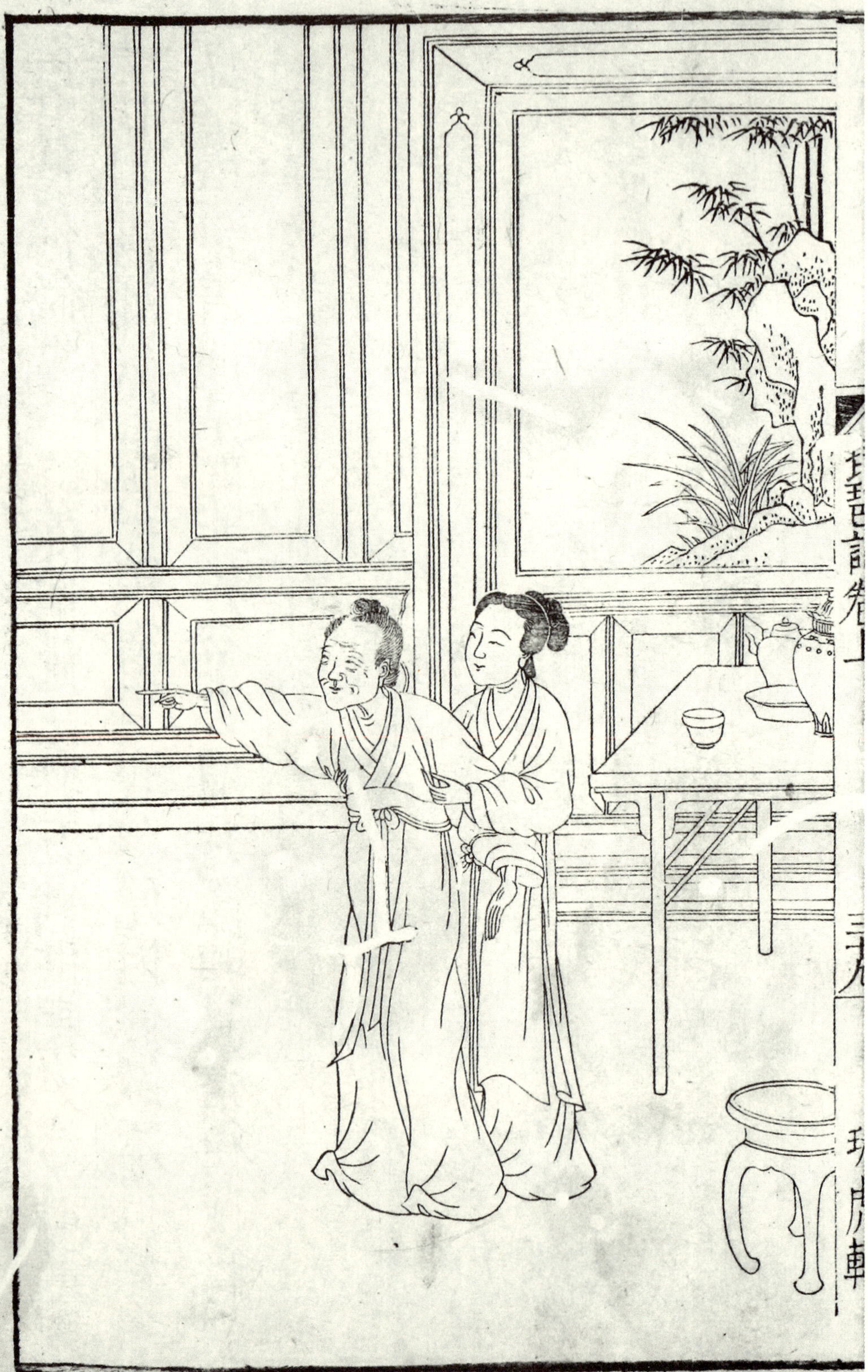

一本換外唱在後淨唱在前于外爭意似得已而旦不緊接淨唱則媳婦句無由起元本用意精細熟玩乃見

孝順的媳婦會攏佈。可不把我的肝腸也餓斷了。（外云）老乞婆這是時年如此。你苦死埋怨我怎的。（旦云）公公婆婆恁的閙爭呵。教傍人道媳婦每有甚差池致使公婆爭鬭起（婆婆）他心中愛子指望功名就（公公）他眼下無兒因此埋怨你難逃避。元的不是從天降下這災危【合前】

劉潑帽（外唱）天那我每不久須傾棄。嘆當初是我不是不如我死了無他慮【合】一度裏思量一度裏肝腸碎（淨唱）有兒却遣他出去。教媳婦怎生區處（媳婦）可憐惧你老年紀【合前】（旦唱）公公婆婆媳婦便是親兒女勞役事本分當爲但願公婆從此相和美【合前】

外　形衰力倦怎支吾　旦　口食身衣只問奴

淨　莫道是非終日有　衆　果然不聽自然無

第十二齣　奉旨招婿

（末云）縹緲紗窗映霧烟。深沉華屋鎖嬋娟。屏間孔雀人難中。幕裏紅絲誰敢牽。○自家是牛太師府中一箇院子。這幾日聽得府中喧傳太師要招女婿。況我這箇小娘子。不比別的小娘子。一來是丞相之女。二來他才貌兼全。必須有文章。有官職。有福分的。方可中選。且在此等候相公出來。便知端的。

南呂引子（似娘兒）外唱　華髮漸星星。憐愛女欲遂姻盟。蟾宮桂子才堪稱。紅樓此日。紅絲待選。須教紅葉傳情。左右那裏。（末云）聽上一呼。階下百諾。不知老相公有何鈞旨。（外云）自古道。男子生而願爲之有室。女子生而願爲之有家。我老夫人傾棄多年。只有一箇小姐。美貌娉婷。昨日見官裏問我道。你的女孩兒曾嫁人未。我回言道未曾嫁人。官裏道。既不

曾嫁人。如今新狀元蔡邕。好人物。好才學。朕與你主婚。你可招他爲壻。你意如何。俺奉着聖旨。就謝了恩。你每道此事如何（末云）覆相公。男大須婚。女大須嫁。小姐是瑶臺閬苑神仙。狀元是天祿石渠貴客。何況玉音主盟。金口說合。若做了百年夫婦。不枉了一對姻緣。這是佳人才子兩堪誇。天付姻緣事不差。試看月輪還有意。定知丹桂近仙娃（外笑云）你言正合我意。你就去與府前官媒婆來。同去蔡狀元處說親（末云）領鈞旨（喚科）（丑扮媒婆拿秤斧上）

做一作是似是

正宮過曲【醉太平】（丑唱）我做聰俊的媒婆。你那脚疾走如梭。生得不矮又不矬。人人都來請我。我只要金多銀多綾羅段疋多。方肯做。又且張家李家誇談我（末云）誇談你甚的（丑唱）道我每須勝是別媒婆。媒婆媒婆。兩脚奔波。一斗好酒。一隻肥鵞。送到家重裹。我和老公笑呵呵（末云）婆子休閒說。且去見老相公（外云）婆子。你手裏拏着甚麼東西（丑云）這是斧頭（外云）要他何用（丑云）這是媒婆的招牌（外云）如何

說道今尺作者是大非

將他做招牌（丑云）告相公得知。毛詩有云。析薪如之何匪斧弗克。娶妻如之何。匪媒不得。以此將他爲招牌（末云）休在班門弄斧（外云）媒婆你要秤何用（丑云）相公。這喚作量人秤。最是要緊的。大凡做媒時節。先把新婦新郎秤得一般。方纔與他說親。久後夫妻也和順。若是輕重了。夫妻到底相嫌（外云）休閒說。媒婆。我昨日奉聖旨教我將小姐招贅蔡狀元爲壻。如今你去他根前說知若得成就了這頭親事。我多多賞你（丑云）這箇有甚難處。一來奉當今聖旨。二來託相公威名。三來小姐才貌兼全。是人知道。蔡狀元有何不可（末云）這話極說得是（外云）媒婆你近前來聽我說。

南呂過曲【鎖窗郎】（外唱）吾家一女娉婷。不曾許與公卿。昨承聖旨招選書生。媒婆你和他說。不須用白璧黃金爲聘（合）說道姻緣前世已曾定。今日裏共歡慶。

（丑唱）住東京極有名聲。相公論媒婆非自逞。今朝事體管取

完成怕有一輕一重全憑這條官秤（合前）

（末唱）雖然他高占魁名得相招多少榮縈依繡幕選中雀屏

此一去今本作你此去遂失詞徃閒節

（媒婆）此一去他必從命（合前）

（外）爲傳芳信仗良媒（丑）管取門楣得俊才

（末）百年夫婦今朝合（合）一段姻緣天上來

第十三齣　官媒議婚

遶今多作遠大訛

（商調引子）高陽臺（生唱）夢遶親闈愁深旅邸那堪音信遼絕凄楚

兩一作月不惟重韻抑且不便于歌

情懷怕逢凄楚時節重門半掩黃昏雨奈寸腸此際千結

守寒窻一點孤燈照人明滅○當時輕散輕別嘆玉簫聲

杳庚樓明月一段愁煩翻成兩下悲咽枕邊萬點思親淚

諸本作父母所强大謬

伴漏聲到曉方徹鎖愁眉慵臨青鏡頓添華髮〔木蘭花么篇〕頭可羨須知富貴非吾願鴈足難憑。沒箇音書寄子情。田園將蕪不知松菊猶存否。光景無多。争奈椿萱老去何○自家爲父命所强。來此赴選。誰知逗留在此。竟不能歸。令又復拜皇恩。除爲議郎。雖則任居清要。争奈父母年老。安敢久留。天那。知我的父母安否如何。知我的妻室侍奉如何。欲待上表辭官。又未知聖意如何。若。好似和鍼吞却線。刺人腸肚繫人心〔末丑同上〕

姻眷今本作纏綣亦同　兒家句出薛維翰詩猶云人家也与西廂出家兒同今多改兒爲自矣

〔勝葫蘆〕〔末唱〕特奉皇恩賜結婚。來此把信音傳。〔丑唱〕若是仙郎肯與諧姻眷。一塲好事。管取今朝便團圓。〔生云〕兒家門戶重重閉。春色緣何得入來。未審何人到此〔末丑云〕小人是牛太師府裏一箇院子。老媳婦是媒婆。我兩人奉天子之洪恩。領太師之嚴命。特與狀元諧一佳偶〔生云〕元來如此。不索多言。且聽我說

〔商調過曲〕〔高陽臺〕〔生唱〕宦海沉身。京塵迷目。名韁利鎖難脫。目斷

家山空勞魂夢飛越（丑云）狀元是好一箇小姐（生唱）閒聒閒藤野蔓休纏也俺自有正兎絲親瓜葛是誰人無端調引謾勞饒舌（末唱）閬閬紫閣名公黃扉元宰三槐位裏排列金屋嬋娟妖嬈那更貞潔（丑唱）歡悅秦樓此日招鳳侶遣妾每持來執伐望君家慇懃肯首早諧結髮

（生唱）非別千里關山一家骨肉教我怎生拋撇妻室青春那更親鬢垂雪（丑云）狀元老丞相見你這般青春年少纔肯把小姐嫁與你你不必推故（生唱）差迭須知少年自有人愛了謾勞你嫦娥提挈滿呈都豪家無數豈必卑末

（末唱）不達相府尋親侯門納禮元自拒他不肯繡幕奇葩春

笑今作唉非

一本刪此餘文節如孝奉鈞天而有金無

光正當十八〔丑唱〕休撇知君是箇折桂手留此花待君攀折況親奉丹墀詔旨非我自相攛掇〔生唱〕心熱自小攻書從來知禮恐使行虧名缺父母俱存娶而不告須難說悲咽門楣相府雖要選柰參差佳人寔難存活〔丑云〕狀元小姐生得十分美貌你休錯過了〔生唱〕縱然有花容月貌怎如我自家骨血

〔末唱〕迂濶他勢壓朝班威傾京國你却與他相別只怕他轉日回天那時須有箇決裂〔丑唱〕虛設夜靜水寒魚不餌笑滿船空載明月下綵綸不愁無處笑伊村殺

〔餘文〕〔生唱〕明朝有事朝金闕歸家奉親心下悅〔末唱〕狀元只怕

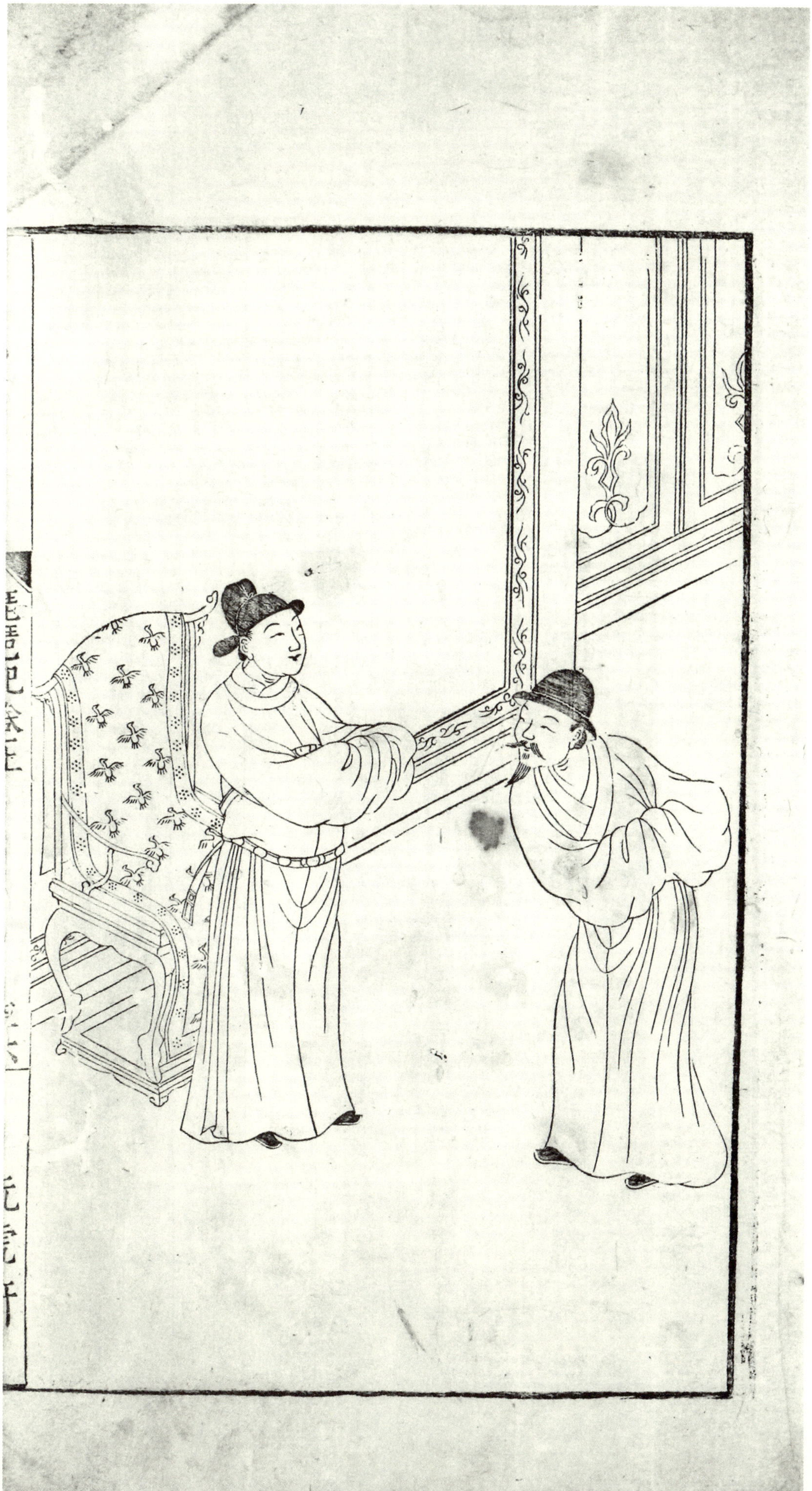

聖旨不從空自說（生云）不須多言。你若果奉聖旨來。我明日上表辭官。一就辭了婚便了。

末 君王詔旨不相從　生 明日應須奏九重

丑 有緣千里能相會　合 無緣對面不相逢

第十四齣　激怒當朝

黃鍾過曲（出隊子）外唱 朝夕縈掛。只爲孩兒多用心。不知月老事何因。爲甚氷人沒信音。顒望多時情緒轉深。目斷青鸞瞻碧霧。情深紅葉看金溝。○自家。昨遣院子和官媒婆。去蔡狀元處說親。尚未回音。且待他來。便知端的。

（末丑唱）喬才堪笑。故阻佯推不肯從。豈無佳壻逞乘龍。有甚福緣能跨鳳。料想書生只是命窮。（相見科）（外云）媒婆。你回來了。事體若何。（丑云）覆相公得知。他千不肯。萬不肯。只是不肯。（末云）你且住。休。待小人覆知相公。蔡狀元道。他家中有垂白之父

皺今作愁非

毋。年少之妻。房。明日要上表辭官家去。寔難從命。

（正宮過曲）雙鸂鶒（外唱）聽伊說、教人怒起、漢朝中惟吾獨貴、我有女偏無貴戚豪家、求配奉聖旨、使我招狀元爲壻、（媒婆）不知他囬話、有何言語、

（丑唱）媒婆告相公、知恨那人作性蹺蹊、千不肯萬推辭、（外云）我奉聖旨招他爲壻、你會把這話語對他說麽（丑唱）這話頭不惹些兒、道始得及第、縱有花容月貌、休提他、罵相公罵小姐、（外云）他罵小姐甚麽（丑唱）道脚長尺二、（末唱）這般說謊沒巴臂、（末跪科）

（末唱）恩官且聽咨啓、蔡狀元聞說皺眉、忠和孝、恩和義、念父母八十年餘、兒已娶了妻室、再婚重娶非禮、待早朝上表

佳一作伏亦佳

拜一作居亦是

文要辭官家去請相公別選一佳壻

（外唱）他元來要奏丹墀敢和我廝挺相持細思之可柰他將人輕覷我就寫表奏與吾皇知與他官拜清要地務要來我處爲門楣

（合唱）意不盡 這讀書輩沒道理不思量違背了聖旨只教他辭官辭婚俱未得

（外云）自古道。殺人可恕。情理難容。我的聲名。誰不欽敬。多少貴戚豪家。求爲吾壻而不可得。叵耐一書生。顛倒不肯。反要辭官家去。且由他。左右。你和官媒婆再去蔡狀元處說。看他如何。我如今先去奏知官裏。只教不准他上表便了。

外 枉把封章奏九重　末 不如及早便相從

合　羈縻鸞鳳青絲網　牢絡鴛鴦碧玉籠

琵琶記卷上終

今本尽省譜字

琵琶記卷中

第十五齣　金閨愁配

中呂過曲【剔銀燈】貼唱忒過分爹行所爲但索强全不顧人議背飛鳥硬求來諧比翼隔牆花强攀做連理婣緣還是怎的天那我待對爹爹說呵。婚姻事女孩兒家怎提

婣緣婣緣事非偶然好笑我爹爹定要將奴家招贅蔡狀元爲壻那狀元不肯俺這裏也索罷了誰想爹爹若不放過天那他既不肯便做了夫妻到底也不和順奴家待將此事對爹爹說只是此事不是女孩兒每說的話。苦。好悶呵【淨】魁地上探云慚愧慚愧今日也能彀得小姐悶也。小姐。你想着甚麽【貼】我不想着甚麽【淨】你既不想着甚麽。爲何手托香腮。在此憂悶我且問你。你往常間件件不煩惱事事不動情我想起來。你都是佯詐今日莫不是對景傷情麽【貼】老姥姥你說甚[illegible]果話我爲爹爹做事不停當。以此憂悶【淨】老相公[illegible]停當

（貼）我爹爹要將奴家嫁與蔡狀元。使官媒婆去說狀元不肯從命。他既然不肯。俺這裏也索罷了。如今爹爹苦不放過他。又叫媒婆去說。老姥姥你怎生與我對爹爹說一聲也好（淨）小姐。這是你爹爹的主意。如何肯聽我每說。

仙呂過曲【桂枝香】（淨唱）書生愚見。忒不通變。不肯坦腹東牀。謾自去哀求金殿。想他每就裏。想他每就裏。將人輕賤（小姐）非爹胡纏。怕被人傳（貼）呀。怕人（淨）傳甚麼。（唱）道你是相府公侯女。不能彀嫁狀元

索一作當

（貼唱）百年姻眷須教情願。他那裏抵死推辭。俺這裏不索留戀。想他每就裏。想他每就裏。有些牽絆（淨）有甚牽絆（貼唱）怕恩多成怨。滿皇都少甚麼公侯子。何須去嫁狀元

南呂過曲【大迓鼓】（淨唱）非干是你爹意堅。只怕春花秋月悞你芳年。况兼他才貌真堪羨。又是五百名中第一仙。故把嫦娥付與少年。

（貼唱）姻緣雖在天。若非人意。到底埋冤。枉想赤繩不曾綰。多應他無玉種。藍田。休把嫦娥強與少年。

（淨）匹配本自然。（貼）何須苦相纏。

（淨）眼前雖成就。（貼）到底也埋冤。

第十六齣　丹陛陳情

仙呂引子【北點絳唇】（末唱）夜色將闌。晨光欲散。把珠簾捲。移步丹墀。擺列着金龍案。

朝作待非

北混江龍（末唱）官居宮苑謾道是天威咫尺近龍顏每日間
親隨車駕只聽鳴鞭去螭頭上拜跪隨着豹尾盤旋朝朝
宿衛早早隨班做不得卿相當朝一品貴先陪着朝臣待
漏五更寒空嗟嘆山寺日高僧未起算來名利不如閒
自家是漢朝一箇小黃門往來紫禁侍奉冊墀領百官
之奏章傳一人之命令正是王德無瑕因宦習天顏有
喜近臣知如今天色漸明正是早朝時分官裏升殿怕
有百官奏事只得在此祗候（內問）怎見得早朝時分（末）
但見銀河清淺珠斗斕斑數聲角吹落殘星三通鼓報
傳清曙銀箭銅壺點點滴滴向九門寒漏瓊樓玉宇
聲聲隱隱已聞萬井晨鍾曈曈曚曚蒼茫紅日映樓臺
拂拂霏霏葱菁瑞烟浮禁苑裊裊巍巍千尋玉掌樂點
瀼瀼露未晞澄澄湛湛萬里璇空一片團團月初墜三
唱天鷄咿咿喔喔共傳紫陌更闌百囀流鶯間間關關
報道上林春曉五門外碌碌刺刺車兒碾得塵飛六宮
裏嘔嘔啞啞樂聲奏如鼎沸只見那建章宮甘泉宮未

未央宮。長楊宮。五柞宮。長秋宮。長信宮。長樂宮。重重疊疊。萬萬千千。盡開了玉關金鎖。又見那昭陽殿。金華殿。長生殿。披香殿。金鑾殿。麒麟殿。太極殿。白虎殿。隱隱約約。三三兩兩。都捲上繡箔珠簾。半空中。忽聽得一聲轟轟劃劃。如雷如霆。震耳的鳴梢響。合殿裏。六聞得一陣氤氤氳氳。非烟非霧。撲鼻的御爐香。縹縹緲緲。紅雲裏雉尾扇遮着赭黃袍。深深沉沉。丹墀龍鱗座覆着彤芝蓋。左列着森森嚴嚴前前後後的羽林軍。期門軍。控鶴軍。神策軍。虎賁軍。花迎劍佩星初落。右列着齊齊鏘鏘高高下下的金吾衛。龍虎衛。拱日衛。千牛衛。驃騎衛。柳拂旌旗露未乾。金間玉。玉間金。爛爛爍爍燦燦爛爛的神仙儀從。紫暎緋。緋暎紫。行行列列整整齊齊的文武官僚幞頭。陛下。立着一對妖妖嬈嬈花容月貌。繡鸞袍笏。鶴翎的奏。引昭容。豹尾班中。擺着一對端端正正。銅肝鐵膽。出象簡。獬豸冠的糾彈御史。拜的拜。跪的跪。那一箇敢挨挨搡搡縱諠譁。升的升。下的下。那一箇不欽欽敬敬依禮法。但願得常瞻仙仗。聖德日新日新日新日日新。與羣臣共拜天顏。聖壽萬歲萬歲萬萬歲。從來不信叔孫禮。今日方知天子尊。道猶未了。一箇奏事的官人早來。

黃鍾過曲【點絳唇】生唱 月淡星稀。建章宮裏千門曉。御爐烟裊。隱隱鳴梢杳。忽憶年時。問寢高堂早。鷄鳴了。悶索懷抱。此際愁多少。

不寢聽金鑰。因風想玉珂。明朝有封事。數問夜如何。自家爲父母在堂。故上表辭官。面去侍奉。如今天色已明。這是午門外廂。不免進入去咱（末云）奏事官搢笏三舞蹈

黃鍾過曲【神仗兒】生唱 揚塵舞蹈。揚塵舞蹈。遙瞻天表。見龍鱗日耀。咫尺重瞳高照。遙拜着赭黃袍。遙拜着赭黃袍

【滴漏子】生唱 臣邕的。臣邕的。荷蒙聖朝。臣邕的。臣邕的。拜還紫誥。（末云）狀元。你莫不是嫌官小麼（生唱）念邕非嫌官小。奈家鄉萬里遙。雙親又老。干瀆天威。萬乞恕饒

（末云）狀元。吾乃黃門。職掌奏章。有何文表。就此批宣（生跪科）

入破第一〕議郎臣蔡邕啓、今日蒙恩、肯除臣爲議郎之職、重蒙賜婚牛氏、干瀆天威、臣謹誠惶誠恐、稽首頓首、伏念微臣礽來有志、誦詩書、力學躬耕、修已、不復貪榮利、事父母樂田里、礽心願如此而已、不想州司謬取臣邕充試到京畿、首料蒙恩叨居上第、

破第二〕重蒙聖恩、婚賜牛公女、臣草茅疏賤、如何當此隆遇、況臣親老、一從別後、光陰又幾、廬舍田園荒蕪久矣

〔末云〕老親在堂。必自有人奉侍。狀元不必憂慮。

衮第三〕〔生唱〕但臣親老、鬢髮白、筋力皆癯瘁、形隻影單、無兄弟、誰奉侍、況隔千山萬水、生死存亡、雖有音書難寄、取可

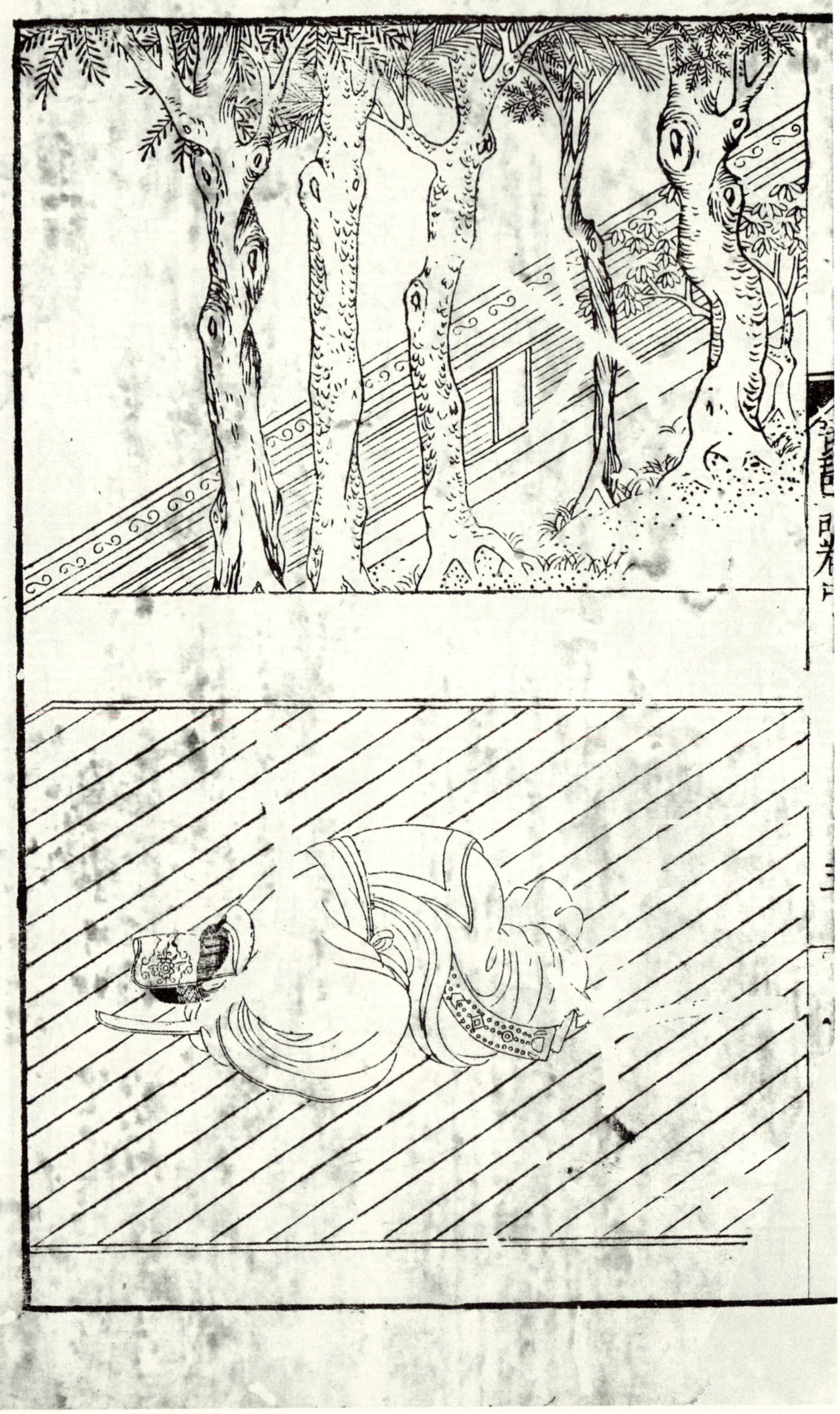

悲他甘旨不供我食祿有愧（末云聖上作主。太師聯姻。狀元這也是奇遇。）

歌拍（生唱）不告父母怎諧匹配臣又聽得家鄉裊遭水旱遇荒饑多想臣爹娘必做溝渠之鬼未可知怎不教臣悲傷淚垂（生哭介末云狀元此非哭泣之處。不得驚動天聽。）

中衮第五（生唱）臣享厚祿掛朱紫出入承明地惟念二親寒無衣饑無食喪溝渠憶昔先朝朱買臣守會稽司馬相如持節錦歸

煞尾　他遭遇聖時皆得囬鄉里臣何故別父母遠鄉閭沒音書此心違伏望陛下特憫微臣之志遣臣歸得侍雙親隆恩無比

出破若還念臣有微能鄉郡望安置庶使臣忠心孝意得
全美臣無任瞻天仰聖激切屏營之至
末云元來如此。吾當與狀元轉達天聽。可往午門外廂侯候聖旨。正是眼望旌捷旗、耳聽好消息、生起科
神仗見生唱揚塵舞蹈揚塵舞蹈見祥雲縹緲想黃門已到
料應重瞳看了多應是念我私情烏鳥顒望斷九重霄顒
望斷九重霄生云黃門已將我奏章傳達求知聖意允否。不免乘間禱告天地一番。
滴溜子生唱天憐念天憐念蔡邕拜禱雙親的雙親的死生
未保天那可憐恩深難報一封奏九重知也不知也否爹娘呵俺
和你會合分離都在這遭黃門去了多時。怎的不見回報想必是官裏准了。天那若是肯
圖家侍奉父母。蔡邕何須做官末奉詔同二郎容上

〔末唱〕今日裏今日裏議郎進表傳達上傳達上聖旨看了〔生云〕聖旨看了如何說〔末唱〕道太師昨日先奏把乘龍女胥招多少是好〔生云〕黃門大人。你莫不是哄我〔末唱〕見有玉音傳降聽剖

〔末云〕聖旨已到。跪聽宣讀。皇帝詔曰。孝道雖大。終于事君。王事多艱。豈遑報父。朕以凉德。嗣纘丕基。眷茲警動之風。未遂雍熙之化。爰招俊髦。以輔不逮。咨爾才學。允愜輿情。是用擢居議論之司。以求繩糾之益。爾當恪守乃職。勿有固辭。其所議婚姻事。可曲從師相之請。以成桃夭之化。欽予時命。裕汝乃心。謝恩〔生云〕黃門大人。煩你與我再去奏知官裏。我情願不做官〔末云〕咳。這秀才好不曉事。聖旨誰敢違背〔生云〕黃門大人。你不去時節待我自去拜還聖旨如何〔末云〕呀。這秀才好恠麽。這所在你如何去得〔生哭科〕

〔啄木兒〕〔生唱〕我親衰老妻幼嬌萬里關山音信杳他那裏舉目淒淒俺這裏回首迢迢他那裏望得眼穿兒不到俺這

裏哭得淚乾親難保閃殺人一封丹鳳詔

（末狀元唱）你何須慮不用焦人世上離多歡會少大丈夫當萬里封侯肯守着故園空老畢竟事君事親一般道人生怎全忠和孝却不見母死王陵歸漢朝

三段子（生唱）這懷怎剖望丹墀天高聽高這苦怎遞望白雲山遙路遙

（末狀元唱）你做官與親添榮耀高堂管取加封號與他改換門閭偏不是好

歸朝歡（生唱）冤家的冤家的苦苦見招俺媳婦埋冤怎了饑荒歲饑荒歲怕他怎熬俺爹娘怕不做溝渠中餓殍

（末狀元唱）譬如四方戰爭亂，征夫說從軍遠戍沙場，草也只是為國忘家怎憚勞。

（生）家鄉萬里信難通。（末）爭奈君王不准從。

（合）情到此不堪回首處，一齊分付與東風。

第十七齣　義倉振濟

【仙呂雙調入普賢歌】（丑唱）身充里正實難當，雜泛差徭日夜忙，官司點義倉，並無些子糧，拼一頓逃遜挈大棒。

我做都官管百姓，另是一般行徑，破靴破帽破衣裳，打扮須要廝稱。到官府百般下情，下鄉村十分豪興。討官糧大大做個官升，賣私鹽輕輕弄條喬秤。點催首放富差貧，保解戶欺軟怕硬，猛拚打強放潑，畢竟是箇畢竟。誰知天不由人，萬事皆從前定。騙得五兩十兩，到使五錠十錠，田園盡都典賣，並無些子餘剩，討耐廳前首領

嫌恨司房喬令。把我千樣凌辱。將我萬般督併。動不動
去了破帽。打得我黃腫成病。幾番要自縊投河。不要了
這條性命。今番又點義倉。並無糧米抵應。若還把我拖
翻。便叫高擡明鏡。小人也不是都官。也不是里正。休將
屈棒錯打了平民。〔丙問〕你是誰。〔丑云〕我是搬戲的副淨。
〔丙云〕休道出本來面目。〔丑云〕苦。往常間把義倉穀子偷
將家去養老婆孩兒了。今日上司[illegible]義倉。放穀賑濟
貧民。倉中沒有一些。那裏討還他。沒奈何。我待把家私
并老婆兒子都賣了。也賠不起。不免去與李社長商量
則箇。轉彎抹角。兀的便是李社長家裏。李社長李社長
〔淨云〕誰叫老爺。〔丑云〕咦
你慣要做大。且出來。
〔淨唱〕身充社長管官倉。老小一家都在倉裏養。〔丑云〕好好。你
在倉裏養甚。發〔淨〕一家老小都
時節如何擺布〔唱〕事發盡不妨里正先吃棒。〔丑云〕尊兄。饒得你過
麼〔淨唱〕先打了都官。方纔打社長。
老夫年傍八旬。家中只有三人。因充社長分當。誰知也
不安寧。又要告官書題粉壁。又要勸民栽種翻耕。又要

管淘河砌出桝又要辦水橋吊繩若有人家嫁娶須索請我做賓人人人稱我年高伏衆箇箇叫我社長官人若得一紙狀子強似廳上縣丞原告許我銀子三錠五錠被告送我豬䏑十斤廿斤若還得了兩家財物只得朦朧寫箇回文每日去幹得泄水功德兒不如自家家裏禍因大的大兒不孝不義小的媳婦逼勒離分單單只有身三箇孩兒本分常常將去了老夫的頭巾教得我老夫性發只得唱箇陶眞（丑云）呀陶眞怎的唱（淨云）呀到此被你聽見了也罷我唱你打和（丑云）使得（淨云）孝順還生孝順子（丑云）打打哈蓮花落（淨云）忤逆還生忤逆兒（丑云）打打哈蓮花落（淨云）不信但看簷前水（丑云）打打哈蓮花落（淨云）滴滴點點不差移（丑云）打打哈蓮花落（淨云）任休（丑云）你若不叫住我直唱到天明（淨云）里正你叫我出來有甚事說（丑云）社長昨日官司給散義倉倉中又無稻子如何是好我和你不免合賠些子（淨云）呀倉中稻子都是你搬去弊了怎的教我和你合賠小畜生到不虧了你上司來時干我鳥事我自回去抱子弄孫嬉他娘正是閉門不管窗前月一任梅花自主張（淨下丑云）苦李社長又去了上司官又來了如何是好呀唱道聲漸漸近了只得迎接則箇（外扮放糧官

親一作重

末扮隷人上

外唱 親承朝命賑饑荒。末唱 躍馬揚鞭到此方。丑云 里正接老爹。外云 起去。

疾忙開義倉。支與百姓糧。從實支收休要謊。外云 里正將文收簿來看。

丑云 簿在此。外 讀云 元管二十一石。新收三十六石。除

支一十九石。見在四十六石。左右。開倉。呀。這倉裏那有

四十六石。丑云 有有。相公。外云 左右。與他取了甘結。一

面着他每饑民來支粮。丑云 一心忙似箭。兩脚走如飛。

下 外云 左右。這厮說謊。倉裏那得這些稻子。末云 相公

且由他。若是不足數。只要他賠償便了。外云 也說得是。

丑扮膳子上

商調過曲 吳小四 丑唱 肚又饑。眼又昏。家私沒半分。只見啼不

可聞。聞知相公來濟民。請些官糧去救貧。丑作錯跪 丑云 相公。可憐見。外云

相公在這裏。外云 老的。姓甚名誰。家裏有幾口。丑云 小

的姓丘。名乙己。住上大村。有三千七十口。外云 胡說。那

坊本尽作八九人与自相矢了

裏有許多口〔丑云〕告相公可知。上大人丘乙巳。化三千七十士〔末云〕一口胡柴〔外云〕你實有幾口〔丑云〕小的共妻兩口。孩兒兩口〔外云〕支糧與他〔末云〕支四口糧了、〔丑云〕多謝相公。正是一日不識羞。三日不忍餓〔丑下〕〔淨〕扮〔聾子〕上

〔淨唱〕嘆連朝饑餒怎忍。家中有五六人。前日老婆典了裙。今日媳婦又典裩。恰好遇官司來濟貧〔淨云〕相公可憐見〔外云〕老的姓甚名誰。家裏有幾口〔淨作聾〕〔外復問科〕〔淨云〕小的姓大名比丘僧。住在祇樹給孤獨園。有一千二百五十口〔外云〕胡說。那裏有許多口〔淨云〕告相公得知。彌陀經中道。祇樹給孤獨園與大比丘僧一千二百五十人、〔末云〕小口蛇心〔外云〕你實有幾口〔淨云〕小的有兩箇媳婦。三箇孩兒。和我共六口。〔外云〕支糧與他〔末云〕支六口糧了、〔淨云〕多謝相公正是今日得君提拔起。免教人在汚泥中。〔淨下〕〔旦上〕

〔雙調引子〕搗練子〔旦唱〕嗟命薄。嘆年艱。含羞忍淚向人前。猶恐公

摧一作折

婆懸望眼〔旦云〕路逢險處難迴避。事到頭來不自由。奴家少長閨門。豈識途路。今日見官司放糧濟貧。只得去請些稻子。以救公婆之命。〔外云〕婦人。你姓甚名誰。來此怎的〔旦云〕告相公。奴家姓趙。名五娘。公公蔡從簡。因兒夫出外。特來請些糧米。以救公婆之命。〔外云〕你丈夫那裏去了。使你婦人家來請糧。

〔正宮過曲〕〔普天樂〕〔旦唱〕兒夫一向留都下。〔外云〕你家裏還有誰〔旦唱〕只有年老爹和媽。〔外云〕有弟兄麼〔旦唱〕弟和兄更沒一箇。〔外云〕既沒有弟兄。誰看承你的爹媽〔旦唱〕看承盡是奴家。〔外云〕這般說起來。你好苦呵。婦人家不出閨門。你何不使箇男子漢來請糧〔旦作悲科〕歷盡苦。誰憐我。相公怎說得不出閨門的清平話。〔外云〕你家裏有幾口〔旦云〕只有三口〔外云〕左右。支糧與他〔末云〕沒糧了〔旦哭唱〕若無糧救我也不敢囬家。〔外云〕怎的不敢囬家〔旦云〕相公豈忍見公婆受餓。〔天那〕苦實奴家命薄直恁摧挫。〔外云〕左右這倉中稻子沒了。一來矣原數不起。二來這婦人說得[illegible]苦。你去拏那里正來。要這

廝賠償。〔末〕上云：領鈞旨。假饒走到焰摩天，腳下騰雲須趕
上。〔旦〕云：望相公可憐見，乞主張此些糧米與奴，救濟公婆
之命。〔外〕云：我自有分曉。〔末〕押丑上云：似甕中捉鱉，手到
拏來。〔外〕云：里正，這倉中稻子，奏原數不起，盡是你自偷
了。你好好招認狀。〔丑〕云：相公，小人招不得。自古道：東量
西折，難教小人賠償。〔外〕云：畜生，尖斛量入，平斛量出，如
何會折了許多。左右拏下打四十。〔丑〕云：相公不要打，小
人情願招了。〔丑〕讀招：招狀人，姓描名狸，見年三十有餘，
於上別無疾病，只有白帶不除。今與短狀招伏，因為官
糧欠虧，說道義倉情弊。中間無甚蹺蹊，稻熟排門收斂。
斂了各自將歸，並無倉廒盛貯。那有帳目收支，縱然有
得些小，胡亂寄在民居。官司差人點視，便糴此穀支持
上下，得錢便罷，不問倉實倉虛。假饒清官廉吏，被我影
射片時。東家借得十扛，西家借得五斗，見倉中有穀。
其間就裏怎知，年年把當常事，番番一似要嬉。不道今
年荒旱，不道今年民飢，不因分俵賑濟，如何會洩天機。
假饒奏到三十三天，我里正無甚罪過。〔末〕云：為甚的？〔丑〕
云：只是點糧詐錢的做馬做驢，招狀執結是實，伏乞相
公指揮。〔外〕云：左右，押這廝去，就要賠償。〔末〕押丑下。正是
懼法朝朝樂，欺公日日憂。〔末〕押丑上云：假饒人心似鐵

怎逃官法如爐。告相公。里正賠償的稻子有了。[外云]吏與那婦人去[旦云]多謝相公[末與旦丑覷覷科][云]由你半路去。我好歹與你奪了便罷[旦云]謝得恩官爲主維。[丑云]只教中路有災危[外云]當權若不行方便[末云]如入寶山空手回[外末丑下][旦云]一斟一酌。莫非前定。今日奴家去請糧。誰知道里正作弊。倉中没了。若不得相公督併里正賠償。奴家如何[illegible]回家救濟二親正是飢時得一口。強似飽時得一斗[欲下丑上攔住云]恩人相見。分外眼明。讐人相見。分外眼睁。我也會見你過來呵。你快把稻子還我。萬事全休[旦云]呀。相公與奴家的稻子。如何還你[丑云]咳。方纔不是你只管告不休。相公如何要我賠償。這稻子是我賣老小。賣家私的。你如何挐去[搶科][旦云]里正官人。休要用強。可憐奴家艱辛[丑云]可憐你甚的。

雙調過曲[鎖南枝][旦唱]兒夫去竟不還。公婆兩人都老年。自從昨日到如今。不能彀一餐飯[丑云]你公婆沒飯喫。也不干我事[旦唱]奴請糧。救他在家懸望眼。念我年老公婆做方便[拜丑科][丑云]不要拜。不要拜。不要拜。這般時年。

〔旦〕謝得公公訓誨奴家銘心鏤骨不敢有忘只得拜別去了

〔合〕孤墳寂寞路途滋味惡兩處堪悲兩處堪悲萬愁怎摸

〔旦〕為尋夫婿別孤墳〔末〕只怕伊夫不認真

〔合〕唯有感恩并積恨　萬年千載不生塵

〔丑〕你公婆没飯喫不干我事你只把粮米還我便罷

〔前腔換頭〕〔旦〕鄉官可憐見這粮米呵是公婆命所關你若必欲奪去我寧可脫下衣裳就問鄉官換〔脫衣介〕〔丑〕不要不要你身上也寒冷〔旦〕寧使奴身上寒要與公婆救殘喘

〔丑〕咳罷罷你說起來却是一片孝心我也不忍問你要這粮米了你去罷〔旦〕如此多謝鄉官〔丑〕虛〔下〕

〔旦〕謝天〻〻〔丑〕喜里正已去了不免趲行幾步〔丑上推旦奪粮下〕〔旦哭介〕天那我好苦

〔前腔〕〔旦〕糧奪去奪去可憐公婆望奴不見還縱然他不埋冤我做媳婦的有何幹他忍饑添我夫罪愆教奴家怎見得我夫面

〔旦〕千死萬死到底是一死不如早些死了罷這裡有一口井不免投入死休

〔前腔換頭〕〔旦〕待將身赴井泉又思量左右難想我丈夫當年分散叮嚀囑咐爹娘教我與他（相）看管奴今若死却他形影單夫壻與公婆可不兩埋怨

爹娘教我與他相看管【苦】我死却他形影單夫婿與公婆可不兩埋怨

【外唱】媳婦去不見還教人在家凝望眼【外跌倒旦扶科外唱】呀你在這裏閒行教我望得肝腸斷【旦唱】公公奴請糧為你供午餐又誰知被人騙【外云】媳婦。却怎麽說【旦云】公公。奴家請得些稻了。到半途之中。却被里正奪去了【外云】天那。元來如此【哭科】

【外唱】思量我命乖蹇不由人不珠淚漣料想終須餓死不如早赴黃泉免把你廝牽絆媳婦婆老年不久延你須是好看管呀。這裏元來有一口古井。不免投入死休。

【旦唱】公公你若傾棄我苦怎言公還死了婆怎免你兩人

念今尽作恋大訛

一旦身亡教人獨自如何展（公公）你喫苦辛其寔難過遭
我痛傷悲只得強相勸
（外媳婦唱）你衣衫盡解典囊篋已罄然縱使目前存活到底
日久日深你與我難相念（苦）衣食缺你行孝難泥宄家不
如日折散（外投井旦救科）（末挑穀上科）
（末唱）不豐歲荒歉年官司把糧來給散見一箇年老的公公
在那裏頻嗟嘆待向前仔細看（打）呀。我道是誰。元來是蔡太公和五娘子呵。你
兩人在此有何幹（旦云）公公。一言難盡。奴家今日聞知官司給散義倉。去請些糧米。與公婆充飢。誰想里正作弊。倉中沒了稻子。謝得相公着令里正賠納。把此些與奴家。來到半途。被里正奪去。奴家害羞回來。公公見說。也要投井死。奴家正在此勸解公公。（末云）咳。五娘子。你差了。老夫方纔也請得些官粮。正要將來分

厨一作餰

伯喈今又作丈夫粗甚

可今尽作誰則置張八何地

迯你公公。你怎的不來與我商量。却自家出去。被那狂徒欺侮

（末唱）我聽你說這言待我趕去罵那廝鐵心腸昧心漢公公。他去得遠了（外）

（三云）罷罷。太公（云）我和你是良善之人。不要與那狂徒一般見識。只是我這幾日餓得難過（末二云）員外你且

不須憂慮我也請得些官糧和你兩下分一半（旦二云）這是公公請的

如何使得（末）（三云）咳。五娘子你休恁推莫棄嫌且將回權做兩廚飯（旦云）

如此多謝了公公（末二云）怎說這話。五娘子。你伯喈當初出去。把爹娘囑付與老夫。今日是荒年飢歲虧殺你獨自支吾。終不然我自温飽。敎你忍飢受餓。古語云。濟人須濟急時無。你胡乱將這些救濟公公姑則箇。五娘子。你先回去。我和你公公隨後緩緩的來。

正宮過曲　洞仙歌（旦唱）若家私沒半分靠着奴此身只要救（公婆）豈厭多苦辛（公上）空把珠淚揾可憐饑與貧這苦說不盡

和今作荣甚非鹵歡之歲何荣与有

坊本改老婆与他粧做不省

外唱 太公 我本為泉下人他救我一命存只怕我不久身亡報不得媳婦恩 合前

末唱 見說不可聞况我托在鄰終不然我享安和忍見你受饑餒 合前

旦 命薄多年受苦辛 外 不如身死早離分

末 惟有感恩并積恨 合 萬年千載不成塵

第十八齣 再報佳期

丑扮媒婆上

越調過曲 蠻牌令 丑唱 終日走千遭走得脚無毛何曾見湯水面花紅也不曾見半分毫到不如做箇虔婆頂老也落得些鴨汁喫飽窮酸秀才直恁喬老婆與他故推不要 丑云 咳我做媒

〔丑扮媒婆上〕我做媒婆已老沒見這般好笑𠯉耐一箇書生佳人與他不要別人見了媒婆歡々喜々他反與我尋爭尋鬧老相公又不肯干休只管在家焦躁教我媒婆走得鞋破襪穿說得唇乾口燥如今不怕你親事不成不怕你姻緣不到〔笑介〕只怕你明日在紅羅帳裏快活不念媒人聒噪我奉太師之命再來與蔡狀元說親來此已是狀元公館呀恰好狀元出來也〔生上〕〔越調引〕〔金蕉葉〕〔生〕愁多怨多俺爹娘知他怎麼擺不脫功名奈何送將來寬家怎躱〔丑見介〕狀元恭喜牛太師選定今日與小姐婢姻請狀元早赴佳期〔生〕八那這事怎麼處〔丑〕狀元姻緣前定不必多辭〔生〕咳你那知我的苦〔南呂過曲〕〔三換頭〕〔生〕名韁利鎖先自將人摧挫況鸞拘鳳束甚日得到家我也休怨他這其間只是我不合來長安看花閃殺我爹娘也淚珠空暗墮這段姻緣也只是無如之奈何

〔前腔〕〔丑〕鸞臺龍粧鵲巢橋初駕佳期近也請仙郎到河〔生〕我々々（媒婆）也罷只是一心掛着家中〔丑〕此事明知玄丨掛這其間只得把那壁廂且都撇捨況奉君王詔怎生違了他狀元你言叉

姻緣也只是無如之奈何〔丑〕狀元門首轎馬已齊備請即赴相府成親

〔丑〕請君早赴佳期　〔生〕那曉歡娛成怨悲

我本明知不是伴　〔丑〕一時事急且相隨

第十九齣　强就鸞凰

〔外扮牛丞相末扮院子隨上〕

〔黃鐘引子〕〔傳言玉女〕〔外〕燭影搖紅簾幙瑞烟浮動畫堂中珠圍翠擁粧臺對月下鸞鶴

神仙儀從玉簫聲裡一雙鳴鳳

外云左右何在院子上云獨立畫堂聽命令珠簾底下一聲傳老相公有何指揮外云左右我今日與小姐畢姻筵席安排了未院子云安排完備了外云完備得如何末調歌頭院子云屏開金孔雀褥隱繡芙蓉獸爐烟裊蓮臺絳蠟吐春紅廣設珊瑚席子高把真珠簾捲環列翠屏風人間丞相府天上蘂珠宮○錦遮圍花爛熳玉玲瓏繁絃脆管歡聲鬧沸畫堂中簇擁金釵十二座列三千珠履談笑盡王公正是門闌多喜氣女壻近乘龍外云狀元來未院子云望見一簇人馬喧鬧想是狀元來了生上

女冠子生唱馬蹄篤速傳呼齊擁雕鞍外唱金花帽簇天香袍染丈夫得志佳壻坦腹外云惜春狀元已到請小姐出來拜堂貼上貼唱粧成聞喚促又將綵扇重遮羞蛾輕蹙淨丑執掌扇上合這姻緣不俗金榜題名洞房花燭淨云狀元和小姐兩箇各立一邊請陰陽先生讚禮扮賓人上云稟相公告廟末云維大漢太平年團圓日和合日士[illegible]州時嗣孫牛某有女及笄奉聖旨招贅新狀

琵琶記卷中　十七　玩虎軒

喜一作信似欲勝東嘉

丑蔡邕喈。以此吉辰。敢申虔告。告廟已畢。請與新人揭起方巾。（丑云）待我來。伏以窈窕青娥二八春。綠雲之上覆方巾。纖指揭起西川錦。露出嬌容賽玉。掌禮詞唱拜（末云）竊以禮重婚姻。茲寔人倫之大義。當配偶。爰昆宗系之承。張設青爐。熒煌花燭。祀供蘋藻。若嚴見廟之儀。贄備棗榛。抑講拜堂之禮。集珠履玳簪之客。金釵玉珥之賓。慶會良宵。覩光盛事。香薰寶鴨。晨騰鳧衣鳧之烟。步擁金蓮。請下深深之拜（喝拜科）拜禮已畢。請狀元小姐把酒。

黃鍾過曲〔畫眉序〕（生唱）攀桂步蟾宮。豈料絲蘿在喬木。喜書中今朝有女如玉。堪觀處絲幙牽紅。恰正是荷衣穿綠。（合）這回好箇風流壻。偏稱洞房花燭。

（外唱）君才冠天祿。我的門楣稍賢淑。看相輝清潤。瑩然水玉。光掩映孔雀屏開。花爛熳芙蓉隱褥。（合前）

（貼唱）頻催少膏沐金鳳斜飛鬢雲亂喜逢他蕭史愧非秦玉

清風引佩下瑤臺明月照粧成金屋（合前）

（淨丑唱）湘裙展六幅似天上姮娥降塵俗喜藍田今已種成

二六今多作六六與三千不称

雙玉風月賽閬苑三千雲雨笑巫山二六（合前）

滴溜子（生唱）謾說道姻緣事果諧鳳卜細思之此事豈吾意

欲有人在高堂孤獨可惜新人笑語喧不知我舊人哭兀

的東牀難教我坦腹

鮑老催（衆唱）翠眉謾蹙赤繩已繫夫婦足芳名已注婚姻牘

（外末）空嗟怨枉嘆息休摧挫畫堂富貴如金谷休戀

鄉生處好受恩深處親骨肉

琵琶記卷……玩虎軒

〔滴滴金〕（衆唱）金猊寶鼎香馥郁，銀海瓊丹泛醍醁，輕飛綵袖呈婀舞，囀鶯喉歌麗曲，歌聲斷續，持觴勸酒人共祝，人共祝百年夫婦永和睦。

〔鮑老催〕（衆唱）意深愛篤，文章富貴珠萬斛，天教艷質爲眷屬，似蝶戀花，鳳棲梧，鸞停竹。男兒有書須勤讀，書中自有黃金屋，也自有千鍾粟。

〔雙聲子〕（衆唱）郎多福，郎多福，看紫綬黃金束。娘萬福，娘萬福，看花誥紋犀軸。兩意篤，兩意篤，豈非福，豈非福，似紋鸞綵鳳兩兩相逐。

〔餘文〕（合）郎才女貌眞不俗，占斷人間天上福，百歲姻緣萬

看今作着　洮爲一作分　一作介總　不如　排佪一作　反目此際　那得作惡　語

事足

合清風明月兩相宜 女貌郎才天下奇

正是洞房花燭夜 果然金榜掛名時

第二十齣 勉食姑嫜

南呂引子【薄倖】旦唱野曠原空人離業敗謾盡心行孝力枯形憊幸然爹媽此身安泰恓惶處見慟哭饑人滿道嘆舉目將誰倚賴曠野蕭疎絕烟火。日色慘淡黯村塢。死別空原婦泣夫。生離他處兒牵毋。覩此恓惶寔可憐。思量轉覺此身難。高堂父母老難保。上國兒郎去不還。思力盡計窮淚亦竭。看看氣盡知何日。高岡黃土漫成堆。誰把一抔掩奴骨。○奴家自從丈夫去後。頓遭饑荒。衣衫首飾盡皆典賣。家計蕭然。爭奈公婆年老。死生難保朝夕。無甘旨膺奉。如何是好。只得安排一口淡飯與公婆充饑。奴家自把些穀膜米皮。餬饊來喫。苟留殘喘。喫時又

今作甘旨難供則恐婆亦知其難矣胡疑猜之足云

喫一作擡似好

怕公婆道是兒只得廻避免致他煩惱如今飯已熟了不免請出公婆早膳則箇〔外淨上〕

雙調引子〔夜行船〕〔外〕唱苦忍饑擔饑何日了孩兒一去音無耗

〔淨〕唱甘旨蕭條米糧缺少〔合〕天那這箇死生難保〔旦上〕云請公公婆婆早膳〔淨云〕媳婦有菓蔬麼〔旦云〕沒有〔淨云〕有下飯麼〔旦云〕也沒有〔淨云〕賤人前日早膳還有些下飯今日只得一口淡飯再過幾日連淡飯也沒有了快擡去〔外〕〔云〕咳這般時年胡亂喫一口充飢還要分甚麼好歹

南呂過曲〔羅鼓令〕〔淨〕唱我終朝受餒賤人你將來的飯教我怎喫可疾忙便擡非干是我有些饞態

〔外〕唱阿婆你看他衣衫都解好茶飯將甚去買兀的是天災教媳婦每難佈擺

〔旦〕唱婆婆息怒且休罪待奴家寠時將去再安排思量到此

疑猜一作情懷不過

珠淚滿腮看看做鬼溝渠裏埋縱然不死也難捱教人只恨蔡伯喈

(淨唱)如今我試猜多應他犯着獨噇病來背地裏自買些鮭菜(外云)阿婆他那裏得錢去買(淨云)阿公我喫飯他緣何不在這此意兒眞是歹

(外唱)阿婆他和你甚相愛不應反面直恁的乖(旦背唱)我千辛萬苦有甚疑猜可不道我臉兒黃瘦骨如柴(淨云)撻去撻去(外云)媳婦婆婆喫不得你且收去(旦收云)婆婆耐煩待奴家去佈擺此東西再安排過來(淨云)你去你去(旦云)正是啞子謾嘗黃柏味難將苦口向人言(下)(淨云)阿公親的到底是親親生兒子不留在家到倚靠着媳婦供養你看前日兀自有些鮭菜今日只得些淡飯教我怎的喫再過幾日連飯也沒了我看他前日自喫飯時節百般

拚死坊本作要賣身有有烈胡爲乎言哉

躲避我呀。是他背地裏自買些下飯受用，分曉。〔外云〕阿婆，你休要錯疑了，我看媳婦不是這般樣人。〔淨云〕恁的等他自喫時節，我和你潛地裏去探一探，便知人端的。〔外云〕也說得是，只一件那〔淨云〕却怎的。

外　荒年有飯休思菜　淨　媳婦無良把我虧

外　渾濁不分鰱共鯉　合　水清方見兩般魚

第二十一齣　糟糠自厭

南調過曲【山坡羊】旦唱　亂荒荒不豐稔的年歲，遠迢迢不回來的夫壻，急煎煎不耐煩的二親，軟怯怯不濟事的孤身體。若衣盡典，寸絲不掛體，幾番拚死了奴身，已爭奈沒主公婆教誰看取，思之虛飄飄命怎期，難捱，實丕丕災共危。滴溜溜難窮盡的珠淚，亂紛紛難寬解的愁緒，骨崖崖難

諸本我待不吃你二句作唱我待吃你二句反作白

扶持的病身戰兢兢難捱過的時和歲這糠我待不喫你呵教奴怎忍饑我待喫你呵。教奴怎生喫思量起來不如奴先死圖得不知他親死時思之慮飄飄命怎期難捱實丕丕災共危奴家早上安排些飯與公婆喫豈不欲買些鮭菜。爭奈無錢可買。不想婆婆抵死埋冤。只道奴家背地自喫了甚麼東西。不知奴家喫的是米膜糠粃。又不敢教他知道。便做他埋冤殺我。我也不敢分說。苦。這糠粃怎的喫得下。喫吐科

雙調過曲【孝順歌】旦唱嘔得我肝腸痛珠淚垂喉嚨尚兀自牢嗄住糠那你遭礱被舂杵篩你簸颺你喫盡控持好似奴家身狼狽千辛萬苦皆經歷苦人喫着苦味兩苦相逢可知道欲吞不去外淨潛上探覷科

今本被字下尽添二人字殊不是

〔旦唱〕糠和米、是相依倚被簸颺作兩處飛、一賤與一貴好似、奴家與夫壻終無見期、丈夫你便是米呵、米在他方沒尋處、奴家恰便似糠呵怎的把糠來救得人饑餒、好似兒夫出去怎的教奴供膳得公婆甘肯、〔外净潛下科〕

〔旦唱〕思量我生無益死又值甚的不如忍饑死了為怨鬼、只一件公婆老年紀靠奴家相依倚只得苟活片時片時苟活雖容易到底日久也難相聚謾把糠來相比這糠呵尚兀自有人喫奴家的骨頭知他埋在何處

〔外净上〕〔净云〕媳婦你在這裏喫甚麼〔旦云〕奴家不曾喫甚麼〔净搜奪科〕〔旦云〕婆婆你喫不得〔外云〕咳這是甚麼東西。

〔旦唱〕這是穀中膜米上皮、〔外云〕呀、這便是糠、要他何用〔旦唱〕將來饆饠堪療
饑、〔淨云〕咦、這糠只好將去餵猪狗、如何把來自喫〔旦唱〕嘗聞古賢書、狗彘食人食也、
強如草根樹皮、〔外淨云〕恁的苦澀東西、怕不噎壞了你〔旦唱〕嚙雪吞氈蘇卿猶
健餐松食柏、到做得神仙侶、這糠呵、縱然喫些何慮、〔淨云〕阿公你休
聽他說謊、糠粃如何喫得〔旦唱〕爹媽休疑、奴須是你孩兒的糟糠妻室、
〔外淨看哭科〕媳婦、我元來錯埋寃了你、兀的不痛殺我也〔外淨倒旦叫哭科〕
仙呂入雙調〔鴈過沙〕〔旦哭唱〕沉沉向冥途、空教我耳邊呼、公公婆婆、我
不能穀盡心相奉事、反教你為我歸黃土、教人道你死緣
何故、公公婆婆、怎生割捨得拋棄了、奴、〔外醒科〕〔旦云〕謝天謝地、公公醒了。公公你閑闥
〔外唱〕媳婦、你擔饑事舅姑、媳婦、你擔饑怎生度、〔旦云〕公公且自寬心、不要

煩惱〔外云〕媳婦我錯埋冤了你你也不推辭到如今始信有糟
糠婦媳婦料應我不久歸陰府也省得為我死的累你生
的受苦〔旦扶外起科〕公公且在床上安息待我看婆婆
婆如何〔旦叫不醒科〕呀婆婆不濟事了如何是好
〔旦〕〔唱〕婆婆氣全無教奴怎支吾咳天呵我千辛萬苦為你相看
顧如今到此難回護我只愁母死難留父兒衣衫盡解囊
篋又無〔外云〕媳婦婆婆還好
麼〔旦云〕婆婆不好了
〔外〕天那〔唱〕我當初不尋思教孩兒往帝都把媳婦閃得苦又
孤把婆婆送入黃泉路算來是我相擔誤不如我死免把

你再莫貪

旦云 公公休説這話。請自將息。外云 媳婦。婆婆死了。衣衾棺槨。是件皆無。如何是好。旦云 公公寬心。待奴家區處。末云 福無雙降猶難信。禍不單行却是眞。老夫爲何道此兩句。爲隣家蔡伯喈妻房趙氏五娘。他嫁得伯喈。方纔兩月。伯喈便出去赴選。自去之後。連遭饑荒。公婆年紀皆在八十之上。家裏更沒箇相扶持的。甘旨之奉。虧殺這五娘子。把些衣服首飾之類。盡皆典賣。辦些糧米。供給公婆。却背地裏把糠粃饆饠充饑。這般荒年饑歲。少甚麼有三五箇孩兒的人家。供膳不得爹娘。這箇小娘子。眞箇今人中少有。古人中難得。那婆婆不知道。顛倒把他埋冤。適來聽得他公婆知道。却又痛心。都害了病。如今不免到他家裏探望則箇。呀。五娘子。你爲甚的荒荒張張。旦云 公公。天有不測風雲。人有旦夕禍福。奴家婆婆死了。末云 咳。你婆婆既死了。你公公如今在那裏。旦云 在床上睡着。末云 待我看一看。外云 太公。休催。我起來不得了。末云 老員外。快不要勞動。旦云 太公。我婆婆衣衾棺槨。是件皆無。如何是好。末云 五娘子。你不要愁煩。我自有區處仙呂入雙調【玉包肚】旦唱 千般生受教奴家如何措手終不然把他骸骨沒棺材送在荒坵（合）相看到此不由人不淚珠流正是不是冤家不聚頭

末唱【五娘子】五娘不必多憂資送婆婆在我身上有你但小心承直公公莫教他又成不救（合前）

外唱 張公護救我媳婦寔難啓口孩兒去後又遇饑荒把衣衫典賣無留（合前）

（末云）老員外你請進裏面去歇息待我一霎時叫家僮討棺木來把老安人殯歛了選箇吉日送在南山安葬去（外云）如此多謝太公周濟

旦 只為無錢送老娘　末 須知此事有商量

（合）歸家不敢高聲哭　惟恐猿聞也斷腸

第二十二齣　琴訴荷池

悶一作困非

南呂引子【一枝花】生唱　閒庭槐影轉深院荷香滿簾垂清晝永怎消遣十二欄杆無事閒凭遍悶來把湘簟展夢到家山又被翠竹敲風驚斷【南鄉子】翠竹影搖金水殿簾櫳映碧陰人靜晝長無箇事沉吟碧酒金樽懶去斟。幽恨苦相尋離別經年沒信音寒暑相催人易老關心。却把閒愁付玉琴。院子將琴書過來【末】將琴書【上】黃卷看來消白日朱絃動處引清風炎蒸不到珠簾下人在瑤池閬苑中。相公琴書在此【生云】院子你與我喚那兩箇學僮過來【末】叫科淨執扇丑執香上

南呂過曲【金錢花】淨丑唱　自少承直書房書房快活其實難當難當只管打扇與燒香荷亭畔好乘凉喫飽飯上眠床

（蔡見科生云）我在先得此材於爨下。斵成此琴。即名焦尾。自來此間。久不整理。今日當此清凉。試操一曲。以舒悶懷。你三人一箇打扇。一箇燒香。一箇管文書。休得嫚誤（衆云）領鈞旨（生操琴科）

【懶畫眉】（生唱）強對南薰奏虞絃。只覺指下餘音不似前。那些箇流水共高山。呀只見滿眼風波惡。似離別當年懷水仙。

（淨困掉扇科末云）告相公。打扇的壞了扇（生云）背起打十三。那廝不中用。只教他燒香（末云）領鈞旨

（生唱）頓覺餘音轉愁煩。似寡鵠孤鴻和斷猿。又如別鳳乍離鸞。呀只見殺聲在絃中見。敢只是螳螂來捕蟬（丑困滅香科）（淨云）告相公。燒香的滅了香（生云）背起打十三。那廝不中用。只教他管文書（末云）領鈞旨

今本作日暖藍田何如元本音韻鏗鏘

（生唱）藍田日暖玉生烟。似望帝春心托杜鵑。好姻緣翻做惡姻緣。只怕眼底知音少。爭得鸞膠續斷絃（末掉文書科）（丑云）告相公。管文

書的亂了文書〔生云〕背起打十三〔貼上〕生云左右夫人來也且各迴避〔衆云〕正是有福之人人伏事無福之人伏事人〔末〕〔丑淨下〕

波或作紋均是

南呂引子〔滿江紅〕〔貼唱〕嫩綠池塘梅雨歇薰風乍轉瞥然見新涼華屋已飛乳燕簟展湘波紈扇冷歌傳金縷頊卮暖〔衆唱〕炎蒸不到水亭中珠簾捲〔貼云〕相公元來在此操琴呵〔生云〕夫人我當此清凉聊托此以散悶懷〔貼云〕奴家久聞相公高於音樂如何來到此間絲竹之音杳然絕響斗膽請再操一曲相公肯麼〔生云〕夫人待要聽琴彈甚麼曲好我彈一曲雉朝飛何如〔貼云〕這是無妻的曲不好〔生云〕呀說錯了如今彈一箇孤鸞寡鵠何如〔貼云〕兩箇夫妻正團圓說甚麼孤寡〔生云〕不然彈一曲昭君怨何如〔貼〕兩箇夫妻正和美說甚麼宮怨相公當此夏景只彈一箇風入松好〔生云〕這箇却好彈科〔貼云〕相公你彈錯了〔生云〕呀倒彈出思歸引來待我再彈〔貼云〕相公你又彈錯了〔生云〕呀又彈出箇別鶴怨來〔貼云〕相公你如何恁的會差莫不是故意賣弄欺侮

奴家〔生云〕豈有此心。只是這絃不中用〔貼云〕這絃怎的不中用〔生云〕俺只彈得舊絃慣。這是新絃。俺彈不慣〔貼云〕舊絃在那裏〔生云〕舊絃撇下多時了〔貼云〕爲甚撇了〔生云〕只爲有了這新絃。便撇了那舊絃〔貼云〕相公。何不撇了新絃。用那舊絃〔生云〕夫人。我心裏豈不想那舊絃只是新絃又撇不下〔貼云〕你新絃旣撇不下。還思量那舊絃怎的。我想起來。只是你心不在焉。特地有許多說話。

仙呂過曲〔桂枝香〕〔生唱〕夫人 舊絃已斷新絃不貫舊絃再上不能待撇了新絃難拚我一彈再鼓二彈再鼓又被宮商錯亂〔貼云〕相公你敢是心變了麼〔生唱〕非干心變這般好凉天正是此曲纔堪聽又被風吹別調閒

〔貼唱〕相公 非彈不貫只是你意慵心懶既道是寡鵠孤鸞又道是昭君宮怨那更思歸別鶴思歸別鶴無非愁嘆相公 我看

舊一作危
非
已一作欲
似妥
貫慣同郎
孟子我不
貫与小人
乘

你多敢是想着誰（生云）夫人。我不想着甚麼人（貼唱）相公有何難見你既不然我理會得了你道是除了知音聽道我不是知音不與彈（生云）夫人。那有此意（貼云）相公。這箇也由你。畢竟你無心去彈他。何似教惜春安排酒過來。與你消遣何如（生云）我懶飲酒。待去睡也（貼云）相公。休阻妾意。老姥姥惜春看酒來（淨丑持酒上）

珠簾今多作簾兒珠不冠見

燒夜香（淨唱）樓臺倒影入池塘綠樹陰濃夏日長（丑唱）一架荼蘼滿院香（合）滿院香和你飲霞觴捲起珠簾明月正上

（貼云）將酒過來

寒一作[illegible]

忽似今多改作忽听得不知叫着用眠

南呂過曲【梁州序】（貼唱）新篁池閣槐陰庭院日永紅塵隔斷碧欄干外寒飛漱玉清泉只覺香肌無暑素質生風小簟琅玕展晝長人困也好清閒忽被棋聲驚晝眠（合）金縷唱碧筒

宇、意無限、雖千金不能易一字以者之巘作巇非陣一本作點且有之勝風勝之辯鄙泥可哂

覺今尽作見雨荷香亦可見耶

勸向冰山雪巘排佳宴清世界幾人見

（生唱）薔薇簾箔荷花池館一陣風來香滿湘簾日永香銷寶篆沉烟謾有枕欹寒玉扇動齊紈怎遂黃香願（作悲科）（貼云）相公你為甚的下淚（生唱）猛然心地熱透香汗我欲向南窗一醉眠（合前）

（貼唱）向晚來雨過南軒見池面紅粧零亂漸輕雷隱隱雨收雲散只覺荷香十里新月一鈎此景佳無限蘭湯初浴罷晚粧殘深院黃昏懶去眠（合前）

（生唱）柳陰中忽噪新蟬見流螢飛來庭院聽菱歌何處畫船歸晚只見玉繩低度朱戶無聲此景尤堪戀起來攜素手髩雲亂月照紗幮人未眠（合前）

濺一作旋

神作人自不及

【節節高】淨唱 漣漪戲綵鴛把露荷翻清香瀉下瓊珠濺香風扇芳沼邊閒亭畔坐來不覺神清健蓬萊閬苑何足羨合只恐西風又驚秋不覺暗中流年換

丑唱 清宵思爽然好涼天瑤臺月下清虛殿神仙眷開玳筵重歡宴任教玉漏催銀箭水晶宮裏把笙歌按合前

【餘文】衆唱 光陰迅速如飛電好良宵可惜漸闌管取歡娛歌笑喧

（生云）樵樓上幾鼓了（淨云）三鼓了

貼 歡娛休問夜如何 生 此景良宵能幾何

淨 遇飲酒時須飲酒 丑 得高歌處且高歌

第二十三齣 代嘗湯藥

犯胡兵一本作征胡兵一本逕鈌謝一作桃并

飛一作非非也

越調引子【霜天曉角】(旦唱)難捱怎避。災禍重重至。最苦婆婆死矣。公公病又將危。(旦云)屋漏更遭連夜雨。船遲又被打頭風。奴家自從婆婆死後。萬千狼狽。誰知公公病又將危。如今贖得些藥。已煎在此。不免再安排一口粥湯。

【犯胡兵】(旦唱)囊無半點。調藥費良醫怎求。天那。縱然救得目前。飯食何處有。料應難到後。謾說道有病遇良醫。饑荒怎救。公公這病呵。愁萬苦千。恁生受。粧成這症候。藥呵。縱然救得目前。怎免得憂與愁。料應不會久。他只爲不見孩兒。纔得這病。若要這病好時呵。除非是子孝父心寬方纔可救。藥已熟了。且扶公公出來喫些。看何如。(旦下扶外上)

【霜天曉角】(外唱)神散魂飛。料應不久矣。(旦云)公公請閛閨(外唱)我縱然

恰今作你非

得一作將似勝

着今作我便覓小家子樣

擡頭強起形衰倦怎支持〔旦云〕公公藥已熟了慢慢喫些〔外云〕媳婦我喫不得這藥了

南呂過曲〔香遍滿〕〔旦唱〕論來湯藥須索是子先嘗方進與父母〔公

公〕莫不是爲無子先嘗恰便尋思苦〔外喫藥吐科〕〔旦云〕公公且耐煩喫些

〔外云〕媳婦這藥我喫不得了〔旦〕公公我寧可早死了罷免得累你〔唱〕你須索閛閨怎捨

得一命殂〔外云〕媳婦你喫糠省錢贖〔旦〕苦藥與我喫我怎的喫得下〔唱〕元來不喫藥也

只爲着糟糠婦〔旦云〕公公既不喫藥且喫一口粥湯看如何〔外喫粥吐科〕〔旦云〕公公還慢慢喫些〔外

云〕媳婦我肚腹膨脹怎喫得下

〔旦唱〕公公你萬千愁苦堆積在悶懷成氣蠱可知道喫了吞

還吐〔外云〕媳婦我不濟事了必是死也孩兒又不回來只是虧了你〔旦云〕公公且自寬心不要煩惱〔旦背哭科〕

怕添親怨憶暗將珠淚墮〔外云〕媳婦你喫糠却教〔旦〕苦我喫粥我怎的喫得下〔唱〕元

能久作喫、不足

倘公三句今本起句三下你字不係本奇中旦每云你字必以公公婆婆字喚起然單末之分正當爾耳

來不喫粥也只爲着糟糠婦〔外云〕媳婦。我死也不妨。只怨孩兒不在家。虧殺了你。你近前來。我有兩句言語分付你。〔旦云〕公公如何〔外〕跌倒拜科〕

〔仙呂過曲〕青歌兒〔外唱〕媳婦 我三年謝得你相奉事只恨我當初把你相擔誤天那 我欲待報你的深恩待來生我做你的媳婦怨只怨蔡伯喈不孝子苦只苦趙五娘辛勤婦〔旦云〕公公。奴身不足惜。

〔旦唱〕我一怨倘公死後有誰來祀二怨你有孩兒不得相看顧三怨你三年間没一箇飽暖的日子三載相看甘共苦一朝分別難同死〔外云〕媳婦 我死呵。

〔外唱〕你將我骨頭休埋在土〔旦云〕呀。公公百歲後不埋在土。却放在那裏〔外云〕媳婦。都是我

今本露字上增一暴字自謂成文者不過李本奇成語耳若独不聞李耶鄲步者乎蔡伯喈一作蔡邕亦見得是

當初不合教孩兒出去。誤得你恁的受苦。【外唱】我甘受折罰任取屍骸露。【旦云】公公你休這般說被人談笑。【外云】媳婦，不笑着你。【外唱】留與傍人道蔡伯喈不葬親父，怨只怨蔡伯喈不孝子，苦只苦趙五娘辛勤婦。【旦云】公公，倘你死呵，

【旦唱】公婆已得做一處，所料想奴家不久也歸陰府。苦，可憐一家三箇，怨鬼在冥途，三載相看甘共苦，一朝分別難同死。【外云】媳婦，我畢竟是死了。你與我請張太公過來。【旦云】公公說猶未了，恰好張太公來也。【末上】歲歉無夫壻家貧喪老親，可憐貞潔女，日夜受艱辛。五娘子，你公公病症何如？【旦云】太公，我公公的病症十分危篤。【末云】如此待我向前看着。老員外，你貴體若何？【外云】若張太公，我不濟事了。畢竟是箇死。你今來得恰好。我憑你爲證寫下遺囑與媳婦收執。待我死後教他休要守孝，早早改嫁便了。【旦云】公公，你休那般說。自古道忠臣不事二君。

列女不更二夫。公公休要寫〔外云〕媳婦，你取紙筆過來。〔旦云〕公公，奴家生是蔡郎妻，死是蔡郎婦，千萬休寫，枉自勞神〔外云〕媳婦，你不取紙筆來，要氣殺我也〔末云〕五娘子，你休逆他，嫁與不嫁在乎你，且取將過來〔旦取上〕〔外作寫科〕咳，這一管筆，倒有千斤來重。

越調過曲〔羅帳裏坐〕〔外唱〕媳婦你艱辛萬千，是我擔誤了伊。你不嫁人呵，身衣口食，怎生區處。休休，當元是我拆散了你夫妻，我如今死了呵，終不然教你又守着靈幃〔放筆科〕已知死別在須臾，更與甚麼生人做主。

〔末唱〕這中間就裏我難說怎提，五娘子，你若不嫁人恐非活計，若不守孝又被人談議，可憐家破與人離，怎不教人淚垂。

〔旦唱〕公公嚴命非奴敢違，若是教我嫁人呵，那些箇不更二夫却不

不更句坊本作只怕再如蔡伯

嗜音是賢媛口氣

誤奴一世公公我一馬一鞍誓無他志可憐家破與人離
怎不教人淚垂〔外云〕張太公我凴你爲證留下這條拄杖待我那不孝子回來。把他與我打將出去。
〔外倒旦扶科〕
旦公公病裏莫生嗔　末員外寬心保自身
外正是藥醫不死病　合果然佛度有緣人

青一作明亦自然

第二十四齣　宦邸憂思

正宮引子〔喜遷鶯〕生唱終朝思想但恨在眉頭人在心上鳳侶添愁魚書絕寄空勞兩處相望青鏡瘦顏羞照寶瑟清音絕響歸夢杳繞屏山烟樹那是家鄉

〔踏莎行〕笑懶只因添箇鸞鳳伴怨極愁多歌慵他鄉遊子不能歸。高堂父母無人管○湘浦魚沉。衡陽鴈斷。音書要寄無方便。人生光景幾多時。蹉跎負却平

玩虎軒

成模樣一作陳情養甚佳惜非漢以前故事

生　願

【正宮過曲】雁魚錦（生唱）思量那日離故鄉記臨期送別多惆悵攜手共那人不廝放教他好看承我爹娘料他每應不會遺忘聞知饑與荒只怕捱不過歲月難存養若望不見我信音卻把誰倚仗

思量幼讀文章論事親爲子也須要成模樣眞情未講怎知道喫盡多魔障被親强來赴選場被君强官爲議郎被婚强傚鸞凰三被强我衷腸事說與誰行埋怨難禁這兩廂這壁廂道咱是箇不撑達害羞喬相識那壁廂道咱是箇不覩親負心的薄倖郎

罷講今本作罷想則首曰終朝思想非耶是耶
又今作但決非

嫌一作醒亦有思索

清一作淒均是

悲傷鷺序鴛行怎如那慈烏返哺能終養謾把金章綰着紫綬試問斑衣今在何方斑衣罷講縱然歸去又恐怕帶麻執杖（天那）只爲那雲梯月殿多勞攘落得淚雨如珠兩鬢霜

幾回夢裏忽聞雞唱忙驚覺錯呼舊婦同問寢堂上待朦朧覺來依然新人鴛幃鳳衾和象牀怎不怨香愁玉無心緒更思想被他攔當教我怎不悲傷俺這裏歡娛夜宿芙蓉帳他那裏寂寞偏嫌更漏長

謾悒怏把歡娛翻成悶腸菽水既清涼我何心貪着美酒肥羊悶殺人花燭洞房愁殺我掛名金榜魁地裏自思量

正是歸家不敢高聲哭只恐猿聞也斷腸院子何在〔末云〕有問即對無問一不荅。相公有何指揮〔生云〕院子。你是我心腹之人。有一件事和你商量。你休要走了我的消息〔末云〕小人安敢。〔生云〕我自從離了父母妻室。來此赴選。不揣一擢高科。拜授當職。將謂數月之後。可作歸計。誰知又被牛太師招爲門壻。一向逗留在此。不得還家見父母一面。故此要和你商量箇計策〔末云〕相公。自古道不鑽不穴。不道不知。小人每常閒見相公憂悶不樂。豈知這般就裏。相公何不說與夫人知道〔生云〕院子。我夫人雖則賢慧。爭柰老相公之勢。炙手可熱。待說與夫人知道。一霎時老相公得知。只道我去了不來。如何肯放我去。不如姑且隱忍。和夫人都瞞了。且待任滿。尋箇歸計〔末云〕這的却是老相公若還知道。如何肯放相公回去〔生云〕院子。我如今要寄一封書家去。沒箇方便的人。欲待使人徑去。又怕老相公知道。你與我出街坊上體探。倘有我鄉裏人來此做買賣。待我寄一封家書回去〔末云〕小人謹領便去。

生　終朝長相憶　末　尋便寄書尺

懶字与總雲懶去梳懶字相應一十六作不上千非但無押韻咽歌 條

合眼望旌捷旗　耳聽好消息

第二十五齣　祝髮買葬

雙調引子〔金瓏璁〕旦上唱饑荒先自窘。那堪連喪雙親。身獨自怎支分。我衣衫都解盡。首飾並沒分文。無計策。只得剪香雲。

〔蝶戀花〕萬苦千辛難擺撥。力盡心窮。兩淚空流血。裙布釵荊今已竭。萱花椿樹連摧折。○金刀盈盈明似雪。遠照烏雲。掩映愁眉月。一片孝心難盡說。一齊分付青絲髮。○奴家前日婆婆沒了。已得張太公周濟。如今公公又沒了。無錢資送。難再去求告他。我思想起來。沒奈何了。只得剪下頭髮。賣幾貫鈔。爲送終之用。雖然這頭髮值錢不多。也只把他做些意兒。恰似教化一般。若不幸喪雙親。求人不可頻。聊將青絲髮。斷送白頭人。

南呂過曲〔香羅帶〕旦唱一從鸞鳳分。誰梳鬢雲。粧臺懶臨生暗塵。那更釵梳首飾典無存也。頭髮。是我擔閣你度青春。如今

一本無剪字亦通

身一作衣非

又剪你資送老親剪髮傷情也怨只怨結髮薄倖人思量薄倖人辜奴此身欲剪未剪教我先淚零我當初早披剃入空門也做箇尼姑去今日免艱辛咳只有我的頭髮恁般苦少甚麼佳人的珠圍翠擁蘭麝薰呀似這般狼狽呵我的身死兀自無埋處說甚麼剪頭髮愚婦人堪憐愚婦人單身又窮頭髮我待不剪你呵開口告人羞怎忍我待剪你呵金刀下處應心疼也却將堆鴉髻舞鸞鬢與烏鳥報答鶴髮親教人道霧鬢雲鬟女斷送霜鬢雪鬢人剪下哭科

南呂引子【臨江仙】旦唱 連喪雙親無計策只得剪下香鬟非奴苦要孝名傳正是上山擒虎易開口告人難頭髮既已剪下免不得將去貨

恁今作這同

買一作采差可一作在不是

賣。穿長街。抹短巷。叫一聲賣頭髮。

南呂過曲〔梅花塘〕旦唱 賣頭髮買的休論價念我受饑荒囊篋無些箇丈夫出去那堪連喪了公婆沒奈何只得剪頭髮資送他 呀。怎的都沒人買。

〔香柳娘〕旦唱 看青絲細髮看青絲細髮剪來堪愛如何賣也沒人買這饑荒死喪這饑荒死喪怎教我女裙釵當得恁狼狽況連朝受餒況連朝受餒我的腳兒怎擡其實難捱

〔跌倒起科〕

往前街後街往前街後街並無人買 我待再叫一聲 咽喉氣噎無如之奈 苦 我如今便死我如今便死暴露我屍骸誰人與

遮蓋天那。我到底也只是箇死將頭髮去賣將頭髮去賣賣了把公婆葬埋奴便死何害〔作倒科〕〔末上云〕慈悲勝念千聲佛。造惡徒燒萬炷香。今日蔡老員外病症。不知如何。我且去看一看。呀。五娘子。你爲何倒在街上〔旦云〕苦。太公。可憐見救奴家則箇〔末杖扶科〕五娘子。你手裏拏着頭髮做甚麼〔旦云〕奴家公公又沒了。無錢資送。只得把自己頭髮剪下。欲賣幾文鈔。爲送終之用〔末哭科〕元來你公公又死了。呵。你怎的不來和我商量。把這頭髮剪下做甚麼〔旦云〕奴家多番來定害公公。不敢來相惱〔末云〕呀。你說那裏話。五娘子。

〔末唱〕你兒夫曾付托兒夫曾付托我怎生違背你無錢使用我須當貸你將頭髮剪下將頭髮剪下又跌倒在長街都緣我之罪〔合〕嘆一家破敗嘆一家破敗否極何時泰來各出珠淚

慷慨一作可憐亦夫得一作錯愛殊不然相一作應亦好

坊白作耍這頭髮做甚麼直是張公盛德語

旦唱 謝公公慷慨謝公公慷慨把錢相貸我公婆在地下相感戴只恐奴身死也恐奴身死也兀自沒人埋 公公 誰還你恩債 合 末云 五娘子你先回家去我即着人送些布帛前米穀之類與你使用 旦云 如此多謝公公請收這頭髮 末云 咳難得難得這是孝婦的頭髮剪來斷送公婆的我留在家中不惟傳流做箇話名後日蔡伯喈回來將與他看也使他惶愧

旦 謝得公公救妾身 末 伊夫曾托我親鄰

合 從空伸出拏雲手 提起天羅地網人

第二十六齣 拐兒紿誤

仙呂入雙調 打毬場 淨唱 幾年間爲拐兒脫空說謊爲最遮莫你是怎生俏俏的也落在我圈套 自家脫空爲活計掏摸作生涯劒舌鎗唇伶俐的也

引教他懵懂。虛脾甜口。慳吝的也哄。教他粧風。鄉貫何曾有定居。姓名誰人知眞實。粧成圈套。見了的。便自入來。做就機關。入着的。怎生出去。騙了鍾馗手裏寶劍。拐了洞賓瓢裏仙丹。果是來無踪。去無踪。對面騙人如撮天。縱使和你行。和你坐。當塲賺你怎埋怨。拐兒陣裏先鋒。哄局門中大將。何用剜墻穵壁。强如黑夜偷兒。不係挾斧持刀。眞與箇白晝刼賊。正是天不生無祿之人。地不長無根之草。自家打聽得蔡狀元家住陳留。父母在堂久無消息。他如今要寄家書回去。况我在陳留走得慣熟。頗習語音。不免粧扮做陳留人。假寫他父母家書。逓與他。必有回音。倘或附帶些金帛回家。也不見得。覔却一箇小富貴。便不然。也索與我些路費回家。這裏便是蔡狀元府前。不免進入去。咱呀。怎的不見一箇人。我且咳嗽一聲。[末云]侯門深似海。不許外人敲。[相見科]你是那裏人。來此有甚勾當。[淨云]小子從陳留來。蔡相公的老大人有家書在此。[末云]呀。我相公正要乘便寄家書回去。你來得恰好。待我請相公出來。[請科]

商調引子[鳳凰閣]生唱　尋鴻覔鴈。寄箇音書無便。謾勞回首望家

線一作霰

男今作蔡
不是
經今作竟
非
目今作長
非
作常
非非

山和那白雲不見淚痕如線想鏡裏孤鸞影單（末云）告相公得知。有一箇漢子。說他從陳留郡來。有老相公的家書在此（生云）快請他進來（相見科）（生云）多承足下帶得我家書來呵（淨云）小子奉老大人尊命。特遞在此（淨遞書科）

仙呂（過曲）一封書（生唱）一從你去離我在家中常念你功名事。怎的想多。應折桂枝。幸得爹娘和媳婦各保安康無禍危（謝天謝地。且喜家中都安樂。）見家書可知。之及早回來莫更遲（天那我豈不要回去。爭奈不由我。院子。你引鄉親到後堂茶飯。一面取紙筆。待我寫家書就附與他去。可取些金珠碎銀過來。）

（生寫書科）

越調（過曲）下山虎男邕百拜大人尊前。自離膝下頓經數年。目斷萬里關山。鎮日望懸。一向那堪音信斷名利事牽

館餞勞珠淚漣上表辭金殿要辭了官爭奈君王不見憐

〔鸞牌令〕忽爾拜尊瑩激切意懸懸辛喜爹娘和媳婦盡安

奈今或作況不是

健奈兒身淹留旅邸不能彀承奉慈顏匆匆的聊附寸箋

草草伏乞尊照不宣鄉親我這一封書并這金珠托你將到俺家裏與老相公收下傳示家中大小俺早晚便回來教他放心不須憂慮〔淨云〕小子理會得〔生云〕這些碎銀送與鄉親路上做盤費〔淨云〕多謝

多謝。

中呂過曲〔駐馬聽〕生唱書寄鄉關說起教人心痛酸鄉親傳示俺

八旬爹媽道與俺兩月妻房隔涉萬水千山啼痕緘處翠

綃斑夢魂飛遶銀屏遠合報道平安想一家賀喜只說道

再一作就

再相見

今本尽遺怕字一本到字下添一你字不通

末唱 遙憶鄉關有個人人凝望眼他頻看飛鴈望斷孤舟倚遍危欄見這銀鉤飛動彩雲箋又索玉筯界破殘粧面 合前

外唱 西出陽關却嘆今朝行路難念取經年離別跋涉萬里程途帶着一紙雲箋只怕豺狼紛擾路途間鴈鴻怕不到家鄉畔 合前

生 憑伊千里寄佳音 末 說盡離人一片心

淨 須知相別經多載 合 方信家書抵萬金

第二十七齣 感格墳成

南呂引子 掛真兒 旦唱 四顧青山靜悄悄思量起暗裏魂銷黃土傷心丹楓染淚謾把孤墳獨造 菩薩蠻 白楊蕭瑟悲風起 天寒日淡空山裏虎嘯

琵琶記卷中　四十五　玩虎軒

猿啼。愁人添悽悽慘。泉深杳杳。長夜何由曉。灑淚泣雙文親。雙親聞不聞。○奴家自從喪了公婆。家中十分狼狽。非已多。承張太公。將公婆靈柩搬得到山。免不得造一所墳塋。把公婆安葬了。爭奈無錢倩人。難以再去求他。只得自家搬泥運土〔把裙包土科〕

南呂過曲〔五更轉〕旦唱 把土泥獨抱麻裙裏來。難打熬空山靜寂無人弔。但我情真實切到此不憚勞。苦 何曾見葬親兒不到。又道是三匝圍喪那些箇卜其宅兆。思量起是老親合顛倒。公公 你圖他折桂看花早。不想自把一身送在白楊衰草謾自苦。〔作悲科〕這苦憑誰告。我只憑十爪如何能彀墳土高。苦 只見鮮血淋漓濕衣襖。天那 我形衰力倦死也只這遭。休休 骨頭葬處任他血流

眞今人只作親是行孝小可信人爲

好此喚做骨血之親也教人稱道教人道趙五娘眞行孝

苦心窮力盡形枯槁只有這鮮血到如今也出盡了這墳成後只怕我的身難保呀。我氣力都用乏了。不免就此歇息睡一覺呵

仙呂引子【卜筭子先】旦唱墳土未曾高筋力還先倦【睡科】【外扮山神上】

中呂引子【粉蝶兒】外唱趙女堪悲天教小神相濟善哉善哉吾乃當山土地。今奉玉帝勑旨。爲見趙五娘行孝。特令差撥陰兵。與他併力築造墳臺。不免叫出南山白猿使者。北嶽黑虎將軍。前來听用。猿虎二將何在【淨丑扮猿虎上】【外云】吾奉玉帝勑旨。爲見趙五娘。獨自在山築墳。特差汝等。率領陰兵。與他併力。汝等可變作人形。與他運化土石。務要墳頭完成。不得驚動孝婦【淨丑云】領法旨【造墳科】告大聖。墳臺已成了【外云】趙五娘。你擡起頭來。聽吾屬付。

仙呂入雙調【好姐姐】外唱五娘聽吾道語吾特奉玉皇勑旨憐

辭今尽作〔奘〕便与成字相背馳

孝心故。遣陰兵來助你。〔合〕墳成矣辭了二親尋夫壻改換

衣裝往帝畿。趙五娘你好生記者。正是大抵乾坤都一照。免教人在暗中行。〔外淨丑下〕〔旦醒科〕

〔仙呂引子〕〔卜筭後〕〔旦唱〕夢裏分明有鬼神。想是天憐念。呀。怪哉怪哉。奴家睡

間恍惚。似夢非夢。見神人囑付。道墳已成了。教奴家前往京畿尋取丈夫。我思忖起來。獨自一身。幾時能彀得

墳成〔起看科〕呀。果然這墳臺都成了。謝天謝地。分明是神通變化。

〔五更轉〕〔旦唱〕怨苦知多少。兩三人只道同做餓殍。公公。婆婆。今日幸賴

神明救濟。成此墳臺。你兩人已得安妥。只一件。我未曾葬時節。也還恰象相親傍的一般。如今葬了呵。窮

泉一閉無日曉。嘆如今永別再無由相倚靠。我死和公婆做一處埋呵。

也得相伏侍。只愁我死在他塗道。我的骨頭何由來到。從今

去。墳呵。只願得中乾燥。福子蔭孫也都難料。呀。天那。便做蔭

今本尽遺復字
起一作野下安
助一作扶亦是

得箇三公也濟不得親老淚暗滴復把蒼天來禱
〔末同丑帶〕鉏器上
越調過曲〔鏵鍬兒〕〔末唱〕悲風四起吹松柏山雲黯淡日無色〔丑唱〕虎
嘯與猿啼怎不慘慽〔合〕趲步行來到峭壁都與孝婦添助
力〔末云〕老夫張廣才只為蔡老員外夫妻相繼棄世虧殺
他媳婦趙五娘子支持如今又聞得他把裙包土築造
墳臺我想人家造一所墳沒有千百工造不成他獨自
一箇女流如何成得此事不免帶將小二與他添助力
氣則箇呀好恠哉如何墳都成了只見松柏森森繞四
圍孤墳新土掩泉扉五娘子空山獨自無人問為築墳
臺又阿誰〔旦云〕太公夢裏鬼神多恠異陰兵運石與搬
流墳臺成了親分付奴尋將到京畿〔丑云〕公公自古
流傳多有此畢竟感格上蒼知長城哭倒稱姜女五娘
道你他日芳名一樣題〔合云〕正是善惡到頭終有報只
爭來早與來遲

將沒作有，翻正為奇，如美丸承蜩，令人無處摸捉，本奇大都若此

好姐姐〔唱〕〔旦〕公公 念奴血流滿指，獨自要墳成，無計深感老天暗中相護持。〔合〕墳成矣，辭了二親，尋夫壻，改換衣裝往帝畿。

〔末〕五娘〔唱〕〔子〕老夫帶領小二，待與你添助些力氣，誰知有神暗中相救濟。〔合〕〔前〕

〔丑〕〔唱〕你每道箇見鬼，這松柏孤墳在何處，恰纔小鬼是我粧扮的。〔合〕〔前〕

〔末〕孝心感格動陰兵　〔旦〕不是陰兵墳怎成

〔丑〕萬事勸人休碌碌　〔合〕舉頭三尺有神明

第二十八齣 中秋望月

淸一作輕一作聲一作漱所謂擣梨滴柚文何其

大石調〔念奴嬌引〕貼唱楚天過雨正波澄木落秋容光淨誰駕玉輪來海底碾破琉璃千頃環珮風清笙簫露冷人在清虛境〔淨丑〕〔唱〕真珠簾捲庾樓無限佳興〔臨江仙〕〔貼云〕玉作人間秋萬頃。銀葩點破琉璃〔淨云〕瑤臺風露冷仙衣。天香飄到處。此景有誰知。〔丑云〕未審明年明夜月。此時此景何如〔貼云〕珠簾高捲醉瓊巵〔合〕正是莫辭終夕勸。動是隔年期〔貼云〕老姥姥今夜中秋。月色澄清。你與我請相公出來賞翫則箇〔淨云〕是是。夫人請相公翫月〔生內應云〕我已聽了。不來〔丑云〕你甚麼嘴臉。可知道請他不來〔貼云〕惜春。你再去請〔丑云〕我去請。相公。夫人請相公出來翫月〔生云〕來也〔丑笑云〕老姥姥。你看我嘴兒纔動一動。相公就出來了。

南呂引子〔生查子〕生唱逢人寄書書去神亦去今夜好清光可惜人千里〔貼云〕相公。今夜中秋。月色可愛。我請你賞翫一會。你沒事推阻怎的〔生云〕月色有甚好處〔貼云〕相公。怎的不好〔西江月〕你看玉樓金氣捲霞綃雲浪空光澄衡。丹桂飄香清思爽。人在瑤臺銀闕〔生云〕影透風

悵[illegible]羅帳。露冷[illegible]、聲切。關山今夜。照人幾處離別[illegible]

〔三云〕須信離合悲歡[illegible]如玉[illegible]有陰晴圓缺。便做人生[illegible]宴會。幾見氷輪皎潔〔丑云〕此夜明多。隔年期遠。莫放金樽歇〔合云〕但願人長久年年同賞明月〔[illegible]科〕

十六旦調〔念奴嬌序〕貼唱長空萬里見嬋娟可愛全無一點纖凝十二欄干光滿處涼浸珠箔銀屏偏稱身在瑤臺笑斟玉斝人生幾見此佳景〔合〕惟願取年年此夜人月雙清

生唱孤影南枝乍冷見烏鵲縹緲驚飛棲止不定萬點蒼山何處是脩竹吾廬三逕追省丹桂曾攀嫦娥相愛故人千里謾同情〔合前〕

貼唱光瑩我欲吹斷玉簫乘鸞歸去不知風露冷瑤京環珮濕似月下歸來飛瓊那更香霧雲鬟清輝玉臂廣寒仙子

也堪竝〔合前〕

〔生唱〕愁聽吹笛關山敲砧門巷月中都是斷腸聲人去遠幾見明月虧盈惟應邊塞征人深閨思婦怪他偏向別離明〔合前〕

〔中呂過曲〕古輪臺〔淨唱〕峭寒生鴛鴦瓦冷玉壺氷闌干露濕人猶凭貪看玉鏡児萬里清明皓彩十分端正三五良宵此時獨勝〔丑唱〕把清光都付與酒杯傾從教酩酊拚夜深沉醉還醒漸闌綺席漏催銀箭香銷金鼎斗轉與參橫銀河耿轆轤聲已斷金井

〔淨唱〕閒評月有圓缺與陰晴人世有離合悲歡從來不定深

另今復作零　如老姆聲

罄一作听亦新脫

院閒處處有淸光相照也有得意人人兩情暢詠也有獨守長門伴孤另君恩不幸（丑唱）万廣寒仙子娉婷孤眠長夜如何捱得更闌寂靜此事果難憑但願人長久小樓翫月共同登

餘文（衆唱）聲哀訴促織鳴（貼唱）俺這裏歡娛未罄（生唱）他幾處寒衣織未成

（貼）今宵明月正團圓（生）幾處淒涼幾處諠

（合）但願人生得長久　年年千里共嬋娟

第二十九齣　乞丐尋夫

雙調引子　胡搗練（旦唱）辭別去到荒坵只愁出路煞生受盡取眞

勉今多作免近是而六一作轉却好

容聊藉手逢人將此勉哀衷【鬼神之道雖則難明感應之理未常不信奴家昨日獨自
在山築墳正睏間忽夢一神人自稱當山土地帶領陰
兵與奴家助力却又囑付教奴家改換衣裝逕往長安
尋取丈夫待覺來果然墳臺並已完備這的分明是神
通護持正是寧可信其有不可信其無今二親既已葬
了只得改換衣裝扮作道姑將琵琶做行頭沿街上彈
幾箇行孝的曲兒抄化將去只是一件我幾年間和公
婆厮守如何捨得一旦撇了他奴家自幼薄曉得些丹
青何似想像畫取公婆真容背着一路去也似相親傍
的一般但遇小祥忌辰展開與他燒些香紙奠些酒飯
也是奴家一點孝心不免就此描畫真容則箇描畫科】
仙呂入雙調【三仙橋】旦唱 一從他每死後要相逢不能彀除非夢
裏暫時略聚首苦要描描不就暗想像教我未描先淚流
描不出他苦心頭描不出他飢症候描不出他望孩兒的
睜睜兩眸只畫得他髮颼颼和那衣衫敝垢休休若畫做

琵琶記卷中
五十二
玩虎軒

中一作餘似勝

好容顏、須不是趙五娘的姑舅、我待要畫他箇龐兒帶厚、他可又饑荒消瘦、我待要畫他箇龐兒展舒、他自來長恁面皺、若畫出來眞是醜、那更我心憂、也做不出他歡容笑口、不是我不會畫着那好的。我從嫁來他家、只見他兩月稍優游、其餘都是愁、那兩月稍優游。我又忘了。這三四年間。我只記他形衰貌朽、這眞容呵便做他孩兒收也認不得是當初父母、休休縱認不得是蔡伯喈當初爹娘、須認得是趙五娘近日來的姑舅、眞容既已描就了。就在這裏燒些香紙。奠些酒飯。拜別了公婆。出去拜辭科

旦公公公唱婆婆婆非是奴尋夫遠遊、只怕我公婆絕後、奴見夫便回、此行安敢久、若路途中奴怎走、望公婆相保佑我出外州、

兀自句一本作白一州出八州三句皆作白

姑舅一作舅姑絕〔?〕惜不出自東嘉口

鷓鴣天今本多作張公題畫則祭中長一見了然已行事細端詳云

天那他兀自没人看守如何來相保佑〔這墳呵〕只怕奴去
後冷清清有誰來祭掃縱使遇春秋一陌紙錢怎有〔休休〕
你生是受凍餒的公婆死做箇絕祭祀的姑舅〔奴家既辭了墳墓只〕
得背了眞容便索去辭張太公呀如何恰好張太公來
也〔末上云〕衰柳寒蟬不可聞金風敗葉正紛紛長安古
道休回首西出陽關無故人〔旦云〕奴家適間拜辭了墳
塋正要到宅上來告別〔末云〕呀五娘子你幾時去〔旦云〕
太公奴家今日就行了〔末云〕你背的是甚麼畫〔旦云〕是
奴公婆的眞容待將路上去稽手乞告些盤纏早晚與
他燒香化紙〔末云〕是誰畫的〔旦云〕是奴家將就描摸的
〔末云〕五娘子你孝心所感一定逼眞借我看一看呀畫
得像畫得像〔作悲科〕老員外老安人〔鷓鴣天〕死別多應
夢裏逢謾勞孝婦寫遺蹤可憐不得圖家慶喜負丹青
泣畫工○衣破損鬢鬔鬆千愁萬恨在眉峰口伯蔡郎
不識年來面趙女空描別後容五娘子我聽得小要這
行將幾貫錢與你路上少助些盤費〔旦云〕多多定害
公公奴家又有不謝……退之懇奴家去後公婆墳塋

照[illegible]六公可憐見看[illegible]兩箇老的在日之面與奴家看管則箇（末云）這箇不必你但放心前去老夫少不得

（此拜辭科）

越調過曲〔憶多嬌〕（旦唱）公公他魂渺漠我沒倚托程途萬里教我懷夜壑此去孤墳望公公看着（合）舉目蕭索滿眼盈盈淚落

（末唱）五娘子我承委托當領料這孤墳我自看守決不爽約但願你途中身安樂（合前）

仙呂入雙調〔鬭黑麻〕（旦唱）奴深謝公公便相允諾從來的深恩怎敢忘却只怕途路遠體怯弱病染災纏衰力倦腳（合）孤墳寂寞路途滋味惡兩處堪悲萬愁怎摸

末白靡靡似非舊本而舊本亦若存若滅但記以琵琶名茲會有琵琶句正譬校者所不厭錄也

〔末唱〕伊夫壻多應是貴官顯爵伊家去須當審箇好惡五娘子只怕你這般喬打扮他怎知覺一貴一貧怕他將錯就錯〔貼〕〔旦云〕公公奴家拜別去也〔末云〕五娘子且慢着老夫前還有幾句言語囑付你〔旦云〕望公公指教〔末云〕五娘子你少長閨門豈識途路當初蔡郎未別時節你青春正媚你如今又遭這飢荒貧苦貌怯身單正是桃花歲歲皆相似人面年年自不同蔡郎臨別之時可不道來〔旦云〕公公他道甚的〔末云〕他道是若有寸進即便回來如今年荒親死一竟不回你知他心腹事如何正是畫虎畫皮難畫骨知人知面不知心唉蔡郎元是讀書人一舉成名天下聞久留不知因箇甚年荒親死不回門五娘子你去京城須仔細逢人下氣問虛眞若見蔡郎謾說千般苦只把琵琶語句訴元因未可便說他妻子未可便說喪雙親未可便說裙包土未可便說剪香雲若得蔡郎思故舊可憐張老一親鄰我今年紀七十歲比你公公少一句你去時猶有張老來相送你回時不知張老死和存我[illegible]你去呵正是流淚眼觀流淚眼斷腸人送斷腸人哭科〔旦云〕謝得公公訓誨奴家銘心鐫

琵琶記卷下

第三十齣　瞯詢衷情

中呂引子【菊花新】生唱 封書遠寄到親闈。又見關河朔鴈飛。梧葉滿庭除。爭似我悶懷堆積。【生查子】生 封書寄遠人。寄上萬里親。書去神亦去。兀然空一身。○自家喜得家書報道平安。已曾脩書附回家去。不知何如。這幾日常懷想念。翻成愁悶。正是雖無千丈線。萬里繫人心。

南呂引子【意難忘】貼唱 綠鬢仙郎。懶拈花弄柳。勸酒持觴。低眉知有恨。何事苦相防。生唱 夫人些箇事。惱人腸。貼唱 相公試說與何妨。生唱 只怕你尋消問息。添我悽惶。貼云 古人云。顰有爲顰。笑有爲笑。是以君子當食不嗟。臨樂不歎。無事而戚。謂之不祥。相公。你自來我家。不明不暗。如醉如癡。終日憂悶。爲着甚的。你還少了

喫的少了穿的。相公。

我待道你少喫的呵。

南呂過曲〔紅衲襖〕貼唱你喫的是煮猩唇和燒豹胎我待道你少穿的呵你穿的是紫羅襴繫的是白玉帶你出入呵我只見五花頭踏在你馬前擺三簷傘兒在你頭上蓋相公休推奴家說你本是草廬中一秀才如今做着漢朝中梁棟材你有甚不足只管鎖了眉頭也喞喞噥噥不放懷〔生云〕夫人你道我有穿的呵我穿的是紫羅襴到拘束得我不自在我穿的是皂朝靴怎敢胡去蹝你道我有喫的呵我口裏喫幾口荒張張要辦事的忙茶飯手裏拏着箇戰兢兢怕犯法的愁酒盃到不如嚴子陵登釣臺怎做得楊子雲閣上災似我這般樣爲官呵只管待漏

穷字今改作一字可謂一字千金

七步餘談公解縉紳士与客怎做得雲閣不若

陶淵明歸去來尤工切客曰借爲桓灵以後事耳緡曰鍾乳三千兩金釵十二行若非牛僧孺事乎客曰雖然亦東嘉千里之一曲也何以再爲云云

隨朝可不誤了秋月春花也干祿祿頭又早白(貼云)相公我知道了莫不是丈人行性氣乖(生云)不是(貼唱)莫不是妾根前缺管待(生云)不是(貼唱)莫不是畫堂中少了三千客(生云)不是(貼唱)莫不是繡屏前少了十二釵(生云)也不是(貼唱)相公呵這意兒教人怎猜這話兒教人怎解我今番猜着你了敢只是楚館秦樓有箇得意人兒也悶懨懨常掛懷(生云)夫人不是有箇人人在天一涯天那我不能彀見他只落得臉銷紅眉鎖黛(貼云)我道甚麼來可知哩(生云)不是我本是傷秋宋玉無聊賴有甚心情去戀着閒楚臺(貼云)相公你有甚麼事明說與奴家知道(生云)夫人三分話兒只恁猜一片心兒直恁解(貼云)你有話如何不對我說(生云)罷罷罷夫人你休纏得我無

難道今本尽作正是不通

言若還提起那籌兒也撲簌簌淚滿腮〔貼云〕由你由你。我若不解勸你。又只管憂悶。待我問着你。又避瞞我我也沒柰何相公。夫妻何事苦相防。莫把閒愁積寸腸。難道各人自掃門前雪。莫管他人瓦上霜〔生云〕天那。自古道難將我語和他語。未卜他心似我心。自家聚妻兩月。別親數年。朝夕思想。翻成愁悶。我這新娶的媳婦。雖則賢慧我待將此事和他說。他也肯教我回去。只是他的爹爹若知我有媳婦在家。如何肯放我回去。不如姑且隱忍改日求一鄉郡除授。那時節回去見雙親便了。咳。夫人非是隄防你。太深。只緣伊父苦相禁。正是夫妻且說三分話〔貼云〕呀。我理會得了。你道是未可全拋一片心。好好。你瞞我也由你。只是你爹娘和媳婦嗟怨你。

雙調〔江頭金桂〕〔貼唱〕相公 我恠得你終朝顰蹙只道你緣何愁悶深教咱猜着啞謎為你沉吟那籌兒沒處尋我和你共枕同衾你瞞我則甚你自撇了爹娘媳婦屢換光陰他那

裏須怨着你沒信音、笑伊家短行、笑伊家短行無情忒甚、
到如今兀自道且說三分話未可全拋一片心
生唱夫人 非是我聲吞氣忍只爲你爹行勢逼臨怕他知我
要歸去將人厮禁要說又將口噤我待解朝簪再圖鄉任
那時節呵 他不隄防着我須遣我到家林我和你雙雙兩人
歸晝錦苔 我雙親老景、我雙親老景存亡未審、我寔不瞞你前日曾
附一封書回去 只怕鴈杳魚沉、貼云你既有書信附去、怎消也沒有回報 生唱 又不是
烽火連三月、眞箇家書抵萬金、貼云元來如此。我去對爹爹說。和你同去便了。生云
你爹爹如何肯放我回去你且休說破了。貼云不妨事。
我爹爹身爲太師。風化所關。且只瞻在望。終不然恁的不
顧仁義。生云你休說。不濟事。干枉了。貼云相公。
你不必憂慮。我自有道理。不由我爹爹不從。

（貼）雪隱鷺鷥飛始見　柳藏鸚鵡語方知

（生）假如染就乾紅色　也被傍人講是非

第三十一齣　幾言諫父

黃鍾引子【西地錦】（外唱）好恠吾家門壻，鎮日不展愁眉，教人心下常縈繫，也只爲着門楣。（入門休問榮枯事，觀着容顏便得知。自家招贅蔡伯喈爲壻，可謂得人。只一件，他自從到此，眉頭不展，面帶憂容，不知爲着甚麽。必有緣故，且待女孩兒出來，問他便知端的。）

（貼唱）只道兒夫何意，如今就裏方知，萬里家山遙，同歸去，未審爹意何如。（外云）孩兒，吾老入桑榆，自嘆吾之皓首，汝身乖琴瑟，每爲汝而懊懷，夫壻何故憂愁，孩兒必知端的。（貼云）告爹爹得知，他娶妻六十日，即赴科場，別親三五年，竟無消息，溫凊之禮既缺，伉儷之情何堪，今欲歸故里，辭至尊家，尊而同行，待共事高堂，執子道婦道以盡禮。（外怒云）呀，吾乃紫閣名公，汝是香閨艷質何必顧此糟糠婦。焉能事此田舍翁。他久別雙親。何不寄一封之音信。汝從來嬌養。安能涉萬里之程途。休惑夫言。唯從父命。〔貼云〕爹爹。曾觀典籍。未聞婦道而不拜舅姑。試論綱常。豈有子職而不事父母。若重唱隨之義當盡定省之儀。彼荊釵布裙。既已獨奉親闈之甘旨。此金屏繡褥。豈可久戀監宅之歡娛。爹爹身居相位。坐理朝綱。豈可斷他人父子之恩。絕他人夫婦之義。使伯喈有負妻之愛。不顧父母之愆。俾孩兒有違夫之命。不事舅姑之罪。望爹爹容恕。特賜矜憐。〔外云〕休胡說。他既有媳婦在家。你去做甚麼。

黃鍾過曲〔獅子序〕〔貼唱〕爹爹 他媳婦雖有之念奴家須是他孩兒次妻那曾有媳婦不侍親闈〔外云〕孩兒。你去有甚麼勾當〔貼唱〕若論做媳婦的道理須當奉飲食問寒暄相扶持蘋蘩中饋〔外云〕便做有許多勾當。他有媳婦在家裏。你不去也不妨〔貼云〕爹爹 又道是養兒代老積穀防饑〔外云〕既道是養兒代老積穀防饑。何似當初休教他來應舉。

太平歌今作東甌令則屬南呂矣

歡一作憂亦當

太平歌〔貼唱〕爹爹 他求科舉指望錦衣歸不想道爹爹留他爲女壻〔外云〕這箇是有緣千里能相會須强他不得〔貼唱〕他埋冤洞房花燭夜那些箇千里能相會只要保全金榜掛名時他事急且相隨〔外云〕孩兒你到說我不是這般埋冤着我

賞宮花〔貼唱〕他終朝慘悽我如何恐見之〔外云〕他自慘悽你管他怎的〔貼唱〕若論爲夫婦須是共歡娱〔外云〕你對他說他若在這裏我敎他做箇大大的官〔貼云〕爹爹他歎載不通魚鴈信枉了十年身到鳳凰池〔外云〕呀你聽着丈夫的言語却不聽我說這妮子好癡迷呵

降黃龍〔貼唱〕爹爹 須知非奴癡迷已嫁從夫怎違公議〔外云〕孩兒你去也不妨只是我沒箇親人在傍如何捨得你去〔貼唱〕爹猶念女怎敎他爹娘不

媳婦坊本作爹娘全失問荅意

念孩兒（外云）孩兒。不是我不放你去。他既有媳婦在家。你去時節。只怕擔閣了你（貼唱）休提。縱把奴擔閣。比擔閣他媳婦何如（外云）便不然。只教蔡伯喈自去便了（貼云）爹爹那些箇夫唱婦隨。嫁鷄逐鷄飛（外云）孩兒。他是貧賤之家。你如何伏侍他的父母。

南呂過曲【大聖樂】（貼唱）爹爹 婚姻事難論高低。若論高低何似休嫁與。假饒親賤。孩兒貴。終不然便拋棄（外云）他自有媳婦。你管他做甚麼。

（貼唱）奴須是他親生兒子親媳婦。難道他是誰人我是誰（外云）孩兒。據你說起來。我到說得不是了（貼唱）爹居相位。怎說着傷風敗俗非理的言語（外怒云）這妮子無禮。却將言語來衝撞我。我的言語到不中聽呵。孩兒。夫言中聽父言違。懊恨孩兒見識迷。我本將心托明月。誰知明月照溝渠（外下）（貼云）自古道。酒逢知巳千鍾少。話不投機半句多。好笑我爹爹。不顧仁義。却道奴家把言語衝撞他。昨日我丈夫教我休說破。我如今有何顏見他。只得且在此坐一囲。尋思箇道理去囲。

他則箇悶坐科【生上】

南呂引子【稱人心】生唱撇呆打墮。早被那人瞧破。他要同歸。知他

想你句白今皆作唱此是屋下架屋了

爹怎麼。我料想他每不允諾。呀。夫人你緣何獨坐。想你爹爹不肯麼

伊家道俐齒伶牙。爭柰爹行不可。

【貼】夫人那唱我爹爹全不顧人笑呵。這其間只是我見差。禍根

罵一作怒似可

芽從此起。災來怎躲。相公他道我從着夫言。罵我不聽親

話。

南呂過曲【紅衫兒】生唱夫人你不信我教伊休說破。到此如何笑

你爹心性我豈不料過。我爲甚亂掩胡遮。也只爲着這些些。

你直待要打破砂鍋。是你招災攬禍。

牢絡今作奔走不是孝情一作孝親亦是

貼唱 不想道相掗靶這做作難禁架我見你每每咨嗟要調和誰知好事多磨起風波 相公 把你陷在地網天羅如何不怨我 天那 懊恨只為我一箇却擔閣了兩下

正宮過曲 醉太平 生唱 蹉跎光陰易謝縱歸去晚景之計如何名韁利鎖牢絡在海角天涯知麽多應我老死在京華孝情事一筆都勾罷 苦 這般擢挫傷情萬感淚珠偷墮

貼唱 非詐奴甘死也縱奴不死時君去須不可 生云 夫人你如何說這語

貼云 相公 奴身值甚麽只因奴誤你一家差訛假饒做夫婦也難和你心愁我心縈掛奴身拚捨成伊孝名救伊爹媽

生云 夫人你不要這般說萬一你爹爹知之反加譴責

貼云 相公妾當初勉承父命遣事君子不想君家有白

髮之父母。青春之妻房。致君衷腸不、滿。名行有虧。如今思之。誤君之父、母者。妾也。誤君之妻。誇者。妾也。使君為不孝薄倖之、人。亦妾也。妾之罪大矣。縱偷生於今世。亦公議所不容。昔者聶政姊。死倚屍傍。以成弟之名。王陵母。死伏劍下。以全子之節。妾豈愛一身。誤君百行。妾當死於地下。以謝君家。小則可以解君之縈掛。大則可以救君之父母。近則可以成孝子之令名。遠則可以免後世之公議。妾死何憾焉。（生云）夫人。你只知其一。不知其二。古人云。身體髮膚。受之父母。不敢毀傷。豈可陷親於不義。此事決然不可。（貼云）相公。你也說得是。只是累你一時回去不得。如何是好。（生云）夫人。且慢着。怕你爹爹也有回心轉意時節。且更寧耐看如何。

生 一心只欲轉家鄉　貼 爭柰爹行不忖量

生 大風吹倒梧桐樹　合 自有傍人說短長

第三十二齣 路途勞頓

今本改倦為頓改城為縣末句

仙呂過曲【月雲高】旦唱 路途多勞倦。行行甚時近。未到洛陽城盤

又添路貧愁殺人混消極矣

纏都使盡画首孤墳空教奴望孤影天那他那裏誰偢保
俺這裏誰投奔正是西出陽關無故人須信道家貧不是
貧【蘇幕遮】怯山登愁水渡暗憶雙親淚把麻裙漬画首孤
墳何處是兩下瀟條一樣愁難訴玉消容蓮困步愁
寄琵琶彈罷添悽楚惟有真容時時顧憔悴相看無語
恓惶苦○奴家爲尋丈夫在路途上多少狼狽况獨自
一身拏着一箇琵琶背着二親真容登高履險宿水飡
風其實難捱只是一件若去到洛陽尋見丈夫相逢如
故也不枉了這遭辛苦倘或他駟馬高車前呵後
擁見奴家這般藍縷不肯相認可不擔閣了奴家
【旦唱】暗中思忖此去好無准只怕他身榮貴把咱不廝認若
是他不偢保空教奴受艱辛他未必忘恩義我這裏自間
評論他須記一夜夫妻百夜恩怎做得區區陌路人唉只一件
他在府堂深隱奴身怎生進他在駟馬高車上又難將他

堪今作難 這是乱道

認我有箇道理若到他根前只提起二親眞谷天那又怕消瘦了麗兒他猶難丫分信呀他不到得非親却是親我自須防仁不仁

哽咽無言對二眞　千山萬水好艱辛
見說洛陽花似錦　只恐來時不遇春

第三十三齣　聽女迎親

仙呂引子番卜筭外唱兒女話堪聽使我心疑惑暗中思忖覺前非有箇團圓策自古道。良藥苦口利於病。忠言逆耳利於行。昨日女孩兒要和伯喈歸去。同事使親自家不肯放他去。却將幾句言語衝動我。我一時不勝焦躁。如今尋思起來。他的言語。句句有理。節節堪聽。待要放他回去。只慮他幼長閨門。難涉路途。況俺年老無人奉事。如何捨得他去。如今有箇道理。不免使一箇人

事一作思

爭大爭小固是常奴語坊本作大小廝打卉語不但粗悪且傷本竒于孝妻賢大意

多與盤纏。教他徑去陳留。將蔡伯喈爹娘和媳婦都迎
取來。多少是好。不免叫孩兒和伯喈過來。商議則箇。
〔生唱〕淚眼滴如珠。愁事縈如織。〔貼唱〕早知今日悔當初。何似休
明白。〔相見科〕〔外云〕孩兒。你夜來的說話。我仔細尋思起來。
都說得有理。我欲待教你同女壻回去。路途跋涉。這
箇也難。不如逕使人去陳留。取他爹媽媳婦來做一處
居住。你兩人心下如何。〔貼云〕這箇隨爹爹主張。〔生云〕若
得如此。感恩非淺。〔外云〕院子李旺何在。〔丑上云〕頻聽指
揮黃閣下。又聞呼喚畫堂前。老相公有何使令。〔外云〕李
旺。我要差你去陳留走一遭。〔丑云〕去做甚麼。〔外云〕差你
去那裏接取蔡狀元的老員外。老安人。小娘子。三人來
我府中同住。〔丑云〕如此李旺不去。〔貼云〕李旺。你去請得
來。我重重賞你。〔丑云〕夫人。你如今說道重重賞我。只怕
取得他小娘子來時。夫人又要和他爭大爭小。到那時
節可不埋冤李旺。那裏還遠肯把東西賞我。〔外云〕休閒說。
我如今脩一封書去相請。外有銀錢與你一路去做盤
纏。休得落後。〔生云〕李旺。你去時節。須要多方詢問。若
是來時路途上千萬小心承直。〔丑
云〕不妨。我出路慣便。自有分曉。

責一作嘖

本齣詞句元平淡味之自足厭心今有將做箇句改作兩下免憂憶蒸熟哀家梨語不虛矣

【正宮過曲】四邊靜（外唱）李旺你去陳留仔細詢。俙的尊心去尋覔請過兩三人。途中好承直（合）休憂愁憶寄書咫尺眼望旌捷旗耳聽好消息

（生唱）只怕饑荒散亂。無蹤跡。他存亡也難測。何況路途間難禁這勞役（合前）

福馬郎（貼唱）李旺你休說新婚在牛氏宅（外云）孩兒。便說他（又待怎的）（貼云）須怨我相擔誤。歸未得。只恐傍人聞之把奴責（合）若是到京國相逢處。做箇好筵席

（丑唱）相公多與我盤纏。添氣力。萬水千山路曾慣歷（拜科）辭却恩官去。管取好消息（合前）

外 限伊半載望回音 生 路上看承須小心

貼 但願應時還得見 丑 果然勝似岳陽金

第三十四齣 寺中遺像

〔末扮五戒上云〕年老心閒無外事。麻衣草座亦容身。相逢盡道休官好。林下何曾見一人。○自家乃是彌陀寺中一箇五戒便是。今日俺寺中建一箇無礙道場。不揀甚麽人。或是薦悼雙親。保安身已的。都來這裏聚會。眞箇好寺院。好道場呵。〔內問〕怎見得好寺院。〔末云〕但見蘭若莊嚴。蓮臺整肅。佛殿嵯峨。耀金璧。回廊繚繞。畫丹青。千層塔。高聳侵雲。半空中時聞清磬。七寶樓。晶光耀日。六時裏頻扣洪鐘。松下山門。紅塵不到。竹邊僧舍。白日難消。阿羅漢。神像威儀。如靈山三十六萬億佛祖。比丘僧。戒行清潔。似祇園千二百五十人俱。且看旛影。石壇高。惟有棋聲花院靜。休提清淨法界。且說嚴肅道場。只見珠幢寶蓋。彩飄颻。玉磬金鐘。聲斷續。龍瓶中。插九品紅蓮。開淨土春秋不老。鳳觶內。吐千枝絳蕊。照佛天晝夜常明。齊整整的貝葉同翻。撲簌簌的天花亂墜。旃檀

林裏熱着清淨香。道德香。香積廚中、獻這禪悅食。法喜
食。人人在十洲三島箇箇淨五蘊六根。擎大法鼓吹大
法螺。仙樂一齊奏動開甘露門、入甘露城。幽魂盡獲超
昇。正是寄言吉海林中客好向靈山會上脩。今日寺中
建設大會。怕有官員貴客來此遊翫。不免將着疏頭。就
抄化幾文香錢添助支費。道猶未了。遠遠望見兩箇官
人來到〔淨丑〕
〔扮風子上〕
中呂
過曲
〔縷縷金〕〔淨唱〕胡廝啞兩喬才、家中無宿火、有甚強追陪、
〔丑唱〕我自來粧風子、如今難悔、向叢林深處且徘徊、特來
看佛會、〔末云〕官人請坐告茶〔淨云〕五戒你這佛會支費太
多〔末云〕便是官人休怪冒瀆今日天與之幸得遇
兩位貴客到此。斗膽抄化幾文香錢。添助支費則箇〔丑
云〕五戒你要抄化。將疏頭來看。錢是儻來之物。那裏不
使。那裏不用〔淨云〕兄弟。你說得是。俺這般人。那一日不
使幾貫鈔。我便捨他五錠〔丑云〕我也捨他五錠〔末云〕如
此多謝官人〔淨云〕呀。遠遠望見一箇婦人來。且是生得
有些意思〔丑云〕眞箇有箇婦人來。背着一面琵琶。到和

你家姐姐廝像【淨云】休胡說。遠觀不審。近覷分明【旦上】

【旦唱】途路上寔難捱盤纏都使盡好狼狽試把琵琶撥逢人乞丐薦公婆魂魄免沉埋特來赴佛會奴家且喜已到洛陽。聞說今日彌陀寺中做佛會。不免就此抄化幾文鈔。追薦公公婆婆則箇【末云】道姑。請裏面赴齋【旦云】多謝多謝【淨云】道姑。你背着甚麼東西【旦云】是奴家公婆的眞容【淨云】道姑。你從那裏來。

仙呂入雙調【銷金帳】【旦唱】聽奴訴與奴是良人婦爲兒夫相擔誤【淨云】他怎的擔誤了你【旦唱】他一向赴選及第未歸鄉故饑荒喪了喪了親的舅姑【丑云】你丈夫既不在家。喪了公婆誰人與你安葬【旦云】苦我造墳墓【淨云】你如今來這裏做甚麼【旦唱】今爲尋夫來此【丑云】你丈夫在那裏【旦唱】未知他在何處所【淨云】道姑。你抱着這箇琵琶做甚麼【旦云】奴家將此琵琶。彈一兩箇曲兒。抄化幾文鈔。就此寺中追

薦公婆〔丑云〕元來如此。道姑。你會彈甚麼曲兒。你會彈
也兒四麼〔旦云〕不會〔淨云〕你會彈八仱手麼〔旦云〕也不
會。奴家只會彈些行孝曲兒〔末云〕道姑。難得這兩位官
人在此。你好生彈一兩箇曲兒伏侍他。等他重重賞你。
〔旦云〕既然如此。只怕奴家彈得不好。望官人休責〔丑云〕
你只管好好的彈。我重重賞賜你〔旦云〕官人請坐聽着。
〔彈科〕凡人養子。懷抱最艱辛。欲
語未能行未得。此際苦雙親。
凡人養子、最是十月懷擔苦、更三年勞役、抱負休言他受
濕推乾、萬千勞苦、眞箇千般愛惜、萬般回護、兒有些不安
父母驚惶無措、直待可了可了、歡欣似初〔淨云〕彈得好。彈得好〔末云〕眞箇
彈得好〔丑云〕錢鈔那裏不使。我且先與你一領好襖子。
〔脫衣與旦科〕〔丑云〕道姑。你再彈一彈〔旦云〕官人請坐聽
着〔彈科〕孩兒漸長成。父母漸歡欣。
教語教行幷教禮。一意望成人。
兒行幾步、父母歡欣相顧、漸能言能走路、指望飲食羮湯

自朝及暮、懸懸望他、望他不知幾度、爲擇良師、只怕孩兒愚魯、略得他長俊、可便歡欣賞賜、〔丑云〕彈得好。彈得好〔末云〕眞箇彈得好〔淨云〕錢鈔那裏不用。我也先與你一領好襖子〔脫衣與旦科〕〔淨云〕道姑。你再彈一彈〔旦云〕官人請坐聽着〔彈科〕勸於教道、暮史及朝經、願得榮親并耀祖。一舉便成名。

朝經暮史、教子勤詩賦、爲春闈催教赴、指望他耀祖榮親、改換門戶、懸懸望他、望他腰金衣紫、兒在程途、又怕餐風宿露、求神問卜、把歸期暗數〔丑云〕彈得好。彈得好。彈得好〔末云〕寔是彈得好〔丑云〕錢鈔是人撰來的。我再與你一領襖子。〔脫衣與旦科〕〔末云〕元來重裏面都是破衣裳。呵、官人。把襖子都脫了。身上這般寒。甚麼意思〔淨云〕寒由他自寒。不可壞了局面。唷、每這般人與頭來了。使鈔慣了。怕甚麼寒。道姑。你再唱唱〔末云〕道姑。你再彈。且看他再把甚麼與你〔旦彈科〕孩兒在外。須早回程。忤逆男兒并孝子。報應甚分明。

兒還念父母及早歸鄉土看慈烏亦能返哺莫學我的兒
夫把雙親擔誤常言養子養子方知父母美那忤逆男兒
和孝順爹娘之子若無報應果是乾坤有私（末云）彈得好彈得好（淨云）
他彈得自好唱得自好我沒甚麼與他了（末笑介云）可知
道（淨作寒科）（丑云）兒夫我和你這般的走回家去成甚
麼模樣（淨云）我只賴五戒取衣裳便罷（末云）呀你扯我
怎的（丑云）扯你怎的你到粧成騙局把我每的衣裳都
剝去了（末云）咳我幾曾粧局騙你是你自把衣裳與他
（淨云）禿驢你道不曾粧局騙我我看見道姑彈了唱一
聲采你也喝一聲采只管攛掇我把衣裳與他這不是
粧局騙我（丑云）你不取還我我扯你到洛陽縣裏去（末
云）天那我不曾見這般沒行止的人道姑沒奈何了把
衣裳還他去罷（旦云）衣服在這裏拏還他去既不情愿
我要他做甚麼（丑云）錢鈔雖則那裏不用只是寒冷又
忍不得（穿衣科）（淨云）道姑我方纔道你彈得好唱得好
我如今尋思起來你彈得也不好唱得也不好你不信
時再彈唱一和看看（旦云）奴家也彈不得了也唱不得

名卜尺作何不通

略一作已似是

了〔淨云〕可知道不敢再彈唱了〔丑云〕兄弟。他既不敢彈唱了。我和你且回家去〔淨云〕說得是。我和你回去罷〔丑云〕五戒我小子不是豪富〔末云〕枉了教你題疏。作衣服敢是借的〔淨丑云〕可知道我腿上無箇布袴〔末並下〕〔旦云〕一斟一酌。莫非前定。奴家準擬今日抄題幾文錢。就此追薦公婆。誰知撞着這兩箇風子。攪鬧了一塲。如今雖沒東西備辦奠禮。且將公婆眞容掛在此間拜囑一番。以表來意罷了〔掛眞容拜科〕

〔賞秋月〕〔旦唱〕在途路歷盡多辛苦。把公婆魂魄來超度。焚香禮拜祈回護。願相逢我丈夫〔末丑隨生上〕

〔縷縷金〕〔生唱〕時不利。命多乖。雙親在途路上。怕生災〔末丑唱〕相公。此是彌陀寺。略停車蓋〔合〕辦虔誠懇禱拜蓮臺。特來赴佛會。〔丑云〕道姑迴避〔旦云〕正是在他簷下過。誰敢不低頭〔荒下失眞容科〕〔生云〕那得這軸畫像〔丑云〕敢是適間道姑遺下的〔生云〕叫他轉來將還他去〔丑叫不應科〕去遠了。叫不應〔生云〕既叫不應。且與他收下。左右。喚和尚過來。

摟今作打非

糖甜句似謂詠藝已極坊本老相公下又換入老猪婆寺語非復人情

（淨扮和尚上）（淨唱）能喫酒會喧齋喫得醺醺醉便去摟新戒講經和囬向全然尷尬你官人若是有文才休來看佛會（相見科）和尚下官爲迎取父母來此不知路上安否何如特來三寶面前祈求保佑（淨云）元來如此小僧先請佛（淨唱）如來本是西方佛西方佛却來東土救人多救人多結跏趺坐坐蓮花丈六金身最高大他是十方三界第一箇大菩薩摩訶薩摩訶般若波羅糖（末云）和尚你念差了是波羅蜜（淨唱）糖也這般甜蜜也這般甜南無南無十方佛十方法十方僧上帝好生不好殺好人還有好提掇惡人還有惡鑒察好人成佛是菩薩惡人做鬼做羅剎第一滅却心頭火心

頭火第二解開眉間鎖眉間鎖第三點起佛前燈佛前燈真箇是好也快活我快活我諸惡莫作奉勸世上人則箇浪裏梢公牢把舵行正路莫蹉跎大家去誦彌陀誦彌陀善男信女笑呵呵聽大法鼓鼕鼕鼕聽大法鐃乍乍乍乍手鐘搖動陳陳陳獅子能舞鶴能歌木魚亂敲逼逼剝剝海螺響處嘖嘖嘖積善道場隨人做伏願老相公老安人小夫人萬里程途悉安樂南無菩薩薩摩訶金剛般若波羅蜜小僧請佛了請相公上香通達情旨〔生炷香拜科〕

仙呂入雙調〔江兒水〕生唱如來證明聽蔡邕啓我雙親在途路不知何如的仰惟菩薩大慈悲〔合〕龍天鑒知龍神護持護持

着今尽作他非

着登山渡水

(淨唱)如來證明覽茲情旨蔡邕的父母望相保庇仰惟功德

不思議(合前)

(末唱)我東人鎮日常懷憂慮只愁二親在途路裏孝思誠意

感神祇(合前)

(丑唱)我聞知做會特來隨喜饅頭素食多多與若還不與我

自入齋厨去取(合)(淨云)我佛有緣蒙寵渥(生云)願親路上(前)悉平安(末云)因過竹院逢僧話(丑云)又

得浮生半日閑

(並下)(旦復上)

縷縷金(旦唱)原來是蔡伯喈馬前都唱道狀元來料想雙親

像他每留在敢天教我夫婦再和諧都因這佛會正是不因漁父

和一作相似安

引。怎得見波濤。方纔那官人。奴家詢問起來。正是蔡伯喈。好也好也。今日也會相見。只一件。奴家荒忙中失去了公婆眞容。想必是他收下。且待明日。徑投他家裏去。以乞丐爲由。問取消息。倘或天天可憐。因此相會。也不見得。

今朝喜見那喬才　眞容收去可疑猜

縱使侯門深似海　從今引得外人來

第三十五齣　兩賢相遘

商調引子【十二時】貼唱心事無靠托這幾日番成悶也又意方圓天愁稍可未卜程途裏的如何教我怎生放下不如意事常八九。可與語人言無二三。奴家自嫁蔡伯喈之後。見他常懷憂悶。費盡心機去問他。他又不說。比及奴家知道。去對爹爹說。要和他同去奉事雙親。誰想爹爹不肯。被奴家道了幾句。幸喜爹心回轉。教人去取他爹媽媳婦。又不知

宿今間作卧不妥

近今尽作教便不像对面語

一行人路上安否如何爲這些事教我擔了多少煩惱又一件公婆早晚到來只是要一兩箇精細人去伏侍他我府裏雖則有使喚的那裏中用怎生得箇精細婦人與他使喚方好院子那裏［末云］書當快意讀易盡客有可人期不來世上幾般能稱意光陰何況苦相催夫人有何使令［貼云］院子我府中缺少幾箇使喚的你與我去街坊上尋問有精細的婦人討一兩箇來用［末云］小人理會得踏破鐵鞋無覓處得來全不費工夫

［遶地遊］［旦唱］風餐水宿甚日能安妥問天天怎生結果［旦云］府幹哥稽首［末云］道姑何來［旦云］遠方人氏［末云］到此何幹［旦云］特來抄化［末云］少待通報夫人精細婦人到沒有正遇一箇道姑在門首抄化［貼云］着他裏面來［末云］道姑夫人着你裏面相見［貼作見科］

［貼唱］梳粧淡雅看手姿堪描堪畫是何人近來問咱［旦云］夫人稽首［貼云］道姑何來［旦云］貧道遠方人氏［貼云］到此何幹［旦云］特來府中抄化［貼云］你有甚本事來此抄化［旦云］貧道不敢誇口大則琴棊書畫小則鍼指工夫次則飲食餚饌頗諳一二［貼云］道姑你有這等本事在街坊上抄

化也生受何似在我府中喫些安樂茶飯如何〔旦云〕若得如此感恩非淺只怕貧道沒福無可稱夫人之意〔貼〕〔云〕院子道姑是遠方人氏須要問他來歷詳細方可留他〔末云〕道姑我且問你你是從幼出家的還是在嫁出家的〔旦云〕貧道在嫁出家的〔貼云〕院子從幼出家的怎麼說在嫁出家的怎麼說〔末云〕告夫人知道從幼出家是沒丈夫的在嫁出家是有丈夫的那道姑是有丈夫的〔貼云〕呀險些兒差了他既有丈夫的難以收留院子你多打發些齋糧與他教他別處抄化去〔末云〕道姑夫人說你有丈夫多打發齋糧與你別處去抄化〔旦云〕天那我不合說有丈夫的府幹哥貧道非因抄化而來特來尋取丈夫〔末云〕夫人道道姑非因抄化來却是尋取丈夫的〔貼云〕元來如此道姑我且問你你丈夫姓甚名誰〔旦〕背說云夫人問我丈夫姓名若直說出來恐怕夫人嗔怪若不和他說此事又終難隱忍我如今且把蔡伯喈三字折開與他說看他意兒何如再作道理夫人貧道丈夫姓祭名白諧人人都說道在牛府中廊下住敢是夫人也知道〔貼云〕我那裏知道院子你管各廊房有那姓祭名白諧的麼〔末云〕小人管許多廊房並沒有這箇人〔貼云〕道姑我這裏沒有你可到別處去尋休

得要誤了你〔旦云〕天那。人人道我丈夫在貴府廊下住。
如今既道是沒有。奴家想起來。莫不是死了。呵。咳。丈夫。
你若是死了。教我倚着誰人〔哭科〕〔貼云〕可憐。這婦人你
且不須愁煩。權住在府中。我着院子到街坊上訪問你
丈夫蹤跡。你意下如何〔旦云〕若得如此。再造之恩〔貼云〕
道姑。只一件。你在我府中。休要恁般打扮。我與你換了
道衣粧〔旦云〕貧道不敢換〔貼云〕因甚不敢換〔旦云〕貧道
有一十二年大孝在身。所以不敢換〔貼云〕呀。大孝不過
三年。如何有一十二年〔旦云〕貧道公公死了三年。婆婆
死了三年。薄倖兒夫久留都下。一竟不還替他帶六年。
共成一十二年〔貼云〕咳。有這等孝行的婦人。道姑。你雖
然如此。爭柰我老相公最嫌人這般打扮。院子。你可叫
惜春取粧奩衣服出來〔末云〕畫堂傳懿旨。幽閣取粧奩
〔丑云〕寶劍賣與烈士。紅粉贈與佳人。夫人粧奩衣服在
此〔貼云〕道姑。你且臨鏡改換則箇〔旦云〕天那。如何是好。
〔照鏡科〕咳。鏡兒。我自從嫁與蔡家。只兩月梳粧。這幾時
不曾照你。呀。好苦。元
來都這般消瘦了。

灑一作索　嘆一作把非

商調過曲〔二郎神〕〔旦唱〕容瀟灑。照孤鸞。嘆菱花剖破〔貼云〕道姑。你不梳粧。且換

柔一作韓

了衣服(旦)看衣唱記翠鈿羅襦當月嫁誰知他去後釵荊裙布

無些(貼云)道姑。你不換衣服。且帶着這釵兒(旦)看釵唱他金雀釵頭雙鳳朵奴家若帶

了呵可不羞殺人形孤影寡(貼云)道姑。你不帶釵兒。且簪此些花朵。別此些吉凶(旦)看花唱

說甚麼簪花捻牡丹教人怨着嫦娥

(貼唱)嗏呀他心憂貌苦真情怎假只為着公婆珠淚墮道姑

我公婆自有不能彀承奉盃茶你比我沒箇公婆承奉呵

不枉了教人做話靶我且問你你公婆為甚的雙雙命掩黃沙

囀林鶯(旦唱)苦荒年萬般遭坎坷丈夫又在京華糟糠暗喫

擔饑餓公婆死賣頭髮去埋他把孤墳自造土泥盡是我

麻裙包裹(貼云)這道姑好誇口(旦唱)也非誇手指傷血痕尚染衣麻

〔貼唱〕道姑、愁人見說愁轉多、使我珠淚如麻〔旦云〕夫人你淚下爲何〔貼云〕道姑我丈夫亦久別雙親下〔旦云〕他怎的不回家去〔貼唱〕他要辭官家去被我爹蹉跎〔旦云〕他家有妻麼〔貼唱〕他妻雖有麼、怕不似恁會看承爹媽〔旦云〕他爹媽如今在那裏〔貼唱〕在天涯〔旦云〕夫人何不取他同來一處〔貼唱〕敎人去請知他途路上如何

爹媽一作公婆、亦在韻、

〔豚木鸝〕〔旦唱〕聽言語敎我悽愴多、料想他每也非是假〔背說〕〔科〕我且把句言語來試他一試 他那裏既有妻房取將來怕不相和〔貼唱〕道姑但得他似你能掗靶我情願讓他居他下只愁他程途上苦辛、敎人望得眼巴巴

〔旦唱〕錯中錯、訛上訛、只管在鬼門前空占掛 夫人若要識蔡

此折描寫二婦心口宛〻絕勝西畫坊本以罷字作眞字未可卻爲不是但欠咀嚼耳

罷一作抹

伯喈妻房〔貼云〕他在那裏〔旦唱〕奴家便是無差〔貼唱〕呀你果然是他非

謊詐〔旦云〕夫人。奴家豈敢誑言〔貼唱〕你原來爲我喫折挫爲我受波查教

伊怨我教我怨爹爹〔貼云〕姐姐請上坐。待奴家見禮〔旦云〕奴家怎敢。

金衣公子〔貼唱〕一樣做渾家我安然你受禍你名爲孝婦我

被傍人罵〔旦云〕呀。傍人罵夫人怎的〔貼唱〕公死爲我婆死爲我〔旦〕姐姐我情

願把你孝衣穿着把濃粧罷〔合〕事多磨寃家到此逃不得

這波查

〔旦唱〕夫人他當原也是沒奈何被强來赴選科辭爹不肯聽

他話〔貼云〕姐姐。他在這裏豈不要回來〔貼唱〕辭官不可辭婚不可〔旦唱〕只爲三

不從做成災禍天來大〔合〕〔貼云〕姐姐。休怪奴家說。我教你前改換衣粧。你又不肯。只怕祖公

見你這般說。便萬一不肯相諒。如何是好。我想起來。相公往常朝回時便入書館中看文章。姐姐既是無所不通。何似去書館中寫幾句言語打動他。那時節我與你說箇明白。却不好。〔旦〕云夫人說得是。便寫得不好也索從命。

〔旦〕無限心中不平事　幾番清話又成空

〔貼〕一葉浮萍歸大海　人生何處不相逢

第三十六齣　孝婦題真

〔末〕云為問當年素服儒。于今腰下佩金魚。分明有箇朝天路。何事男兒不讀書。○自家乃是蔡相公府中一箇院子。我相公雖居鳳閣鸞臺。常在螢窗雪案。退朝之暇手不停披。閒居之際。口不絕吟。如今將次回府。不免灑掃書館。聽候相公到來。真箇好書館。但見明窗瀟灑。碧紗內烟霧輕盈。淨几端嚴。青毡上塵埃不染。粉壁間掛三四幅名畫。石牀上安一兩張古琴。緗帙縹囊。數起了何止一萬卷。牙籤犀軸。乘將來。敢有三十車。芸葉分香走魚蟲芙蓉藏粉黛龍虎鳳吠馬肝和那鸜鵒眼無非奇巧兎毫栗尾和那犀象管分外精神積金花玉板之箋列錦紋銅綠之格正是休誇東壁圖書府賽過西垣翰墨林且住着我相公昨日在彌陀寺中燒香拾得一軸畫像不知甚麼故事相公當時教我收下我如今也將來掛在此間我相公博學多才必然曉得這故事正是早知不入時人眼
多買胭脂畫牡丹〔下〕

仙呂引子【天下樂】〔旦唱〕一片花飛故苑空隨風飄泊到簾櫳玉人怪問驚春夢只怕東風羞落紅〔階下落紅三四點錯教人恨五更風當初只道蔡伯喈貪名逐利不肯回家元來被人逗留在此奴家昨日抄化來到這裏感得牛氏夫人收錄又怕伯喈見我一身藍縷不肯厮認教我到書館中題幾句言語打動他奴家只得從命來到此間却寫在那處好呀公婆眞容元來也掛在此〔哭拜科〕我如今就公婆眞容背後題詩幾句便了苦向日受飢荒雙親俱死亡如今題詩句報與薄情郎

總使今只作總是不過

仙呂過曲【醉扶歸】（唱）丈夫我有緣千里能相會、難道是無緣對面不相逢。鳳枕鸞衾也曾共、呵今日到憑着兔毫爾紙將他動、休休畢竟一齊分付與東風、把往事如春夢〔題科〕崐山有良璧。鬱鬱瑤璵姿、嗟彼一點瑕、掩此連城瑜、人生非孔顏、名節鮮不虧、推哉西河守、胡不如皐魚、宋弘既以義、王允何其愚、風木有餘恨、連理無傍枝、寄語青雲客。慎勿乖天彝。

〔日唱〕總使我詞源倒流三峽水丈夫只怕你胷中別是一帆風、牛氏夫人見我衣裳藍縷、怕伯喈不肯相認。還是敎妾若爲容、我若不寫詩打動他呵。夫人只怕爲你難移寵〔掛眞容科〕休休縱認不得這丹青貌不同、我的筆蹟兀自如舊、若認得我翰墨敎心先痛、奴家題詩已了、不免說與夫人知道、且待伯喈來看、莫不是天敎相逢在此一遭、也未見得。

未卜兒夫意　全憑一首詩
得他心肯日　是我運通時

第三十七齣　書館悲逢

仙呂引子【鵲橋仙】生唱　披香侍宴上林遊賞醉後人扶馬上金蓮花炬照回廊正院宇梅梢月上　日晏下彤闈平明登紫閣何如在書案快哉天下樂

○自家早歸長樂夜直嚴更召問鬼神或前宣室之席光傳太乙時領天祿之藜惟有戴星衝黑出漢宮安能滴露研硃點周易俺這幾日且喜朝無繫政官有餘閒無可留志於詩書從事於翰墨正是事業要當窮萬卷人生須是惜分陰【看書科】這是甚麼書是尚書呀這堯典道虞舜父頑母嚚象傲克諧以孝咳他父母那般相待他他猶自克諧以孝我父母虧了我甚麼我倒不能彀奉養他看甚麼尚書這是甚麼書是春秋呀春秋中潁考叔曰小人有母未嘗君之羹請以遺之咳他有一口湯喫也心心念着娘我如今做官享天祿倒把父母

撇了。看甚麼春秋。天那。枉看這書。行不得濟甚麼事。你看那書中那一句不說着孝義當元俺父母教我讀詩書。知孝義誰知道反被詩書誤了。我還看他怎的。

仙呂過曲【解三酲】生唱 嘆雙親把兒指望教兒讀古聖文章似我會讀書的到把親撇漾少甚麼不識字的到得終奉養 書啊 我只為其中自有黃金屋反教我撇却椿庭萱草堂還思想畢竟是文章誤我我誤爹娘

比似我做箇負義虧心臺館客到不如守義終身田舍郎白頭吟記得不曾忘綠鬢婦何故在他方 書啊 我只為其中有女顏如玉反教我撇却糟糠妻下堂還思想畢竟是文章誤我我誤妻房 書既懶看他。且看這壁間山水古畫散悶則箇。呀。這一軸畫像是我昨日在彌陀寺中燒香拾得的。如何院子也將來掛在此間。且看甚麼故事。

南呂過曲【太師引】生唱 細端詳。這是誰筆仗。覷着他教我心兒好感傷。【細看科】好似我雙親模樣。差矣。我的媳婦會鍼指。便做是我的爹娘呵。怎穿着破損衣裳。前日已有書來 道別後容顏無恙。怎的這般凄凉形狀。且住。我這裏要寄一封書回去。尚不能彀。他那裏呵 有誰來往直將到洛陽。天下也有面貌厮像的 須知道仲尼陽虎。一般龐。我理會得了 這是街坊誰劣相。砌坐家形衰貌黃。假如我爹娘呵 若沒箇媳婦來相傍。少不得也這般凄凉。敢是箇神圖佛像。呀。却怎的我正看間 猛可的小鹿兒心頭撞。這也不是神圖佛像。敢是當元的畫工。有甚緣故。丹青匠。由他主張。須知道。毛延壽誤了王嬙若是箇神圖佛像。背面必有標題。待我轉

過來看。呀。原來有一首詩在上面。[讀詩科]這廝好無禮。
句句道着下官。等閒的怎敢到此。想必夫人知道。待我
問他便知分
曉。夫人那裡。
雙調引子【夜遊湖】貼唱猶恐他心思未到。教他題詩句。暗裏相嘲。
翰墨關心。丹青入眼。強如把語言相告。[生怒云]夫人。誰人
到我書館中來。[貼
云]沒有人。[生云]我前日去彌陀寺中燒香。拾得一軸畫
像。院子不省得。也將來掛在這裏。甚麼人在背面題着
一首詩。[貼云]敢是當原寫的。[生云]那裏是墨蹟。尚未曾
乾。[貼背云]我理會得了。相公這詩如何說。講讀與奴家
知道。[生讀詩科][貼云]相公。奴家不省其意。請解說一遍。
與奴家曉得也好。[生云]崐山有良璧。鬱鬱璠璵姿。嗟彼
一點瑕。掩此連城瑜。崐山。是地名。産得好玉。價值連城。
若有些兒瑕玷。便不貴重了。人生非孔顏。名節鮮不虧。
孔子顏子。是大聖大賢。德行渾全。大凡人非聖賢。能忠
不能孝。能孝不能忠。所以名節多至欠缺。捴哉西河守。
胡不如皐魚。西河守吳起。是戰國時人。魏文侯拜他爲
西河守。母死不奔喪。皐魚是春秋時人。只爲周游列國

父母死了，後來回歸，自刎而亡。宋弘既以義，王允何其愚。宋弘是光武時人。光武試把姐姐湖陽宮主嫁他，宋弘不從，對道貧賤之交不可忘，糟糠之妻不下堂。黃允是桓帝時人，司徒袁隗要把姪女嫁他，他就休了前妻，娶了袁氏。風木有餘恨，連理無傍枝。孔子聽得皐魚啼哭，問其故，皐魚說道：樹欲靜而風不止，子欲養而親不在。西晉時，東宮門有槐樹二株，連理而生，四傍皆無小枝。寄語青雲客，慎勿棄天彝。傳言與做官的，切莫違了天倫。〔貼云〕相公，那不奔喪，和那自刎的，那一箇是孝道？〔生云〕那不奔喪的是亂道。〔貼云〕相公，那不棄妻，和那棄妻的，那一箇是正道？〔生云〕那棄了妻的是亂道。〔貼云〕相公，比如你待要學那一箇？〔生云〕呀，我的父母，知他存亡如何，我決不學那不奔喪的見識。〔貼云〕相公，你雖不學那不奔喪的，且如你這般富貴，腰金衣紫，假有糟糠之婦，藍縷醜惡，可不辱沒了你？你莫不也索休了。〔生怒云〕夫人，你說那裏話，縱是辱沒殺我，終是我的妻房，義不可絕。

越調過曲【鏵鍬兒】〔生〕夫人，你說得好笑，可見你心兒窄小。我決不學

（那王允的見識）沒來由溸却苦李再尋甜桃（古人云棄妻止有七出之條）他不嫉不淫與不盜終無去條（那棄妻的）衆所誚（那不棄妻的）人所褒縱然他醜貌怎肯相休棄

〔貼唱〕伊家富貴家那更青春年少看你紫袍掛體金帶垂腰（做你的媳婦阿）應須有封號金花紫誥必俊俏須媚嬌若還他醜貌怎不相休棄了

〔生唱〕（夫人）你言顛語倒惱得我心兒轉焦莫不是你把咱奚落特兀自粧喬引得我淚痕交撲簌簌這遭（這題詩的是誰〔貼〕云相公你問他待怎的〔生〕云夫人）他把我嘲難恕饒你說與我知道怎肯干休罷了

罷一作住

（貼唱）相公我心中忖料想不是箇薄情分曉管教你夫婦
合在今朝你還認得那題詩的麼（生云）我認不得（貼唱）伊家枉然焦只怕你哭
聲漸高（生云）是誰（貼唱）是伊大嫂身姓趙正要說與你知道怎肯
干休罷了姐姐有請
（入賺）旦唱聽得鬧炒敢是我兒夫看詩囉唣（貼云）姐姐快來（旦唱）是誰
忽吽想是夫人召必有分曉（貼云）相公是他題詩句你還認得
否（生云）他從那裏來（貼云）相公他從陳留郡爲你來尋討（生認科）呀我道是誰。元來
是你阿娘子。你怎的穿着破衣衫盡是素縞莫不是我雙
親不保（旦云）宮人從別後遭水旱我兩三人只道同做餓殍（生云）
張大公曾週濟你麼只有張公可憐嘆父親別無倚靠（生云）後來却如何。

顛連今作公婆非

耄今作貌非 聖今多作漢不通

像貌今多作想像則一句道盡矣何用是我句坊本輕易太率

（旦唱）兩口顛連相繼死（生云）苦。兒來我爹媽都死了。我剪頭髮賣錢送伊妣考（生云）如今安葬了未曾（旦唱）把墳自造土泥盡是我麻裙裹包（生云）罷了 聽伊言語怎不痛傷噎倒（生倒旦貼作扶起科）（旦云）官人。這畫上像就是你爹媽的眞容（生哭拜科）

（小桃紅）（生唱）蔡邕不孝把父母相拋 爹娘。我與你別時。豈知恁地。 早知你形衰耄怎留聖朝 娘子 你爲我受煩惱你爲我受劬勞謝你葬我爹葬我娘你的恩難報也又道是養子能代老（合）這苦知多少此恨怎消天降災殃人怎逃 娘子。這眞容是誰畫的。

（旦唱）這儀容像貌是我親描（生云）娘子。路途遙遠。你那得盤纏來到此間（旦低唱科）乞丐把琵琶撥怎禁路遙 官人 說甚麼受煩惱說甚麼受劬

此

今本又改作与地下亡灵添荣耀豈是賢媛語

勞不信看你爹看你娘比別時兀自形枯槁也我的一身難打熬[合前]

[貼唱]設着圈套被我爹相招[相公]你也說不早兒音信杳[姐姐]你爲我受煩惱爲我受劬勞[相公]是我誤你爹誤你娘誤你名不孝也做不得妻賢夫禍少[合前]

[生唱]我脫却巾幘解却衣袍[貼云]相公急上辭官表共行孝道[生云]夫人只消你去不得[貼云]相公我豈敢辭煩惱豈敢憚劬勞同去拜你爹拜你娘墳把墳塋掃也待地下亡靈安宅兆[合前]

餘文[合]幾年間分別無音耗亂千山萬水迢遙[天那]只爲三不從生出這禍苗

古木坊本間作今古非

（生）只爲君親二不從（旦）致令骨肉兩西東
（貼）今宵賸把銀釭照（合）猶恐相逢是夢中

第三十八齣　張公遇使

南呂引子【虞美人】（末）青山古木何時了，斷送人多少。孤墳誰與掃荒苔，連塚陰風吹送紙錢遶。冥冥長夜不知曉，寂寂空山幾度秋。泉下長眠人未醒，悲風蕭瑟起松楸。老漢曾受趙五娘之託，教我爲他看管墳塋。這兩日有些閒事，不曾看得，今日只索去走一遭。

仙呂入雙調【步步嬌】（末唱）呀，只見黃葉飄飄把墳頭覆，厮趕的皆狐兔。（望科）敢是誰砍了樹木去。爲甚松楸漸漸疎。（滑倒科）咳，甚麼絆我這一倒。却元來是苔把磚封，爭迸泥路。老員外，老安人，自古道未歸三尺土，難保百年身；已歸三尺土。

難保百年墳。只怕你難保百年墳。我老夫在日，尚來爲你看管。若老夫死後，叫誰添上你三尺土。（丑扮李旺上）

（丑唱）渡水登山多勞苦，來到這荒村塢。遙觀一老夫，試問他家住在何所，趲步向前行。呀，却是一所荒墳墓。（相見科）（末云）小哥，你從那裏來？（丑云）小人從京都來。（末云）却往那裏去？（丑云）奉蔡相公差至此。（末云）你相公是那裏人？差你來有甚勾當？（丑云）我相公特差小人來請取他的太老爹、太夫人和那小夫人，一同到洛陽去。（末云）你相公叫甚麼名字？（丑云）我相公的名字，小人怎敢說。（末云）荒僻去處，但說不妨。（丑云）我相公是蔡伯喈。（末發怒科）

【風入松】（末唱）你不須提起蔡伯喈，說着他每惡歹。（丑云）呀，他有甚歹處？（末唱）他中狀元做官六七載，撇父母拋妻不采。（丑云）他父母在那裏？（末唱）兀的荒墳頭土堆，是他雙親在此中埋。（丑云）呀，元來太老爹太夫

痛倒今尽作氣死痛死大謬不然

人都死了。不知爲甚的死了。
〔末唱〕一從他別後遇荒災，更無人倚賴。〔丑云〕這等是誰承直他這兩箇〔末唱〕虧
他媳婦相看待，把衣服和釵梳都解。〔丑云〕解他須有盡時〔末云〕便是這小娘子
解得錢來。糴米做飯與公婆喫。他背地裏把糟糠自捱，公婆的反疑猜。
〔丑云〕公婆敢道他背後自喫了此些好東西麼〔末云〕便是後來呵。
〔末唱〕他公婆的親看見雙雙痛倒，無錢斷送，剪頭髮賣買棺
林。〔丑云〕他那般無錢，如何築得這一所墳墓〔末唱〕他去空山裏，裙包土，血流指，感
得神明助，與他築墳臺。〔丑云〕自古道孝感天地。果然有此。這小娘子如今在那裏
〔末唱〕他如今逕往帝都來。〔丑云〕他把甚麼做盤纏。〔末云〕小哥，我不瞞你。他彈着琵
琶做乞丐。〔丑云〕蔡相公特地差小人來取他父母妻小。如今太老爹太夫人既死了。小夫人却又去了。如

何是好(末云)你謾着。我與你說與他父母知道便了。老員外。老安人。你孩兒做官。如今差人來取你到京。同享富貴。你去不去(哭科)叫他不應魂何在空教我珠淚盈腮(丑云)公公你休啼哭。小人如今回去。叙俺相公多多做些功果。追薦他便了。(末笑科)他生不能養。死不能葬。葬不能祭。這三不孝逆天罪大空設醮枉脩齋你相公如今在那裏(丑云)我相公如今入贅牛丞相府裏。

(末唱)小哥你如今疾忙便回說我張老的道與蔡伯喈(丑云)這甚麼來(末唱)道你拜別人的爹咱好羨哉親爹娘死不值你一拜(丑云)公公你休錯埋寃了人。他要辭官。宮裏不從。辭婚我太師不從。他只得沒柰何了。(末云)恁的呵元來他也是無柰好似鬼使神差他當元在家。不肯赴選。他爹爹不從他。這是三不從把他廝禁害三不孝亦非其罪(丑云)公公你險些錯埋寃了人(末唱)這

是他爹娘福薄運乖人生裏都是命安排（丑云）敢問公公高姓（末云）小哥

老漢不是別人。張太公的便是。當初蔡伯喈臨去之時。把父母囑付與我。如今他父母身死。小娘子又去京都尋他。將沂去了箇半月日。你如今同去。一路上但見一箇婦人。道姑打扮。拏着一箇琵琶。背着一軸真容的。便是你相公的小娘子。你把盤纏好好承直他去便了。（丑云）理會得。小人告別了。

末 雙親死了已無依 今日回來也是遲

丑 夜靜水寒魚不餌 滿船空載月明歸

第三十九齣 散髮歸林

仙呂入雙調【風入松慢】外唱 女蘿松柏望相依。況景入桑榆。他椿庭萱室齊傾棄。怎不想家山桃李。中雀誤看屏裏。乘龍美駐門楣。自古道人無遠慮。必有近憂。自家當初不仔細。時間不信我那院子的說話。定要招蔡伯喈爲婿。

做區處一作說去處亦通

指望飱老百年。誰想道他父母俱亡。如今他媳婦徑來
尋取。聞說我女孩兒也要和他同去。不知是否。待我與
院子出來問他。便知端的。院子那裏。(末云)紋犀欲下意
沉吟。棊局排來仔細尋。猶恐中間差一着。教人錯用濫
枰心。相公有何鈞旨。(外云)院子。說道蔡狀元的父母身
死。他媳婦來尋他。我的小姐也要和他同去。你知道麼
(末云)男女不知。老姥姥必知端
的。(外云)如此叫老姥姥過來。

仙呂過曲(光光乍)(淨唱)女壻要同歸。岳丈意何如。忽叫阿奴緣何
的。想必與他做區處。(外云)老姥姥。見說蔡狀元的父母身
死。他的媳婦來此尋他。我的小姐也
要和他同去。此事是否。(淨云)果是。小姐要同去。(外云)呀
我小姐同去做甚麼。(淨云)相公。他父母都死了。只是一
箇媳婦支持。如今小姐要同他回去守服。有何不可。(外
怒云)我的小姐如何與別人帶孝。(淨云)相公息怒。聽老
奴告
禀。

南呂過曲(古女冠子)(淨唱)媳婦事舅姑。合體例。相公怎不教女孩

相公今尽作你大無矩矮後

兒同去當初是相公相留住今日裏怨着誰（外云）胡說我不教女孩兒去却待怎的。（淨云）相公，事須近理怎使聲勢休道朝中太師威如火那更路上行人口似碑（公上）說起此事貴人區處

（末唱）我相公只慮着多嬌女怕跋涉萬山千水相公只一件。女生向外從來語兒既已做人妻夫唱婦隨不須疑慮這是藍田種玉結親誤今日裏船到江心補漏遲（合前）

（外唱）當初是我不仔細誰知道事成差池痛念深閨幼女多嬌媚怎跋涉萬餘里天那我嫡親更有誰怎忍分離罷罷罷罷不教愛女擔煩惱也被傍人講是非（合前）（外云）老姥姥你和院子也說得是。只得由他去罷（淨云）恰好狀元小姐都來了。

唯說句乃包括賜婚大是佳句坊本改也索向君王請命則翁壻父子情何以堪

雙調引子【五供養】（生唱）終朝垂淚爲雙親使我心癢（貼唱）親墳須共守只得離神京（生云）夫人且商量箇計策猶恐你爹行不肯（合）若是他不肯難說道君王有命（相見科）（外云）賢壻我聞說相尋此事果否（生云）此事果然愚壻正來稟知岳丈（外云）這可是伯喈的媳婦麼（旦云）奴家便是（外云）賢哉賢哉（貼云）孩兒有一事拜覆爹爹知道娶妻所以養親孔子云生事之以禮死葬之以禮祭之以禮若姐姐爲蔡氏之婦生能竭奉養之力死能備棺槨之禮葬能盡封樹之勞孩兒亦爲蔡氏婦生不能供甘旨死不能盡躃踊葬不能事窀穸以此思之何以爲人誠得罪於舅姑寔有愧於姐姐今特講於爹爹之前願居於姐姐之下（外云）賢哉吾女道得是道得是（旦云）自古道人有貴賤不可槩論夫人是香閨繡閣之名姝奴家是裙布釵荊之貧婦承君命以成姻難讓妾身而居右（外云）五娘子你今日既無父母又喪公姑恰便是我的女孩兒一般兒你身先歸於蔡氏年又長於吾兒此寔當禮不必多辭（生云）你兩箇只做姊妹相呼便了（衆云）這箇說得

極是（生云）愚婿今日拜辭岳丈。領二妻同歸故里。共行孝道。待服滿之後。再來侍奉尊顏（外云）賢婿。我其實捨不得你去。今日你爹娘既不幸了。我也難再留你（貼云）爹爹。孩兒暫別尊顏。實是出於無奈。爹爹善保尊體。不必掛牽（外哭云）孩兒。你如今拜了舅姑的墳墓。竟不念我（貼云）爹爹放心。孩兒此去。不過三年之期（外悲云）苦。女兒終是向外。亓的不痛殺我也（眾云）相公不須煩惱（生旦貼拜辭科）

大石調過曲【摧拍】生唱 念蔡邕為雙親命傾。遭不孝逆天罪名。今辭了帝廷。感岳丈慇懃。豈敢忘情。痛父母恩深。久負亡靈。

欠一作敢

合 辭別去。同到墳塋。心慽慽淚溢盈。

（旦唱）念奴家離鄉背井。謝公相教孩兒共行。非獨故里榮。我泉下公婆死也目瞑（外云）五娘子。我女孩兒少長閨門。凡事望你指顧（旦唱）我自看承你孩兒不須叮嚀（合前）

（貼唱）覷爹爹衰顏皤鬢思量起教人淚零（爹爹）我進退不忍

我待不去呵誤了公婆被人譏評我待去呵撇了爹爹沒人溫凊

（合前）

（外唱）孩兒此別去你的吉凶未憑再來時我的存亡未審賢

婿吾今已老景畢竟你沒爹娘我沒親生若是念骨肉

一家須早辦回程（合前）

正宮過曲（一撮棹）（生唱）岳丈你寬心等何須苦掛縈（外云）賢婿把音書

寫頻頻寄郵亭（貼云）姥姥老爹年老伊家須是好看承（淨唱）程途

裏各願保安寧（旦唱）死別全無準生離又難定（合）今去也未

知何日返神京（外云）你三人去途中須要保重（生旦貼云）謝得尊人掛念。

自四十折後精神遍減辭意全踈元本今本亦裁否錯見矣柳穿魚翫仙灯今或作昔督歌語更俚俗

哭相思尾（合唱）最苦生離難拋捨未知再會何時也（生旦貼並下）

（外）女壻今朝已別離　老身孤苦有誰知

（合）夫唱婦隨同歸去　一處思量一處悲

第四十齣　李旺囬話

（丑扮李旺上）

柳穿魚（丑唱）心忙似箭走如飛歷盡艱辛有誰知夜靜水寒魚不食滿船空載月明歸歸來後到庭除未知相公在何處　李旺。家老相公差去陳留請取蔡相公的老員外老安人小娘子。不想他兩位老的都死了。小娘子又來了。教我空走這一遭。如今且未好對老相公說。先說與蔡相公知道。呀。怎的房門都閉了。敢是蔡相公入朝去了。小姐要幽靜閉着門呵。開門閙門。

翫仙燈（外唱）門外有人聲是誰來諠譁閙炒（丑云）老相公是李旺。（外云）李旺你回來了。你知道麼。我小姐和那蔡相公都回家去了。（丑云）蔡相公小娘子。曾到這裏不曾（外云）我見他了。李旺。我且問你。蔡相公父母既死了。媳婦又來了。你到那裏曾見甚麼人。

南呂過曲（風帖兒）（丑唱）相公 我到得陳留逢着一箇故老在他爹娘墳上拜掃 他道他爹娘呵 果然饑荒都喪了。他媳婦也來到枉敎人走這遭

（外唱）李旺 我如今去朝廷上表。奏蔡氏一門孝道。管取吾皇降丹詔。把他召。我自去陳留走一遭。（丑云）老相公。這箇趙氏。其寔難得（外云）便是。一家都難得。一來蔡伯喈不忘其親。二來趙五娘子孝於舅姑。三來我小姐又賢慧。成人之美。一門孝義如此。理當保奏請行旌表。（丑云）相公道得最是。

外 五更三點奏朝廷 丑 今古難求此樣人

合　管取一封天子詔　表揚四海孝賢名

第四十一齣　風木餘恨

（生旦貼帶侍從上）

雙調引子【梅花引】（生唱）傷心滿目故人踈看郊墟盡荒蕪（旦貼唱）惟有青山添得箇墳墓（合）慟哭無聲長夜曉問泉下有人還聽得無【玉樓春】（生云）他鄉萬點思親淚不能滴向家山地。墳衰草連寒烟。蒼苔黃葉飛蘋蘩（生云）欲聽鷄聲來問寢。忽驚蝶夢先歸泉（旦云）人生自古誰無死嗟君此恨憑誰語（貼云）可憐衰絰拜墳塋。不作錦衣歸故里（生云）夫人此處便是爹媽墳墓。我和你先拜了雙親還要去拜謝張太公（旦貼云）正是如此（拜奠科）

仙呂入雙調【玉鴈兒】（生唱）孩兒相誤爲功名擔擱了父母都緣是孩兒不得歸鄉故爹爹媽媽你怎便先歸黃土乾坤豈容不孝

今本尽失生白所謂失之毫厘者

子名虧行缺不如死只愁我死缺祭祀（合）對眞容形衰貌枯想靈魂悲咽痛苦

（旦唱）百拜公姑望矜憐怨責我夫你孩兒贅居牛相府日夜要歸難離步你這新媳婦呵堅心雅意勸親父同歸故里守孝服今日雙雙來廬墓（合前）

（貼唱）不孝的媳婦恨當初爲我躭誤了丈夫喫人談笑生何補我待死呵又羞見公姑公公婆婆我生前不能彀相奉侍何如事你向黃泉路死了呵只一件。我家中老父誰看顧（合前）（生云）呀。只見朔風四起瑞雪橫空。天氣甚冷。左右且廻避着（衆下）末扮張太公上

（末唱）樓臺銀鋪遍靑山渾如畫圖乾坤似他衣衰素故添箇

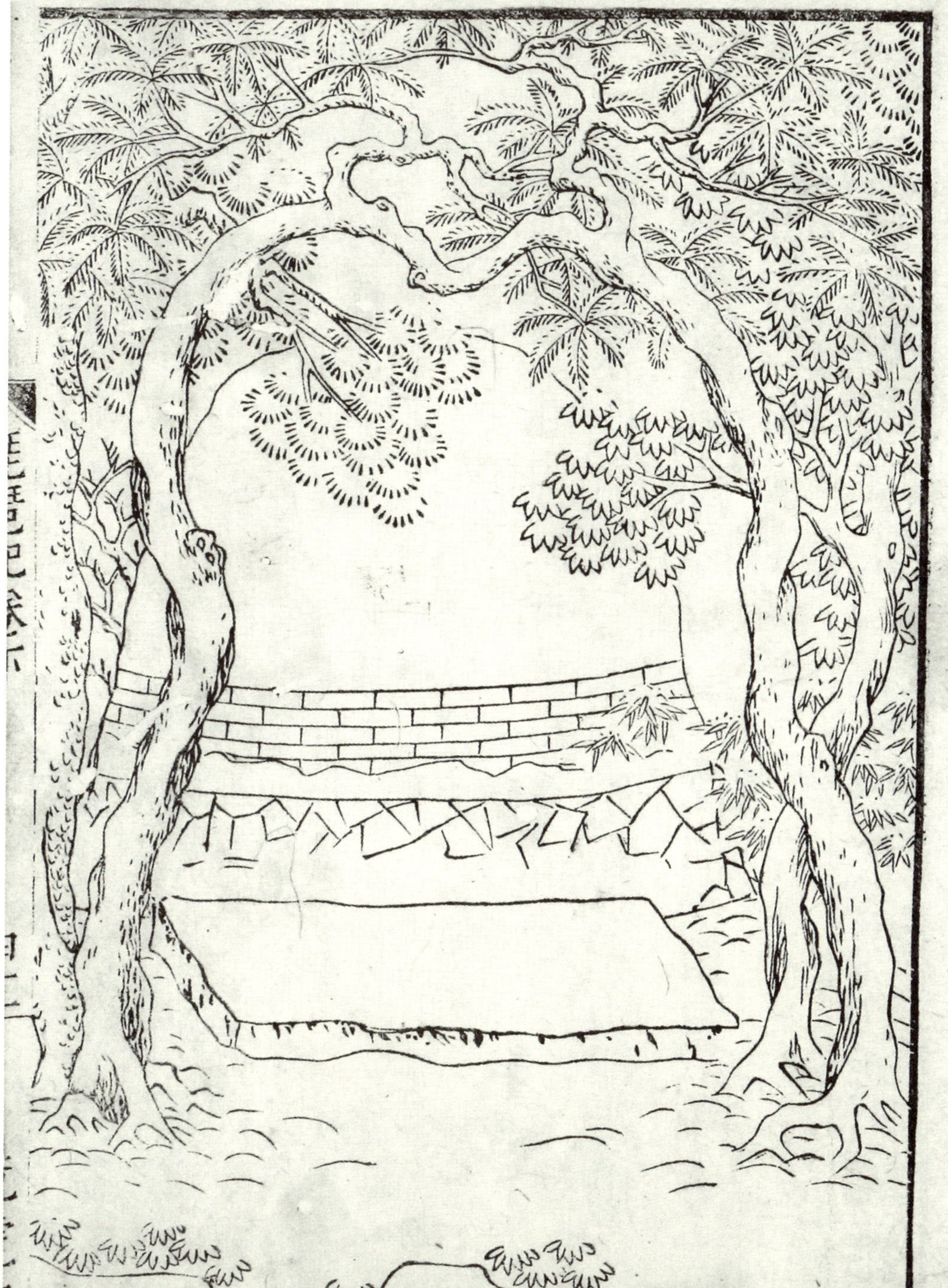

此齣今本皆極其穿鑿或添入

縞帶飛舞。你蹁躚慟哭。直恁苦。那堪大雪添凄楚。事當逆來順受
抑情就禮。通今古。〔合〕〔生云〕呀。張大公來了。卑人父母。生死〔前〕皆蒙大公周濟。正道拜了父母墳塋。
就到宅上拜謝。少効銜環之報。何勞大公先降。〔末云〕說
那裏話。蔡相公。你腰金衣紫。可惜令尊令堂。相繼謝世。
不得盡你孝心。正是樹欲靜而風不寧。子欲養而親不
逮。這也是他命該如此。你今日榮歸故里。光耀祖宗。雖
是他生前不能享你的祿養。死後亦得沾你的恩典。老
夫苟延殘喘。又得相見。僥倖僥倖。你今在此廬墓。老夫
合當陪伴。但有牛氏夫人在此。
怕不穩便。暫且告別。再來相看。

生　多謝深恩不敢忘　末　稍寬愁緒節悲傷
旦　親墳共掃添榮耀　貼　不負詩書教子方

第四十二齣　一門旌奬

商調引子〔逍遙樂〕〔生唱〕寂寞誰憐我。空對孤墳珠淚墮。〔旦唱〕光陰撚

數十百言雖依舊本刪正亦未可信其爲全壁也唯俟博畜君子收其全耳

拈過三春[貼唱]幽途渺渺滯魄沉沉誰與招魂[生云]夫人你看兩木連枝誰手栽。相馴白兎走墳臺[旦貼云]無心動植呈祥瑞。否極應須會泰來。[末上云]一封丹詔從天下。忽聽傳聞動郊野。說道旌表一門閭。未卜此爲何人也[末云]蔡相公外面喧傳。有詔書到此旌表孝義想必爲足下而來[生云]人間孝者亦多。卑人何足稱孝。假如大舜曾參之孝。亦是人子當盡之事。何足旌表[末云]你說那裏話。老夫當初也只道你貪名逐利。撇了父母妻室。不肯還家。到如今纔得箇分曉。孝經云。孝弟之至。通於神明光於四海。無所不通。今見你墳頭枯木生連理之枝。白兎有馴擾之性。祥瑞若此。吉慶必來。

仙呂入雙調[六幺令][末唱]連枝異木新見墳臺白兎如馴禽獸草木尚懷仁這一封丹詔必因君[合]料天也會相憐憫

[生唱]皇恩若念臣我也不圖祿及吾身只愁恩不到雙親空辜負這孤墳[合前]

〔旦唱〕知他假與眞討得公公報說殷勤太公空教你爲我受艱辛今日裏有誰旌表你門庭〔合前〕〔貼唱〕來使是何人悶中無由詢問一聲〔生云〕夫人要問甚麼〔貼唱〕無由詢問我家君知他安與否死和存〔合前〕〔丑扮縣官上〕〔丑唱〕勑書已來近看街市上人亂紛紛咱每只得忙前奔備香案接皇恩〔合前〕〔相見科〕〔生云〕何處官長因甚到此〔丑云〕下官本縣知縣告大人得知今日天朝牛丞相親賫詔書到此開讀旌表大人一門孝義加官進職起服到京下官特來鋪設香案迎接皇恩請大人改換吉服等候〔生云〕卑人孝服未可更易〔丑云〕先王制禮賢者俯而就之不肖者跂而及之今大人服制已滿況天朝恩典禮當從吉〔衆云〕說得是〔生云〕門閭旌表感吾皇〔旦貼云〕孝服今朝換吉裳〔合云〕不是一番寒徹骨爭得梅花撲鼻香〔生旦貼下〕

〔外引侍從上〕

(外唱)風霜已滿鬢王勤雕鞍走遍紅塵今日到此喜欣欣重
相見解愁悶(合前)(淨云)這裏就是蔡相公廬墓所在請相公駐節(生旦服吉服上)
(合唱)心荒步又緊想皇恩已到寒門披袍秉笏更番紳冠和
帶一番新(合前)(外云)聖旨已到跪聽宣讀皇帝詔曰朕惟風俗為教化之基孝弟為風俗之本去聖逾遠
淳風日漓彝倫攸斁朕甚憫焉其有盡克孝義敦尚風
化者可不獎勸以勉四海議郎蔡邕篤於孝行富貴不
足以解憂甘旨常關於想念雖違素志竟遂佳名委職
居喪厥聲尤著其妻趙氏獨奉舅姑服勞盡瘁克終養
生送死之情允備貞潔韋柔之德糟糠之婦今始見之
牛氏善諫其父克相其夫罔懷嫉妬之心寔有遜讓之
美曰孝曰義可謂兼全斯三人者朕甚嘉之使四海億
兆皆當儀刑斯人番範將來風移俗易教美化行唐虞
三代誠可追配是用寵錫以彰孝義蔡邕授中郎將妻
趙氏封陳留郡夫人牛氏封河南郡夫人限日赴京父
從簡贈十六勳母秦氏贈天水郡夫人於戲風木之情
何深式彰風化之表霜露之思既極宜沾雨露之恩服

此休嘉。慰汝悼念。謝恩〔生旦貼謝恩科〕〔外拜墳科〕〔生旦〕
〔貼拜謝外科〕〔生云〕荷蒙岳丈保奏。畢竟有何以克當。〔貼云〕
自別尊顏。〔旦〕喜無恙〔外云〕孩兒。〔旦〕喜各保安康。再得相
見〔丑末相見科〕〔外云〕此二位是誰〔丑云〕下官是陳留縣
知縣〔末云〕老漢是蔡相公鄰人張廣才〔生云〕卑人父母。
多多得他周濟〔外云〕元來就是張太公呵。俺朝裏也聞
他仗義高名。賢壻。你今起服回朝。未得展報深恩。我有
黃金一笏。送與。聊表報答之意〔生云〕太公請收下。〔末云〕
救災卹鄰。萬古之道。又況你二親不保。實有愧顏。何敢
受令岳之賜〔生云〕太公〔旦〕暫收下。卑人尚當申奏朝廷。
還有區區犬馬報效〔末云〕說那裏話。此金斷然不敢受。
〔外云〕賢壻張公高義的人。不可再強。老夫回京。當奏請
官職俸祿以
酬大恩便了。
仙呂過曲〔一封書〕〔外唱〕我恭奉聖旨。跋涉程途千萬里。吾皇親賢
意甚美。因探孩兒并女壻。賢壻。你夫婦呵數載辛勤雖自苦。一旦
榮華人怎比〔合〕耀門閭。進官職。孝義名傳天下知。

（生唱）兒不孝有甚德蒙岳丈過主維（作悲科）何如免丧親又何須名顯貴可惜二親饑寒死博得孩兒名利歸（合前）

（旦唱）把眞容重畫取（公公婆婆）如今封贈伊把你這眉兒放展舒只愁你瘦儀容難做肥（今日呵）豈獨奴心知感德料你也銜恩泉石裏（合前）

（貼唱）從別後倍哀慼兒家中音信稀爲公姑多怨憶爲爹行常淚垂今日見公姑無媿色又得與爹行相依倚（合前）永團圓

（衆唱）名傳四海人怎比豈獨是耀門閭人生怕不全孝義聖明世豈相棄這隆恩美譽從教何所愧萬古青編記如今便去相隨到帝畿拜謝皇恩了歸院宇一家賀喜

共設華筵會四景常歡聚

〔尾聲〕〔合〕顯皇猷開盛治共說孝男并孝女願玉燭調和聖主垂衣

〔下場詩〕〔生〕自居墓室已三年〔外〕今日丹書下九天

〔旦貼〕莫道名高并爵貴〔衆〕須知子孝與妻賢